k.

Maurizio de Giovanni

DER DUNKLE RITTER

Lojacono ermittelt
in Neapel

Kriminalroman

Aus dem Italienischen von
Susanne Van Volxem

Kindler

Die Originalausgabe erschien 2013
unter dem Titel «Buio»
bei Einaudi editore s.p.a., Torino

1. Auflage November 2016
Copyright © 2016 by Rowohlt Verlag GmbH,
Reinbek bei Hamburg
Redaktion Sabine Seifert
«Buio» Copyright © 2013 by Giulio Einaudi editore s.p.a., Torino
Satz aus der Dolly PostScript, InDesign,
bei Pinkuin Satz und Datentechnik, Berlin
Druck und Bindung
CPI books GmbH, Leck, Germany
ISBN 978 3 463 40382 3

Paola.
Alles Licht, das ich habe

1

Batman.

Baaatmaaan.

Ein Flüstern in der Dunkelheit, es riecht nach Moder und Staub.

Batman.

Ein Rascheln des Umhangs, der die Luft vor Dodos Gesicht zerschneidet.

Batman.

Dodo sieht ihn nicht, weil es dunkel ist. Dunkler als die Nacht, dunkler als das Kämmerchen in seinem Zimmer, mit der Tür, die nicht richtig schließt und manchmal mit einem Knarren von alleine aufgeht.

Sein Zimmer. Sein schönes warmes Zimmer, mit dem Avengers-Poster an der Wand, den Stickeralben und den Action-Figuren. Geordnet nach Größe und Geschichte stehen sie auf seinem Regal, und jedes Mal, wenn die Putzfrau da war, muss er sie neu sortieren. Bei dem Gedanken an sein Zimmer, an die Avengers und die Action-Figuren schießen ihm Tränen in die Augen. Er schluckt sie hinunter.

Wie dunkel es hier ist. Die Dunkelheit ist voller Geräusche, die Dunkelheit ist nie still.

In seinem Zimmer zu Hause wartet Dodo jeden Abend darauf, dass Mamas Tür endlich zugeht und er das Nachtlämpchen hervorholen kann. Seit er drei ist, besitzt er es. Niemand weiß von dem Lämpchen, eines von der Art, die man direkt in die Steckdose stecken kann und die kaum mehr als ein Schummerlicht machen. Eigentlich ist es gar keine richtige Lampe.

Wie gerne wäre ich jetzt in meinem Zimmer. Selbst wenn die Tür zum Kämmerchen manchmal von alleine aufgeht.

Dodo unterdrückt seine Tränen. Er hört ein Rascheln irgendwo im Raum und zuckt zusammen. Er hat kein Gefühl dafür, wie groß der Raum ist. Doch ganz sicher wird er nicht losgehen und ihn erkunden.

Batman, denkt er und umklammert die Action-Figur mit seiner verschwitzten Hand. Was für ein Glück, dass ich dich heute Morgen mit in die Schule genommen habe. Auch wenn es verboten ist und auch wenn sie sagen, man darf kein Spielzeug mit in die Schule nehmen, schließlich bin ich schon groß, beinah zehn. Aber du und ich, wir beide wissen, dass du kein Spielzeug bist. Du bist ein Held.

Papa und ich haben das immer gesagt, weißt du noch? Dass du der größte aller Superhelden bist. Der beste von allen, der stärkste. Er hat es mir mal erklärt, da war ich noch ganz klein, und er hat noch bei uns gewohnt. Er hat mich auf die Schultern genommen und gesagt: «Du bist mein kleiner König, und ich bin dein Riese, ich bringe dich überallhin. Wohin du willst.»

Papa hat mir erklärt, warum du der größte aller Superhelden bist: Weil du keine Superkräfte besitzt.

Es ist keine Kunst, die Bösen zu besiegen, wenn man ultrastark ist oder fliegen kann und mit den Augen grüne Blitze schleudert. Das ist einfach.

Aber du, Batman, du bist ein ganz normaler Mensch. Du hast Mut, und du bist klug. Die anderen können fliegen? Du hast deinen Dark-Knight-Gürtel mit den Batarangs, du wirfst ein Seil aufs Dach und hangelst dich nach oben. Die anderen können megaschnell rennen? Du hast dein Batmobil, das noch viel schneller ist. Du bist der größte Superheld von allen, Batman. Weil deine Macht jeder anderen Macht überlegen ist: Du hast Mut. Du bist wie mein Papa.

Ich habe Papa nicht erzählt, dass ich abends immer das Lämpchen aus der Schublade hole. Ich will nicht, dass er denkt, ich hätte Angst. Das Problem ist, dass ich eigentlich noch klein bin, aber alle sagen, ich sehe aus wie mein Papa, und der ist stark.

Weißt du, Batman, auch wenn du ein Held bist und eigentlich vor nichts Angst hast: Ich weiß, ein bisschen Angst hast du doch in diesem dunklen Raum, in den sie uns eingesperrt haben. Ich auch, ein bisschen, ein ganz kleines bisschen. Aber wir brauchen uns keine Sorgen zu machen – mein Papa kommt und holt uns hier raus.

Flieg, Batman, flieg! Du bist der Dunkle Ritter, der Herrscher der Nacht. Du hast keine Angst im Dunklen, und ich halte mich an dir fest und fliege mit dir fort. Flieg, Batman, flieg!

Ein Schlag gegen die Wellblechtür, ein ohrenbetäubendes Bollern, dass ihm das Blut in den Adern gefriert. Die Action-Figur fällt zu Boden, das Plastik ist rutschig geworden in der verschwitzten Hand und findet keinen Halt mehr.

Dodo schreit auf vor Angst, fährt hoch, kauert sich wieder hin; verzweifelt tasten seine Hände über den Boden: Dreck, spitze Steine, Schotter, Papier. Sie finden die Action-Figur, greifen danach, er hält sie an sein Gesicht, an die tränenfeuchte Wange. Draußen brüllt eine Stimme einen Befehl in einer Sprache, die er nicht versteht.

Er verkriecht sich in eine Ecke, sein Rücken unter dem Hemd ist zerkratzt von der rauen Mauer, sein Herz klopft bis zum Hals, als wollte es seinem Körper entfliehen.

Batman, Batman, hab keine Angst. Mein Papa kommt und holt uns hier raus.

Denn mein Papa ist ein Riese, und ich bin sein kleiner König.

2

Polizeihauptwachtmeister Marco Aragona verzog das Gesicht, kaum war er zur Tür des Gemeinschaftsbüros getreten.

«Wusste ich es doch! Es ist 8 Uhr 29, und alle sind schon da. Habt ihr denn gar kein Zuhause? Ihr habt doch eine Wohnung, eine Familie, wenigstens manche von euch! Wie kann das sein, dass man hier egal zu welcher Uhrzeit immer schon einen von euch antrifft?»

Es war fast ein Running Gag: Jeden Morgen erschien Aragona in letzter Minute und zeigte sich untröstlich, weil alle anderen Mitarbeiter des Kommissariats von Pizzofalcone bereits an ihrem Arbeitsplatz waren.

Der Stellvertretende Kommissar Giorgio Pisanelli unterbrach die Lektüre eines Vernehmungsprotokolls und warf dem Kollegen über den Rand seiner Gleitsichtbrille einen amüsierten Blick zu.

«Noch eine Minute, und du wärst zu spät gewesen, Aragona. Das hätten wir melden müssen.»

Der Polizist setzte sich an seinen Schreibtisch und nahm mit einer einstudierten Geste die Sonnenbrille mit den blauverspiegelten Gläsern ab.

«Hör mal, Presidente, wenn ich nichts gesagt hätte, dann hättest du gar nicht mitgekriegt, dass ich gekommen bin. Das Alter ist ein hässliches Tier ...»

Der älteste und der jüngste Mitarbeiter des Kommissariats von Pizzofalcone nahmen sich gern gegenseitig auf den Arm: der eine im Tonfall eines Lehrers, der zu einem renitenten Schüler spricht, der andere, indem er den Kollegen behandelte, als wäre er bereits vergreist.

«Was sitzt ihr eigentlich hier rum, wo draußen allerschönstes Wetter ist? Das müsst ihr mir wirklich mal erklären.»

Ottavia Calabrese schaute hinter ihrem Bildschirm hervor.

«Auch wenn es morgens um acht noch keine Leichen gibt, lieber Aragona, heißt das nicht, dass wir machen können, was wir wollen. Und hör auf, den armen Pisanelli ‹Presidente› zu nennen, nachher bildet er sich noch was drauf ein.»

«Weißt du was, Ottavia? Aus dir spricht der pure Neid. Am liebsten würdest du doch ‹Präsidentin› gerufen werden. Aber das kannst du knicken, du wirst für immer unsere ‹Mama› bleiben. Hast du dir den Kollegen Pisanelli mal genauer angeschaut? Ist dir nicht die Ähnlichkeit aufgefallen? Und dann heißt er auch noch Giorgio und ist fast genauso alt.»

Mit dem Kinn deutete Aragona auf ein gerahmtes Foto an der hellgrün gestrichenen Wand, den einzigen Deko-Gegenstand in dem kargen Ambiente, in dem sie fast ihr ganzes Leben verbrachten. Er kratzte sich die glattrasierte, solariumgebräunte Brust unter dem nur halb zugeknöpften Hawaiihemd und drehte sich zu Pisanelli um.

«Gib's zu, Presidente, um deinem Land noch besser zu dienen, hast du dich heimlich bei den Gaunern von Pizzofalcone eingeschlichen.»

Ottavia verzichtete auf eine Erwiderung und verschwand wieder hinter ihrem Bildschirm.

Mit der Bezeichnung «Gauner» hatte Aragona auf ihre schwierigen Anfänge als versprengtes Häuflein gefallener Gesetzeshüter angespielt, aus dem sich ein inzwischen gut funktionierendes Team entwickelt hatte. Spitznamen inklusive. Dass ihnen der gesamte Polizeiapparat der Stadt mit Häme begegnete, hatte jedoch einen Grund. Vier Mitarbeiter des Kommissariats waren beim Kokaindealen erwischt worden, und Ottavia und Pisanelli hatten ihre seltsamen Geschäfte bezeugen müssen. Beide wurden als Einzige nicht vom Dienst suspendiert, eine interne Untersuchungskommission hatte sie komplett durchleuchtet. Es war verdammt schwer gewesen, diese von der Leine gelassenen Spürhunde davon zu überzeugen, dass sie mit den korrupten Kollegen nicht unter einer Decke steckten. Eine Zeitlang hatte sogar die Drohung im Raum gestanden, das Kommissariat ganz zu schließen. Die vier Idioten, die bei allen nur noch «die Gauner von Pizzofalcone» hießen, waren durch andere Kollegen ersetzt worden. Der schlechte Ruf jedoch war haften geblieben. Genauso wie die Bezeichnung «Gauner», trotz neuer Führung und neuer Mitarbeiter, worüber Ottavia sich noch immer aufregte.

Doch vor die Wahl gestellt, die Kränkung stoisch zu ertragen oder in die Offensive zu gehen, hatte die neue Truppe, eine wilde Mischung Ausgestoßener aus allen Ecken der Stadt, beschlossen, eine Art Kampfnamen daraus zu machen. Die kollektive Schmähbezeichnung hatten sie noch dazu mit persönlichen Spitznamen angereichert. «Promis haben immer einen Spitznamen», hatte Aragona eines Tages voller Inbrunst behauptet. Ottavia hatte fast einen Lachanfall bekommen. Ja, so etwas gefiel ihr. Sie hatte nichts dagegen, die «Chefin der Kompanie» genannt zu werden. Oder gar die «Mama», selbst wenn das ganz schön frech war. Kurz hatte sie erwogen, dagegen zu protestieren, aber dann gestand sie sich ein, dass sie ja tatsächlich so etwas wie eine Mutter für die anderen war. Ihr entging nichts, auch wenn sie sich gern hinter ihrem Bildschirm verschanzte. Und wann immer jemand von den anderen etwas brauchte, kam er zuerst zu ihr gelaufen, wie zu seiner Mama. Und eine Mutter war sie nun mal auch im wahren Leben; sie war die einzige Frau in der Truppe mit Kind.

«Und der Chinese, wo steckt der? Wenigstens einer, der noch später dran ist als ich.»

Dieses Mal hatte Marco Aragona Inspektor Giuseppe Lojacono auf dem Kieker, den Kollegen, der das legendäre Krokodil überführt hatte und seiner asiatischen Gesichtszüge wegen «der Chinese» genannt wurde.

Ottavia konterte genüsslich:

«Er war bereits da und ist schon wieder weg. Um zehn nach sieben kam ein Anruf: ein Wohnungseinbruch, da ist er hin.»

Aragona riss die Augen auf.

«Um zehn nach sieben? Was soll das denn heißen – schläft der etwa im Büro?»

«Wenn überhaupt, dann schlafen *die* im Büro. Alex war auch schon da, sie sind zusammen los.»

Alex Di Nardo, die andere Frau im Team, sah zwar aus wie ein zartes junges Mädchen, doch in Wirklichkeit war sie eine Profi-Scharfschützin, die eine Fliege aus 30 Meter Entfernung erledigte. Sie ging zweimal pro Woche zum Schießtraining – wie anders als «Calamity Jane» hätte ihr Spitzname lauten können? «So wissen wenigstens alle, dass sie sich vor ihr in Acht nehmen müssen», war es Aragona eines Morgens rausgerutscht, als er mit Hilfe eines Taschenspiegels hingebungsvoll seine Frisur richtete. Seine Elvistolle sollte vermutlich ein paar Zentimeter mehr Körpergröße hinzuschummeln und zugleich seine beginnende Stirnglatze verdecken.

«Und der Boss, Ottavia? Sag bloß, der ist auch schon da?!»

Aragona warf einen Blick auf die halboffene Tür, die in den Nachbarraum führte: das Büro von Kommissar Luigi Palma. Mit spitzbübischer Miene drehte er sich dann zu Francesco Romano um, dem einzigen weiteren Anwesenden im Gemeinschaftsbüro, der sich schweigend hinter dem Bildschirm verbarrikadiert hatte. Romano war ein massiger Typ, mit breiten Schultern und Stiernacken, und sein finsterer Gesichtsausdruck verriet, dass man sich besser nicht mit ihm anlegte. Doch Marco Aragona war an diesem Morgen einfach nicht zu bremsen.

«He, Hulk! So haben sie dich schon in deinem alten Kommissariat genannt, oder? Gleich packt ihn die Wut, wird er giftgrün im Gesicht und reißt sich das Hemd vom Leib …»

Romano brummte:

«Reiß dir lieber mal dein eigenes Hemd vom Leib. Das übrigens ausgesprochen scheußlich ist.»

«Na hör mal, das Hemd hat so viel gekostet wie all eure Lumpen zusammen! Du bist doch derjenige mit dem grottigen Geschmack, ohne jede Ahnung von Mode. Eben weil ich mich lässig kleide, kommt keiner auf die Idee, ich sei Polizist. Euch sieht man dagegen auf drei Meilen gegen den Wind an, dass ihr Bullen seid. Übrigens, was die Spitznamen angeht: Wenn ihr mir auch einen verpassen wollt, dann nennt mich ‹Serpico›. Ich bin nämlich genau wie er, wie Al Pacino.»

Romano prustete los.

«‹Al Cretino› müsste man dich eher nennen, den Schwachkopf. An deiner Stelle würde ich unbedingt die Regel beherzigen, dass Reden Silber ist und Schweigen Gold. Da kommt nämlich nicht so viel Unsinn bei raus. Stimmt schon, du hast wirklich mehr von einem Komödianten als von einem Bullen an dir. Aber einem Schmierenkomödianten.»

Beleidigt blaffte Aragona zurück:

«Mein Gott, bist du retro! Du scheinst keinen blassen Schimmer davon zu haben, dass unser Beruf im Wandel begriffen ist. Typen wie du sind bald nur noch Dinosaurier, vom Aussterben bedroht. Fossilien, wenn du mich fragst. Weißt du wenigstens …»

In dem Moment klingelte das Telefon.

3

Kommissar Luigi Palma hob den Blick von den Papieren auf seinem Schreibtisch und versuchte, dem Stimmengewirr im Nebenraum etwas halbwegs Verständliches zu entnehmen.

Er hatte es sich zur Regel gemacht, die Tür zu seinem Büro nie ganz zu schließen, um seinen Mitarbeitern das Gefühl zu geben, jederzeit ansprechbar zu sein. Doch hier in Pizzofalcone führte eine der beiden Türen direkt in das Gemeinschaftsbüro, zu dem er die ehemalige Kantine hatte umbauen lassen. Jetzt, fürchtete er, sie könnten glauben, er wollte sie permanent im Auge behalten. Womit seine eigentliche Absicht ins Gegenteil verkehrt worden wäre: Statt ein Primus inter Pares zu sein, eine Art großer Bruder, der koordiniert statt kommandiert, erschiene er ihnen wie ein argwöhnischer Galeerenaufseher, der ihre Gespräche belauscht.

Was auch immer er tat, es konnte so oder so ausgelegt werden. Er hatte gewusst, dass es kein einfacher Job werden würde; sogar der Polizeipräsident hatte ihm bei ihrer letzten Unterredung, als er ihm die Stelle anbot, im selben Atemzug davon abgeraten. Er habe eine vielversprechende Karriere vor sich, früher oder später würde sich bestimmt ein Posten mit mehr Prestige und weniger Unannehmlichkeiten finden, bei dem er seine Fähigkeiten unter Beweis stellen könne.

Doch Palma war nie den bequemsten Weg gegangen, er

liebte Herausforderungen, und de facto hatte er kaum etwas zu verlieren. Das konnte der Polizeipräsident freilich nicht ahnen.

Seine Karriere interessierte Palma weit weniger, als sein hohes Arbeitspensum vermuten ließ. Die Wahrheit war einfach: Es gab in seinem Leben nichts anderes.

Seine Eltern waren vor ein paar Jahren verstorben, kurz hintereinander. Palma bezeichnete sich stets als «Kind von späten Eltern»; sein Vater hatte bei seiner Geburt die 50 bereits überschritten, und auch seine Mutter war über 40 gewesen. Sein älterer Bruder hatte das Down-Syndrom gehabt und war mit 20 gestorben – ein plötzliches Loch in ihrer Mitte, ein stiller Schmerz, der sie für immer begleiten sollte. Palma hätte selbst gerne Kinder gehabt, doch seine Exfrau, eine Ärztin, ging so auf in ihrem Beruf, dass für Kinder kein Platz war. Ohne dass sie es wollten, hatten sie sich immer mehr voneinander entfernt, und so hatte der Entschluss, sich zu trennen und später sogar scheiden zu lassen, für beide eine Erleichterung bedeutet.

An dem Punkt hatte Palma begonnen, sich nach anderen Frauen umzusehen. Er war ein gefühlvoller Mann, warmherzig und kommunikativ, der keine Eltern mehr hatte und es auch nicht zu einer eigenen Familie gebracht hatte. Wohin das Schicksal uns eben führt ...

Da er eine Führungspersönlichkeit war und gut Teams anleiten konnte, war sein Beruf an die Stelle einer Familie getreten. Natürlich war dies nicht unbemerkt geblieben, und am Ende hatten sie ihm einen Posten als Stellvertretender Kommissar in einem ruhigen Wohnbezirk angeboten. Weil sein Vorgesetzter schwer erkrankte und ständig ausfiel, war er innerhalb kürzester Zeit zum jüngsten Leiter einer Polizeidienststelle in der ganzen Stadt avanciert.

Als der Leitende Kommissar sich, um sein allerletztes Gefecht auszutragen, in den frühzeitigen Ruhestand versetzen ließ, war Palma davon ausgegangen, auch offiziell in seine Fußstapfen zu treten. Das wäre ebenso im Sinne seiner Mitarbeiter gewesen, darunter viele ältere Kollegen, die seine ehrliche, bescheidene Art zu schätzen wussten. Doch da auf dieser Welt nun mal weder die Logik noch die Gerechtigkeit regiert, hatte eine Kollegin aus einer anderen Stadt, die mehr Meriten gesammelt hatte und größeres Wohlwollen in Rom genoss, das Rennen gemacht.

Nicht Wut oder Neid hatten ihn dazu bewogen, seine Stelle aufzugeben. Er wusste einfach, dass es nicht möglich sein würde, die Effizienz des Kommissariats aufrechtzuerhalten. Es war unabdingbar, dass er ging. Wäre er geblieben, hätten die Kollegen die neue Chefin niemals als Autorität anerkannt; sie hätten sich weiterhin bei jeder Frage an denjenigen gewandt, der die Umgebung, die Mitarbeiter und die Strukturen im Kommissariat am besten kannte.

Just um diese Zeit geschah die Sache mit den Gaunern von Pizzofalcone, ein enormer Imageschaden für die örtliche Polizei. Wie die meisten Kollegen, die von morgens bis abends unter größten Mühen die Stadt vor ihrer Zerstörung durch die eigenen Bewohner zu schützen versuchten, hatte auch er innerlich aufbegehrt und eine große Wut in sich verspürt. Als er erfuhr, dass der Polizeipräsident das Kommissariat schließen wollte, was dem Eingeständnis einer Niederlage gleichgekommen wäre, hatte er Einspruch eingelegt.

Und die Leitung des Kommissariats gefordert.

Es war eine Reaktion aus dem Bauch heraus gewesen. Ein Risiko, keine Frage. Aber auch eine Möglichkeit, sich aus diesem trüben Tümpel zu retten, in den seine Karriere und in gewisser Hinsicht sein ganzes Leben sich verwandelt hatte. Ein neuer Job, eine neue Perspektive. Und ein neues Team. Eine neue Ersatzfamilie.

Die Mitarbeiter, die man ihm zuwies, verhießen zumindest nach Lage der Akten nichts Gutes. Die vier Gauner, die in der Drogenaffäre die Hauptrollen gespielt hatten und rausgeflogen waren, wurden durch andere «Gauner» ersetzt, heimatlose Seelen, die kein anderes Kommissariat beschäftigen wollte: der Vitamin-B-gepamperte Aragona, der genauso laut und ungehobelt wie übergriffig und schlampig war; die rätselhafte Di Nardo, die in ihrer eigenen Dienststelle mit der Waffe herumgeballert hatte; der wortkarge Romano, der in seiner cholerischen Art sowohl Gangstern wie Kollegen mit seinen kräftigen Händen schon mal an die Gurgel ging. Und Lojacono? Der Sizilianer, den sie wegen seiner auffälligen mandelförmigen Augen den «Chinesen» nannten?

Bei ihm lag der Fall anders, ihn hatte er haben *wollen*. Lojaconos ehemaliger Vorgesetzter Di Vincenzo war froh gewesen, ihn loszuwerden, da der Chinese mit einem echten Makel behaftet war: Ein Kronzeuge hatte behauptet, Lojacono habe mit der Mafia kooperiert, woraufhin man ihn in einen anderen Landesteil strafversetzt hatte. Wenngleich es keinerlei Beweise für ein solches Fehlverhalten gab, war der Ruf des Inspektors von dem Moment an ruiniert gewesen. Aber Palma hatte Lojacono bei der Arbeit erlebt, als sie gemeinsam Jagd auf das «Krokodil» machten, einen Serienmörder, der Monate zuvor die Stadt in Angst und Schrecken versetzt hatte. Und er hatte sein Talent erkannt, seine Wut und sein emotionales Engagement: genau das, was er bei seinen Leuten suchte und was für ihn einen guten Polizisten ausmachte.

Auch die beiden Kollegen, die die Säuberungsaktion im

Kommissariat von Pizzofalcone durch die interne Untersuchungskommission überstanden hatten, waren alles andere als eine Last.

Der ehemalige Stellvertretende Kommissar Pisanelli kannte das Viertel, in dem er zur Welt gekommen war und sein ganzes Leben verbracht hatte, wie seine Westentasche. Er war ein höflicher, empfindsamer Mann, eine bestens unterrichtete, nie versiegende Informationsquelle, wodurch das Manko kompensiert wurde, dass der Rest des Teams vergleichsweise neu im Stadtteil war. Wäre Pisanelli nicht so fixiert auf einige verdächtige Selbstmorde gewesen, hätte er in ihm die wertvollste Unterstützung gehabt, die man sich wünschen konnte.

Was Ottavia betraf, so hatte er sich anfangs gefragt, ob er sie nicht lieber ins Feld schicken sollte, doch dann war ihm klar geworden, wie wichtig ihre Funktion als Assistentin im Büro war. Sie bewegte sich so geschickt im Internet, dass ihre Recherchen mindestens genauso hilfreich waren wie die Erkundungen, die ihre Kollegen auf der Straße einholten, wenn nicht mehr; sie ersparte ihnen Stunden mühevoller Kleinarbeit, indem sie mit ein, zwei Klicks jede Menge Erkenntnisse zutage förderte, nach denen sie sonst ewig geforscht hätten.

Zugegeben, es erwärmte ihm das Herz, sie im Nebenraum zu wissen und ihr helles Lachen zu hören, wenn Aragona seine schlechten Witze machte.

Er hatte genug Lebenserfahrung, um sich der Gefahr bewusst zu sein. Es war nie gut, wenn die unschuldige Freude an der Begegnung im Job in etwas anderes umschlug. Seine Aufgabe war, dieses Team zu leiten und das Kommissariat möglichst effizient arbeiten zu lassen, damit es nicht aufgelöst wurde. Und Ottavias Aufgabe lag in der wertvollen Recherchearbeit, die sie leistete. Sie beide konnten es sich nicht erlauben, die professionelle Natur ihrer Beziehung zu gefährden. Abgesehen davon, dass sie verheiratet war und einen Sohn hatte, der noch dazu unter Autismus litt.

Vielleicht irrte er sich auch. Vielleicht gaukelte er sich bloß vor, dass sie ihn häufiger anlächelte als die anderen, besonders aufmerksam ihm gegenüber war und die Stimme senkte, wenn sie mit ihm sprach. Gut möglich, dass er das sah und hörte, was er sehen und hören wollte. Weil er sich danach sehnte. Zu viele Nächte hatte er auf der schmalen Couch in seinem Büro verbracht, weil er keine Lust verspürte, in seine chaotische kleine Wohnung zurückzukehren, die er nicht als sein Zuhause empfand. Zu viele Sonntage hatte er biertrinkend vor dem Fernseher verbracht, ohne überhaupt hinzuschauen. Zu viele fast verblasste Erinnerungen geisterten durch seinen Kopf, dass er fast fürchtete, sie sich nur einzubilden, um die Leere in seinem Inneren zu füllen.

Es war nicht der Sex, der ihm fehlte; er war immer schon der Ansicht gewesen, dass Sex ohne Liebe etwas vollkommen Überflüssiges war. Wenn er seine wenigen Freunde traf, ehemalige Klassenkameraden, die daran festhielten, sich alle paar Monate zu verabreden, ertrug er stoisch ihre Scherze; in ihren Augen ähnelte er einem vertrockneten Religionslehrer, der verzweifelt versuchte, ein paar pickligen dauererregten Jünglingen die Freuden des meditativen Lebens nahezubringen. Doch Palma wollte keine flüchtigen Liebschaften. Er wollte seiner Einsamkeit etwas entgegensetzen, keine Frage, aber ganz sicher war dafür nicht die Frau eines anderen geeignet, die ihre eigene Familie hatte, ihr eigenes Leben, ihre eigenen Probleme.

Doch egal, wie vernünftig die Argumentation war, die er sich zurechtlegte: Sie löste sich schlagartig auf, sobald er morgens Ottavias Gesicht sah, die stets als Erste ins Büro kam. Dann war er hoffnungslos verloren, und sein ganzes Gedankenkonstrukt zerfiel in Tausende winzige Glückssplitter. Was ist daran schlimm, raunte sein Unterbewusstsein ihm zu, wenn letztlich gar nichts passiert? Wenn du dich ihr nicht erklärst, wenn du es nicht darauf anlegst, wenn du sie nicht merken lässt, dass dein Interesse an ihr über das rein Berufliche weit hinausgeht? Er wusste, dass er sich etwas vormachte, aber er hatte keine Lust, hohe Schutzwälle um sich herum zu errichten, zumal er keine Ahnung hatte, wie er das anstellen sollte.

Er hörte, wie sie im Nebenraum einen Anruf entgegennahm, und freute sich an dem warmen Klang ihrer Stimme, den er nicht missen mochte.

Doch dann verging ihm das Lächeln.

4

Am Morgen ist die Polizei in der Regel auf Einbrecherjagd, dachte Lojacono, während er sich die steile Gasse hinaufkämpfte, vorbei an Marktverkäufern, die lärmend ihre Waren auf der Straße aufbauten, vorbei an Motorrollern, die sich rücksichtslos ihren Weg bahnten, vorbei an verschlafenen Jugendlichen mit Rucksack über der Schulter. Ein Wohnungseinbruch wird im Morgengrauen entdeckt, wenn die Nacht ihn ans Ufer des erwachenden Bewusstseins spült und der Bestohlene sich als Bestohlener erkennt und in einem Albtraum erwacht.

Ein Einbruch in eine Wohnung ist eine üble Angelegenheit. Ein gewaltsames Eindringen in die Privatsphäre, sinnierte der Inspektor, die brutale Erkenntnis, dass es nicht ausreicht, die Tür vor dem Mob da draußen zu verschließen, um diese aus den Fugen geratene Welt voller Angst und Elend fernzuhalten. Plötzlich findest du dich selbst in der Rubrik «Vermischtes» wieder, ausgerechnet du, der du gar nichts Böses getan hast, der du dachtest, mit diesen Scheußlichkeiten nichts zu schaffen zu haben und immun gegen das Verbrechen zu sein. Deine Ruhe findet ein jähes Ende, die Ordnung, die du mühsam um dich herum errichtet hast, gerät ins Wanken, dein vermeintlich unzerstörbares Idyll existiert nicht länger.

Als Polizist in eine Wohnung zu kommen, in der zuvor ein Einbruch stattgefunden hat, ist nicht unheikel. Man fühlt sich verantwortlich, fast so, als hätte man in seiner Beschützerrolle versagt. Ein unausgesprochener Vorwurf liegt in den Augen des Opfers. «Ich zahle regelmäßig meine Steuern», scheint dieser Blick zu sagen, «mein Leben mit all seinen Problemen ist schon anstrengend genug, und ein Teil meines sauer verdienten Geldes landet in deiner Tasche. Und dann das: eine total verwüstete Wohnung, Kriminelle, die in meinen Sachen herumwühlen und mir neben den Wertgegenständen auch noch meinen inneren Frieden stehlen. Gib zu, Polizist, dass du mit Schuld daran trägst. Wo warst du, als diese Verbrecher mir meine Ruhe und meine Sicherheit raubten? Wahrscheinlich hast du wohlig in deinem Bett gelegen und dein von mir bezahltes Abendessen verdaut.»

Lojacono schaute auf den Zettel, auf dem er die Anschrift notiert hatte. Als der Anruf einging, war außer ihm und Ottavia Calabrese nur Alex Di Nardo im Büro, die gerade zur Tür hereingekommen war. Alles Frühaufsteher, die Kollegen vom Kommissariat Pizzofalcone, ein gutes Zeichen, wenngleich er den Verdacht nicht loswurde, dass weniger die Arbeit als andere, existenziellere Gründe sie so früh aus den Federn trieben. Der Anrufer hatte ein paar unzusammenhängende Sätze im tiefsten neapolitanischen Dialekt von sich gegeben, die er kaum verstand, weshalb er den Hörer an Alex weiterreichen musste.

Er drehte sich zu der Kollegin um und deutete auf die Toreinfahrt. Alex nickte. Sie hatte das Grüppchen Schaulustiger ebenfalls bemerkt, das sich stets wenige Sekunden nach Eintreten eines besonderen Ereignisses bildet und auch jetzt zur Stelle war. Ein paar Meter weiter stand ein Streifenwagen, an dessen Tür mit verschränkten Armen ein uniformierter Polizist lehnte und zu ihnen herübergrüßte.

Eine merkwürdige Frau, diese Di Nardo, dachte Lojacono. Nicht dass die anderen nicht auch merkwürdig waren, und wahrscheinlich war er selbst der Merkwürdigste von allen. Aber Alex war ihm ein echtes Rätsel. Mit ihren feinen Gesichtszügen, der grazilen Figur und schweigsamen Art strahlte sie eine zurückgehaltene, geballte Kraft aus, die jeden Moment explodieren und sich in etwas anderes verwandeln konnte. Lojacono hatte Aragonas Getratsche noch im Ohr, wonach in Alex' Kommissariat eine Kugel losgegangen sein musste, ein Streifschuss, der einen Kollegen getroffen hatte. Doch er hatte der Sache nicht weiter auf den Grund gehen wollen. Denn hatten sie nicht alle, die sie in Pizzofalcone gestrandet waren, irgendwie Dreck am Stecken?

Unwillkürlich wanderten seine Gedanken nach Süden, in seine sizilianische Heimat, und ein Panorama von Licht und Schatten zeigte sich vor seinem inneren Auge, ein blühender Mandelzweig, das Meer, dessen Geruch der Wind ihm in die Nase trieb. Die Erinnerung an Di Fede wurde in ihm wach, den Mafioso, der mit ihm zur Schule gegangen war und mit seiner Zeugenaussage sein Leben verändert hatte.

Nicht alles hat sich zum Schlechten gewendet, dachte er, als sie sich einen Weg durch die Schaulustigen bahnten, um in den Innenhof zu gelangen, an dessen Ende eine breite Treppe aufstieg. So war zum Beispiel Sonias wahrer Charakter zum Vorschein gekommen, seine Ehefrau, die ihn verlassen hatte und keine Gelegenheit ausließ, ihn bei ihren seltenen Telefonaten mit Gift und Galle zu überschütten. Er hatte Menschen kennengelernt, die er unter anderen Umständen nie getroffen hätte, wie seine neuen Kollegen. Und auch sein Verhältnis zu Marinella, seiner Tochter, hatte sich verändert. Zum Glück.

Über Monate hinweg hatte er nicht mal mit ihr telefonieren

können, weil Sonia dies verhindert hatte. Die Sehnsucht nach seiner Tochter, die keine 14 Jahre alt gewesen war, dieser geradezu körperliche Schmerz war mit das Schlimmste, was er je erlebt hatte. Dann, ganz allmählich, hatten sie telefonisch wieder Kontakt aufgenommen, und schließlich, an einem verregneten Abend vor zwei Monaten, hatte sie vor seiner Haustür gestanden. Sie war vor dem ewigen Streit mit ihrer Mutter geflohen, auf der Suche nach einem ruhigen Pol in ihrem Leben, den sie für immer verloren geglaubt hatte.

Einfacher waren die Dinge trotzdem nicht geworden, hatte Lojacono festgestellt. Er hatte ein liebevolles und fröhliches kleines Mädchen in Erinnerung, das mit seinen Freundinnen «feine Dame» spielte und kichernd vor dem Spiegel die Kleider seiner Mutter anprobierte. Doch dieses kleine Mädchen hatte sich in einen wortkargen, nachdenklichen Teenager verwandelt, der nur noch schwarz gekleidet herumlief und ihn aus dunklen Mandelaugen, die den seinen so ähnlich waren, grüblerisch anschaute. Er wusste nicht, ob sich ihr Besuch länger hinziehen würde, und hatte Angst, sie zu fragen. Er wollte nicht, dass Marinella auch nur ansatzweise dachte, sie wäre unerwünscht. Seiner Exfrau hatte er mitgeteilt, dass sich das Mädchen bei ihm befand und dass sie sich keine Sorgen machen sollte, was ihm wüste Beschimpfungen eingetragen hatte. Doch in Wirklichkeit war Lojacono sich gar nicht so sicher, welches die beste Lösung für seine Tochter war: sich in einer neuen Umgebung einzuleben und bei einem Vater zu bleiben, der wegen seines Berufs kaum Zeit für sie hatte, oder an einen Ort zurückzukehren, an dem sie sich offensichtlich nicht wohl fühlte.

Die leise Stimme von Alex Di Nardo riss ihn aus seinen Gedanken.

«Hier geht's rein.»

In der Beletage befand sich nur eine Wohnung, mit einer einfachen Eingangstür aus Holz, die angelehnt war. Das Haus war wie viele in der Gegend ursprünglich ein Prachtbau gewesen, der mit der Zeit dem Verfall preisgegeben worden war, während das Viertel sozial immer mehr abrutschte. In den letzten zehn Jahren hatten die Immobilienkrise und der steigende Wohnungsbedarf in zentraler Lage die Entwicklung umgekehrt, sodass der Stadtteil wieder an Prestige gewann. Die Graffiti an den Mauern waren entfernt und die Fassaden neu gestrichen worden, und die Rosen und Hortensien in den neu begrünten Innenhöfen schienen sich in der milden Mailuft in ihrem eigenen Glanz zu sonnen.

Die Wohnung, in der der Einbruch stattgefunden hatte, war anders als üblich nicht in mehrere Apartments unterteilt worden, um den Verkauf oder die Vermietung zu erleichtern. Das hieß, sie musste sehr groß sein. Oberhalb des Türrahmens war eine Überwachungskamera angebracht. Alex Di Nardo löste den Blick von dem aufdringlichen Objektiv und wies Lojacono auf die Eingangstür hin, die keinerlei Einbruchspuren aufwies. Durch ein großes Fenster, das perfekt in den Marmorsturz eingepasst war, fiel Licht ins Treppenhaus. Lojacono wickelte sich ein Taschentuch um die Hand, um das Fenster zu öffnen, das auf einen Innenhof hinausging. «S. Parascandolo» war in verschnörkelten Buchstaben in das Messingschild über dem Türklopfer eingraviert.

Ein uniformierter Polizist, der den Eingang der Wohnung bewachte, legte zum Gruß die Hand an die Mütze.

«Guten Morgen, ich bin Polizeiwachtmeister Rispo. Wir sind seit etwa 20 Minuten hier. Der Anruf der Einsatzzentrale ist bei uns eingegangen.»

Der große Vorraum verengte sich zu einem Korridor, von dem rechts eine Art Salon abging. Kleidungsstücke, Taschen und Nippes lagen verteilt auf dem Fußboden. Neben der Eingangstür standen ein Lederkoffer und ein Trolley.

Rispo sagte:

«Das Gepäck gehört den Besitzern der Wohnung. Sie sind heute früh aus Ischia zurückgekommen und haben das Chaos hier vorgefunden. Sie erwarten Sie im Salon.»

Alex wies Lojacono auf die unauffällig angebrachten Überwachungskameras hin, die wie die über der Eingangstür aussahen und auf ein Alarmsystem hindeuteten. Man konnte nicht behaupten, dass dieser S. Parascandolo, wer auch immer das sein mochte, nicht auf Sicherheit bedacht war. Was ihm jedoch augenscheinlich nichts genutzt hatte.

Aus dem Salon war ein gleichmäßiges rhythmisches Geräusch zu hören, das wie ein Schluchzen klang. Kein Zweifel, da weinte jemand.

Gefolgt von Alex betrat Lojacono den Raum.

5

Nicht alle Anrufe, die in einem Kommissariat eingehen, sind gleich.

Das Telefon klingelt ständig, aber immer nimmt jemand den Hörer ab und versucht sich trotz des erhöhten Lärmpegels, in dem alle Kollegen gleichzeitig reden, verständlich zu machen. In einem Kommissariat prallen Gefühle, Leidenschaften, starke Emotionen aufeinander, also muss man etwas lauter reden, die Atmosphäre ist aufgeheizt, erregt. In einem Kommissariat brüllen die Leute, als stünden sie auf dem Sportplatz.

Als Ottavia Calabrese beim zweiten Klingeln ans Telefon ging, herrschte das übliche Durcheinander. Aragona trompetete in den Hörer, um bei Guida, dem Wachmann im Foyer, einen Kaffee zu bestellen; Romano erkundigte sich bei Pisanelli, ob er von einem leerstehenden Apartment in der Nähe des Kommissariats wisse, woraufhin dieser ihm die Adresse eines befreundeten Immobilienmaklers nannte; Palma hatte den Kopf aus seiner Bürotür gesteckt, um ein «Guten Morgen» in die Runde zu werfen.

Aber kaum hatte Ottavia, die mit der Hand den Hörer vor dem Lärm abschirmte, «Was? Ein Kind ist entführt worden?» ausgerufen, herrschte schlagartig Stille im Raum. Die Calabrese griff nach einem Stift, um sich Notizen zu machen. Ihr Gesichtsausdruck zeigte Konzentration, ihre Stimme klang kühl und sachlich. Nur ihre Augen verrieten, wie aufgewühlt sie war.

Palma trat beunruhigt vor ihren Schreibtisch. Ein Kind. Ein entführtes Kind.

Ottavia legte auf. Alle starrten sie an.

«Ein Kind ist bei einem Schulausflug in die Gemäldesammlung der Villa Rosenberg verschwunden, gleich hier um die Ecke. Sie waren gerade erst angekommen, als der Junge plötzlich nicht mehr da war. Eine der Lehrerinnen hat angerufen, eine Schwester von der katholischen Privatschule in der Via Petrarca.»

Ihr Ton war leise und aufgewühlt, aber ungebrochen professionell. Sie hatte ihren Blick auf Palma gerichtet, auch wenn ihre Worte allen galten. Ein Kind.

Palma fragte:

«Woher wissen sie, dass der Junge entführt wurde? Vielleicht ist er ja auch nur weggelaufen, hat sich versteckt oder ...»

«Ein Klassenkamerad war bei ihm. Er meint, der Junge sei mit einer Frau weggegangen, einer blonden Frau.»

Schweigen. Anspannung, Angst. Palma seufzte.

«Okay, lasst uns keine Zeit verlieren. Romano, Aragona, ihr macht euch sofort auf den Weg – nehmt das Auto! Pisanelli, besorg dir den Namen des Kindes, sieh zu, dass du etwas über die Familie in Erfahrung bringen kannst, und informiere sie gegebenenfalls. Ottavia, du rufst in der Villa Rosenberg an und sagst denen, sie sollen sich nicht vom Fleck rühren und niemanden rein- oder rauslassen. Ich informiere die Einsatzzentrale und lasse vom Präsidium ein paar Streifenwagen hinschicken. Los, an die Arbeit!»

Aragona raste im üblichen Kamikazestil durch die Stadt, war aber anders als gewöhnlich in ein unbehagliches Schweigen verfallen. Irgendetwas an seinem Beifahrer Francesco Romano, genannt Hulk, gefiel ihm nicht, ja, machte ihm Angst. Vielleicht war es dieser leidende, oft ins Leere gerichtete Blick. Romanos raspelkurze Haare, der Stiernacken und die ausgeprägte Kieferpartie verstärkten den Eindruck einer unterdrückten Kraft, die jeden Moment explodieren konnte. Was ihm ein befreundeter Streifenpolizist sonst noch über den Kollegen erzählt hatte, klang auch nicht gerade beruhigend: Hulk war einem Verdächtigen, der ihn provoziert hatte, an die Gurgel gegangen, sodass dieser ins Krankenhaus musste. «Glaub mir, Aragona, ich war dabei», hatte sein Freund gesagt, «es waren drei Leute nötig, um ihn von dem Typen loszureißen. Fünf Sekunden länger, und er hätte ihn umgebracht.»

Ohne sein Tempo zu drosseln, steuerte Aragona unter wildem Hupen auf eine Gruppe japanischer Touristen zu, die wie aufgescheuchte Hühner auseinanderstoben. Er glaubte seinem Freund jedes Wort: Romano strahlte wirklich etwas Brutales aus. Noch dazu hatte er einen äußerst merkwürdigen Humor, der ihn jedes Mal, wenn er, Aragona, eine witzige Bemerkung machte, wie einen Deppen dastehen ließ. Er warf einen verstohlenen Blick auf seinen Beifahrer, der sich mit der einen Hand am Sitz und mit der anderen am Türgriff festklammerte; sein Kiefermuskel zuckte bedrohlich.

Mit einer Vollbremsung kamen sie vor dem Museum zum Stehen. Romano blaffte los, als wäre Aragona gar nicht anwesend:

«Alleine dieser Fahrstil zeigt, dass der Mann ein Vollidiot ist!»

Zwei Streifenwagen kamen aus unterschiedlichen Richtungen angerast, als sie aus dem Auto stiegen. Auch im Eingangsbereich des klassizistischen Gebäudes, in dem die Gemäldegalerie untergebracht war, herrschte hektische Betriebsamkeit: Ein Grüppchen Touristen mit starkem deutschem Akzent beschwerte sich radebrechend an der Kasse, weil man ihnen den Einlass verwehrte. Ein Wachmann fuchtelte wild mit den Armen und forderte lautstark Ruhe ein. Eine Nonne schluchzte und wurde von ihrer älteren Kollegin zusammengestaucht; ein paar Zehnjährige drückten sich mit verängstigten Gesichtern in eine Ecke des Vorraums.

Kaum hatten sie sie entdeckt, eilten die beiden Schwestern auf sie zu.

«Sind Sie von der Polizei?»

«Polizeihauptwachtmeister Francesco Romano. Das ist mein Kollege Marco Aragona. Erzählen Sie uns, was passiert ist, Schwester.»

Die etwa 60-jährige Frau mit dem runden Gesicht unter dem schwarzen Schleier funkelte ihn aus ihren blauen Augen an.

«Ich bin Schwester Angela vom Orden der Santa Maria della Carità. Das» – sie zeigte mit dem Finger auf die jüngere Nonne, die noch immer schniefte – «ist Schwester Beatrice. Was passiert ist, haben wir bereits am Telefon gesagt: Ein Kind wurde entführt, hier aus diesem Museum, vor einer halben Stunde.»

Mit einem Hüsteln nahm Aragona seine Sonnenbrille ab.

«Wie lautet der Name des Kindes? Und wie hat sich die Entführung genau zugetragen?»

Schwester Angela warf ihm einen abschätzigen Blick zu.

«Sind Sie nicht ein bisschen zu jung, um sich mit so einem schwerwiegenden Fall zu befassen?»

Bevor Aragona etwas erwidern konnte, sagte Romano barsch:

«Das Alter meines Kollegen tut hier nichts zur Sache, Schwester. Davon abgesehen können Sie sicher sein, dass wir beide unseren Job sehr wohl verstehen. Ist es richtig, dass ein Kind, das unter Ihrer Obhut und der Ihrer Kollegin stand, spurlos verschwunden ist? Würden Sie also bitte die Frage beantworten!»

Die Frau flatterte mit den Lidern. Sie wirkte nicht so, als wäre sie Widerspruch gewohnt.

«Ich bin die Oberin des Klosters, zu dem die Schule gehört. Ich war nicht dabei, als es passiert ist. Die Kinder haben zusammen mit Schwester Beatrice einen Ausflug unternommen. Sie hat mich sofort angerufen, als Dodo ... der Junge, Edoardo Cerchia, verschwunden ist. Ich bin direkt hierhergeeilt, und dann haben wir Sie benachrichtigt.»

Durch den unerwarteten Beistand von Romano mit neuem Selbstvertrauen erfüllt, sagte Aragona:

«Sie waren also nicht dabei. Und Sie haben uns auch nicht sofort benachrichtigt, sondern sich erst untereinander verständigt und dabei wertvolle Zeit verschwendet. Herzlichen Glückwunsch, Frau Äbtissin!»

Mit einem Gesichtsausdruck, der nichts Gutes verhieß, drehte Romano sich zu ihm um. Schwester Angela war das Blut in die Wangen gestiegen.

«Ich ... ich ... Schwester Beatrice ist noch sehr jung, und ganz gewiss hat sie nicht damit gerechnet, jemals in eine solche Situation zu geraten. In all den Jahren ist so etwas noch nie vorgekommen ...»

Romano wandte sich an die jüngere Nonne.

«Schwester, bitte erzählen Sie uns, was sich zugetragen

hat. Und lassen Sie nichts aus, auch keine Details. Aragona, vielleicht machst du dir ein paar Notizen.»

Schwester Angela versuchte, Terrain zurückzuerobern.

«Also, heute Morgen in der Schule ...»

Romano unterbrach sie mit einer brüsken Geste.

«Mutter Oberin, ich glaube, es ist besser, wenn Sie mal nach den Kindern schauen. Lassen Sie uns alleine mit Schwester Beatrice, danke.»

Die ältere Nonne wich ruckartig zurück, als hätte Romano sie wegstoßen wollen. Wieder flatterten ihre Lider, doch dann wandte sie sich mit der Haltung einer gekränkten Königin den Kindern zu.

Allein mit den beiden Polizisten schien Schwester Beatrice den letzten Rest von Contenance zu verlieren. Schluchzend brachte sie hervor:

«Ich ... ich weiß nicht ... Dodo war bei mir und den anderen, in dem Saal mit den Aquarellen, dann ... Wir waren alle zusammen, die Kinder und ich ... Ich ... ich habe nicht gesehen, dass ...»

Aragona, den Stift schon zwischen den Fingern, unterbrach sie mit einem Handwedeln.

«Beruhigen Sie sich, Schwester, beruhigen Sie sich. Holen Sie tief Luft und fangen Sie noch mal von vorne an, aber bitte langsamer, sonst verstehe ich kein Wort. Und wie soll ich mir dann Notizen machen?»

Die Schwester tat einen tiefen Seufzer, zog die Nase hoch und trocknete sich die Augen.

«Sie haben ja recht, Herr Wachtmeister. Entschuldigen Sie bitte. Ich bin nur so erschrocken, verstehen Sie? Mit allem habe ich gerechnet, nur mit so etwas nicht. Aber Gott in seiner großen Barmherzigkeit wird mir beistehen. Vielleicht fragen

Sie mich lieber eins nach dem anderen, dann vergesse ich auch nichts.»

Romano nickte, sichtlich erleichtert über den Vorschlag.

«Sehr gut. Fangen wir mit dem Jungen an. Edoardo Cerchia heißt er, haben Sie gesagt?»

«Ja, aber wir rufen ihn bei seinem Spitznamen – Dodo. Meine Klasse ist eine fünfte, die Kinder gehören zu den Ältesten, nächstes Jahr kommen sie auf die höhere Schule. Dodo ist schon seit der ersten Klasse bei mir, wie fast alle Kinder, die Sie hier sehen, sie sind seine Klassenkameraden. Dodo ist ein ganz lieber Junge, sehr ruhig, sehr aufgeweckt, sein Benehmen ist tadellos. Vielleicht ein wenig kindlich für sein Alter … Er hängt sehr an seinem Spielzeug, ich habe ihn schon öfter ermahnen müssen, es nicht mit in die Schule zu bringen. Aber er fügt sich gut in die Gemeinschaft ein, ist wohlerzogen, vielleicht ein bisschen introvertiert.»

«Okay, Schwester, so viel zu seinen Kopfnoten. Aber jetzt bitte zum Eigentlichen: Was genau ist heute Morgen passiert?»

Schwester Beatrice senkte die Lieder und versuchte sich zu sammeln, während Romano seinem unhöflichen Kollegen einen finsteren Blick zuwarf.

«Wir hatten diesen Ausflug schon seit Monaten geplant. Das Museum ist morgens extra für Schulklassen geöffnet. Natürlich interessieren sich Kinder in dem Alter nicht wirklich für Kunst, sie würden lieber in einen Themenpark gehen, wo sie spielen und toben können, vor allem jetzt im Frühling, wenn die Tage wärmer werden, aber die Mutter Oberin … Schwester Angela möchte, dass die älteren Kinder auch in den Genuss einer Kunst-Erziehung kommen, deswegen gehen wir jedes Jahr mit der fünften Klasse hierhin.»

Aragona sah sich mit großen Augen um.

«Die Armen, was für ein Schwachsinn. Okay, Schwester, weiter im Text!»

Die Nonne schien seine Grobheit nicht zu bemerken.

«Wir lassen sie etwas früher als sonst in die Schule kommen, um Viertel vor acht, und fahren dann mit dem Schulbus, der sie jeden Tag von zu Hause abholt und wieder zurückbringt, hierher. Sobald die Kinder im Bus sitzen, zählen wir sie durch, und wenn dann alle da sind, geht's los.»

Romano fragte:

«Ist das der einzige Moment, in dem Sie die Kinder durchzählen?»

«Nein, nein! Eigentlich tue ich die ganze Zeit nichts anderes. Die Kunst wird ihnen von dem Museumspädagogen erklärt, ich selbst schaue nur nach den Kindern.»

«Also haben Sie sofort bemerkt, dass der kleine Cerchia nicht mehr da war? Uns wurde gesagt, ein Klassenkamerad hätte ihn mit einer blonden Frau weggehen sehen – stimmt das? Wie heißt der Klassenkamerad? Und wie kann es sein, dass der Junge einfach verschwindet, wo Sie doch so aufgepasst haben?»

Die Frau brach erneut in Tränen aus.

«Ein Klassenkamerad, ja ... Christian Datola. Er war bei ihm, als ... als sie Dodo entführt haben, und ich ...»

Schwester Angela schien es nicht ertragen zu können, ihre Mitarbeiterin so unter Druck zu sehen. Erneut trat sie auf die Polizisten zu. Mit steinernem Gesicht sagte sie:

«Also, wenn Sie uns etwas anhängen wollen, dann sagen Sie das bitte gleich, in dem Fall nehmen wir uns einen Anwalt. Wir sind die Geschädigten – nicht die Schuldigen. Wir tun alles für unsere Kinder und ihre Familien, unsere Schule ist bekannt dafür, wie aufmerksam und umsichtig wir uns um die Kinder kümmern. Deren Familien, falls Sie das noch nicht wissen sollten, zählen zu den namhaftesten und wohlhabendsten der Stadt ...»

Mit dem Bügel seiner Sonnenbrille deutete Aragona anklagend auf die Frau.

«Wollen Sie damit sagen, dass Sie und Ihre Barmherzigen Schwestern nur deshalb so gut auf die Kinder aufpassen, weil sie aus reichen Familien kommen? Und dass, wenn sie aus ärmeren Familien kämen, sie sich ruhig gegenseitig abmurksen könnten? Das nenne ich ‹Barmherzigkeit›!»

Schwester Angela baute sich vor ihm auf. Mit dem Zeigefinger fuchtelte sie direkt vor seiner Nase herum.

«Jetzt hören Sie mir mal gut zu, junger Mann: Ich lasse mich nur sehr ungern beleidigen! Sie nennen mir jetzt sofort Ihre Dienststelle, Ihre Dienstnummer und Ihren vollständigen Namen, und dann werde ich Sie ...»

Schwester Beatrice unterbrach ihre Tirade, indem sie an ihrem Ärmel zupfte und mit schreckgeweiteten Augen zum Museumseingang zeigte. Eine Frau eilte herbei, dicht gefolgt von einem Mann.

«Mutter Oberin, da ist Signora Cerchia. Dodos Mama.»

6

Auch der Salon bot einen wüsten Anblick.

Das Zimmer sah aus, als wäre ein Umzug im Gange, ohne dass auch nur irgendetwas in eine Kiste gepackt worden wäre. Sämtliche Schränke, Regale und sonstige Abstellmöglichkeiten waren leer, aber auf dem Fußboden befand sich eine Ansammlung von Gegenständen, die einem Luxusgeschäft alle Ehre gemacht hätte: Nippes, Bücher, Bilder, Teller, Gläser, Silber.

Lojacono spürte gleich, dass an diesem Stillleben etwas nicht stimmte, allerdings hätte er nicht sagen können, was genau ihn an dem Durcheinander aus Farben, Materialien und Formen störte. Aber dann fiel es ihm wie Schuppen von den Augen: Das Chaos hatte Prinzip, alle Gegenstände waren mit großer Sorgfalt auf dem Boden abgestellt worden, nichts war zu Bruch gegangen, obwohl sich einige Teile aus feinstem Kristall und Porzellan darunter befanden. Es schien, als hätten die Einbrecher alles penibel vorbereitet und wären unterbrochen worden, kurz bevor sie ihr Diebesgut hatten wegbringen können.

Mitten in dem Tohuwabohu saß ein Ehepaar auf der Sofakante, hinter sich zwei hochkant gestellte Gemälde und ein Tablett, auf dem die Kaffeetassen nach Größe geordnet waren wie für eine Ausstellung.

Die Frau sah auf den ersten Blick gut aus, obwohl Alex nicht hätte sagen können, wie alt sie war. Die Haut an ihrem Hals und den nackten Oberarmen verriet, dass sie älter als 50 sein musste, aber die unübersehbaren Eingriffe eines Schönheitschirurgen hatten ihrem Gesicht und Körper, der in ein zu enges, knallbuntes Kleid gezwängt war, für alle Zeiten eine künstliche Jugend verliehen. Sie schluchzte heftig und tupfte sich die geröteten Augen unter den gestrafften Lidern mit einem vollkommen durchweichten Taschentuch, während sie gleichzeitig theatralisch den Kopf von rechts nach links warf, als würde sie einem Tennismatch folgen.

Ihr Gatte, mit Dreifachkinn, stattlichem Bauch und dem mürrischen Gesichtsausdruck einer Bulldogge, wirkte hingegen keinen Tag jünger als seine 70 plus. Er schien mit den Nerven völlig am Ende, seine Lippen zitterten, und seine einander unaufhörlich knetenden Hände sahen aus, als führten sie ein Eigenleben. Die Szene verlor eindeutig an Dramatik durch das Hawaiihemd, das er trug.

Lojacono ergriff das Wort.

«Ich bin Inspektor Lojacono vom Kommissariat Pizzofalcone. Und das ist meine Kollegin Polizeioberwachtmeisterin Di Nardo. Sind Sie die Eigentümer dieser Wohnung?»

Mit einer Fistelstimme, die überhaupt nicht zu seiner Statur passte und eher an einen Knaben vor dem Stimmbruch erinnerte, sagte der Mann:

«Sagen wir lieber: der Eigentümer von dem, was von dieser Wohnung übrig geblieben ist. Ich bin Salvatore Parascandolo.»

Er machte weder Anstalten, sich vom Sofa zu erheben, noch seine neben ihm sitzende Frau vorzustellen.

Alex musterte ihn mit einem ausdruckslosen Blick und wandte sich direkt an seine Sitznachbarin.

«Und Sie sind Signora Parascandolo?»

Mit sichtlicher Anstrengung unterbrach die Frau ihr Schluchzen und ihr imaginäres Tennismatch.

«Ja, ich bin Susy Parascandolo. Was für ein Elend, Signori, was für eine Tragödie ...»

Lojacono machte eine ausholende Armbewegung, die das Chaos um sie herum einschloss.

«Wann genau haben Sie bemerkt, was passiert ist?»

Parascandolo starrte ins Leere. Schließlich erwiderte er:

«Heute Morgen um acht, als wir von Ischia zurückkamen. Da fährt man übers Wochenende weg, denkt, man hat seine Ruhe und kann etwas Meeresluft tanken, und dann kommt man nach Hause zurück, an den vermeintlich sichersten Ort der Welt, und findet ... findet so etwas vor.»

Das zarte Stimmchen hätte im Kontrast zu dem finsteren Gesicht lächerlich geklungen, wenn nicht ein tiefer Schmerz in den Worten des Mannes gelegen hätte.

Alex hob den Blick zu der Überwachungskamera in der Ecke des Salons.

«Was ist mit der Alarmanlage? Sieht aus, als wäre das LED-Lämpchen ausgeschaltet. Haben die Täter sie deaktiviert?»

Die Frage löste eine merkwürdige Reaktion bei den Eheleuten aus. Langsam und bedeutungsvoll drehte der Mann sich zu seiner Frau um, als wäre sie für den Einbruch persönlich verantwortlich.

«Nein, viel einfacher: Die gute Dame hier hat vergessen, die Alarmanlage einzuschalten – das ist des Rätsels Lösung. Ist ja auch egal, was mit unseren Wertsachen passiert, schließlich hat sie sie nicht bezahlt, sondern ich mit meinem mühsam verdienten Geld. Warum also sollte sie die Alarmanlage einschalten, wenn sie das Haus verlässt? Sie hätte einfach nur den

Zahlencode eingeben müssen – vier lächerliche Ziffern! Aber nein, Madame hat's wohl nicht nötig.»

Die Frau schluchzte jetzt heftiger.

«Ich kann schließlich nicht an alles denken! Die Anlage ist neu, noch nicht mal ein Jahr alt, ich habe einfach nicht daran gedacht. Außerdem war ich spät dran, ich hatte noch jede Menge zu erledigen, Koffer packen, während du am Hafen schon auf mich gewartet hast und das Taxi unten auf der Straße hupte wie verrückt, weil man da nicht parken kann. Ich habe es schlicht und einfach vergessen – das ist der Grund.»

Man musste wirklich kein Experte für Gesichtskunde sein, dachte Lojacono, um festzustellen, dass die Parascandolos einander abgrundtief hassten. Er fragte:

«Haben Sie herausgefunden, wie die Einbrecher ins Haus gelangt sind?»

Der Mann erwiderte unwirsch:

«Wäre das nicht eher Ihr Job, uns zu sagen, wie sie hier reingekommen sind? Ich war am Hafen, habe dort auf meine Frau gewartet. Keine Ahnung – vielleicht hat sie in ihrer grenzenlosen Dummheit die Haustür aufgelassen? Die Fenster sind jedenfalls unversehrt, die Gitter davor hatte ich selbst noch zugemacht. Und da die Haustür keine Einbruchspuren aufweist, kann das nur heißen, die Diebe besaßen einen Schlüssel.»

Susy verzog ihre Lippen, die an eine Delfinschnauze erinnerten, zu einem schmalen Spalt und zischte:

«Jetzt spielst du auch noch den Ermittler! Erst Richter, dann Bulle, was?»

Alex versuchte, das Gesprächsthema wieder auf den Diebstahl zu lenken.

«Haben Sie sich schon einen Eindruck verschaffen können, was weggekommen ist? Oder ob überhaupt etwas fehlt?»

Der Mann stand auf. Er war höchstens 1 Meter 60 groß.

«Kommen Sie mit.»

Alex und Lojacono folgten ihm durch den langen Flur. Sie versuchten, nicht auf die überall verstreuten Dinge zu treten. Auch im Schlafzimmer herrschte die gleiche geordnete Unordnung wie im Salon: aufgerissene Schubladen und Schranktüren und jede Menge ordentliche Stapel mit Kleidern und sonstigen Gegenständen auf dem Fußboden. Auf einer Kommode gegenüber der Fensterfront lag eine Brieftasche aus rotem Nappa, deren aus Kredit- und Visitenkarten bestehendes Innenleben aufgefächert war wie in der Auslage eines Lederwarengeschäfts.

An der rechten Wand befand sich ein etwa anderthalb Meter hoher Tresor. Auch er stand offen und war leer. Zu seinen Füßen lehnte ein Landschaftsgemälde. Lojacono trat näher. Das Schloss des Tresors, eine Kombination aus Schlüssel- und Zahlenschloss, war schwarz angelaufen und an mehreren Stellen beschädigt. Aha, dachte er, ein Schneidbrenner.

Er drehte sich zu Parascandolo um.

«Was befand sich in dem Tresor?»

Der Mann zögerte.

«Nicht viel: eine Uhr, Dokumente, aber nichts von Belang. Und Bargeld, ein paar Tausend Euro vielleicht. Nichts Besonderes also.»

Alex und Lojacono wechselten einen Blick. Der Mann log, und noch dazu schlecht. Aber warum?

Die junge Frau fragte:

«Und im Rest des Hauses? Fehlt da etwas?»

Die Ehefrau, die, noch immer schluchzend, zu ihnen aufgeschlossen war, antwortete:

«Nein, zum Glück sieht es nicht danach aus. Na ja, bei dem

Durcheinander kann man das nicht so genau sagen, aber mir scheint, es ist nichts weggekommen. Nicht einmal das Silber haben sie mitgenommen.»

Parascandolo fuhr ihr in die Parade.

«Halt den Mund, du dumme Kuh! Woher willst du wissen, dass sie nichts mitgenommen haben? So oft, wie du zu Hause bist, hätten sie alles Mögliche klauen können, ohne dass du es überhaupt bemerken würdest.»

Unvermittelt fragte Alex:

«Sind Sie diebstahlversichert, Signor Parascandolo?»

«Nein. Man sollte doch meinen, dass man mit einer solchen Alarmanlage sowie einer Haushälterin, die fast immer vor Ort ist, nicht auch noch Geld für eine Versicherung zum Fenster rauswerfen muss. Wenn die Polizei ihre Pflicht tun und uns brave Steuerzahler beschützen würde, dann wären diese blutsaugerischen Versicherungen doch längst alle pleite!»

Lojacono schnitt ihm das Wort ab.

«Gut, ich sehe schon, im Moment können wir hier nichts weiter tun. Die Spurensicherung müsste jeden Moment eintreffen, bitte lassen Sie alles unberührt. Der Kollege vorne an der Haustür wird bei Ihnen bleiben. Wir sprechen uns wieder, sobald die Ergebnisse der Spurensicherung vorliegen. Was für einer Tätigkeit gehen Sie nach, Signor Parascandolo? Vielleicht können wir uns nachher in Ihrem Büro treffen, oder ...»

«Ich besitze ein Fitnessstudio, mit Wellness-Oase, Bar und Restaurant. Ein Schwimmbad gehört auch dazu. Es liegt in der Via Mastriani, oben auf dem Hügel. Sie finden mich dort, falls ich nicht hier sein sollte.»

«Und die Signora, treffe ich Ihre Frau auch dort an?»

«Die auch. Sogar häufiger als mich. Sie kümmert sich um das Fitnessstudio.»

Kaum waren sie unten auf der Straße, wandte sich Lojacono an seine Kollegin.

«Und, was meinst du? Ziemlich schräg, oder?»

Alex Di Nardo machte ein nachdenkliches Gesicht.

«Da ist so einiges schräg, würde ich sagen. Vor allem die Tatsache, dass nichts geklaut worden ist. Die Bilder sind ziemlich wertvoll – ein bisschen verstehe ich was davon, musst du wissen, mein Vater ist ein leidenschaftlicher Sammler. Lauter Aquarelle aus dem späten 19. Jahrhundert, klein und unauffällig genug, um sie leicht verhökern zu können. Auch das Silber, diese schweren Teile, und ihr Schmuck – ich habe ihn auf der Kommode liegen sehen, schön aufgereiht, als lägen die Stücke in einem Schmuckkasten oder Schaufenster.»

Der Inspektor nickte.

«In der Tat. Und dann diese seltsame Ordnung in der Unordnung, sämtliche Teile auf dem Boden ausgebreitet, als sollten sie jemandem vorgeführt werden. So was habe ich noch nie gesehen. Mal abgesehen von der Eingangstür, die keine Einbruchspuren aufweist, und von der ausgeschalteten Alarmanlage. Äußerst merkwürdig.»

Lojacono sah, wie sich ein Grinsen auf Alex' Lippen stahl.

«Ich war fast so weit zu glauben, dass sie selbst diese Schmierenkomödie inszeniert haben, deswegen habe ich auch nach der Versicherung gefragt. Aber so wie es aussieht, macht das keinen Sinn.»

«Wohl wahr! Außerdem hätten sie dann den Einbruch sicher etwas geschickter inszeniert, auch wenn sie mir nicht gerade wie zwei echte Intelligenzbestien erschienen sind. Na ja, wer weiß.»

Inzwischen hatten sie fast das Kommissariat erreicht. Alex sagte:

«Die Diebe wussten jedenfalls genau, was und wohin sie wollten – zum Tresor. Aber gefunden haben sie nicht wirklich was – zumindest wenn man Parascandolo glauben kann.»

«Der Herr hat zweifelsohne gelogen, dass sich die Balken biegen. Wäre spannend zu wissen, was sich tatsächlich in diesem Tresor befand – und vor allem, warum er uns diesen Bären aufgebunden hat. Wir sollten Ottavia und den Präsidenten darauf ansetzen, vielleicht finden sie ja eine heiße Spur.»

Alex lachte.

«Den ‹Präsidenten› ... Aragona hat dich wohl angesteckt mit seinem Faible für Spitznamen, was? Ja, ja, die ‹Gauner von Pizzofalcone› ... Dann darf ich also ‹Chinese› zu dir sagen?»

«Echt verrückt – schon in der Schule haben sie mich so genannt ... Also, pass auf: Du hältst Kontakt mit der Spurensicherung. Sobald die Kollegen so weit sind, reden wir mit ihnen. Ich habe das dumpfe Gefühl, dass der gute Parascandolo mit seinem schicken Hawaiihemd deutlich höhere Verluste zu beklagen hat, als er zugeben wollte.»

Alex Di Nardo seufzte.

«Was für ein schreckliches Paar, oder? Und wie traurig, zwei Menschen zu erleben, die seit Jahren miteinander verheiratet sind und sich dermaßen hassen.»

Was für eine Wohltat ist es dagegen, in unser Kommissariat zurückzukehren, dachte Alex. Trotz allem ist die Stimmung dort meistens gut.

Doch da hatten sie das Kommissariat noch nicht erreicht.

7

Die Frau, die auf den Eingang des Museums zueilte, wirkte eher wütend als besorgt. Sie blieb an der Tür stehen, wartete einen Moment, bis sich ihre Augen an das Halbdunkel gewöhnt hatten, und ging dann auf die kleine Gruppe mit den beiden Schwestern und den Polizisten zu.

Romano beobachtete sie, während sie näher kam. Sie wirkte elegant und selbstsicher. In ihrem Schlepptau, zwei Schritte hinter ihr, folgte ein Mann mit grauer Mähne und Vollbart.

«Schwester Angela, was ist das für eine Geschichte? Wo ist Dodo?»

Die Nonne sah ihr lächelnd entgegen. Ihr Blick streifte Aragona, als wäre gewissermaßen er verantwortlich für die Situation.

«Guten Morgen, Signora. Leider ist es heute zu diesem ... äh ... bedauerlichen Zwischenfall gekommen ... Deswegen haben wir die Herrschaften hier um Hilfe gebeten. So wie es aussieht, ist Dodo ... hat Dodo sich heute Morgen von der Gruppe entfernt, und nun können wir ihn nicht mehr finden. Aber ich bin sicher, dass wir ihn rasch ...»

Romano hielt es für angebracht, ihren Redeschwall zu unterbrechen. Er stellte sich vor und sagte:

«Mein Kollege Aragona und ich sind gerade erst gekommen. Der Junge ist wohl schon seit über einer Stunde verschwunden, deswegen hat man uns gerufen. Sie sind die Mutter, nehme ich an, Signora Cerchia ...»

Die Frau musterte ihn von Kopf bis Fuß. Sie war eine imponierende und gepflegte Erscheinung. Über einem aquamarinfarbenen Kleid, das perfekt auf ihre Augenfarbe abgestimmt war, trug sie einen dunkelblauen Blazer. Ihre regelmäßigen Gesichtszüge wurden von einem großen sinnlichen Mund dominiert. Nur die chirurgisch verkleinerte Nase passte nicht recht zu dem Ganzen. Sie drehte sich zu Schwester Angela um.

«Sogar die Polizei haben Sie gerufen ... Vielleicht ist er ja mit einem Freund in einen Park hier in der Nähe zum Spielen gegangen. Haben Sie denn überall nach ihm gesucht? Oder er hat einfach den Anschluss an die Gruppe verpasst – manchmal vergisst er alles um sich herum und lebt in seiner eigenen kleinen Welt. Haben Sie auf der Toilette nachgeschaut? Vielleicht ist er ja irgendwo eingeschlafen.»

Aragona gab einen prustenden Laut von sich.

«Signora, so einfach würde ich es mir an Ihrer Stelle nicht machen, tut mir leid. Der Kollege hier hat Ihnen doch gesagt, dass inzwischen mehr als eine Stunde vergangen ist. Meinen Sie nicht, die beiden Schwestern hätten nicht dreimal auf dem Klo nachgeschaut, bevor sie uns gerufen haben? Sagen Sie uns lieber, ob Ihr Mann, eine Tante oder wer auch immer das Kind abgeholt haben könnte, ohne dass die Schwestern davon wussten. Wenn dem nämlich so sein sollte, telefonieren wir ein bisschen in der Gegend rum, bis die Sache sich von alleine auflöst, und gehen dann alle brav nach Hause.»

Die Frau zog ihre perfekt gezupften Augenbrauen in die Höhe.

«Was wollen Sie denn damit andeuten? Etwa dass ich nicht unterrichtet bin, wenn jemand anderes mein Kind von der

Schule abholt, noch dazu vor Unterrichtsende? Nein, und nochmals nein! Niemand ist befugt, Dodo abzuholen. Nur ich oder jemand, den ich ausdrücklich damit beauftrage.»

«Signora Cerchia ...»

«Hören Sie auf, mich ‹Signora Cerchia› zu nennen, ich heiße schon seit Jahren nicht mehr so. Ich heiße Borrelli, Eva Borrelli.»

Romano versuchte, die Aufregung zu dämpfen.

«Immer mit der Ruhe, Signora Borrelli. Wir wollen alle das Gleiche: herausfinden, wo sich der Junge befindet, und ihn schnellstmöglich wieder zu Ihnen zurückbringen.»

Die Frau zischte:

«Dann tun Sie endlich Ihre Arbeit, verdammt noch mal! Finden Sie ihn!»

Ohne näher zu treten, murmelte Eva Borrellis Begleiter:

«Eva, Liebling, beruhige dich doch, bitte! Alles wird gut, du wirst schon sehen.»

Aragona maß den Mann mit einem forschenden Blick. Seine Augen blieben an der ausgebeulten Cordhose hängen.

«Und wer sind Sie?»

Eva Borrelli kam ihrem Begleiter zuvor.

«Er hat mit der ganzen Sache nichts zu tun. Das ist Manuel Scarano, mein Lebensgefährte. Manuel, bitte, halte dich da raus.»

Du meinst wohl, «dein Schoßhündchen», dachte Aragona, als der Mann wie von einer Ohrfeige getroffen einen Schritt zurückwich. Trotzdem hatte er das Gefühl, Eva Borrellis Lebensgefährte verspürte eine gewisse Genugtuung, überhaupt vorgestellt worden zu sein.

Romano, der die Sache beschleunigen wollte, wandte sich an Schwester Beatrice.

«Schwester, Sie haben von einem Jungen gesprochen, der bei Dodo war, als er abgeholt wurde. Können Sie den Jungen zu uns bringen?»

Die Nonne schaute ängstlich zu ihrer Oberin, als müsste sie erst deren Erlaubnis einholen. Als die Ältere widerwillig nickte, trat Schwester Beatrice auf die Gruppe Schulkinder zu und kehrte mit einem pummeligen Jungen an der Hand zurück. Mit hochroten Wangen drehte sich der Knabe immer wieder triumphierend zu seinen Kameraden um.

Romano begrüßte ihn.

«Guten Morgen. Wie heißt du?»

Schwester Beatrice nickte ihrem Schützling aufmunternd zu.

«Christian. Christian Datola», erwiderte der Junge. Er sprach das R so weich aus, dass man es fast nicht hören konnte.

«Du warst bei Dodo, als ... als er weggegangen ist, oder? Kannst du uns erzählen, was genau passiert ist?»

Christian nickte. Dann wandte er sich an Schwester Beatrice.

«Schwester, wann kommt Dodo zurück?»

Romano fragte:

«Was meinst du damit? Hat er gesagt, dass er zurückkommt? Was genau hat er gesagt? Erzähl mir alles, von dem Moment an, als du ihn aus den Augen verloren hast. Alles – verstanden?»

«Wir haben uns ein Bild angeschaut, Dodo und ich, im ersten Saal. Ein Ritter auf einem Pferd war da drauf, und ich habe zu Dodo gesagt, das Bild ist falsch, weil da kein Blut am Schwert war. Wenn man jemanden tötet – und da waren viele Tote auf dem Bild –, dann muss Blut am Schwert sein, oder nicht? Und dann hat Dodo ...»

Schwester Angela unterbrach den Jungen brüsk.

«Komm zur Sache, Datola! Du sollst die Fragen der beiden Polizisten beantworten und keine Romane erzählen.»

Aragona fuhr ihr in die Parade.

«Passen Sie mal auf, Schwester Wie-auch-immer-Sie-heißen: Wir, mein Kollege Romano und ich, stellen hier die Fragen, und der Junge antwortet so, wie er will. Jedes noch so winzige Detail kann nämlich verdammt hilfreich sein. Am besten kümmern Sie sich jetzt um Ihre anderen Schüler und lassen uns in Ruhe unsere Arbeit tun. Solange Sie hier sind, redet der Junge sowieso nicht freiheraus.»

Eine feine Röte überzog das Gesicht der Oberin bis zum Ansatz ihres Schleiers. Gekränkt presste sie die Lippen zusammen und drehte sich auf dem Absatz um.

Romano bedachte Aragona wegen seines forschen Auftritts mit einem bösen Blick, gab ihm aber insgeheim recht. Der Kollege rangierte auf seiner inneren Sympathieskala zwar immer noch unter null, aber mit einer deutlichen Tendenz nach oben.

Sichtlich erleichtert, dass die furchteinflößende Mutter Oberin sich verzogen hatte, nahm der kleine Datola den Faden wieder auf.

«Dodo hat gesagt, der Maler von dem Bild hat alles richtig gemacht. Wir mussten uns dann aber beeilen, weil Schwester Beatrice und die anderen Kinder schon in den zweiten Saal gegangen waren und wir sie einholen wollten. In dem Moment hat Dodo sich zur Eingangstür umgedreht und ‹Hallo› gesagt.»

Romano fragte:

«Hast du gesehen, wen er begrüßt hat?»

Der Junge zog die Nase hoch.

«Er hat in Richtung Ticketschalter geguckt. Da stand eine Frau.»

«Und dann, was ist dann passiert?», wollte Aragona wissen.

«Ich bin zu Schwester Beatrice und den anderen Kindern gegangen.»

«Und Dodo?», fragte dessen Mutter.

Christian drehte sich zu ihr um und zuckte mit den Schultern.

«Ich weiß nicht. Ich habe ihn nicht mehr gesehen.»

Romano blieb hartnäckig.

«Wie sah sie denn aus, diese Frau? Weißt du noch, ob sie was gesagt hat? Oder was sie anhatte?»

«Sie trug ein Sweatshirt mit einer Kapuze. Man konnte aber trotzdem sehen, dass sie blonde Haare hat. Sie hat Dodo ein Zeichen gegeben, dass er zu ihr kommen soll. Ich weiß nicht, ob er das gemacht hat, weil ich sofort losgelaufen bin. Ich hatte Angst, dass Schwester Beatrice beim Abzählen merkt, dass wir nicht da sind, dann wird sie nämlich immer wütend und gibt einem einen Eintrag ins Klassenbuch.»

Romano vergewisserte sich, dass Aragona Namen und Anschrift des Jungen notiert hatte, und schickte ihn zurück zu seinen Klassenkameraden. Aus ihm würde er nicht mehr herausholen können, das war klar.

Inzwischen begann Dodos Mutter sich eindeutig Sorgen zu machen. Nervös blickte sie um sich, als erwartete sie, ihren Sohn jeden Augenblick um die Ecke biegen zu sehen. Immer wieder flüsterte sie ihrem bärtigen Gefährten etwas zu. Schließlich wandte sie sich an die beiden Polizisten.

«Was haben Sie jetzt vor? Wie geht es weiter?»

Großspurig breitete Aragona die Arme aus.

«Verehrte Signora, das läuft hier nicht nach Drehbuch! Wer könnte Ihrer Meinung nach diese Blondine gewesen sein? Falls sie den Jungen mitgenommen haben sollte …»

Die Frau starrte ins Leere, als versuchte sie sich zu sammeln. Mit tonloser Stimme sagte sie dann:

«Keine Ahnung. Das kann irgendwer gewesen sein, eine Freundin, eine Bekannte, die Mutter eines Schulkameraden ... Ich weiß es einfach nicht.»

Romano schaltete sich ein.

«Ich denke, wir kommen hier im Moment nicht weiter. Lassen Sie uns Ihre Kontaktdaten da und gehen Sie nach Hause. Vielleicht ist der Junge ja mit jemandem mitgegangen. Informieren Sie den Vater? Sonst können wir ...»

«Nein, er ... Er wohnt nicht hier, er lebt in Norditalien. Aber ich kümmere mich darum, ich rufe ihn an. Das ist doch wohl meine Pflicht, oder nicht? Ich denke, ja ...»

Als sie und ihr Begleiter außer Sichtweite waren, sagte Aragona zu Romano:

«Und, was machen wir jetzt?»

Romano überlegte einen Augenblick.

«Lass uns mal einen kleinen Kontrollgang durchs Museum machen. Und sag den beiden Streifenhörnchen da draußen Bescheid. Da es hier Überwachungskameras gibt, sollten wir wohl im Kommissariat anrufen und uns die Genehmigung holen, die Aufzeichnungen anzusehen.»

Aragona nickte.

«Und dann?»

«Und dann hoffen wir das Beste.»

8

Anders als erwartet, war die Stimmung im Gemeinschaftsbüro angespannt, als Lojacono und Alex Di Nardo ins Kommissariat zurückkehrten. Romano und Aragona waren nicht da, während Pisanelli und Palma schweigend vor Ottavias Schreibtisch standen und darauf warteten, dass die Kollegin ihr Telefonat beendete.

Bleich und konzentriert lauschte die Calabrese dem Anrufer auf der anderen Leitung und sagte hin und wieder etwas Zustimmendes in den Hörer. Sogar Guida hatte seinen Platz im Foyer verlassen und war in den ersten Stock hinaufgegangen, wo er wie festgewachsen auf der Türschwelle stand, als wollte er niemanden mit seiner Anwesenheit belästigen.

Lojacono fragte:

«Was ist denn passiert?»

Palma machte ihm ein Zeichen zu warten, bis Ottavia zu Ende gesprochen hatte.

Schließlich legte die Polizeimeisterin den Hörer auf und wandte sich dem Kommissar zu.

«Nichts. Keine Spur. Weder im Park noch im Museum. Und niemand – nicht die Museumswärter, nicht die Wachleute im Eingangsbereich und auch nicht die Kollegen an den Info- und Ticketschaltern – kann sich erinnern, ihn gesehen zu haben. Romano meint, wenn der Junge alleine rausgegangen wäre, hätte ihn jemand bemerken müssen; um diese Uhrzeit ist im Museum nämlich noch nichts los. Aragona und er nehmen an, dass er tatsächlich in Begleitung von jemand Drittem das Gebäude verlassen hat.»

Palma nickte, das Gesicht angespannt.

«Und die Überwachungskameras?»

An die ganze Runde gerichtet warf Alex ein:

«Darf man vielleicht mal erfahren, was passiert ist?»

Ottavia ignorierte ihren Einwurf und beantwortete Palmas Frage.

«Zwei von vier sind außer Betrieb. Seit einem Kurzschluss an Weihnachten. Sie haben schon dreimal die Reparaturfirma angerufen. Von den beiden, die funktionieren, befindet sich eine in dem Saal, in dem der Junge nie angekommen ist, und die andere im Eingangsbereich. Vielleicht ist auf den Bändern ja was Brauchbares zu finden. Ich habe schon eine E-Mail an die Staatsanwaltschaft geschickt, damit man sie uns aushändigt. Sobald ich die Genehmigung habe, leite ich sie ans Museum weiter, sodass Romano und Aragona die Bänder vielleicht mitbringen können. Ich habe ihnen jedenfalls gesagt, sie sollen vor Ort warten.»

In seiner ruhigen Art mischte sich Pisanelli in die Diskussion.

«Entschuldige, Ottavia: Haben sie dir den Namen des Kindes und der Eltern schon mitgeteilt?»

Seine Frage löste ein unbehagliches Schweigen aus. Die Worte des Stellvertretenden Kommissars führten zum ersten Mal allen Anwesenden vor Augen, dass es sich auch um einen Entführungsfall handeln konnte.

Palma versuchte, die Stimmung aufzuheitern.

«Es ist noch nicht sehr viel Zeit vergangen – vielleicht hat ja ein Verwandter den Jungen abgeholt, oder er ist zum Mittagessen zu einem Freund mitgegangen. Kinder machen doch solche Dinge, ohne Bescheid zu sagen. Lasst uns noch ein bisschen warten, das ist alles gerade mal drei Stunden her.»

Pisanelli widersprach ihm mit leiser Stimme.

«Du weißt doch genauso gut wie ich, dass die Zeit gegen uns arbeitet. Besser, wir sind auf das Schlimmste gefasst. Wenn sich das Ganze hinterher als Hirngespinst erweisen sollte, was wir ja nur hoffen können, haben wir allenfalls ein bisschen Hirnschmalz investiert. Also, Ottavia, wer sind die Eltern?»

Die Calabrese schaute auf die Notizen, die sie sich während des Telefonats gemacht hatte.

«Der Junge heißt Edoardo Cerchia, genannt Dodo. Der Vater, Alberto, lebt im Norden – jedenfalls nach Auskunft der Mutter, einer gewissen Eva Borrelli, die mit dem Kind in der Via Petrarca 51B wohnt.»

«Verdammte Scheiße», murmelte Pisanelli.

Obwohl der Stellvertretende Kommissar kaum mehr als geflüstert hatte, schlugen seine Worte ein wie eine Bombe: Der ältere Kollege fluchte sonst nie.

«Die Tochter von Borrelli. Mein Gott, wir können nur hoffen … Die Tochter von Borrelli!»

«Himmel!», rief auch Guida aus.

Sämtliche Blicke waren auf den Stellvertretenden Kommissar gerichtet. Als Pisanelli sich bewusst wurde, dass er im Zentrum der Aufmerksamkeit stand, sagte er zu Palma:

«Edoardo Borrelli ist einer der reichsten Männer der Stadt. Eva ist seine einzige Tochter und der Junge sein einziger Enkel. Glaub mir, es ist besser, wir unternehmen was. Und zwar sofort!»

Ottavia schloss die Augen. Mit sorgenvoller Miene fuhr Palma sich durch die zerzausten Haare.

Alex wiederholte ihre Frage:

«Darf man bitte endlich mal erfahren, was passiert ist?»

Palma und Lojacono, die im Büro des Kommissars einander gegenüber Platz genommen hatten, starrten beide auf den mit Akten überhäuften Schreibtisch.

«Wie du siehst, haben wir noch keinerlei Gewissheit. Wären alle hier gewesen, hätte ich dich geschickt, aber du warst ja noch unterwegs. Du bist der erfahrenste Kollege von allen, das weißt du, und das weiß auch ich. Selbst wenn ich immer noch hoffe, dass das Ganze am Ende nur ein schlechter Scherz ist, fürchte ich, der Fall kann heikel werden.»

Lojacono zeigte keine Regung. Wie immer, wenn er nachdachte, sah er aus wie ein meditierender Asiate.

«Entschuldige, Chef, aber wenn es sich wirklich um eine Entführung handeln sollte: Meinst du nicht, das Präsidium würde die Ermittlungen dann an sich ziehen? So einen Fall überlassen die doch nicht uns.»

Palma verzog das Gesicht.

«Ich habe schon mit ihnen telefoniert: Im Moment sind sie damit beschäftigt, sich die Presse vom Leib zu halten – offenbar gibt es im Präsidium jemanden, der diesen Geiern über die offiziellen Pressemitteilungen hinaus interne Informationen zuspielt. Wenn jetzt jemand anderes die Ermittlungen übernimmt, würde sich das wie ein Lauffeuer herumsprechen, und das wäre für alle fatal. Deswegen ist es ihnen lieber, wir machen hier weiter und informieren sie über unsere Fortschritte. Immer in der Hoffnung natürlich, es gibt welche.»

«Verstehe. Und jetzt?»

«Und jetzt denke ich gerade darüber nach, ob ich Romano und Aragona bitten soll, dir alles Verfügbare an Informationen zukommen zu lassen, damit du die Ermittlungen leiten kannst. Oder ob ich dir gleich Romano zur Seite stellen soll, um Zeit zu sparen.»

Nachdenklich schüttelte Lojacono den Kopf.

«Nein, Chef, das scheint mir keine gute Idee zu sein.»

Fragend blickte Palma ihn an.

«Warum?»

«Wie du weißt, sind wir ein ziemlich seltsamer Haufen hier. Jeder von uns hat seine Macken. Andererseits hat man uns genau im Visier, wir stehen sozusagen auf dem Prüfstand. In einem Beruf wie unserem geht nichts über gute Zusammenarbeit.»

Palma verschränkte die Hände unter dem Kinn.

Lojacono fuhr fort.

«Wenn du Romano und Aragona, die beide hervorragende Polizisten sind, die Leitung der Ermittlung entziehst, was meinst du wohl, was sie dann denken? Dass du und damit wir alle kein Vertrauen in sie haben. Dass wir sie für ungeeignet halten, ihren Job zu erledigen, nur weil es sich um ein größeres Ding handelt. Du verlierst sie, wenn du das machst. Und wirst sie nicht zurückgewinnen.»

Der Kommissar kratzte sich am Kopf.

«Stimmt schon, du hast recht. Trotzdem kann ich es mir eigentlich nicht erlauben, diesen Fall zwei Typen wie Romano und Aragona zu überlassen: Der eine hatte und hat vermutlich immer noch gravierende persönliche Probleme, und der andere betrachtet seinen Job nur als Hobby und hat einen mächtigen Fürsprecher im Rücken. Du verstehst doch meine Bedenken, oder?»

«Romano ist wirklich talentiert, und ich bin sicher, er wird es schaffen, seine privaten Probleme aus der Arbeit rauszuhalten. Und was Aragona betrifft: Der hat mehr drauf, als es auf den ersten Blick scheint.»

«Na ja, dazu gehört auch nicht viel, wenn du mich fragst.»

Lojacono musste an Aragonas oft vulgäre Art und seine unflätigen Sprüche denken. Aber vor allem an seinen Fahrstil.

«Nein, dazu gehört wirklich nicht viel. Aber, Chef, dieses ganze Kommissariat ist doch ein Witz, oder? Lassen wir die Dinge lieber, wie sie sind. Schlimmstenfalls reden wir mit den beiden und machen ihnen unseren Standpunkt klar. Meines Erachtens brauchst du dir keine Sorgen zu machen: Romano und Aragona werden sich genauso verhalten, wie du und ich es täten.»

Palma schwieg einen Moment. Schließlich sagte er:

«Okay, einverstanden. Außerdem – vielleicht ist der Junge ja inzwischen längst wieder zu Hause.»

9

«Ja?»

«Ich bin's.»

«Ich weiß. Du bist eine halbe Stunde zu spät dran.»

«Ich warten, bis er schlafen.»

«Wieso? Ist sie nicht da?»

«Sie kommen erst spät von Arbeit zurück. Sie muss gehen, sonst Signora fragen.»

«Verstehe. Sag ihr, sie soll aufpassen. Sie soll ... Niemand darf sie sehen, verstanden? Niemand!»

«Ja, habe schon gesagt. Alles gut. Kein Problem, wie du sagen von Anfang an.»

«Ja, ich weiß. Ich habe es schon gehört.»

«Ich nur denken, wenn Kamera da und Gesicht zeigen ...»

«Nein, nein, mach dir keine Sorgen. Es ist alles in bester Ordnung. Ich habe es genau überprüft. Sag mir lieber, wie es abgelaufen ist.»

«Ich draußen warten mit Auto. Sie reingehen, mit Kapuze auf Kopf, wie du sagen. Hat ihn gesehen von Eingang und gerufen. Er ist gekommen, glücklich. Alles, wie du sagen.»

«Und er ... Wie geht es ihm?»

«Gut, sehr gut. Ich Wasser und Essen bringen in Lager. Du nix Sorgen machen, alles gut. Aber du mir sagen: Wann rufen wir an?»

«Genau so, wie wir es verabredet haben: der erste Anruf morgen

Nachmittag. Ganz kurz, nur die Nachricht. Der zweite Anruf nach 24 Stunden. Und jedes Mal du – das ist ganz wichtig!»

«Ja, ich verstehen. Und wenn ... wenn Probleme mit Kind?»

«Was für Probleme? Es darf keine Probleme geben! Denk an das Geld ...»

«Ja, ja, ich weiß: erst Vorschuss, dann Rest. Aber wenn Junge zum Beispiel nicht gesund oder Krach machen oder ...»

«Muss ich es wirklich noch einmal sagen? Sorg dafür, dass der Junge sich ruhig verhält. Und denk dran: Lasst ihn nicht völlig im Dunkeln. Und vor allem muss immer einer von euch da sein, entweder du oder sie, ihr dürft ihn nie alleine lassen. Wenn jemand vorbeikommt und ihn rufen hört, habt ihr verloren. Verstanden?»

«Ja, verstanden, verstanden. Aber hier nie einer vorbeikommen. Keiner kommen, niemals. Das Tor hat Eisenkette – ich kaputt machen altes Schloss und neues kaufen. Nur sie und ich haben Schlüssel. Aber was ist mit Geld? Du versprochen, wir machen nichts Schweres, nur aufpassen auf Kind. Und du geben Geld bald.»

«Die erste Hälfte habt ihr schon gekriegt, oder etwa nicht? Und wenn es so weit ist, kriegt ihr auch den Rest. Also bleib mal ganz ruhig, okay? Jetzt kommt es darauf an, dass ihr alles richtig macht: Die Anrufe sind extrem wichtig. Wenn ihr hier Mist baut, wenn wir hier Mist bauen, kriegt keiner von uns auch nur einen Cent. Sondern einen Haufen Ärger. Hast du das verstanden?»

«Du keine Sorge, wir alles richtig machen. Aber du auch! Denk dran: Wir unseren Teil machen und du deinen. Und wenn wir machen Fehler, alle kriegen Ärger. Aber wenn du machen Fehler, nur du kriegen Ärger. Und Junge auch.»

«Ich weiß, ich weiß. Ich muss jetzt gehen. Mach das Handy aus. Alle vier Stunden machst du es wieder an. Wenn du siehst, dass ich versucht habe, dich zu erreichen, rufst du zurück.»

«In Ordnung. Ich wissen Bescheid.»
«Und ... pass auf den Jungen auf! Ihr dürft ihm nichts tun.»
«Nein. Solange du keine Fehler machen ...»

10

Marinella Lojacono stand auf dem Balkon der Wohnung ihres Vaters und schaute fasziniert auf das Gewimmel zu ihren Füßen herab. Die Stadt erinnerte sie an Palermo, und doch war sie ganz anders, auch wenn sie nicht hätte erklären können, wieso. Auf jeden Fall war sie definitiv nicht mit Agrigent zu vergleichen, ein Unterschied wie Tag und Nacht.

In Agrigent hatte sie bis zu ihrem 14. Lebensjahr gelebt; sie hatte gerade noch die achte Klasse beenden können. Ihre Freunde dort kannte sie von klein auf, allen voran Irene, mit der sie ihre ganze Kindheit verbracht hatte. Sie waren nach wie vor über Facebook in Kontakt, aber seit Irene einen Freund hatte, schrieben sie sich seltener. Angelo hier, Angelo da – das nervte kolossal.

Nach dem Schlamassel mit ihrem Vater waren ihre Mutter und sie nach Palermo gezogen. Der Anblick der vielen drängelnden Leute unten auf der Straße erinnerte sie an die erste Zeit in ihrem neuen Zuhause. Weder für sie noch für ihre Mutter hatte sich der Umzug richtig angefühlt, was den Wechsel von der Kleinstadt in die Metropole nicht gerade erleichtert hatte. Dass ihr Vater nicht mehr bei ihnen lebte, war für sie irgendwann unerträglich geworden. Er hatte immer wie ein Puffer zwischen ihr und ihrer Mutter gewirkt, wenn sie sich wieder einmal stritten. Sie, Marinella, war eher schweigsam und introvertiert und zog sich gern in ihr Schneckenhaus zurück, während Sonia, ihre Mutter, temperamentvoll und besitzergreifend war und schnell der Verlockung erlag, sich in fremde Angelegenheiten einzumischen.

Nicht dass ihre, Marinellas, Angelegenheiten besonders spannend gewesen wären, um ehrlich zu sein. Es war ihr schwergefallen, sich an die neue Umgebung zu gewöhnen, ihre Schulkameraden hatten komplett andere Interessen, und ihre schulischen Leistungen, die immer hervorragend gewesen waren, erreichten einen historischen Tiefpunkt. Als es ihr endlich gelungen war, eine neue Freundin zu finden, hatte ihre Mutter es fertiggebracht, das Mädchen gleich wieder in die Flucht zu schlagen. Sie war einfach ins Zimmer gestürmt und hatte eine lange peinliche Standpauke gehalten, nur weil ihre Freundin eine Zigarette geraucht hatte.

Das war der Tropfen gewesen, der das Fass zum Überlaufen brachte. Mit kalter Entschlossenheit hatte Marinella die Fährverbindung zum Festland herausgesucht, innerhalb von drei Tagen die letzten mündlichen Prüfungen abgelegt, um das Schuljahr halbwegs mit Anstand zu beenden, ein paar Klamotten in einen Rucksack gestopft und ihr Zuhause verlassen.

Ein Motorroller fuhr gegen die Einbahnstraße in die Gasse hinein und zwang ein entgegenkommendes Auto zum Anhalten. Der Junge auf dem Roller dankte dem Autofahrer mit einem Handzeichen, was dieser mit einem kurzen Hupen quittierte. Marinella musste lachen: Die Leute hier waren schon ziemlich verrückt. Verrückt, aber nett. Die Palermitaner waren ihr zurückhaltender vorgekommen, zugeknöpfter, aber vielleicht hatte es ja an ihr selbst gelegen, dass es so schwer gewesen war, mit ihnen in Kontakt zu kommen. Hier hingegen, beim Einkaufen oder beim Spazierengehen, lächelte ihr ständig jemand zu, einfach so, und ein paar Jungs hatten sie sogar schon gegrüßt, als ob sie sie kennen würden.

Sie kümmerte sich gern um den Haushalt. Da Lojacono davon ausgegangen war, ohnehin kaum Zeit in seinem Apartment zu verbringen und wenn, dann alleine dort zu sein, hatte er sich bei der Wohnungssuche nicht sonderlich viel Mühe gegeben. Noch dazu war er eher chaotisch und schlampig veranlagt, während Marinella ordnungsliebend war und auf diese Weise ein großes Betätigungsfeld vorgefunden hatte. Der Vater hatte ihr empfohlen, die Tage bei ihm wie Ferien zu genießen. Doch für sie bedeutete einen Haushalt zu führen keine Mühe. Und vielleicht waren es ja auch gar keine Ferien.

Mit leichtem Bedauern, die milde Frühlingsluft und das sympathische Chaos vier Stockwerke weiter unten hinter sich lassen zu müssen, kehrte sie in die Wohnung zurück.

Ein paar Abende zuvor hatte der Vater ihr erzählt, dass er die Stadt anfangs gehasst, sich mit der Zeit aber an sie gewöhnt habe. Sie hingegen hatte sich sofort wohl gefühlt. Aber Papa hatten sie ja auch strafversetzt, erklärte sie sich seine Einstellung, weit weg von dem Ort, an dem er aufgewachsen war und den er bis dahin nie verlassen hatte. Vielleicht war das ja der Grund für ihr unterschiedliches Empfinden.

Denn normalerweise stimmte Marinella mit ihrem Vater überein. Das war schon immer so gewesen: Sie hatten ein ganz besonderes Verhältnis, ein Blick genügte, um sich zu verständigen. Ein Blick aus jenen ungewöhnlichen Mandelaugen, die sie beide hatten, ein unverkennbares Merkmal, das sie ebenso verband wie ihr Wesen. Die Trennung von ihm war traumatisch für Marinella gewesen, und je schlechter die Mutter über ihren Vater geredet hatte, umso größer war ihre Sehnsucht nach ihm geworden.

Für Marinella stand außer Frage: Sie würde in der Stadt leben, in der sie sich am wohlsten fühlte, bei dem Menschen, den sie am meisten liebte. Und sie würde sich um ihn kümmern.

Während sie die Wäsche in die Kommode räumte, wanderten ihre Gedanken zu der Frau, die sie am Abend ihrer Ankunft mit ihrem Vater zusammen gesehen hatte. Im ersten Moment hatten ihre Gefühle sie so überwältigt, das Bedürfnis, sich in seine Arme zu stürzen, und zugleich die Angst vor seiner Reaktion auf ihre überstürzte Flucht, dass sie die Frau beinah nicht bemerkt hätte. Und diese hatte sich sofort diskret zurückgezogen. Aber viel Phantasie hatte Marinella nicht gebraucht, um sich alles zusammenzureimen: Eine Staatsanwältin, eine Arbeitskollegin, die weit nach Mitternacht zu einem alleinstehenden Mann nach Hause ging – das konnte nur eines bedeuten.

Gewiss, der Vater hatte ihr weiszumachen versucht, sie hätten sich noch über einen gerade erst gelösten Fall zu Ende unterhalten wollen und er hätte ihr Unterlagen geben sollen. Alles rein beruflich also. Aber Marinella und Laura, wie die dumme Schnepfe hieß, hatte ein einziger Blickwechsel genügt, um Klarheit zu schaffen – wie immer bei Frauen. Die Schnepfe hätte sich natürlich gefreut, wenn Marinella kampflos das Feld geräumt hätte. Tut mir leid für dich, sagte Marinella zu sich selbst, ich habe nicht die geringste Absicht, das zu tun.

Immerhin schien es so, als wäre die Frau noch nie bei ihrem Vater zu Hause gewesen, denn in der ganzen Wohnung gab es nicht eine Spur, die auf ihre Anwesenheit hindeutete: keine Wechselwäsche oder Zahnbürste, keine Packung Binden oder Tampons. Marinella wusste nur zu gut, dass Frauen gern ihr Terrain markieren, dass sie es überall mit Fähnchen abstecken, um ihre Präsenz zu dokumentieren. Doch sie hatte kein Fähnchen entdecken können. Glück gehabt, dachte sie mit einem diabolischen kleinen Lächeln, gerade noch rechtzeitig gekommen.

In einer der Nachbarwohnungen hatte jemand das Radio eingeschaltet, laute Schlagermusik dröhnte durch die Wände. Auch das gefiel ihr an dieser Stadt: Immer und überall gab es Musik. Entweder spielte jemand ein Instrument oder sang aus voller Kehle, oder ein CD-Player, das Radio oder der Fernseher liefen. Oder ein Straßenhändler pries in marktschreierischem Singsang seine Waren an. Stets lag Musik in der Luft.

Marinella trat vor den Spiegel, um sich zu betrachten. Sie war vielleicht keine klassische Schönheit, aber auf ihre Art würde wohl auch sie eines Tages eine attraktive Frau werden. Ihre Mandelaugen, die hohen Wangenknochen und die pechschwarzen glatten Haare hatte sie von ihrem Vater geerbt, die langen Beine, die vollen Lippen und den ebenmäßigen Teint wiederum von der Mutter, nach der sich die Männer noch immer auf der Straße umdrehten.

Sie hatte angefangen, sich zu schminken, aber nur um ihre Weiblichkeit dezent zu unterstreichen, wie ihre Mutter es nannte, also ganz moderat. Neuerdings hatte sie noch mehr Grund, sich hübsch zu machen, was sie allerdings nicht einmal unter Folter zugegeben hätte.

Sie verzog ihren Mund zu einem breiten Lächeln, um besser Lippenstift auftragen zu können. Schon dreimal war sie ihm im Treppenhaus begegnet.

Er war älter als sie, mindestens 18, wenn nicht sogar 20, ein großer, athletischer Typ. Mit einem Stapel Bücher unterm Arm war er ihr pfeifend entgegengekommen, als sie auf dem Weg nach oben zu ihrer Wohnung war. Beim ersten Mal hatte er abrupt aufgehört zu pfeifen, als hätte ihr Anblick ihn völlig aus dem Konzept gebracht. Beim zweiten Mal hatte er sie lange angestarrt und ihr beim dritten Mal ein zaghaftes «Ciao» hinterhergerufen. Sie hatte nicht reagiert, sondern schnell den Blick gesenkt und ihren Schritt beschleunigt, aber ihr Herz schlug dabei Purzelbäume in der Brust.

Sie waren sich immer um dieselbe Uhrzeit begegnet, die Bücher und sein Alter deuteten darauf hin, dass er studierte, und das Tempo, mit dem er die Treppe heruntergerast kam, ließ vermuten, dass er über ihnen, also im fünften oder sechsten Stock wohnte. Da Signorina Parisi alleine mit ihren Katzen und Hunden lebte und die Gargiulos ein älteres Ehepaar ohne Kinder waren, blieben nur die D'Amatos oder die Rossinis als mögliche Kandidaten für seine Familie übrig. Tja, sie würde doch immer die Tochter einer «Spürnase» bleiben.

So schärfte sie also die Waffen, mit denen die Natur sie ausgestattet hatte, und nahm sich vor, zunächst die eine der beiden Familien mit der stolzen Bitte um zwei Eier aufzusuchen. Sie hatte extra den Donnerstagnachmittag abgewartet, weil an diesem Tag die Lebensmittelgeschäfte nur morgens geöffnet waren. Sie wusste, dass der geheimnisvolle Liedchenträllerer etwa um diese Uhrzeit aus dem Haus ging, vielleicht würde er ihr ja sogar persönlich die Wohnungstür aufmachen.

Die Frühlingsluft trug die Melodie des Schlagers zu ihr herüber, begleitet vom steten Rauschen des Verkehrs. Ein Kind brach in lautes Gejammer aus, und eine Frauenstimme schrie verzweifelt dagegen an. Sich ausbreitender Knoblauchgeruch wies auf die nahende Abendessenszeit hin.

Mein Gott, wie sehr ihr diese Stadt gefiel!

11

Hätte jemand in diesem Moment das Gemeinschaftsbüro im Kommissariat Pizzofalcone betreten, wäre er mit einem ungewöhnlichen Anblick konfrontiert worden. Sämtliche Polizisten, inklusive Kommissar Palma und sogar Guida, der sich instinktiv zur richtigen Uhrzeit unten im Foyer vertreten ließ, standen dicht gedrängt um den Schreibtisch von Ottavia Calabrese und starrten auf den Bildschirm ihres Computers. Sie hatte die Aufnahmen aus der Überwachungskamera in der Villa Rosenberg konvertiert und hochgeladen.

Auf Romanos und Aragonas Gesichtern zeichnete sich die typische Erschöpfung von Leuten ab, die viel, aber ergebnislos geschuftet haben. Sie hatten alles durchkämmt – die Gemäldegalerie, den Park, die anliegenden Straßen und selbst die Eingänge der Häuser am anderen Ende der Piazza. Sie hatten die Angestellten des Museums befragt, die Verkäufer in den benachbarten Geschäften, die Verkehrspolizisten und sogar die Alten auf den Parkbänken, die ein wenig Frühlingsluft schnuppern wollten und doch nur Abgase einatmeten. Nichts. Niemand hatte ein Kind das Museum verlassen und weggehen sehen, weder allein noch in Begleitung. Es war, als hätte sich Dodo – was für ein bescheuerter Vorname, hatte Aragona gedacht – in Luft aufgelöst, lauter winzige Moleküle, die der Wind bis zum Meer getrieben hatte.

Um alle Zweifel auszuschließen, hatten die Polizisten die beiden Nonnen mit Fragen gelöchert. Hatte der Junge sich in letzter Zeit anders benommen als sonst? Hatte er vielleicht etwas gesagt, das seltsam oder ungewöhnlich klang? Gab es Auffälligkeiten bei seinen schulischen Leistungen? Und seine innere Verfassung? Doch sie erfuhren nichts, gar nichts. Falls Dodo ein Problem hatte, falls er von zu Hause abhauen oder eine andere Dummheit begehen wollte, dann hatte es dafür nicht das geringste Anzeichen gegeben. Alles war in geordneten Bahnen verlaufen, normal, wie immer.

Nur dass Dodo wie vom Erdboden verschluckt war.

Die Aufnahmen der Überwachungskamera waren schwarzweiß und ziemlich pixelig, allerdings war das Gerät ja auch dafür gedacht, einen möglichen Kunstdieb zu ertappen und keinen Kindesentführer. Ottavia hatte bei der Konvertierung des Videobandes in eine computertaugliche Datei so lange herumprobiert, bis die Auflösung halbwegs stimmte. Nun führten sie sich einen stinknormalen Morgen im Museum zu Gemüte, als handelte es sich um einen Action-Thriller.

Pisanelli, der vorausschauend die Jalousien heruntergelassen hatte, obwohl es noch nicht Abend war, setzte seine Brille auf, damit er auch aus der zweiten Reihe etwas sehen konnte.

«Guida, mach dich nützlich und schalt wenigstens das Licht aus!»

Lojaconos Worte waren weniger scharf gemeint, als sie geklungen hatten, aber Guida zu foppen hatte sich im Kommissariat zu einer perfiden Gewohnheit entwickelt. Der faule und schlampige Polizeiwachtmeister hatte sich für den Außendienst als vollkommen ungeeignet erwiesen, sodass man ihn als Wachmann im Foyer abgestellt hatte. Gleich an seinem ersten Tag in Pizzofalcone hatte Lojacono ihn rüde zurechtgestutzt, weil Guida weder seine Uniform ordentlich zugeknöpft noch korrekt gegrüßt hatte. Seither hegte er einen Mordsrespekt vor dem Inspektor und war strikt darauf bedacht, seine professionelle Würde zurückzuerlangen. Woran vor ihm sämtliche Polizeichefs gescheitert waren, hatte Lojacono mit einem einzigen scharfen Tadel geschafft: aus Guida einen perfekten Wachmann zu machen, der ordentlich gekleidet war und seinen militärischen Gruß akkurat und entschieden ausführte. Die Begebenheit hatte ihm den Spott zahlreicher Kollegen eingebracht, aber die volle Anerkennung von Palma, Pisanelli und Ottavia, die ihn schon lange kannten. Nur Lojacono tat so, als hätte er die Verwandlung des Wachmanns nicht mitgekriegt – zum großen Bedauern von Guida und zum diebischen Vergnügen der anderen.

Bei der Bemerkung des Inspektors sprang er nun wie angestochen auf, um dann wieder seine alte Position einzunehmen und mit langgestrecktem Hals auf den Monitor zu starren.

Ottavia ließ den Film im Zeitraffer laufen. Etwa eine Minute lang tat sich nichts auf dem Bildschirm, keine Menschenseele war zu sehen. Endlich kam ein Museumswärter ins Bild, der wie eine Rakete in Richtung Gemäldegalerie schoss. Die Calabrese schaltete auf Echtzeittempo um und sagte:

«So, ab jetzt ist das Museum fürs Publikum geöffnet.»

Der rasende Museumswärter verwandelte sich in einen Normalsterblichen, der noch ein wenig schlaftrunken mit bedächtigen Bewegungen das Licht einschaltete, kontrollierte, ob jedes Bild an seinem Platz hing, mit einem breiten Gähnen die Hand in den Hosenbund steckte und sich ausgiebig kratzte.

Angewidert sagte Aragona:

«Und ich habe dem Schwein die Hand gegeben, als wir uns verabschiedet haben ...»

Guida lachte laut, wurde aber von einem funkelnden Blick von Pisanelli zum Schweigen gebracht.

Erneut war der Bildschirm verwaist, bis nach etwa fünf Minuten, die dank der Technik auf wenige Sekunden schrumpften, Schwester Beatrice mit ihrer Schülerschar die Szene belebte.

Vor jedem Gemälde hielt sie inne, um sich die Erläuterungen der Museumsführerin anzuhören. Die Kinder folgten ihr vergleichsweise gelangweilt; manche blieben absichtlich zurück, um kleine Tauschgeschäfte vorzunehmen. Als die Gruppe in den zweiten Saal hinüberwechselte, schob sich von der Seite die Gestalt von Christian Datola, Dodos Freund, ins Bild.

«Stopp, halt mal an!», rief Romano. «Das ist der Junge, der gemeinsam mit unserem Freund zurückgeblieben ist.» Er schaute auf die Zeitangabe am unteren Rand des Videofilms. «Sieben Minuten sind inzwischen vergangen. Dieser Knabe – Christian heißt er – behauptet, als er Dodo das letzte Mal sah, hätte dieser gerade die berühmte Blondine begrüßt. Also müsste die Videokamera aus dem Eingangsbereich das ja aufgezeichnet haben.»

Ottavia wartete ab, bis Schwester Beatrice und ihre Schützlinge aus dem Bild traten, um sicherzugehen, dass in der Zwischenzeit keine weiteren Personen aufgetaucht waren, und ließ dann den zweiten Film ablaufen.

Die Spannung unter den Polizisten war mit Händen zu greifen: Zum ersten Mal würden sie das Kind, das vielleicht entführt worden war, tatsächlich zu sehen bekommen. Wie in einem Kinosaal rückten sie alle kaum merklich ein Stück näher an den Monitor heran. Ottavia spürte den leichten Druck von Palmas Oberkörper gegen ihren Arm. Ein Schauer lief ihr über den Rücken. Oder eigentlich war es eher ein Stromschlag, der sie durchzuckte. Sie konzentrierte sich wieder auf den Computer.

Die Aufnahmen aus der zweiten Überwachungskamera zeigten den Eingangsbereich zwischen der Tür, die zum Park führte, und dem ersten Saal der Gemäldegalerie. Jeder, der das Museum betrat oder es verließ, wurde zwangsläufig gefilmt.

Ein paar Touristen mit Kamera um den Hals schoben sich ins Bild, gefolgt von einem kaugummikauenden Mädchen und einem Mann, auf dessen Schultern ein Kind zappelte. Auch das zweite Video war schwarzweiß und pixelig. Die Leute kamen und gingen. Plötzlich trat jemand mit einer grauen Sweatjacke und einer über den Kopf gezogenen Kapuze ins Bild.

Aragona merkte auf.

«Bei dem Wetter mit Kapuze? Wie ist der denn drauf?»

Alex, die neben ihm stand, kniff die Augen zusammen, um besser sehen zu können.

«Das ist eine Frau.»

Sie zeigte mit der Hand auf den Monitor.

«Hier zeichnet sich ihre Brust ab – seht doch mal! Und die Schuhe haben etwas Absatz. Das ist eine Frau!»

Atemlos verfolgten sie, wie die Frau den Eingangsbereich durchquerte und bei dem Museumswärter stehen blieb, der die Karten abriss. Offenbar suchte sie nach etwas, da sie mit beiden Händen in der Tasche ihrer Sweatjacke wühlte. Etwa zwei Minuten blieb sie so stehen, dann hob sie den rechten Arm und begann zu winken. Der Museumswärter, der direkt neben der Frau stand, plauderte angeregt mit dem kaugummikauenden Mädchen. Seine ganze Körperhaltung verriet seine eindeutigen Absichten.

Romano höhnte:

«Schaut euch mal diesen Schwachkopf an: Steht direkt neben einer, die sich den Arm auskugelt, um das Kind hinter der Sperre auf sich aufmerksam zu machen, und hat nur Augen für die Tussi da im Kopf.»

Lojacono, der den Blick nicht vom Bildschirm gelöst hatte, erwiderte:

«Er ist schließlich nur Kartenabreißer und kein Wachmann.»

Nach einem letzten Winken, als wollte sie jemanden zu sich rufen, schob die verpixelte Gestalt ihre Hand wieder in die Jackentasche. Wenig später erschien Dodo auf der Bildfläche.

Da war er.

Ein schmächtiger Schuljunge, der jünger aussah, als er war. Dunkel gekleidet, mit Jeans, Windjacke und Sneakers, die Haare leicht zerzaust. Er schien nicht im Geringsten verwundert zu sein, sondern trat unbefangen auf die Frau in der Sweatjacke zu, die ihm leicht über die Wange strich, ihn bei der Hand nahm und zum Ausgang führte.

Langsam durchquerten sie den Vorraum, gemessenen Schrittes, für jedermann sichtbar. Um sie herum kamen und gingen die Museumsbesucher, schwätzten, fotografierten, naschten von ihrem Proviant – in völliger Gleichgültigkeit.

«Haltet sie auf, verdammte Scheiße!», flüsterte Guida, als könnte man jetzt noch etwas tun.

Doch ungehindert gingen die beiden weiter. Kurz vor dem Ausgang drehte der Junge sich ohne ersichtlichen Grund noch einmal um und schaute direkt in die Überwachungskamera, als wollte er seinen lieben Freunden vom Kommissariat Pizzofalcone einen stummen Gruß erweisen.

Die unerwartete Geste ließ den Polizisten das Blut in den Adern gefrieren. Ottavia stöhnte «Mein Gott!», Guida sog geräuschvoll die Luft ein, Lojacono legte beide Hände an den Kopf.

Dodos Gesicht war ausdruckslos, es verriet weder Angst noch Unruhe oder Schmerz, als er in die Kamera sah. Fast wirkte er heiter. Dann verschwand er aus dem Blickfeld.

Aragona bat Ottavia, noch einmal zurückzuspulen und das Bild an der Stelle anzuhalten, an der die beiden sich am nächsten zur Kamera befanden.

«Kannst du mal auf die Hand von dem Kleinen zoomen?»

Ottavia verzog den Mund.

«Ja, aber die Auflösung ist sowieso schon so schlecht, du wirst nicht mehr als lauter schwarzweiße Punkte sehen können.»

Sie versuchte es trotzdem. Dodo schien etwas in der Hand zu halten.

«Was ist das?», fragte Aragona.

Niemand antwortete. Schließlich murmelte Alex:

«Eine Action-Figur. Eine Action-Figur aus Plastik.»

12

Nacht. Jetzt ist es Nacht.

Dodo erkennt es an dem fehlenden Lichtstreifen.

Eine der Wände des Raums, in den sie ihn eingesperrt haben, ist aus Blech; es ist die Wand, gegen die Er immer mit der Faust schlägt. Das Bollern macht ihm Angst, deshalb hält er sich von der Wand fern. Durch die Ritzen müsste Licht einfallen, aber das tut es nicht. Also ist jetzt Nacht.

Dodo versteht nicht, was los ist. Er weiß, dass er entführt wurde und dass er besser keinen Lärm macht, zu fliehen oder um Hilfe zu rufen versucht. Denn Er ist ein Monster, ein schrecklicher Riese mit Bart und langem Zottelhaar.

Dodo erinnert sich an einen «Pinocchio»-Film, den er als kleiner Junge gesehen hat: Feuerfresser hat genauso ausgesehen wie Er. Der Film hat ihm Angst gemacht, und trotzdem hat er sich immer wieder die DVD angeschaut, um Feuerfressers Niederlage zu erleben. Wie es wohl diesmal endet?

Lena ist ihn abholen gekommen. Er hat sie immer gemocht und schrecklich vermisst, als sie plötzlich weg war. Wie sie nun auf einmal dastand und ihm zuwinkte, hat er sie gleich erkannt und ist zu ihr hingegangen. Was hätte er auch sonst tun sollen? Sie hat ihm zugelächelt, ihm gezeigt, dass sie ihn immer noch mag. Dann sind sie aus dem Park raus und in das Auto gestiegen, in dem Feuerfresser auf sie wartete. Mit den Augen hat Lena ihm signalisiert, dass er auf der

Hut sein soll, ihn nicht verärgern darf. Zu allem Überfluss hat Feuerfresser diese seltsame Sprache gesprochen, mit einer tiefen, harten
Stimme.

Sie haben auf der Rückbank Platz genommen, Lena und er. Vielleicht hat Feuerfresser sie ja auch entführt, hat er überlegt. Wenn
sogar Lena, die groß und stark war, Angst vor Feuerfresser hatte,
dann war es wohl wirklich besser, brav zu sein.

Feuerfresser hat ihm etwas zu essen gebracht.

Gefüllte Teigtaschen. Kalte.

Dodo isst gerne Teigtaschen, aber nicht, wenn sie kalt sind. Er
hat trotzdem anderthalb gegessen. Sein Bauch tut weh, ihm ist nicht
nach Essen. Und außerdem ist es Nacht. Schade, denn nach all den
Stunden haben sich seine Augen an das Dämmerlicht gewöhnt. Es ist
ihm nicht mehr ganz so dunkel vorgekommen.

Die Blechwand macht ihm Angst, aber noch mehr Angst macht
ihm die Wand mit der Tür, durch die Feuerfresser mit dem Wasser
und den Teigtaschen gekommen ist. Was für ein Riesenkerl! Fast
hätte er nicht durch die Tür gepasst.

«Wo du sein?», hat er gebrüllt und forschend in die Dunkelheit
gestarrt.

Dodo, in die gegenüberliegende Ecke gekauert, hat leise «Hier»
gesagt.

Und Feuerfresser hat den Teller und die Flasche auf dem Boden
abgestellt und die Tür hinter sich abgeschlossen.

«Batman ...»

Dodo hält seine Action-Figur in der Hand. Er spricht leise, damit
Feuerfresser ihn nicht hören kann.

«Batman, du musst keine Angst haben, das dauert hier nicht
mehr lange. Wenn sie etwas Böses mit uns vorhätten, würden sie
uns doch nichts zu essen bringen, oder? Wir müssen einfach Geduld
haben und uns still verhalten.»

Wir können ja spielen, dass dieses Loch hier die Batcave ist. Wir sind die Herrscher der Nacht, und die Dunkelheit ist unser Zuhause. Und wir haben natürlich überhaupt keine Angst. Lass uns ganz dicht zusammenrücken, Batman, und darauf warten, dass es Tag wird und das Licht zurückkommt.

Lass uns spielen, dass wir meinem Papa per Gedankenübertragung Bescheid sagen, wo sie uns versteckt halten. Damit er sofort herkommt und uns rausholt. Und dass er Feuerfresser in einem schrecklichen Kampf überwältigt, mit bloßen Händen. Nein, vielleicht ist es doch besser, wenn Papa zusammen mit ein paar Polizisten kommt, die Pistolen haben. Denn Feuerfresser ist stark, sehr stark.

Wo Lena wohl ist, Batman ... Vielleicht hat Feuerfresser sie ja auch irgendwo eingesperrt. Er ist schlau, dieser Feuerfresser, er denkt sich bestimmt, wir überlegen uns einen Fluchtplan, wenn er uns gemeinsam an einem Ort festhält.

Arme Lena, hoffentlich tut er ihr nicht weh. Wie gerne wäre ich jetzt mit ihr zusammen. Wir haben uns immer gut verstanden, Lena und ich. Ich weiß noch, die Geschichten, die sie mir immer erzählt hat, wenn Mama und Papa im Theater waren und ich nicht einschlafen konnte.

Wie schön das war, Batman, erinnerst du dich noch? Wenn Papa am Sonntag zu Hause war und den ganzen Tag mit mir gespielt hat. Wir haben gespielt, dass wir uns rächen, und ich war immer du, Batman. Du warst meine erste Action-Figur, seit damals habe ich dich schon, als Papa noch bei uns zu Hause wohnte, bevor Mama und er sich immer gestritten haben. Seit damals bist du schon bei mir, Batman. Und ich werde mich nie von dir trennen. Nie.

Wenn wir bloß mein Nachtlämpchen hier hätten, was, Batman? Dann hätten wir jetzt wenigstens ein bisschen Licht in diesem riesigen finsteren Raum.

Und eine Decke, auf der wir es uns gemütlich machen könnten.

Aber nicht zum Zudecken und Schlafen, das geht nicht. Dafür ist es viel zu dunkel.

Viel zu dunkel, um die bösen Träume fernzuhalten ...»

13

Die Stimmung im Gemeinschaftsbüro war stark gedämpft, nachdem sie die Videoaufzeichnung gesehen hatten.

«Also, wisst ihr», hatte Aragona den Versuch gestartet, das Schweigen zu brechen, «eigentlich ist doch alles beim Alten geblieben. Vielleicht war es ja eine Freundin, die Mutter von einem Schulkameraden oder so.»

Romano sprach aus, was sie alle dachten, vermutlich auch Aragona.

«Klar, mit einer über den Kopf gezogenen Kapuze, an einem wunderschönen Tag im Mai! Kannst du dir das erklären? Und wie sie gegangen ist, hastig, mit dem Gesicht zur Wand, damit sie ja keiner anspricht. Dann das Warten in Türnähe, immer darauf bedacht, dass der Kartenabreißer nicht auf sie aufmerksam wird.»

Ottavia unterbrach die unbehagliche Stille, die auf seine Worte gefolgt war.

«Ich denke, wir sollten die Mutter anrufen, sie wartet bestimmt darauf, dass wir uns melden. Komisch, dass sie sich noch nicht gemeldet hat.»

Palma fuhr sich mit der Hand durch die Haare, wie immer, wenn ihn etwas bedrückte.

«Ich habe von meinem Büro aus mitgehört, wie sie ein paar Telefonate geführt hat. Sie hat überall angerufen, bei ihrer

Familie, ihren Freunden, aber keiner weiß was. Ich habe ihr empfohlen, vorsichtig zu sein und niemanden auf die Idee zu bringen, dass etwas nicht in Ordnung sein könnte. Das ist ganz wichtig: Die Öffentlichkeit darf auf keinen Fall wissen, dass es sich um eine Entführung handeln könnte.»

Alex warf ihm einen prüfenden Blick zu.

«Das ist nicht Ihre erste Entführung, oder, Chef? Ich habe das Gefühl, Sie wissen ziemlich genau, was zu tun ist.»

Palma nickte betrübt.

«Ja, ich habe so was tatsächlich schon mal erlebt. Deswegen hat das Präsidium auch beschlossen, uns zunächst die Ermittlungen zu überlassen. Auch weil sie der Presse gegenüber kein Aufsehen erregen wollen. Vor Jahren habe ich mal eine Ermittlung in Apulien geleitet, wo eine 16-Jährige verschwunden ist. Das Mädel ist zusammen mit einem Freund aus ihrem Dorf abgehauen, hat es sich dann aber anders überlegt und wollte nach Hause zurück. Doch er hat sie festgehalten. Sie kam aus einer reichen oder zumindest wohlhabenden Familie, der Vater war im Fleischgroßhandel beschäftigt.»

«Und wie ist die Sache ausgegangen?», fragte Pisanelli.

«Kommt drauf an, wie man's sieht. Wir haben sie drei Wochen später gefunden. Er hat sie vergewaltigt und gefoltert, aber immerhin lebte sie noch. Traumatisiert, aber lebendig. Man hat uns mit Lob überhäuft, allerdings, wenn ich an ihr Gesicht denke ... Ich habe mich oft gefragt, ob es nicht besser gewesen wäre, wenn ... Na ja, er ist in den Knast gewandert, und ich kann nur hoffen, dass er immer noch dort schmort.»

«Dreckskerl», murmelte Alex.

Romano brachte das Gespräch wieder zurück auf Dodos Mutter.

«Wir müssen sie auf jeden Fall anrufen und ihr das Video

zeigen. Vielleicht erkennt sie ja den Blondschopf, obwohl ich kaum Hoffnungen habe, so wenig, wie da zu sehen ist. Noch dazu hat die Frau keinerlei auffällige Kennzeichen.»

Aragona nickte gedankenverloren. Fast hätte er vergessen, seine Nummer mit der Sonnenbrille abzuziehen.

«Du sagst es. Unser Blondi hinkt nicht, ist durchschnittlich groß, weder dick noch dünn, trägt einen Kapuzenpulli und eine stinknormale Hose. Eine Beschreibung also, die auf ziemlich viele Mädels zutrifft. Wie zum Teufel soll die Signora sie da erkennen?»

Lojacono straffte die Schultern.

«Kann man nie wissen. Vielleicht bemerkt sie ja etwas, ein Detail, das uns weiterbringt, wer weiß.»

Ottavia sprach aus, was die anderen nicht zu sagen wagten.

«Obwohl wir ihr damit ziemlich viel abverlangen. Den eigenen Sohn zu sehen, wie er an der Hand von jemand Fremdem weggeht ... Mir würde es das Herz zerreißen.»

Palma sagte:

«Ich weiß, aber wir haben leider keine andere Wahl. Ich lasse mir von der Staatsanwaltschaft die Erlaubnis geben, dass wir das Video zeigen dürfen. Giorgio, vielleicht kannst du in der Zwischenzeit die Signora anrufen. Frag sie, ob sie alleine herkommen kann, das wäre weniger auffällig. Oder ob wir ihr lieber einen Streifenwagen schicken sollen.»

Eine halbe Stunde später betrat Laura Piras, die zuständige Staatsanwältin, das Kommissariat. Niemand war nach Hause gegangen, obwohl es schon fast zehn Uhr abends war. Wie die Staatsanwältin Palma bereits am Telefon gesagt hatte, war ihre Präsenz nicht unbedingt erforderlich, doch ihr war es lieber so. Eine Entführung, wenn es sich denn um eine handelte, war eine ernste Angelegenheit, eine sehr ernste sogar. Ein gefundenes Fressen für die Medien, die sich dank eines Maulwurfs im Präsidium ohnehin schon ziemlich angriffslustig zeigten. Absolute Diskretion war angesagt. Außerdem wollte sie die Reaktion der Mutter persönlich mitbekommen, vielleicht würde ihr das helfen, das Vorgefallene besser zu verstehen.

So weit das Professionelle. Auf der anderen Seite konnte sie sich selbst gegenüber nicht ganz leugnen, dass sie auch die Gelegenheit suchte, Lojacono wiederzusehen, mit dem sie in den letzten Wochen nur ein paarmal kurz telefoniert hatte. Das plötzliche Auftauchen seiner Tochter in der Stadt schien die gerade entstehenden zarten Bande zwischen ihnen zerreißen zu lassen, und dem wollte sie entgegenwirken.

Obwohl Laura Piras von eher kleiner Statur war, erfüllte sie jeden Raum, den sie betrat, sofort mit ihrer Präsenz. Ihr ebenmäßiges Gesicht, die großen dunklen Augen und vor allem die üppigen Formen unter dem strengen Kostüm erregten stets sowohl die Aufmerksamkeit der Männer als auch den Argwohn der Frauen. Sie hätte auf diese Reaktionen gut und gerne verzichten können, doch mit der Zeit hatte sie gelernt, damit zu leben und sie zu ignorieren.

«Und», sagte sie, nachdem sie das Team mit einem Kopfnicken begrüßt hatte, «wissen wir schon mehr über die Familie?»

Wie immer, wenn sie unter Anspannung stand, hörte man auch jetzt ihren sardischen Akzent stärker heraus als sonst.

Typisch Laura, dachte Lojacono: Kommt direkt auf den Punkt und fragt nach Tätern und Opfern, obwohl noch gar nicht klar ist, dass es sich um eine Straftat handelt. Er versuchte, sich die Wiedersehensfreude trotz der Umstände nicht anmerken zu lassen.

Pisanelli setzte seine Lesebrille auf und blätterte in seinem Notizblock.

«Ja, wissen wir, Dottoressa. Ich habe mich ein bisschen in der Stadt umgehört. Also: Der Junge heißt Edoardo Cerchia, ist zehn Jahre alt und Einzelkind. Die Eltern sind seit vier Jahren getrennt und seit einem Jahr geschieden. Alberto Cerchia, der Vater, kommt aus Bergamo und ist Unternehmer. Stahlindustrie, das heißt, durchaus lukrativ. Er beliefert Betriebe in Norditalien mit Rohstoffen. Nach der Trennung ist er in seine Heimat zurückgekehrt. Keine Ahnung, ob er dort eine neue Familie gegründet hat; ich warte noch auf Informationen von den Kollegen vor Ort. Eva, die Mutter, ist die Tochter von Edoardo Borrelli, der Junge wurde nach ihm benannt. Sie hat Betriebswirtschaft studiert und ist ebenfalls Einzelkind. Eva ist nicht berufstätig, aber als Tochter von Edoardo Borrelli ...»

Die Piras betrachtete ihn aufmerksam.

«Was heißt das?»

«Na ja, Dottoressa, Borrelli ist einer der reichsten Männer der Stadt. Er ist inzwischen über 70 und hat sich vor gut 15 Jahren aus dem Geschäft zurückgezogen, aber zu seinen Hochzeiten war er einer der wichtigsten Bauunternehmer der Region. Ein paar von den neuen Kommunen hat er komplett alleine aus dem Boden gestampft. In zwei Fällen – wenn Sie mir den Hinweis gestatten – liegen Strafanzeigen gegen Kollegen von Ihnen vor, die laufende Verfahren wegen Amtsmissbrauch und Korruption gegen Beamte des Öffentlichen Diensts manipuliert haben sollen.»

Ohne eine Miene zu verziehen, erwiderte Laura:

«Ich hoffe doch nicht, Sie denken, bei mir wäre Blut dicker als Wasser, lieber Pisanelli. Wenn die Kollegen straffällig geworden sind, müssen sie in den Knast, wie alle anderen auch ... Aber fahren Sie fort.»

Der Stellvertretende Kommissar schlug ein Blatt von seinem Notizblock um.

«Borrelli ist verwitwet und lebt mit einem Pfleger aus Sri Lanka und einer Assistentin zusammen, die noch aus seiner Zeit als Unternehmer stammt. Sie kümmert sich um alles, was den Alten angeht. Er wohnt in einer riesigen zweistöckigen Villa in der Via Petrarca, die er nie verlässt. Er finanziert seiner Tochter das Luxusleben, obwohl die beiden sich fast nie sehen, weil er ihren Lebensgefährten nicht ausstehen kann. Genauso wenig übrigens wie früher ihren Mann.»

Aragona war schwer beeindruckt.

«Alle Achtung, Presidente, woher weißt du das alles?»

«Ich habe da so meine Quellen ... In unserem Fall ist die Pförtnerin im Palazzo Borrelli zufällig die Schwester meiner Gemüsehändlerin. Man muss einfach nur wissen, wen man wann wie anzapfen kann.»

Die Piras bedachte Aragona mit einem wenig freundlichen Blick.

«Lassen sie dich immer noch frei rumlaufen, Aragona? Erinnere mich daran, dass ich dir in den nächsten Tagen den Führerschein entziehen lasse, damit du die öffentliche Sicherheit nicht länger gefährdest.»

Der Polizist versuchte, die Staatsanwältin mit seinem Sonnenbrillentrick zu beeindrucken.

«Dottoressa, Sie sind wirklich ungerecht! Als Ihr Fahrer habe ich nur versucht, Sie möglichst schnell von Ort zu Ort zu bringen.»

«Und ich danke immer noch dem Schicksal und deinen Beziehungen, dass du hier in Pizzofalcone gelandet bist und nicht länger Chauffeur spielst. Also, Pisanelli, sowohl der Vater als auch der Großvater des Jungen sind vermögend, richtig? Wir müssen sofort sämtliche Konten sperren lassen.»

Der Stellvertretende Kommissar pflichtete ihr bei.

«Ja, sieht ganz so aus, als wäre der Junge mit Bedacht ausgewählt worden. Übrigens ist der Großvater ganz vernarrt in seinen Enkel, auch wenn er Probleme mit seiner Tochter hat. Die Pförtnerin sagt, das Kind sei sein einziger Schwachpunkt.»

Palma zog eine Grimasse.

«Entschuldigen Sie, Dottoressa, aber ich spreche aus Erfahrung: Die Konten zu sperren ist Quatsch mit Soße, wie meine Großmutter sagen würde. Lösegeld zu zahlen ist schließlich kein Verbrechen. Man kann sich das Geld entweder leihen oder hat ohnehin ein Konto im Ausland, sodass sich das Hindernis elegant umgehen lässt. Mir ist klar, dass die Justiz so handeln muss, aber es bringt nicht viel.»

Laura wollte ihm gerade antworten, als Guida den Kopf durch die Tür steckte.

«Signora Borrelli ist da. Soll ich sie hochschicken?»

14

Eva Borrelli schien verunsichert, als sie das Büro betrat. In ihrer Begleitung befand sich ihr Lebensgefährte, wie immer einen Schritt hinter ihr.

Auf Romano und Aragona, die sie erst vor wenigen Stunden gesehen hatten, wirkte sie vollkommen verändert. Ihr selbstsicheres Auftreten, ihre vorpreschende Art, die sie noch im Museum an den Tag gelegt hatte, waren im Laufe weniger Stunden tiefer Verzweiflung gewichen. Ihr Gesicht war von Schmerz gezeichnet, und ihre Augen, als sie die Sonnenbrille abnahm, waren rot und verquollen. Mit den Händen knetete sie ein durchweichtes Taschentuch, ihre Lippen bebten. Allen Anwesenden war klar, dass Eva Borrelli mittlerweile davon ausging, dass ihr Sohn entführt worden war.

Ganz offensichtlich hatte sie nicht mit so vielen Anwesenden im Kommissariat gerechnet. Romano ging ihr entgegen.

«Signora, ich möchte Ihnen Kommissar Palma vorstellen, er leitet die Ermittlungen.»

Mit zitternder Stimme erwiderte Eva:

«Aber ... aber warum sind hier so viele Leute? Sie haben ... Sie haben ihn doch nicht gefunden, oder? Mein Sohn ... mein Sohn ist doch nicht etwa ...»

Palma wurde klar, dass Eva Borrelli vom Schlimmsten ausging.

«Nein, nein, Signora. Wir haben keine Neuigkeiten. Wir stecken vielmehr mitten in der Arbeit. Alle anwesenden Kollegen unterstützen uns, auch diejenigen, die eigentlich an anderen Fällen arbeiten. Und sogar Dottoressa Piras, die zuständige Staatsanwältin, ist hier. Aber sagen Sie, gibt es von Ihrer Seite aus Neuigkeiten?»

Eva Borrelli wirkte sichtlich beruhigt.

«Nein, leider nein. Ich habe Gott und die Welt angerufen, jeden, den wir kennen und der Dodo kennt. Aber niemand hat ihn seit heute Morgen gesehen, nachdem der Chauffeur ihn zur Schule gebracht hat. Ich ... ich weiß nicht, was ich denken soll. Das erscheint mir alles so absurd: Wer um Himmels willen kann meinen Sohn mitgenommen haben?»

Die Frau schnäuzte sich die Nase.

Palma schaute zu ihrem Begleiter.

«Signora, ich muss Sie leider bitten ... Wir sind nicht befugt, in Anwesenheit von Dritten, die nicht direkt betroffen sind, über den Fall zu sprechen. Der Herr hier, Ihr Bekannter, muss leider draußen warten.»

Ein Ruck ging durch die Borrelli. Für einen Moment erkannten Romano und Aragona die Entschiedenheit wieder, die sie am Morgen bei ihr erlebt hatten.

«Der Herr hier, der mich begleitet, ist mein Verlobter, Commissario. Er lebt mit Dodo und mir zusammen, er kennt ihn gut und mag ihn sehr. Er heißt Manuel Scarano und ist Künstler und kein Verbrecher. Ich möchte Sie bitten, weder ihm noch mir zu nahe zu treten, indem Sie ihn jetzt wegschicken.»

Palma sah zu Laura Piras hinüber, die kaum merklich mit dem Kopf nickte.

«Wie Sie wünschen ... Aber Sie müssen uns schriftlich bestätigen, dass Sie Signor Scarano erlauben, die Videoaufzeichnung anzuschauen.»

«Videoaufzeichnung? Welche Videoaufzeichnung?»

Mit einer Geste forderte Palma sie auf, sich dem Bildschirm von Ottavia zu nähern, die das Video startete.

Der Film begann, und Szene für Szene zeichnete sich ein Wechselspiel der Gefühle auf dem Gesicht von Dodos Mutter ab. Als Palma sie auf die Frau mit der Kapuze aufmerksam machte, runzelte sie die Stirn; als sie ihren Sohn im Bild auftauchen sah, schlug sie sich mit schreckgeweiteten Augen die Hand vor den Mund und hielt den Atem an. Und als der Junge, bevor er aus dem Bild verschwand, den Blick zur Videokamera richtete, zuckte sie zusammen und ließ sich leichenblass auf einen Stuhl fallen, gestützt von ihrem Verlobten, der ebenso betroffen schien wie sie.

Das nachfolgende Schweigen, nur vom Schluchzen der Frau unterbrochen, war für alle bedrückend.

Schließlich erhob sich die Piras und trat auf sie zu.

«Signora, ich kann mir vorstellen, was in Ihnen vorgeht, und ich versichere Ihnen, dass auch wir von dem Vorgefallenen schockiert sind. Aber jetzt ist nicht der richtige Moment, sich dem Schmerz zu überlassen. Jede einzelne Minute ist von immenser Bedeutung. Ich bitte Sie, reißen Sie sich zusammen und helfen Sie uns, ein paar Fragen zu beantworten.»

Die kurze Ansprache der Staatsanwältin schien eine beruhigende Wirkung auf Eva Borrelli zu haben. Mit zitternden Fingern fuhr sie sich übers Gesicht und sagte dann:

«Bitte, Dottoressa, fragen Sie.»

Die Piras gab Palma ein Zeichen. Ruhig wandte sich der Kommissar an die Frau.

«Kennen Sie die Person, die Dodo mitgenommen hat?

Überlegen Sie genau: Gibt es irgendein Detail, eine typische Bewegung, die Sie an jemanden erinnert? Bedenken Sie, dass Christian, der Freund von Dodo, von einer blonden Frau gesprochen hat. Dort, wo er stand, wo auch Dodo gestanden hat, muss er sie besser gesehen haben als wir hier auf dem Band. Der Hinweis mit den blonden Haaren könnte also durchaus zutreffend sein.»

Die Frau dachte nach. Verzweifelt versuchte sie, die Angst, die in ihr hochstieg, zu ignorieren. Sie räusperte sich und sagte dann:

«Nein, Commissario, ich kann niemanden erkennen. Wie auch, diese Kapuze verbirgt ja alles. Wer kann das bloß sein? Und aus welchem Grund hat sie Dodo entführt? Mein Gott, was für ein Albtraum! Was für ein fürchterlicher Albtraum!»

Scarano, der hinter ihr stand, legte ihr die Hand auf die Schulter und streichelte sie sanft.

Palma wandte sich an ihn.

«Und Sie, Signor Scarano? Sagt Ihnen diese Gestalt auch nichts?»

Der Mann schaute ihn an. Sein volles graumeliertes Haar, der Bart in derselben Farbe und die massige Statur erinnerten an einen in die Jahre gekommenen Gorilla, doch die wasserhellen Augen hinter den dicken Brillengläsern und die leise Stimme widersprachen diesem Eindruck.

«Tut mir leid, Commissario, mir sagt sie genauso wenig. Aber eines weiß ich sicher: So gutgläubig Dodo vielleicht auch sein mag, er wäre nie im Leben mit jemandem mitgegangen, den er nie zuvor gesehen hat. Er hätte zumindest Schwester Beatrice um Erlaubnis gebeten. Also ist es sehr wahrscheinlich, dass er die Frau gekannt hat, vermutlich sogar gut.»

Obwohl seine Worte kaum mehr als ein Flüstern waren, verfehlten sie nicht ihre Wirkung. Eva drehte sich zu ihm um und rief:

«Du hast recht, Manuel, du hast vollkommen recht! Dodo wäre niemals mit einer Fremden mitgegangen, ohne Bescheid zu sagen. Also müssen wir unter unseren ... unseren ...»

Lojacono schaltete sich ein.

«Ich fürchte, so einfach ist das nicht. Die Frau könnte ihm zum Beispiel gesagt haben, Sie würden draußen im Auto auf ihn warten. Oder dass sie ihm nur kurz etwas geben will und er sofort wieder zu den anderen zurückkehren könnte. Es gibt keine Aufnahmen vom Außenbereich des Museums, wir können also nicht sagen, wie Ihr Sohn weggegangen ist.»

Aragona bekräftigte seine Worte.

«In der Tat. Es gibt nirgendwo Überwachungskameras in der Gegend. Keine Bank, kein Juwelier. Nur eine heruntergekommene Bar, ein Zeitungskiosk und ein Blumenhändler, aber niemand von denen hat etwas gesehen. Sie müssen sehr schnell gewesen sein, und höchstwahrscheinlich hat um die Ecke ein Auto auf sie gewartet. Sie haben ihn da hineinverfrachtet – und ab die Post.»

Eva begann erneut zu schluchzen, während Alex, Ottavia und Laura Piras Aragona mit vernichtenden Blicken bedachten.

Die Staatsanwältin übernahm das Gespräch.

«Signora, haben Sie dem Vater des Jungen Bescheid gesagt? Es ist sein Recht, über diese ... diese Dinge informiert zu sein.»

Eva hob den Kopf. Ein wenig von ihrem alten Stolz glomm auf.

«Dottoressa, ich wollte erst Gewissheit haben über das, was nun wohl leider eine Tatsache ist. Jemandem, mit dem man seit Jahren kaum gesprochen hat, eine solche Mitteilung zu machen, ist ziemlich heikel.»

Die Piras, die nicht gerade für ihr diplomatisches Geschick bekannt war, erwiderte brüsk:

«Wenn Sie es nicht tun, informieren wir ihn.»

«Nein, nein, nicht nötig. Das ist tatsächlich meine Aufgabe. Ich rufe ihn später von zu Hause aus an. Was kann ich noch tun?»

Palma ergriff das Wort. Behutsam sagte er:

«Sie müssen versuchen, sich auszuruhen, Signora – auch wenn mir klar ist, dass das zu viel verlangt erscheint. Ich kann mir vorstellen, wie Sie sich fühlen. Achten Sie bitte unbedingt darauf, dass Ihre beiden Telefone, Festnetz und Handy, eingeschaltet und die Leitungen nicht belegt sind. Und sagen Sie allen Bescheid, die ebenfalls von den Entführern kontaktiert werden könnten, also nicht nur Ihrem Exmann, sondern auch Ihrem Vater.»

«Warum meinem Vater?»

«Weil er, soweit ich informiert bin, sehr an dem Jungen hängt. Und weil er eine wichtige Persönlichkeit in der Stadt ist. Die Entführer könnten zu der Ansicht gelangen, dass er in Sachen Lösegeld der geeignetste Ansprechpartner ist.»

«Guter Gott, denken Sie an … an eine Erpressung?»

«Wir müssen alle Eventualitäten ins Auge fassen, Signora. Und auf das Schlimmste gefasst sein. Hier ist meine Karte mit meiner privaten Telefonnummer: Sie können mich jederzeit anrufen. Und bitte denken Sie noch mal intensiv darüber nach, zu wem Dodo so viel Vertrauen haben könnte, dass er sich einfach so mitnehmen lässt. Falls Ihnen etwas einfällt …»

«… rufe ich Sie sofort an, versprochen. Und ich rufe auch meinen Vater an, gleich morgen früh, denn jetzt wird er schon zu Bett gegangen sein. Er ist krank, er sitzt im Rollstuhl.»

Niemand wagte, ein Wort zu sagen, nachdem Eva Borrelli und ihr Lebensgefährte das Kommissariat verlassen hatten.

Die Piras war die Erste, die den Mund aufmachte.

«Und, was meint ihr? Also, für mein Gefühl hat sie nicht die geringste Ahnung, wer es gewesen sein könnte.»

Palma stimmte ihr zu.

«Ja, das sehe ich genauso. Aber was ihr Verlobter gesagt hat, halte ich auch für bedenkenswert: Wenn Dodo tatsächlich eher ein schüchterner Typ ist und kein Draufgänger, ist es kaum wahrscheinlich, dass er einfach so weggegangen ist.»

Die Piras seufzte.

«Na gut. Ich werde veranlassen, dass sämtliche Anschlüsse von Eva Borrelli und von Dodos Großvater überwacht werden. Halten Sie mich über alles Weitere auf dem Laufenden, Palma. Wir wissen alle, dass sich dieses Kommissariat in seinem zweiten Leben noch beweisen muss. Wir sprechen uns morgen Vormittag wieder.»

Sie warf einen letzten Blick auf Lojacono und verließ mit schnellen Schritten den Raum.

15

Es gibt solche und solche Nächte.

Nächte, in denen man wie nach einer Bergtour anschließend vor Erschöpfung sofort in den Tiefschlaf versinkt.

Nächte, in denen man einfach nur schlafen möchte, auf dem Bauch, umgeben vom vertrauten Geruch der eigenen vier Wände.

Nächte, in denen du von der Welt da draußen nichts wissen willst, in denen jeder Gedanke daran dir die Luft abschnürt, während sich zwischen den Lamellen deiner Jalousien dunkle Finger vortasten, um in deine Seele vorzudringen.

Es gibt solche und solche Nächte.

Wachmann Giovanni Guida macht vor dem Schlafengehen noch seinen letzten Kontrollgang.

Darauf legt er Wert, er will sich vergewissern, dass alles seine Ordnung hat: die Wohnungstür abgeschlossen, das Fenster wegen der Frischluft gekippt, Gas und Wasser abgestellt. Normalerweise macht er das, wenn seine Frau schon im Bett liegt und er sich noch einmal durch sämtliche Fernsehprogramme gezappt hat, um zu sehen, ob nicht doch noch etwas auf der Welt passiert ist.

Giovanni Guida ist Polizist. Er hat sich ziemlich spät darauf zurückbesonnen, zu lange hat er gedacht, nur ein ganz gewöhnlicher Beamter zu sein, der sich weder mit Ruhm noch mit Schande bekleckert, ein Beamter, der sich schon mal ein offenes Hemd und ein bisschen Ischias erlauben kann. Und Bauch hat er auch angesetzt, wie es sich für einen gestandenen Beamten gehört. Die Haare sind ihm schon vor langer Zeit ausgegangen – was für ein Glück, dass kahlrasierte Köpfe im Moment so angesagt sind, dieser alterslose coole Look.

Und dann kommt da dieser Inspektor aus Sizilien, der nach allem, was er, Wachmann Giovanni Guida, gerüchteweise gehört hat, sogar Informationen an die Mafia weitergeleitet hat, zumindest soll ein Kollaborateur aus der Gegend da unten so etwas behauptet haben, an die Mafia, das muss man sich mal vorstellen; da kommt also dieser Typ, mustert ihn von oben bis unten aus seinen Chinesenaugen – «der Chinese», so nennen sie ihn hier alle – und macht ihm, Wachmann Giovanni Guida, den sie nach Pizzofalcone geschickt haben, wo keiner hinwill und wo diese Scheißgeschichte mit den Gaunern passiert ist, mit wenigen wohlgesetzten Worten klar, dass er ein Polizist ist und sich auch so zu benehmen hat.

Und so ist aus dem Wachmann wieder ein Polizist geworden, einer, der sich an die Vorschriften hält und mit Feuereifer bei der Sache ist; denn auch im Foyer oder am Telefon, als erster Ansprechpartner für alle, die Strafanzeigen aufgeben und Informationen brauchen, ist ein echter Polizist gefragt.

Wachmann Giovanni Guida läuft durch den dunklen Flur, genießt die Stille seiner sicheren Wohnung und kommt zum Zimmer seiner Kinder.

Er hat drei Kinder: eine junge Dame von 13 Jahren, eine siebenjährige Prinzessin und einen kleinen Racker, der gerade mal vier ist. Die beiden Mädchen schlafen zusammen im Doppelbett und der Bengel auf einer Pritsche an der Wand gegenüber. Die Große hat das Gesicht zur Wand gedreht, den Körper in Embryohaltung: So schläft sie immer. Die Mittlere liegt auf dem Rücken, mit offenem Mund, und hat sich frei gestrampelt. Er zieht ihr die Decke hoch übers Kinn, damit sie nicht wieder Halsschmerzen bekommt. Der kleine Racker liegt auf dem Bauch und hat die Arme weit von sich gestreckt: Sogar wenn er schläft, beansprucht er Platz für zwei, genauso wie im Herzen seines Papas. Wachmann Giovanni Guida lässt seinen Blick auf ihm ruhen. Wie rasch sich so ein Teufelchen doch in einen Engel verwandeln kann, denkt er, er muss nur die Augen schließen und den Schlaf der Gerechten schlafen.

Ein Bild schießt Wachmann Giovanni Guida durch den müden Kopf, ein verpixeltes Kindergesicht in Schwarzweiß. Wo bist du, Dodo? Wo hat die Hexe mit der Kapuze über dem Blondschopf dich bloß hingebracht? Wieso liegst du nicht in deinem Bett und verwandelst dich von einem Teufelchen in einen Engel?

Leise zieht Wachmann Giovanni Guida den Stuhl vom Schreibtisch vor die Pritsche, auf der sein eigenes Teufelchen schlummert, und nimmt Platz.

Ein liebgewonnenes Schauspiel erwartet ihn, während ihm langsam zwei Tränen die Wangen hinabrinnen.

Es gibt solche und solche Nächte.

Verräterische Nächte, die sich dir in scheinbar friedlicher Absicht nähern und doch nur Krieg und Elend bringen.

Meuchlerische Nächte, die dich mit einer warmen Umarmung empfangen, um deinem Herzen dann den Todesstoß zu versetzen, dunkle Mördernächte ohne Motiv.

Verzweifelte Nächte, die zunächst ganz ruhig erscheinen, dich einlullen mit ihrer sanften Melodie, vielleicht zum allerersten Mal, und erst, wenn es zu spät ist, erkennst du ihre wahre Natur, und schon bist du gefangen, hoffnungslos.

Es gibt solche und solche Nächte.

Ottavia fühlt sich, als hätte man ihr ins Gesicht getreten.

Wie ein Tritt ins Gesicht, so hat sich der Anblick des Jungen auf dem Überwachungsvideo für sie angefühlt.

Ein Tritt mitten ins Gesicht.

Ottavia steht draußen auf dem Balkon, während unter ihr die nächtliche Straße ruht, und sie weiß genau: Der Junge auf dem Bildschirm hat sich extra umgedreht, um sie anzuschauen.

Warum sonst hätte er sich umdrehen und in die Überwachungskamera schauen sollen, die einzige funktionierende der ganzen maroden Sicherheitsanlage? Warum sonst, wenn es doch gar nichts zu sehen gab? Wenn er ruhig und zielgerichtet zum Ausgang gegangen war, Hand in Hand mit seiner Entführerin, einem unbekannten Schicksal entgegen? Warum sonst, wenn er nicht sie, Ottavia, daran erinnern wollte, was für eine schlechte Mutter sie war, schlechte Ehefrau, überhaupt was für ein schlechter Mensch?

Diese Augen, zwei flackernde kleine Punkte, kaum zu unterscheiden von den anderen Punkten des grobkörnigen Schwarzweiß, haben genau sie angestarrt, Polizeimeisterin Ottavia Calabrese, wie um ihr in einer stummen Anklage zu signalisieren, dass sie sich ja nichts vorzumachen braucht: Es sei völlig klar, was in ihrem Kopf und Herzen vorgeht. Sie brauche gar nicht erst so zu tun, als wäre sie perfekt, liebenswürdig und mütterlich, denn er, der Junge auf dem Bildschirm, wisse genau, wer sie in Wirklichkeit ist.

Verlassen wartet die Straße in dem bürgerlichen Viertel,

sieben Stockwerke unter ihr, in der Morgendämmerung darauf, dass wieder Leben in ihr einkehrt. Ihr Mann Gaetano schlummert seelenruhig im Ehebett, in den Schlaf gewiegt von seinem reinen Gewissen, seinen unschuldigen Gedanken und der völligen Unkenntnis ihrer wahren Gefühle. Weichei, Spießer, Gutmensch! Du und dein Perfektionswahn! Du und dein anbiedernder Respekt vor den Geschlechterrollen! Du und deine unumstößlichen Gewissheiten als Ingenieur mit 15 Mitarbeitern! Verflucht seist du! Und verflucht bin ich – weil ich dich nicht mehr liebe, weil ich dich vielleicht nie geliebt habe.

Mit einem Frösteln rafft Ottavia die Strickjacke über ihrer Brust zusammen, die sie über den Pyjama gezogen hat, als sie, getrieben von dem plötzlichen Bedürfnis nach frischer Luft, auf den Balkon getreten ist.

Weißt du, Junge auf dem Bildschirm, es passiert mir immer öfter, dass ich das Gefühl habe, gleich zu ersticken. Wer weiß, vielleicht habe ich ein Problem mit dem Herzen. Im Internet habe ich gelesen, dass so etwas ein Vorzeichen für einen Infarkt sein kann. Aber vielleicht sind es einfach Schuldgefühle.

Wie alt bist du, Junge? Zehn oder doch 100? Womöglich weißt du ja alles. Womöglich sogar, dass du durch die Kamera hindurch direkt in meine Seele blicken kannst. Drei Jahre jünger bist du als Riccardo.

Riccardo, der wie ein Stein in seinem Bett schläft, größer, kräftiger, entwickelter als andere in seinem Alter. Riccardo, der Zurückgebliebene. Riccardo, der Idiot. Riccardo, der vielleicht nie etwas anderes sagen wird als dieses eine stumpfe Wort: «Mama, Mama, Mama.» Bis in alle Ewigkeit.

Mama …

Was für eine Mutter bist du, Ottavia Calabrese? Was für eine Mutter bist du wirklich, die allseits Bewunderung dafür erntet, dass sie ihren Sohn wäscht, anzieht, zum Schwimmen bringt, ihn füttert, ihm den Mund abwischt? Dein Sohn, der sich vor die Klotür hockt, wenn du dich im Bad einschließt, um deinen Tränen freien Lauf zu lassen? Was für eine Mutter bist du wirklich, Ottavia, die von allen Bewunderte, die am liebsten überall auf der Welt wäre, nur nicht bei dieser Familie, die ihr Gefängnis ist, ihre lebenslange Freiheitsstrafe?

Ottavias Gedanken wandern durch die Nacht zu Palma, dem Kommissar, den zu duzen sie nicht fertigbringt. Zu seinem schiefen Lächeln, den ewig zerzausten Haaren. Ein Mann, nicht mehr und nicht weniger. Einer wie viele.

Oder vielleicht der Einzige.

Vielleicht ein Rettungsanker.

Vielleicht der letzte Zug am Ende der Nacht.

Schau du nur, Junge. Schau mir nur mitten ins Herz. Entdecke meine geheimsten Gedanken und hilf mir, sie an die Oberfläche meines Bewusstseins zu bringen. Hilf mir zu sehen, zu verstehen, wer ich bin. Wer ich war und wer ich geworden bin.

Mit einem letzten Blick in die Dunkelheit kehrt Ottavia zurück in die Wohnung.

Es gibt solche und solche Nächte.

Nächte wie dunkle Straßen, die erhellt werden vom Scheinwerferlicht, ein unstetes Licht, das kommt und geht.

Nächte im Schwebezustand zwischen den Tagen, ohne zu wissen, was war und was sein wird.

Nächte voller Träume, in denen Erinnerungen verblassen, befremdlich, aber doch verheißungsvoll.

Nächte im Glauben, dass aus Vergangenheit Zukunft erwächst, so wie Ballast Bewegung erzeugen kann.

Es gibt solche und solche Nächte.

Lojacono hat die Hände unter dem Kopf verschränkt und starrt an die Zimmerdecke. Durch das halb geöffnete Fenster dringt Klavierspiel.

Ihm ist unbegreiflich, warum es in dieser Stadt überall Musik gibt. Aus irgendeiner Ecke erklingt immer Musik, gute Musik, scheußliche Musik, schräge Musik, der scheppernde Klang eines Radios. Selbst durch das Stimmenwirrwarr und das Tosen des Verkehrs dringen stets die Fetzen einer Melodie.

Als er neu in der Stadt war und vor den Trümmern seines Lebens stand, hat er das gehasst. Alles hat er gehasst, um ehrlich zu sein. Doch allmählich hat er sich daran gewöhnt, und manchmal zieht er sogar los, die Musik zu suchen, und ist glücklich, wenn er sie ausmachen kann zwischen Motorengeheul und häuslichen Streitigkeiten. Diesmal übt jemand Klavier mitten in der Nacht – an jedem anderen Ort hätte ein entnervter Nachbar den Pianisten zur Schnecke gemacht, doch nicht hier. Alles kann man dieser Stadt vorwerfen, außer dass es ihr an Toleranz fehlen würde.

Von der Schlafcouch im Wohnzimmer ist Marinellas ruhiger Atem zu hören. Er kann es immer noch nicht fassen, dass sie bei ihm ist. Nach all den Monaten, in denen er sich danach gesehnt hat, ihre Stimme zu hören, und sei es nur kurz am Telefon. Und jetzt hat er sie plötzlich in unmittelbarer Reichweite für eine Umarmung, einen Kuss.

Sein Vaterherz empfindet gleichermaßen Glück und Angst. Wie gut, dass ihre Beziehung nicht gelitten hat, dass er sich nicht mehr sorgen muss, Marinella vielleicht nie wiederzusehen. Und wie gut, dass er sich nicht mehr fragen muss, wie es ihr wohl geht, wo sie gerade ist und ob sie vielleicht mit ihrer Mutter streitet. Endlich Schluss mit der Befürchtung, sie könnte eine falsche Entscheidung treffen.

Er kennt Marinella genauso gut, wie er sich selbst kennt; er weiß, dass sie tough ist, die heitere Gelassenheit einer alten Frau besitzt und im Zweifelsfall den richtigen Weg einschlägt. Trotzdem muss sie lernen, sich den Gegebenheiten anzupassen. Und er will ihr dabei helfen.

Auch wenn sie nie darüber gesprochen haben, weiß Lojacono, dass Marinella nicht nach Palermo zurückkehren will. Jeden Tag eine neue kleine Anschaffung, Wäsche, Bücher, Schminksachen, eine Ikea-Kommode – wie eine Ameise werkelt sie an ihrem Bau herum. Sie hat sich erkundigt: Trotz ihrer vielen Fehltage hat sie das Schuljahr geschafft, und nun hat sie den ganzen Sommer Zeit, sich etwas Neues zu überlegen.

Während die müden, aber soliden Klänge eines Blues von dem fernen Klavier zu ihm herüberwehen, denkt der Inspektor, dass er sich wohl eine neue Wohnung mit einem weiteren Zimmer und einem richtigen Bett für seine Tochter suchen muss. Gewiss, Sonia wird Theater machen, aber auch sie weiß, dass gegen Marinellas Willen nichts auszurichten ist.

Dem Mädchen gefällt die Stadt. Sie hat es ihm nicht gesagt, sie verstehen sich auch ohne Worte. Ein Blick, ein Auflachen, ein Nicken oder ein «Ah!», wenn hinter einer Kurve ein überraschendes Panorama auftaucht, all das sagt ihm genug. Sie fühlt sich wohl. Ist fröhlich. Und auch die Vorstellung, sich um ihren Vater kümmern zu können, behagt ihr.

Marinella und er sind zwei, Marinella und ihre Mutter sind zwei, aber aus irgendeinem Grund ergibt nur die erste Kombination einen Sinn, wenn von «Familie» die Rede ist. Vielleicht, weil Sonia im Gegensatz zu ihm allein zurechtkommt, oder zumindest glaubt ihre Tochter das. Vielleicht auch, weil sein und Marinellas Charakter und Geschmack sich weniger unterscheiden. Und dann sehen sie sich ja auch äußerlich noch so ähnlich, weshalb sich die Leute auf der Straße manchmal nach ihnen umdrehen.

Sicher, sagt sich Lojacono, während er die Scheinwerferlichter über die Zimmerdecke huschen sieht, es wird nicht einfach werden. Aber was heißt schon einfach? Unwillkürlich wandern seine Gedanken zu Laura Piras und dem Blick, den sie ihm zugeworfen hat, als sie mit ihren schnellen Schritten das Kommissariat verließ. Laura und ihr zartes Profil, das sich gegen die regennasse Frontscheibe des Autos abhebt. Laura und die Wölbung ihrer Brust. Laura und die flimmernde Wärme ihrer Hand in seiner, als sie zur Toreinfahrt laufen.

Laura und Marinella.

Er will diese Entwicklung, diese Ahnung von etwas Neuem und doch Bekanntem, die ihn mit Laura verbindet, nicht aufhalten. Er hat Lust auf sie, Lust auf eine Frau, die *seine* Frau ist. Er will ihr Geheimnis ergründen, ihren Körper spüren, schauen, ob daraus mehr entstehen kann.

Aber er will Marinella nicht verlieren. Er will nicht verpassen, wie sie heranwächst, wie sie selbst eine Frau wird. Er will ihre stummen Gespräche nicht missen, wenn sie in der Frühlingssonne am Meer eine Pizza essen.

Vielleicht, denkt er, während die Nacht mit kleinen Schritten der Morgendämmerung entgegengeht, vielleicht schließt das eine das andere gar nicht aus, und beide Frauen bekommen das, was sie sich wünschen, ohne der anderen ins Gehege zu kommen. Vielleicht ist da doch noch Hoffnung für ihn auf ein richtiges Leben. Und auf eine Familie. Wer hätte das für möglich gehalten?

Die Müdigkeit hat ihn fast besiegt, als Lojacono an das kleine Gesicht in Schwarzweiß denken muss, das zu der Überwachungskamera hochschaut.

Wo steckst du, Junge? Ob du dich fürchtest in dieser Nacht? Träumst du etwas Schönes, oder zitterst du vor Angst? An wen denkst du? An deinen Papa vielleicht?

Als Lojacono endlich die Augen schließt, spürt er, wie ihn, begleitet von Klavierakkorden, die ganze ohnmächtige Angst eines Vaters überschwemmt, dem man sein Kind genommen hat, und die Panik eines Kindes, das Hilfe in der Dunkelheit sucht. Es gibt Nächte, denkt er, bevor er in einen kurzen unruhigen Schlaf fällt, die sollte es nicht geben.

Es gibt solche und solche Nächte.

16

Am nächsten Morgen wirkte sogar Aragona wie erschlagen. Er ließ sich auf einen Stuhl fallen und seufzte:

«Stellt euch vor, heute Nacht bin ich alle zwei Stunden aufgewacht. Die Sache mit dem Jungen macht mich echt fertig. Und wisst ihr, was das Schlimmste ist? Dieses Gesicht, das zur Kamera hochguckt! Als hätte er geahnt, dass wir uns das Video ansehen würden. Also, ich bin echt zu sensibel, um diesen Job zu machen ... Aber wie sieht's aus, gibt's was Neues?»

Romano, der mit einem Plastikbecher in der Hand am Fenster stand, schüttelte den Kopf.

«Nichts. Die Mutter hat um halb acht angerufen, und Ottavia hat ihr genau das Gleiche gesagt: keine Neuigkeiten.»

Alex schenkte sich einen Kaffee ein.

«Offenbar hat sie gestern Nacht noch den Vater des Jungen informiert. Sie hat ihm allerdings nur gesagt, dass er verschwunden ist. Und den Großvater hat sie auch angerufen, aber erst heute Morgen zu einer zivilen Uhrzeit, als sie nicht mehr damit rechnen musste, dass ihn der Schlag trifft. Das hat sie wortwörtlich so gesagt.»

Aragona ließ einen Stoßseufzer ertönen.

«Um halb acht? Und Ottavia ist ans Telefon gegangen? Und das alles wisst ihr schon? Es ist doch gerade mal Viertel nach acht! Dass der Kollege Pisanelli schon so früh auf den Beinen ist, kann ich ja noch verstehen, ‹senile Bettflucht› nennt man so was – aber ihr anderen? Was ist bloß los mit euch?»

Pisanelli ließ sich nicht aus der Ruhe bringen.

«Glaub mir, Aragona, ich sage das aufgrund meiner Erfahrung: Selbst im hohen Alter wirst du noch unpünktlich sein. Du stehst einfach zu lange vor dem Spiegel, weil du krampfhaft versuchst, dich in jemand anderen zu verwandeln.»

Aragona nahm seine blaugetönte Sonnenbrille ab.

«In jemand anderen? Was soll das heißen? Ich bin zu 100 Prozent ich selbst!»

Lojacono löste den Blick von seinem Bildschirm, auf dem er zum x-ten Mal das Video mit dem Jungen abgespielt hatte.

«Klar bist du das, Cowboy. Geh schon, hol dir einen Kaffee – wenigstens Espresso zubereiten kann der gute Guida perfekt.»

In dem Moment öffnete sich die Tür des Gemeinschaftsbüros, und ein Fremder stand auf der Schwelle.

«Sind Sie für den Fall des verschwundenen Jungen zuständig? Ich bin Alberto Cerchia, der Vater.»

Sie boten ihm einen Platz vor Ottavias Schreibtisch an, wo sich der Stuhl befand, der am wenigsten wackelte. Dann gingen sie Palma holen, der gerade den Polizeipräsidenten telefonisch auf den neuesten Stand brachte.

Alberto Cerchia war ein gutaussehender Mann um die 40, hochgewachsen und mit sonnengebräuntem Teint. Nur einige Fältchen um die Augen und die angegrauten Schläfen verrieten sein wahres Alter, ansonsten wirkte er gute zehn Jahre jünger. Er trug ein helles Hemd, das am Kragen geöffnet war, und einen legeren blauen Anzug. Der dunkle Bartschatten und die Knitterfalten in seiner Jacke widersprachen allerdings seinem gepflegten Äußeren und zeigten, wie nervös und übernächtigt er war.

«Ich habe gestern Nacht erst davon erfahren», sagte er entschuldigend, «und mich sofort ins Auto gesetzt. Ich komme ganz oben aus dem Norden, fast aus der Schweiz, und die ganze Fahrt lang hat es wie aus Kübeln geschüttet, aber ich habe keine Pause gemacht, ich … ich wollte nicht unnötig Zeit verlieren. Sie hat … Mir wurde gesagt, dass Sie sich um den Fall kümmern. Deswegen bin ich zuerst zu Ihnen gekommen. Also, was genau ist passiert?»

Seine Art zu sprechen verriet, dass er gewohnt war, die Dinge in die Hand zu nehmen.

Palma ergriff stellvertretend für alle das Wort.

«Mein Name ist Palma, ich bin der Leitende Kommissar hier. Der Notruf ist bei uns eingegangen: Ihr Sohn hat mit seiner Schulklasse ein Museum besucht, die Villa Rosenberg, und ist von dort in Begleitung einer noch nicht identifizierten Person weggegangen. Seither, also seit gestern Morgen halb neun, haben wir jede Spur von ihm verloren.»

Mit zusammengepressten Lippen und gerunzelter Stirn hatte der Mann ihm zugehört.

«Wollen Sie damit sagen, dass mein Sohn … dass Dodo entführt worden ist? Ist es das, worauf Sie hinauswollen?»

Palma räusperte sich unbehaglich.

«Wir wissen es noch nicht genau. Auf jeden Fall war keine Gewalt im Spiel, er ist dieser Person aus freien Stücken gefolgt. Man kann also nicht …»

Cerchia unterbrach ihn mit einer brüsken Geste.

«Entschuldigung, aber woher wollen Sie das wissen?»

Ottavia, die sich als Mutter eines Sohnes gut in den Mann hineinversetzen konnte, sagte mit sanfter Stimme:

«Uns liegt ein Video vor, das mit der Überwachungskamera des Museums aufgenommen wurde. Es handelt sich nur um einen winzigen Ausschnitt, kaum mehr als ein paar Sekunden, aber ...»

Der Mann sprang auf.

«Ein Video? Ein Video von meinem Sohn? Und die Person, die ihn entführt hat, ist darauf zu sehen? Also, dann werden Sie ja wohl ...»

Palma forderte ihn auf, wieder Platz zu nehmen.

«Nein, leider ist die fragliche Person nicht zu erkennen; sie hat eine Kapuze auf dem Kopf, und die Bildqualität ist alles andere als gut. Wir werden Ihnen den Film in jedem Fall zeigen, keine Frage. Aber sagen Sie mir doch bitte erst, wann Sie informiert worden sind.»

Cerchia fuhr sich mit der Hand durch die Haare. Er wirkte verwirrt, als wäre ihm der Grund für seinen Besuch im Kommissariat für einen Moment entfallen.

«Es muss gegen ein Uhr nachts gewesen sein. Ich war auf Geschäftsreise und habe in einem Hotel übernachtet. Meine ... meine Exfrau, Dodos Mutter, hat mich angerufen. Als ich ihre Nummer auf dem Display sah, ist mir sofort der Schreck in die Glieder gefahren. Die Tatsache, dass sie mich um diese Uhrzeit anruft ... Oder sagen wir, die Tatsache, dass sie mich überhaupt anruft – das konnte nur etwas Schlimmes bedeuten. Etwas sehr Schlimmes. Sie müssen wissen, diese Frau und ich, wir haben überhaupt keinen Kontakt mehr miteinander. Die Richter, die in diesem Land leider auf beiden Augen blind sind, haben ihr das alleinige Sorgerecht für meinen Jungen zugesprochen, der viel lieber bei mir geblieben wäre, was ich mir von ganzem Herzen gewünscht hätte, denn er ... er ...»

Er musste sich sichtlich bemühen, seine Gefühle in den

Griff zu bekommen. Lojacono drehte das Gesicht zum Fenster und schaute aufs Meer hinaus; so viel Leid mit ansehen zu müssen berührte ihn unangenehm, das war selbst für einen abgebrühten Polizisten wie ihn zu viel. Seine ständige Angst um Marinella, als sie noch in der Ferne lebte, war ihm deutlich in Erinnerung, dabei hatte sie sicher nicht in der Gefahr geschwebt, gekidnappt zu werden. Er dankte dem Himmel in einem Stoßgebet, dass sie inzwischen bei ihm wohnte.

Cerchia hatte sich wieder gesammelt.

«Der Junge ist mein Ein und Alles. Nichts auf dieser Welt, kein Geld, kein Hobby, keine Frau kann auch nur einen einzigen Moment mit ihm aufwiegen. Aber sie kümmert das nicht. Sie hat nur ihren komischen Liebhaber, ihre Freundinnen und ihren Club im Kopf – und was sonst noch so passiert in ihrem sinnlosen Dasein. Mit dem Ergebnis, dass jetzt niemand weiß, wo der Junge steckt. Kein Wunder, dass sie zu feige war, es mir gleich zu sagen.»

Palma entgegnete:

«Um ehrlich zu sein, haben wir ihr geraten, den Ball erst mal flachzuhalten. Noch kann sich der Verdacht als unbegründet erweisen. Vergessen Sie nicht: Ihr Sohn ist freiwillig mitgegangen. Vielleicht ist alles ganz harmlos, und eine Freundin der Familie oder ...»

Cerchia beugte sich vor.

«Eine Freundin? Es war also eine Frau?»

Palma zuckte mit den Schultern.

«Wie gesagt, man kann kaum etwas erkennen. Aber es scheint tatsächlich eine Frau gewesen zu sein, ja.»

Cerchia schlug sich mit der Hand auf den Oberschenkel.

«Ich wusste es doch, es ist alles ihre Schuld, diese dumme Gans! Wahrscheinlich wollte ihr jemand eins auswischen und hat ihr einen schlechten Scherz gespielt. Die betrogene Ehefrau von einem ihrer Liebhaber zum Beispiel. Jetzt bin ich aber mal gespannt, ob sie ihr nicht doch das Sorgerecht absprechen, wenn ich ihn gefunden habe! Denn ich werde ihn finden, meinen Sohn, das versichere ich Ihnen! Dieses verdammte Miststück, diese dumme Kuh!»

Mit frostiger Stimme sagte Alex:

«Ihre Frau war gestern Abend bis spät hier im Kommissariat, also Vorsicht mit dem, was Sie da sagen! Und als sie heute früh anrief, war ihr deutlich anzumerken, dass sie in der Nacht kaum geschlafen hat. Glauben Sie mir, sie macht sich mindestens so viele Sorgen wie Sie. An Ihrer Stelle würde ich nicht so hart mit ihr ins Gericht gehen.»

Romano nickte.

«Mein Name ist Francesco Romano, Dottore. Ich ermittle im Fall Ihres Sohnes. Wie meine Kollegin schon sagte: Ihre Frau hat nicht die geringste Ahnung, wer den Jungen mitgenommen haben könnte.»

Cerchia giftete zurück:

«Sie ist nicht meine Frau. Nicht mehr. Und wenn sie nicht weiß, wer es gewesen ist, dann nur, weil sie sich aller Zweifel und Schuld entledigen will. Sie und dieses Arschloch von ihrem Vater säen mehr Hass und Zwietracht, als Sie sich vorstellen können. Und jetzt will ich das Video sehen, wenn Sie gestatten.»

Palma bat ihn, mit seinem Stuhl vor Ottavias Bildschirm zu rücken.

Cerchia verfolgte den Film mit größter Aufmerksamkeit. Als er sah, wie sein Sohn ins Bild trat, die Vorhalle durchquerte und kurz vor dem Ausgang zur Kamera hinaufschaute, entgleisten seine Züge. Tränen schossen ihm in die Augen, mit der Hand fuhr er sich an die Kehle, dann in die Haare, schließlich hielt er sich die Hand vor den Mund, wie um ein Schluchzen zu unterdrücken. Seine Schultern bebten.

Romano und Aragona starrten auf ihre Füße, als hofften sie, der Boden täte sich unter ihnen auf. Ottavia, die tiefes Mitgefühl mit dem Mann verspürte, legte tröstend die Hand auf seinen Arm. Pisanelli räusperte sich.

Nach einer Weile sagte Palma:

«Dottor Cerchia, bitte … So können wir Ihrem Sohn nicht helfen – falls er überhaupt Hilfe braucht. Sie haben es ja mit eigenen Augen gesehen: Er ist dieser Person freiwillig gefolgt. Vielleicht wusste er, dass er nichts zu befürchten hat.»

Alberto Cerchia verbarg sein Gesicht in den Händen. Schließlich sagte er:

«Sie haben recht, Commissario, wir müssen herausfinden, wo Dodo steckt, und ihn dort wegholen. Und ich schwöre bei Gott: Sobald er wieder bei mir ist, werde ich ihn nicht eine Sekunde mehr aus den Augen lassen, sodass ihm niemals etwas zustoßen kann.» Seine Stimme gehorchte ihm nicht, er brachte nur ein Krächzen hervor, sodass seine Worte kaum verständlich waren. Und doch klang aus ihnen eine enorme Entschlossenheit heraus. «Es muss eine Frau sein, auf jeden Fall! Da besteht für mich kein Zweifel, so wie sie sich bewegt und wie ihr Körper gebaut ist. Was haben Sie noch an Hinweisen?»

Aragona machte eine unbestimmte Geste.

«Der Klassenkamerad von Dodo, der zuletzt mit ihm zusammen war, hat von einer Frau mit blonden Haaren gesprochen. Aber er war weit entfernt, außerdem ist und bleibt er ein Kind.»

«Blonde Haare – das ist ja schon mal was, oder nicht? Hat sie … hat Dodos Mutter das Video auch gesehen?»

Palma nickte.

«Selbstverständlich. Aber sie hat niemanden erkennen können.»

Cerchia zog eine Grimasse.

«Sie würde nicht mal sich selbst im Spiegel erkennen, die dumme Kuh. Und der Alte, was hat der gesagt?»

«Falls Sie den Großvater des Jungen meinen, so wollte seine Tochter ihn heute Morgen informieren.»

Cerchia ließ ein kurzes bitteres Auflachen hören. Wie zu sich selbst sagte er:

«Klar, auf den Alten nimmt sie Rücksicht. Aber mich ruft sie mitten in der Nacht an, scheißegal, ob ich vielleicht auf der Autobahn einen Unfall bauen könnte. Typisch …» Er wandte sich erneut an Palma. «Ich habe eine Wohnung hier in der Stadt, nicht weit von der von Dodos Mutter. Ich habe sie gemietet, damit der Junge bei mir sein kann, wenn ich alle zwei Wochen zu Besuch komme. Ich gebe Ihnen die Adresse und meine Handynummer, sodass Sie mich jederzeit erreichen können. Ich fahre jetzt zu ihr und versuche herauszufinden, was genau passiert ist. Und eins sage ich Ihnen: Ich werde meinen Sohn finden! Ich werde ihn finden.»

Lojacono ergriff das Wort.

«Wenn ich mir einen Rat erlauben darf, Dottor Cerchia, und zwar als Vater, nicht als Polizist: Drängen Sie Ihre Exfrau nicht in die Defensive, sondern versuchen Sie, mit ihr und mit uns zu kooperieren. Sie, Ihre Exfrau, Ihr Exschwiegervater und alle, die Ihrem Sohn zugetan sind: Sie sitzen im selben Boot. Wenn der Junge entführt wurde – was, wie der Kollege bereits sagte, noch gar nicht sicher ist –, dann ist der erste Kontakt mit den Kidnappern extrem wichtig für die Ermittlungen. Helfen Sie uns also, damit wir Ihnen helfen können, ich bitte Sie.»

Cerchia hatte ihm schweigend zugehört. Schließlich nickte er und sagte:

«Ja, das Einzige, was jetzt zählt, ist Dodos Wohlergehen. Und dass er gesund und munter zu uns zurückkehrt. Über alles Weitere sprechen wir später.»

Palma schloss sich Lojaconos Worten an.

«Also, Dottor Cerchia, ich verlasse mich darauf, dass Sie sich ruhig verhalten und uns über jede neue Entwicklung sofort informieren. Ihre Exfrau haben wir ebenfalls darum gebeten. Wie Inspektor Lojacono bereits erwähnte: Das ist jetzt nicht der Moment für Streitigkeiten. Wir sitzen alle im selben Boot.»

Cerchia erhob sich von seinem Stuhl.

«Ich danke Ihnen, Commissario. Aber wir sitzen nicht alle im selben Boot. Ich bin der Vater des Jungen. Der Vater! Wenn einem Kind etwas passiert, das dürfen Sie mir glauben, dann sitzt der Vater ganz alleine in seinem Boot. Er – und sein unvorstellbarer Schmerz. Auf Wiedersehen.»

17

Giorgio Pisanelli stand gegen einen Pfeiler gelehnt an einer Straßenecke. Er hielt eine Zeitung in der Hand und musste dringend pinkeln.

Bevor er das Kommissariat verlassen hatte, war er noch einmal schnell auf die Toilette gegangen, in der Hoffnung, wenigstens für eine Stunde seine Ruhe zu haben. Doch die Natur hatte anders entschieden.

Pisanelli war Fatalist geworden, allerdings nur, was die Natur betraf. Allem anderen gegenüber war und blieb er ein Kämpfer, ein edler Recke, der keine großen Worte machte und niemals aufgab. Man konnte fast alles bekämpfen, das Böse, die Dummheit, die Ignoranz, und aus manchen Kämpfen ging man sogar als Sieger hervor. Doch gegen die Natur war man in der Regel machtlos.

Für ihn hatte die Natur sich ein Prostatakarzinom ausgedacht.

Wie lange sie wohl schon zugange war, die Natur, und heimlich, still und leise ihre Vorbereitungen traf? Wahrscheinlich schon seit einer halben Ewigkeit, seit einer seiner Urahnen einer seiner Urahninnen begegnet war. Und das alles nur, um ihn mit diesem schrecklichen Harndrang zu quälen, nachdem er gerade erst Wasser gelassen hatte. Eine in seinen Genen verankerte Zeitbombe, die Jahrzehnte, Jahrhunderte später explodieren würde, auf die Sekunde genau. Wie sollte man gegen so etwas ankämpfen?

Palma hatte ihnen Carte blanche gegeben; sie konnten ohnehin nicht viel ausrichten, solange die Entführer nichts von sich hören ließen. Und am Ende – wie sie sich gegenseitig immer wieder versicherten – würde sowieso eine Tante von Dodo auftauchen und zu seiner Mutter sagen: «Wie konntest du das vergessen? Wir hatten doch ausgemacht, dass der Junge am Wochenende mit uns nach Paris ins Disneyland fährt. Neulich Abend, nach deinem vierten Cocktail im Yachtclub.»

Außer weitere Erkundigungen über die Familie Borrelli einzuholen, hatte Pisanelli nicht viel tun können. Also bat er darum, das Büro verlassen zu dürfen, und war nach seinem dritten Klogang innerhalb von zwei Stunden losgezogen. Seine Kollegen waren eh mit anderen Dingen beschäftigt: Lojacono und die Di Nardo wollten wegen ihres Einbruchs ins Kriminaltechnische Institut, und Romano und Aragona planten, erst der Schule und dann der Mutter des Jungen einen Besuch abzustatten.

Während er so tat, als würde er seine Zeitung lesen, behielt er die gegenüberliegende Toreinfahrt fest im Blick. Mit einem Anflug von Traurigkeit dachte er an Dodo, der vor seinem Verschwinden noch einmal kurz zu der Überwachungskamera hochgeschaut hatte. Er hatte ihn an seinen Sohn Lorenzo als Kind erinnert: die gleiche Ernsthaftigkeit, die gleiche unergründliche Tiefe im Blick. Wie lange hatten sie nichts voneinander gehört, Lorenzo und er? Seit einer Woche ungefähr. Er musste ihn unbedingt anrufen. Carmen wäre sicher erzürnt gewesen, hätte sie gewusst, dass er so viel Zeit zwischen zwei Anrufen vergehen ließ.

Er hielt nach einer dunklen Ecke Ausschau, wo er unbemerkt pinkeln konnte. Es würden ohnehin nicht mehr als zwei, drei Tropfen kommen. Wie üblich. Er konnte natürlich auch in eine Bar gehen, einen Espresso bestellen, an dem er nur nippen würde, und nach einer Toilette fragen – aber wenn sie genau in dem Moment aus dem Tor träte, was dann? Das Risiko wollte er nicht eingehen.

Carmen war Pisanellis Ehefrau gewesen. Sanft, freundlich und wunderschön. Mit 20 hatte er sie kennengelernt, vor ewigen Zeiten, und sich auf den ersten Blick in sie verliebt, als ein gemeinsamer Freund sie einander vorgestellt hatte. Er hatte sich in ihre dunklen Augen verliebt, als sie ihn mit leicht geneigtem Kopf gemustert hatte, wie sie es immer tat, wenn etwas ihr Interesse erregte. Er hatte sich in ihre Stimme verliebt, deren satter, tiefer Klang ihn an eine Orgel erinnerte. Er hatte sich in sie verliebt, und seither hatte er nicht aufgehört, alles mir ihr zu besprechen, was ihn beschäftigte. Und noch immer besprach er alles mit ihr, und sie antwortete ihm.

Auch wenn sie nicht mehr am Leben war.

Ihre innere Zeitbombe war so eingestellt, dass sie ungefähr drei Jahre vor seiner explodierte, und sie hatte perfekt funktioniert. Nicht dass Giorgio damals nicht kampfbereit gewesen wäre, doch er hatte seiner Frau unter Tränen versprechen müssen, sie nicht an ihrer Krankheit, vor der sie solche Angst hatte, elendig zugrunde gehen zu lassen. Es hatte ihn verwundert, dass ausgerechnet Carmen den zu erwartenden Schmerzen nicht gewachsen schien.

Pater Leonardo, der Mönch, der Pisanellis bester Freund geworden war, hatte ihm erklärt, dass so etwas nicht ungewöhnlich sei; im Angesicht von Leid und Tod würden manche Menschen Stärke, andere Schwäche zeigen, und wieder andere beschlössen, vorher zu gehen. «Sie ziehen es vor, dem Übel, das sie von innen auffrisst, die kalte Schulter zu zeigen und vor Ablauf ihrer Zeit das Licht zu suchen», hatte er gesagt, als sie in einem Moment frei von jeder Melancholie gemeinsam der Toten gedachten: Giorgio, weil er Carmen ohnehin in seinen Träumen Tag und Nacht um sich hatte, und der Mönch, weil er ihr Trost gespendet und ihr geholfen hatte, ihren Glauben bis zum Schluss aufrechtzuerhalten. Die beiden Männer hatten sich an ihrem Sterbebett kennengelernt, und ihre Verbindung war über die Monate noch enger geworden – das letzte Geschenk, das seine Frau ihm gemacht hatte, bevor sie zwei Röhrchen Schmerz- und Schlaftabletten schluckte, um für immer von ihm zu gehen.

Leonardo hatte recht, Schmerzen konnten einem vor lauter Angst die Luft abschnüren, auch wenn man einen liebevollen Ehemann und Sohn um sich hatte. Er selbst hätte Carmens Leben ein Ende gesetzt, wenn die Qualen für sie unerträglich geworden wären. Er war bereit dazu gewesen. Doch sie war ihm zuvorgekommen.

Aus den Augenwinkeln registrierte er im Hauseingang gegenüber eine Bewegung und ging in Habtachtstellung. Falscher Alarm – der Metzgersgehilfe hielt mit dem Portier ein Schwätzchen.

Aus genau jenem Grund war er hier: Weil er die Versuchung kannte, dem Leid zu entfliehen. Schließlich kämpfte er, der Stellvertretende Polizeikommissar Giorgio Pisanelli, jeden Tag gegen den Wunsch an, von Mutter Erde zu verschwinden, bevor die Zeit abgelaufen war, die seine Feindin, die Natur, ihm gesetzt hatte. Doch er konnte es einfach nicht. Nicht jetzt. Erst musste er seinen Fall abschließen. Erst musste er einen Mörder finden.

Am Tag nach Carmens Tod, als er allein in der zu großen,

noch ganz von ihrer Stimme und ihrem Geruch erfüllten Wohnung zurückgeblieben war und Lorenzos Vorschlag verworfen hatte, sich vor der Zeit pensionieren zu lassen und zu ihm nach Norditalien zu ziehen, hatte er sich gefragt: Warum bringt jemand sich um? Woher nimmt er die Kraft dazu?

Er kannte das Viertel, in dem er arbeitete, wie seine Westentasche, er war dort geboren, hatte sein ganzes Leben dort verbracht, wie vor ihm seine Eltern und Großeltern. Er wusste um die Eigenheiten des Viertels, seine absonderlichen und seine normalen Seiten: Ihn konnte nichts mehr schrecken, weil er es in- und auswendig kannte, wie ein liebgewonnenes Haustier, ein altersschwaches Ungeheuer, das hin und wieder ein Auge öffnete, aber meist in einen tiefen, von gelegentlichen Zuckungen unterbrochenen Schlaf versunken war. Und aus dem Grund wusste er auch, dass es mit diesen vermeintlichen Selbstmorden etwas anderes auf sich haben musste.

Er war an einem dämmerigen Morgen zu früher Stunde darauf gekommen, noch bevor diese verdammte Geschichte mit den Drogen passiert war, in die seine vier Exkollegen hineingeraten waren. Diese Hohlköpfe, die trotz allem seine Sympathie nicht ganz verloren hatten. Carmen war gerade gestorben, der Schmerz saß noch tief in seinem Herzen, und er hatte, um sich abzulenken, in alten Akten geblättert. Dabei war ihm aufgefallen, dass die Selbstmordquote der letzten zehn Jahre in seinem Viertel überproportional gestiegen war. Gewiss, alle Fälle waren ordnungsgemäß untersucht und dokumentiert worden, von Schlamperei keine Spur. Abschiedsbriefe, unterschiedliche Suizidmethoden und stets ein nachvollziehbares Motiv – alles im normalen Rahmen.

Und doch hatte er nicht den geringsten Zweifel gehabt: Das waren keine Selbstmorde.

Er hatte versucht, dem Kommissar seinen Verdacht zu erklären, einem älteren, pragmatischen und hartgesottenen Funktionärstypen. Dieser hatte wenig Lust auf verstiegene Theorien und Überstunden gezeigt. Dann passierte die Geschichte mit den Gaunern von Pizzofalcone, und danach hatte natürlich erst recht niemand mehr ein offenes Ohr für die Spinnereien eines alten Polizisten. Nicht einmal der neue Chef, Palma, ein sehr fähiger Mann, wirkte übermäßig interessiert, obwohl er ihm aus Respekt und Höflichkeit freistellte zu ermitteln, wann und wo immer er wollte. Doch er war sich sicher, so sicher wie selten in seinem Leben, dass diese Leute ermordet worden waren. Und gerade wegen Carmen war er sich so sicher.

Seine Überlegungen sahen aus wie folgt: Wer sterben will, der hat Angst. Depressionen, Einsamkeit, Geldmangel, eine zu magere Rente, das allmähliche Abrutschen in ein Leben, das kein Leben mehr ist – all das reicht meist nicht für einen Selbstmord. Jemand, der so viel Angst hat, dass er sterben will, braucht Mut. Großen Mut.

Als er Pater Leonardo seine Überlegungen anvertraute, hatte er in seinen hellen blauen Augen unendliches Mitleid aufleuchten sehen. Der Mönch hatte ihn zu widerlegen versucht, nein, so sei das nicht, er halte die Einsamkeit für den eigentlichen Feind des Menschen. So viele bedauernswerte Gestalten wollten ihrem Leben ein Ende setzen, nur weil sie die Stille, die sie umgab, nicht mehr ertragen könnten. «Die Jahre ziehen schnell an uns vorbei, viel zu schnell, aber die Tage, die wir ganz allein verbringen müssen, die wollen einfach nicht vergehen. Und sie können eine unerträgliche Angst in uns auslösen.» So sprach ausgerechnet Leonardo, der an Gott glaubte, an die Ewigkeit, die Auferstehung und so weiter. Doch er, Giorgio, war felsenfest davon überzeugt, dass da jemand nachgeholfen hatte, die armen Teufel ins Jenseits zu befördern.

Daher hatte er angefangen, die einzelnen Puzzlesteine zusammenzusetzen, mit der Sorgfalt eines langjährigen Polizisten: Protokolle, Zeugenaussagen, zufällige Beobachtungen, scheinbar unbedeutende Details. Er hatte die Wände in seiner Wohnung mit Zeitungsausschnitten tapeziert, mit Schriftstücken, Fotokopien von handschriftlichen Abschiedsbriefen, Fotos der Leichen. Das Gleiche hatte er im Büro gemacht und dort sowohl Mitleid wie Spott geerntet. Er war gründlich noch einmal alles durchgegangen, hatte das Puzzle auseinandergenommen und Stein für Stein wieder zusammengesetzt, hartnäckig und akribisch. Er wusste, dass die anderen ihn für einen verrückten Alten hielten, aber das war in Ordnung so. Wenigstens ließen sie ihn in Ruhe. Abgesehen natürlich von Aragona.

Dieser junge Kollege war die Inkarnation des dummdreisten Bullen, ein Angeber und noch dazu voller Vorurteile. Doch selbst sein Tick mit den Spitznamen und diesen amerikanischen Fernsehserien hatte Pisanelli nicht davon abgehalten, sich auf seltsame Weise mit ihm verbunden zu fühlen. Hinter der Fassade aus solariumgebräunter Haut und blauverspiegelten Brillengläsern erahnte man einen guten Kern, ungezähmte Intelligenz, ja, ein schlummerndes Talent, das ihn zu einem hervorragenden Ermittler machen würde, vorausgesetzt, er käme von seinem Serpico-Trip herunter.

Giorgio Pisanelli zuckte zusammen. Da war sie ja! Trat aus der Toreinfahrt und blinzelte gegen die Sonne. Guter Gott, wie alt sie wirkte! Dabei war sie laut ihren Papieren noch keine 60. Fettige Haare, ausgeleierter Pullover, abgetragene Tasche. Der

Portier warf ihr nur einen flüchtigen Blick zu, grüßte nicht einmal. Mit schlurfenden Schritten bewegte sie sich in Richtung Piazza.

Das war neu an Pisanellis Art zu ermitteln: Nachdem er sich jahrelang mit den Toten befasst, ihr gescheitertes Leben rekonstruiert und ihren seltsamen Tod untersucht hatte, war er dazu übergegangen, sich den Lebenden zu widmen und die potenziellen Opfer ausfindig zu machen. In den letzten Monaten hatte er eine Art Topologie der Selbstmorde erstellt, auf der Suche nach dem roten Faden, der alles miteinander verband. Er hatte das Feld gleichsam abgesteckt. Sogar sämtliche Apotheken im ganzen Viertel hatte er abgegrast, um herauszufinden, wer Psychopharmaka nahm und kürzlich die Dosis erhöht hatte. Zugegeben, keine besonders orthodoxe Methode, aber immerhin eine Methode.

Und so war er bei ihr gelandet: Maria Musella, 58 Jahre alt, wohnhaft in einem Kellerloch, das sie von ihrem zehn Jahre zuvor verstorbenen Ehemann geerbt hatte, und Empfängerin einer mageren Witwenrente. Maria Musella, die ihren Hausarzt um Rezepte für Schlaftabletten anflehte, um in der Nacht Ruhe zu finden. Maria Musella, die keine Freunde hatte, kein Lotto spielte, zweimal in der Woche auf dem Markt einkaufte, um Geld zu sparen – und heute war einer dieser Tage, weshalb Pisanelli ihr in seiner Ecke auflauerte, um sie aus der Nähe betrachten zu können. Maria Musella, die einsam und verlassen auf ihr Ende zusteuerte, ohne nichts und niemanden zu haben.

Maria Musella, das perfekte Opfer.

Pisanelli wartete einen Moment, dann faltete er seine Zeitung zusammen, klemmte sie unter den Arm und folgte der Frau. Er achtete darauf, stets genug Abstand zu halten, obwohl er den Verdacht hegte, dass Maria Musella ihn nicht einmal dann bemerken würde, wenn er sie über den Haufen rannte.

Er wollte herausfinden, ob sich ihr jemand näherte. Wenn man einen Menschen töten will, dachte er, geht das in der Regel nur aus nächster Nähe. Und weil Maria Musella nie Verabredungen traf, konnte sich ihr eigentlich nur der Mörder nähern. Man müsste natürlich die Angelegenheit noch genauer untersuchen und die Indizien abgleichen, aber zumindest hatte er so schon mal eine Ausgangstheorie. Oder war das etwa keine? Damit konnte man durchaus arbeiten.

Er würde sich eine Bar mit Toilette suchen, sobald die Frau mit ihrem Einkauf fertig wäre. Jetzt musste er sich erst mal an ihre Fersen heften. Die Natur und ihre Zeitbombe konnten warten.

Er freute sich schon darauf, Leonardo von den jüngsten Entwicklungen zu erzählen. Vielleicht würde er ihn später in der Pfarrei aufsuchen, zumindest wenn es nichts Neues wegen des Jungen gab. Er hatte Ottavia gebeten, ihn in diesem Fall sofort auf dem Handy anzurufen. Das hätte dann natürlich Vorrang. Letztlich war es ja auch nicht dringend – für ein Schwätzchen mit ihm stand Leonardo immer bereit. Und in zwei Tagen fand ohnehin ihr allwöchentliches Treffen in Gobbos Trattoria statt.

Maria Musella blieb vor der farbenprächtigen Auslage eines Obst- und Gemüsehändlers stehen. Als würde man in ein Kaleidoskop schauen, so glückversprechend war dieser Anblick, den die strahlende Maisonne dem Betrachter vermittelte. Vier Jugendliche in leichten T-Shirts spielten Fußball zwischen Marktständen, Gemüsekisten, Müllcontainern und parkenden oder herumflitzenden Motorrollern. Vor einer Kellerwohnung, aus der ein Radioschlager dröhnte, saß eine dicke

Frau und pulte Erbsen. An jeder Ecke der Piazza pulsierte das Leben, bunt, intensiv, mit all seinen Gerüchen.

Du willst nicht sterben, Maria Musella. Wenn du einkaufen gehst, dir etwas kochst, isst, morgens aufstehst, dann willst du nicht sterben. Vielleicht willst du in manchen Momenten nicht mehr leben, aber du willst nicht sterben. Und genau darin liegt der Unterschied.

Unwillkürlich wanderten Pisanellis Gedanken zu Dodo. Wo steckst du, mein Kleiner, fragte er sich. Lasst uns nur hoffen, dass dir nichts geschieht.

Das Leben ist einfach zu schön im Mai.

18

Hütet euch vor dem Mai!

Der Mai hat euch im Nu was vorgemacht. Ein unachtsamer Moment, ein Meinungswandel, ein Lachen genügt, und er spielt euch einen Streich.

Denn der Mai in dieser Stadt weiß, wie er euch täuschen kann. Auf leisen Sohlen schleicht er sich heran und lässt euch glauben, plötzlich an einem anderen Ort, in einer anderen Zeit zu sein.

Er umschlingt euch mit seinen Tentakeln, und schon denkt ihr, alles sei in bester Ordnung, alles sei wie immer.

Von wegen.

Tiziana ist spät dran heute Morgen. Gestern ist sie doch tatsächlich vor der Glotze hängengeblieben, ein total bescheuerter Film, trotzdem ist sie eine Stunde später eingeschlafen als sonst.

Die Kollegen haben bestimmt schon die Messer gewetzt; sie ist neu im Büro, da gibt's kein Pardon. So ist das bei Anfängern: die dümmsten Aufgaben und null Respekt.

Aber Tiziana braucht den Job. Schon seit einem Jahr kriegt sie keinen Unterhalt mehr von diesem Scheißkerl, der nicht mal ans Telefon geht; sogar wenn sie die Nummer unterdrückt, geht er nicht ran, ist ja nicht blöd, der Hurensohn. Und Francesca braucht ständig etwas: Alle drei Monate sind neue Schuhe fällig, weil ihre Füße schon wieder gewachsen sind, und für jede Jahreszeit muss sie ent-

sprechende Kleidung haben, jedes Mal eine Nummer größer. Sie ist vier, in dem Alter ist das normal.

Sie eilt ins andere Zimmer, beugt sich über ihr Bett, ein schneller Kuss. Tizianas Mutterinstinkt ist geweckt: Seit ein paar Tagen scheint Francesca ihr zerstreut und in sich gekehrt. Vielleicht brütet sie ja bloß eine Erkältung aus.

Sie geht in die Küche. Sie hat drei Sekunden Zeit für ihren Kaffee, falls Papa welchen gemacht hat. Dem Duft nach zu urteilen, ja, hat er. Der Vater ist da, umsorgt sie: «Kind, du musst was essen, wenigstens ein paar Kekse! Wenn du nichts im Magen hast, kriegst du Kopfschmerzen.» Tiziana nickt. «Gut, dass es dich gibt, Papa. Gut, dass wir dich haben, du hast Francesca und mir ein Dach über dem Kopf gegeben, du hilfst uns, wo du kannst.»

«Schatz, das ist genauso euer Zuhause wie meins. Du weißt doch, seit deine Mutter ...»

Tiziana tritt auf ihn zu und küsst ihn auf die feuchte Wange; jedes Mal, wenn man ihre Mutter erwähnt, füllen sich seine Augen mit Tränen.

«Denk nicht mehr dran, Papa – jetzt sind wir doch bei dir. Und du wirst sehen: Bald fangen die schönen Tage an. Dann fahren wir ans Meer, wir drei. Und haben ein paar schöne Stunden, das haben wir uns schließlich verdient, oder nicht? Aber jetzt entschuldige, ich muss dringend los ins Büro. Ich habe der Kleinen ein Kleid rausgelegt, frisch gebügelt; vielleicht könnt ihr ja, wenn das Wetter es zulässt, auf den Spielplatz gehen, was meinst du?»

Noch ein Kuss auf die Fingerspitzen, dann ist Tiziana zur Tür hinaus und unten auf der Straße angelangt; der Vater sieht sie um die Ecke biegen, mit fliegenden Mantelschößen. Er seufzt, schüttelt den Kopf. Meine arme Tochter, denkt er. Was für ein Leben! Zum Glück bin ich da und kann mich um sie kümmern.

Auf leisen Sohlen schleicht er sich in Francescas Zimmer. «Mein

123

kleiner Liebling, schläfst du noch? Nein, du tust nur so, was? Weil du in Wirklichkeit nämlich spielen willst ...»

Und während er näher ans Bett tritt, knöpft er sich die Hose auf.

Hütet euch vor dem Mai!

Dieser Monat weiß genau, wie er euch austricksen kann. Hat den Winter noch in den Knochen stecken, aber die Nase schon in den Sommer vorgereckt. Macht einen auf Wonnemonat, und sofort fangt ihr an zu träumen und gebt euch falschen Illusionen hin. Aber dann jagt er euch ein Messer in den Rücken – und aus ist der Traum.

Er hüllt euch ein mit seinem Duft, der so leicht ist, dass ihr euer Lächeln erst bemerkt, wenn es zu spät ist.

Der Mai ist bedrohlich wie eine Klinge, die sich unversehens ins Fleisch bohrt.

Ciro ist ein guter Junge. Doch das Viertel, in dem er lebt, ist ein hartes Pflaster.

Aber er hat sich ferngehalten von bestimmten Leuten, wollte sich nicht einspannen lassen. Sein Vater ist Straßenbahnschaffner und übernimmt die absurdesten Schichten, um mehr Geld nach Hause zu bringen. Ciro würde sich wie ein Stück Dreck fühlen, wenn er ihm als Dank auch noch Scherereien machen würde. In kargen Sätzen, weil er kein Freund großer Worte ist, hat der Vater schon oft zu ihm gesagt, Leute wie sie hätten keine Lobby, und wenn sich einer von ihnen in die Scheiße reiten würde, käme er alleine nie wieder raus. Lieber auf der Spur bleiben, lieber sich abrackern, und sei es nur für ein paar müde Kröten.

Ciro weiß genau, ja, er sieht es jeden Tag, wie man an das nötige Kleingeld für einen Motorroller, schicke Schuhe oder Markenklamotten kommt. Aber er weiß auch, dass die mit dem Kleingeld nicht lange durchhalten. Es ist viel sicherer, in einer Cafébar als

Laufbursche zu arbeiten, im Morgengrauen aufzustehen und mit einem Tablett voller Espressotassen die Treppen zu den Büros rauf- und runterzulaufen, das kann man viel länger machen. Das sagt sein Vater mit seinen dürren Worten, und er muss ihm recht geben.

Ciro ist ein guter Junge.

Er hat ein Mädchen kennengelernt. Sie arbeitet als Verkäuferin in einer Boutique an der Geschäftsstraße, wo er immer den Espresso hinbringt. Am Anfang haben sie sich jedes Mal zugelächelt, wenn er an ihrem Schaufenster vorbeikam. Dann ist ihm vor lauter Lächeln einmal das Tablett runtergefallen, und der ganze Kaffee, das Mineralwasser, die Tellerchen mit den Bons lagen auf der Straße. So ein Schlamassel! Sie hat ihm geholfen, das Zeug zwischen den Füßen der Passanten zusammenzuklauben. Das war im Mai. Vor einem Jahr. Im Mai jemanden kennenzulernen ist großartig. Im Mai ist sowieso alles großartig.

Ein Jahr ist nun vergangen, und Ciro möchte das Ereignis feiern. Seine Freunde schenken ihren Frauen Schmuck und Kleider. Ist ja auch nicht schwer bei dem schnellen Geld, das sie machen. Doch Ciro ist ein guter Junge, der kein Geld hat und nie welches haben wird.

Aber er will nicht, dass der Mai vorbeigeht, ohne dass er ihr ein Geschenk gemacht hat. Ein ganz besonderes Geschenk. Denn der Mai ist ihr Monat. Und sie ist das Beste, das ihm je passiert ist, das einzig Gute, sein großes Glück.

Alles gar kein Problem, haben sie ihm gestern Abend im Pub erzählt. «Der Juwelier liegt etwas ab vom Schuss, unweit der Gasse, die ins Viertel führt – zehn Meter, und keiner holt dich mehr ein, selbst wenn du zu Fuß unterwegs bist. Letztes Jahr haben wir uns den Laden fünfmal vorgeknöpft, der ist wie ein Geldautomat, sogar Zwölfjährige wagen sich da ran. Und du räumst ihn ja auch nicht komplett leer, du schnappst dir nur ein paar Teile und haust gleich wieder ab, die verfolgen dich nicht mal, da arbeitet bloß so ein Idiot, der Sohn vom Chef, so alt wie wir: Der kriegt sofort Schiss und duckt sich hintern Tresen.»

Ciro ist ein guter Junge, und er wünscht sich ein besonderes Lächeln von ihr, denn schließlich ist es Mai. Der Mai ist ihr Monat, und er wird nie genug Geld verdienen, um ihr einen Ring kaufen zu können. Ein Mal, ein einziges Mal. Ohne Risiko, ohne Angst, fünf Minuten nur, und sie wird vor Glück strahlen. Ihr ganzes Leben lang wird sie vor Glück strahlen. Fünf Minuten nur.

Marco ist ein guter Junge. Er ist nicht sehr mutig, das ist wahr, aber er ist schließlich Juwelier und kein Polizist oder Dompteur. Als Juwelier braucht man keinen Mut, zumindest geht's auch ohne. Dabei gefällt ihm der Job nicht einmal. Das Problem ist nur, dass Papa Krebs hat und nicht mehr in den Laden runterkommen kann, also ist er jetzt an der Reihe.

Marco ist ein guter Junge, und offenbar wissen sogar die Juwelendiebe, dass er keine Lust auf den Job hat, weshalb er fünf Überfälle in einem Jahr ertragen musste. Einmal haben sie das Schaufenster mit einem Schlüsselbund eingeworfen, einmal kamen sie mit einer Rasierklinge und dreimal mit der Knarre. Wahrscheinlich nur eine Spielzeugpistole, aber ich will euch mal sehen, wenn da ein Vermummter zur Tür reinkommt und dir mit so einem Ding unter der Nase rumfuchtelt! Er hat sich zu Boden geworfen, wie sie es von ihm verlangt haben, um wenigstens seine nackte Haut zu retten. Pass auf, Marco, hat sein Vater gesagt, diese Typen stehen unter Drogen. Einmal hat er sogar gedacht, sie lachen ihn aus, die Hurensöhne.

Marco ist ein guter Junge, aber diesmal hat er vorgesorgt. Kaum kommt der Kerl zur Tür rein, brüllt: «Achtung, keine Bewegung, das ist ein Überfall!», und schnappt sich einen Ring aus der Vitrine – was für ein Idiot im Übrigen, sie haben so viele wertvolle Sachen, aber der krallt sich ausgerechnet einen Ring mit einem wertlosen Mini-Brilli, und in der Hand hält er ein Küchenmesser, unglaublich! –, kaum geht es also los, wirft er sich wie immer zu Boden. Nur dass er diesmal unter dem Tresen ein Gewehr hat, rechtmäßig erworben dank Waffenschein, geladen und entsichert. Und Marco, der ein guter Junge ist, aber nun endgültig die Faxen dicke hat, nimmt das Gewehr und schießt diesem Scheißkerl von Juwelendieb mitten in die Brust, und Ciro, der auch ein guter Junge ist, aber weil Mai ist und er ein ganz besonderes Lächeln sehen wollte, fliegt rückwärts ins Schaufenster, den Bauch zerfetzt wie eine Wassermelone.

Ciro und Marco sind beide gute Jungen. Aber im Wonnemonat Mai ist alles möglich in dieser Stadt.

Der Mai ist ein Verräter.

Ein sympathischer, gemeiner Verräter, mit einem Schurkengesicht, in das man sich verlieben kann. Eine verflixte Schlange, deren elegante Windungen den Betrachter entzücken und ihn wünschen lassen, er möge nie zu Ende gehen.

Der Mai lullt euch ein mit seinen süßen Klängen, nie zuvor gelauschte Melodien, die doch nichts anderes sind als das alte Lied.

Der Mai zieht euch herunter, ganz langsam, auf den Abgrund zu.

Peppe ist müde.

Er ist immer müde. Manche gewöhnen sich daran, ja eigentlich alle, die wegen der Zulage die Nachtschicht übernehmen. Denn in Zeiten der Krise, die abgeht wie ein Wildpferd in der Prärie, kämpft man um jeden Euro, und vor der Bürotür des Chefs stehen sie Schlange: «Bitte, bitte, lass mich die Nachtschicht übernehmen.»

Auch Peppe steht in der Schlange. Er braucht die paar Kröten, denn zu Hause reicht das Geld hinten und vorne nicht. Aber er kann sich an die Nachtschicht nicht gewöhnen, es gelingt ihm einfach

nicht. Danach tappt er wie ein Zombie durch den Tag, die Kopfschmerzen trüben jeden Gedanken.

Nicht dass er sich darum gerissen hätte, Wachmann zu werden.
Bei all den Risiken, die der Job mit sich bringt. Hätte er die Abendschule gemacht, wäre er heute Buchhalter und würde tagsüber in
der Firma seines Onkels arbeiten und nachts schlafen, so wie jeder
andere auch. Aber seine hübsche Ehefrau Lucia, genannt Lucy, die
damals noch nicht seine Ehefrau, sondern nur seine Verlobte war,
hatte sich verrechnet und war prompt schwanger geworden. Auch
noch mit Zwillingen. Aus der Traum von Glanz und Gloria – wobei
so ein Buchhalterjob in einer Firma, die zwischenzeitlich kurz vor
der Pleite stand, auch nicht wirklich glorreich gewesen wäre.

Peppe sollte sich glücklich schätzen, dass er diesen Job gefunden
hat. Die Arbeit ist hart, aber wenn er nach Hause kommt, sind da
diese beiden Teufelchen, die ihn anhimmeln, und seine Ehefrau, Lucia, genannt Lucy, nach der sich die Leute auf der Straße umdrehen,
weil sie so schöne Kurven hat. Auch die Männer, ja, vor allem die
Männer, und sie denken doch tatsächlich, er, Peppe, würde es nicht
merken. Glotzt ihr nur und träumt schön – am Ende lege ich mich
nachts zu diesem Gottesgeschenk ins Bett.

Na ja, nicht jede Nacht, eben wegen der verdammten Nachtschicht. Sogar fast nie, um ehrlich zu sein. Aber wenigstens bringt
das ein bisschen extra Geld ein, um Lucia, genannt Lucy, auf eine
Pizza oder ins Kino einzuladen, wenn die Oma auf die Zwillinge auf-
passt. Der Mann lebt schließlich nicht von Brot allein, oder? Und
ebenso wenig die Frau.

Doch dann ist plötzlich Mai. Und an manchen Abenden ist die
Luft so berauschend, eine Brise, die vom Meer kommt und all den
Smog und die Abgase einfach wegpustet, dass du von einer Lust ge-
packt wirst, die dich nicht mehr loslässt.

Dann bittet Peppe Salvatore, dass er ihn vertritt, für ein Schäferstündchen mit Lucia, genannt Lucy, die er schon seit einer Woche nicht gesehen hat, in ihrem Seidenfähnchen, das ihn ganz verrückt macht. Klar, dass er Salvatore, der jeden Cent umdrehen muss, weil er einen Sohn an der Uni hat, für seinen Dienst ein paar Euro geben muss. Aber es lohnt sich – in einer von Blumenduft und Melodien getränkten Maiennacht, als wäre die Zeit romantischer Ständchen nicht eigentlich längst vorbei.

Auf Zehenspitzen schleicht Peppe in seine Wohnung, denn wenn die Zwillinge aufwachen, ist es vorbei mit der Überraschung, und bis sie wieder einschlafen, ist die Nacht rum, und das war's dann mit Lucia, genannt Lucy, in ihrem rosa tapezierten Schlafzimmer, ganz wie sie es haben wollte; in ein paar Monaten ist endlich auch die letzte Rate für die Möbel bezahlt. Peppe hofft, dass Lucia, genannt Lucy, noch wach ist, er will sie mit seinem plötzlichen Auftauchen nicht erschrecken.

Ja, Lucia, genannt Lucy, ist noch wach. Sie sitzt auf dem Schoß von Luigi, dem Buchhalter aus der Etage unter ihnen, der geschieden ist und tagsüber arbeitet, also nachts frei hat. Während Peppe seine Pistole hervorholt und auf ihn zielt, denkt er, gute Sache, das mit der Abendschule, wirklich eine gute Sache, denn als Buchhalter muss man keine Nachtschicht machen und hat genug Zeit, freundschaftliche Bande zu den Nachbarn zu knüpfen.

Schade nur um das Seidenfähnchen. Dieses sexy Unterkleid mit dem Spitzenbesatz, das ihn so viel Geld gekostet hat und Lucia, genannt Lucy, so gut stand. So durchlöchert und blutbesudelt wie jetzt ist es nicht mehr zu gebrauchen. Genauso wenig wie der Kopf von diesem Luigi; das will ich sehen, du Buchhalterarsch, wie du mit diesem hübschen Loch im Kopf immer noch Bilanzen prüfst.

Eine schreckliche Müdigkeit überfällt Peppe. Mein Gott, ist er erschöpft.

Das muss wohl an der Mailuft liegen.

Hütet euch vor dem Mai!

Vor allem, wenn ihr nicht mit ihm gerechnet habt, weil euch der Winter mit seinen letzten Kälteattacken noch in den Knochen steckt. Traut ihm nicht über den Weg, denn diese süße Maienluft macht alles nur noch schlimmer.

Silvana ist 15 Jahre alt, sie war gerade beim Friseur. Es ist Freitag, heute Abend geht sie aus, und da heißt es, möglichst gut auszusehen.

Silvana ist blond, eine wirklich schöne Haarfarbe, mit einem leichten Kupferstich, der ihre grünen Augen besonders betont. Das Problem ist nur, dass ihre Haare eine leichte Krause haben, die kaum in den Griff zu kriegen ist, vor allem bei hoher Luftfeuchtigkeit: Nach drei Sekunden kringeln sie sich schon wieder. Dabei trägt man die Haare jetzt glatt, und eine goldene Mähne, die bis zum Po reicht, ist auch für Jungs ein echter Hingucker.

Silvana verlässt den Friseurladen und verabschiedet sich von den Mädchen, die dort arbeiten. «Ciao, ciao, ich halte euch auf dem Laufenden.» Zwischen Maniküre und Haarwäsche hat sie erzählt, dass es da jemanden gibt, der sich für sie zu interessieren scheint, ein total süßer Typ. «Heute muss die Frisur wirklich sitzen, Mädels. Ich bin reif – wenn er mich heute nicht anspricht, bitte ich meine Freundin, ihn für mich anzuquatschen. Jetzt reicht's, der entkommt mir nicht mehr.»

Der Mai mag kein Warten und kein Zaudern, der Mai ist der perfekte Monat, um etwas zu beginnen oder zu beenden.

Silvana steigt auf ihren Roller, den Helm über den Arm gehängt, schließlich will sie nicht ihre Frisur ruinieren, außerdem ist die Luft heute so toll – riech doch mal! Und bis nach Hause sind es nur ein paar Schritte. Es ist schon spät, denkt Silvana, ich mache mich schnell fertig, und dann geht's los.

Heute Abend muss ich unbedingt gut aussehen.

Matteo hat die Seitenfenster seines Zweisitzers bis unten geöffnet, alle beide, damit Luft reinkommt – was für ein Duft, wie schön! Man kann wirklich alles von dieser Stadt sagen, nur nicht, dass sie im Mai nicht sensationell wäre.

Matteo hat Lust auf ein bisschen Musik, er braucht Unterhaltung, wenn er zum Ferienhaus seiner Freunde ans Meer fährt. Auch wenn es nur ein paar Meter sind, will er jetzt um jeden Preis Musik hören.

Mit der einen Hand am Steuer, sucht er mit der anderen im Handschuhfach nach einer schönen CD, irgendwo muss doch hier was Anständiges sein. Nein, die nicht, die ist uralt, das passt nicht zu dem lauen Lüftchen. Aber die hier ist genau richtig.

Matteo fährt die Gasse hinauf, Silvana fährt die Gasse hinunter. Matteo driftet auf die Gegenspur ab, während er versucht, den Text auf der CD zu lesen. Silvanas Haare flattern im Wind, sie will einem Schlagloch ausweichen und lenkt den Roller für einen Moment auf die Gegenspur.

Matteo und Silvana.

Denn dem Mai, wisst ihr, dem Mai ist nicht zu trauen.

Kein bisschen.

19

Dass er das Institut für Rechtsmedizin aufsuchen musste, behagte Lojacono ganz und gar nicht. Seinen letzten Besuch dort hatte er in denkbar schlechter Erinnerung: Als die Kollegen erfahren hatten, zu welcher Dienststelle er und Aragona gehörten, war ihre Feindseligkeit deutlich zu spüren gewesen.

Das Kommissariat von Pizzofalcone war für sämtliche Polizisten der Stadt mit einem unauslöschbaren Makel behaftet. Das Image des ganzen Apparats hatte durch die Drogenaffäre gelitten, und alle, die sowieso schon ihre Probleme mit der Institution Polizei hatten, waren ihnen einmal mehr mit Spott und Häme begegnet. Dass den an dem Skandal völlig unschuldigen Nachfolgern der Missetäter nun allgemein mit Argwohn begegnet wurde, lag auf der Hand.

Lojacono hatte sich schließlich gezwungen gesehen, Laura Piras um Unterstützung zu bitten. Er nutzte sein gutes Verhältnis zu der Staatsanwältin nur ungern aus, doch wenn er mit seiner Arbeit nicht vorankam, schob er seine Skrupel auch mal beiseite. Und siehe da, Tür und Tor hatten sich ihm geöffnet. Es war ihm nicht darum gegangen, die Leiterin des Instituts, Rosaria Martone, unter Druck zu setzen, sondern überhaupt zu ihr vorzudringen; er hatte sie schon bei ihrer ersten Begegnung als kompetente und sympathische Persönlichkeit erlebt.

Während der Fahrt zum Institut erzählte er seiner Kollegin Alex Di Nardo die ganze Geschichte.

Die junge Frau, die genauso froh war wie er, sich mit einem anderen Fall als dem des verschwundenen Kindes befassen zu können, hatte ihm aufmerksam zugehört.

«Stimmt, das mit den Gaunern von Pizzofalcone ist echt ein Ärgernis. Und trotzdem habe ich Ottavia und Giorgio, die ja damals dabei waren, nie ein böses Wort über die Kollegen sagen hören. Ist dir das auch aufgefallen? Sie betonen immer wieder, dass jeder der Beteiligten sich praktisch gezwungen sah mitzumachen. Als gäbe es für so was eine Entschuldigung! Ich finde deren Verhalten einfach nur abstoßend – mehr ist dazu nicht zu sagen.»

Lojacono fuhr langsam und mit geöffnetem Seitenfenster, um die Frühlingsluft genießen zu können.

«Ich weiß nicht ... Irgendwie sind wir doch alle ‹Gauner›, wenn du so willst. Ich zum Beispiel gelte als Mafia-Kollaborateur – stell dir das bitte mal vor! Und Romano ist einer, der jeden, der ihm dumm kommt, gleich zusammenschlägt. Von außen betrachtet, sieht immer alles anders aus. Das ist zumindest mein Eindruck.»

«Danke, dass du mit keinem Wort die kleine Schießerei in meinem alten Kommissariat erwähnt hast, echt nett von dir. Und vielleicht hast du ja recht, die Dinge sind nie so, wie sie auf den ersten Blick scheinen. Jedenfalls meistens nicht. Zum Beispiel unser Wohnungsdiebstahl: Dieses Pärchen ist schon schräg, oder? Und was der Typ uns erzählt hat, wirkt auch nicht gerade überzeugend. Wenn in dem Tresor wirklich nur wertloses Zeug war, warum haben die Diebe es dann mitgenommen, kannst du mir das mal erklären? Und warum hat ihn das so getroffen?»

«Ja, die beiden sind in der Tat merkwürdig. Wahrscheinlich waren sie das schon vor dem Einbruch. Aber jetzt hören wir uns erst mal an, was die Kollegen aus der Rechtsmedizin meinen. Hoffentlich geraten wir an die Martone und nicht an diesen Idioten vom letzten Mal.»

Unter den misstrauischen Blicken des Wachmanns an der Einfahrt der alten Kaserne, in der sich das Institut für Rechtsmedizin befand, parkte Lojacono den Streifenwagen auf einem der reservierten Parkplätze und legte gut sichtbar seinen Polizeiausweis aufs Armaturenbrett. Wie bei seinem ersten Besuch strahlte der Ort Effizienz aus. Männer und Frauen, die Zivilkleidung, Uniform oder weiße Kittel trugen, eilten bewaffnet mit Aktenordnern, Reagenzgläsern oder in Plastikbeutel verpackten Beweisstücken über den breiten Korridor in die Zimmer hinein oder heraus. Nirgends war jemand zu sehen, der auf dem Flur mit einem Kollegen plauderte, eine Kaffeepause machte oder einfach nur von Raum zu Raum schlenderte. In der ehemaligen Kaserne wurde gearbeitet – und zwar ernsthaft.

Lojacono trat auf eine Frau hinter dem Empfangstresen zu, die seinen Namen mit einer vor ihr liegenden Liste abglich.

«Herzlich willkommen, Ispettore. Dottoressa Martone erwartet Sie schon. Die letzte Tür am Ende des Ganges.»

Laura Piras' Intervention hatte Wirkung gezeigt: Dieses Mal wurden sie direkt von der Abteilungsleiterin empfangen.

Lojacono, der den Weg bereits kannte, ging voraus und klopfte an eine angelehnte Bürotür. Eine Frauenstimme bat sie einzutreten.

Alex sollte sich später noch oft an jenen Tag erinnern, und jedes Mal kam ihr dabei ein Satz in den Sinn, den sie irgendwann einmal gelesen hatte: dass die wirklich wichtigen Ereignisse im Leben immer unvorbereitet kommen und meist gar nicht als solche erkannt werden. Nun würde auch sie eine Geschichte dazu beitragen können.

Im Rückblick sieht sie Lojacono die Tür aufstoßen, ein paar Schritte in den Raum hineingehen und hört ihn, den Kopf zum Gruß geneigt, «Guten Morgen, Dottoressa» sagen. Dann tritt er beiseite, um sie vorbeizulassen, und ergänzt: «Darf ich vorstellen? Das ist meine Kollegin Alessandra Di Nardo. Wir sind wegen des Einbruchs bei den Parascandolos gekommen.»

In dem Film, der in ihrem Kopf abläuft, sieht sie einen großen hellen Raum mit einem Fenster zum Innenhof. Ihr Blick gleitet über das Sofa, den Couchtisch und die beiden Sessel in der Zimmerecke, ein hübsches, wohnliches Ensemble, das kaum zu diesem klinischen Ambiente passt. Zum Schluss wandern ihre Augen zu der Person, die mit einem Stift in der Hand und einem Notizblock vor sich hinter dem großen Schreibtisch sitzt. Und jedes Mal weiß sie später noch ganz genau, wie ihr Herz auf einmal schneller zu schlagen beginnt und die Behauptung widerlegt, die wirklich wichtigen Dinge im Leben geschähen unbemerkt.

Alex Di Nardo war sofort klar, dass Rosaria Martone, Leiterin des Instituts für Rechtsmedizin und in ganz Süditalien als Koryphäe auf ihrem Gebiet bekannt, für immer eine herausragende Bedeutung in ihrem Leben haben würde. Selbst wenn sie sie niemals wiedersehen sollte.

Die Seele in Aufruhr, war Alex hinter Lojacono im Türrahmen stehen geblieben. Die Martone hob den Blick von ihren Aufzeichnungen und setzte mit einer anmutigen Geste ihre Lesebrille ab. Bei Alex' Anblick stockte ihre Bewegung.

Rosaria war jung, trotz ihrer Leitungsfunktion, und noch jünger wirkte sie dank ihrer feinen Gesichtszüge, der grazilen Figur und der blonden glatten Haare, die ihren sonnengebräunten Teint unterstrichen. Rosarias mädchenhaftes Aussehen hatte schon manch einen getäuscht, der sein vorschnelles Urteil später heftig bereuen sollte: Die Leiterin des Instituts für Rechtsmedizin war eine willensstarke Persönlichkeit, außerdem verfügte sie über einen scharfen Verstand und eine sarkastische Ader, was sie bei ihren Untergebenen nicht unbedingt beliebt machte.

Die Blicke der beiden Frauen verfingen sich ineinander. Rosaria erhob sich von ihrem Stuhl, als wollte sie auf Alex zugehen.

Lojacono spürte die Spannung, die plötzlich im Raum lag. Verwundert fragte er:

«Kennen Sie sich?»

Neugierig trat die Martone vor.

«Nein, nein, persönlich nicht, nur vom Namen her. Es kommt nicht alle Tage vor, dass ich ein Gutachten erstellen muss, weil sich im Kommissariat Decumano eine Kugel aus einer Waffe löst. Du bist also die Frau, die sie ‹Calamity Jane› nennen.»

Alex spürte, wie ihr das Blut in die Wangen stieg. Sie hasste sich dafür und versuchte, ihre Verlegenheit mit einer betont lässigen Antwort wieder wettzumachen.

«Es gibt die verschiedensten Gründe, warum man im Polizeidienst manchmal zur Waffe greifen muss, Dottoressa. Für jemanden, der im Labor arbeitet, ist das vermutlich kaum nachzuvollziehen.»

Die Martone schien sich von ihrer brüsken Reaktion nicht abschrecken zu lassen. Lachend streckte sie die Hand aus.

«Wohl wahr! Wir beide scheinen uns ja bestens zu ergänzen ... Ich bin Rosaria.»

«Alessandra Di Nardo.»

Lojacono war überrascht von dem vertraulichen Ton der Institutsleiterin. Bei ihrer ersten Begegnung hatte er sie sehr viel förmlicher erlebt.

Alex spürte den sanften Druck und die Wärme, als Rosaria ihre Hand einen Moment zu lange festhielt. Ein Kribbeln breitete sich in ihrem Nacken aus.

Die Martone zeigte auf das Sofa und die beiden Sessel.

«Nehmen Sie bitte Platz. Ich hole noch schnell die Unterlagen. Parascandolo, sagten Sie, nicht wahr, Ispettore?»

Sowohl Lojacono als auch Alex riskierten einen Blick auf das unter dem Kittel hervorblitzende wohlgerundete Hinterteil der Institutsleiterin, als sie an den Aktenschrank trat.

«Da haben wir sie ja. Meine Mitarbeiter und ich haben den Fall ‹Der wundersame Diebstahl› getauft. In der Tat, wirklich mysteriös.»

Lojacono hakte nach:

«Ach, wirklich? Warum?»

Die Martone ließ sich in einen der beiden Sessel fallen. In der Hand hielt sie einen Stapel Papiere.

«Also, Haus- und Wohnungstür: keine Auffälligkeiten. So weit, so gut. Erste Etage: Da der Fahrstuhl seit anderthalb Monaten außer Betrieb ist, wie ein Aushang der Wartungsfirma verrät, würde jeder, der gezwungenermaßen die Treppe nimmt, mitkriegen, wenn sich Unbefugte an den Schlössern zu schaffen machten. Mit anderen Worten: Es gibt keinerlei Anzeichen für ein gewaltsames Eindringen. Die Haustür stand den Parascandolos zufolge offen, was bei einem Einbruch mit Schlüssel und ohne Gewaltanwendung eher selten vorkommt.»

Alex kämpfte mit ihrer trockenen Kehle. Krächzend brachte sie hervor:

«Und wenn sie keinen Arm mehr frei hatten, weil sie das Diebesgut tragen mussten?»

«Okay – aber welches Diebesgut? Denn das wirklich Interessante an dem Fall ist, dass der oder die Einbrecher zwar die Wohnung auf den Kopf gestellt haben, will sagen: systematisch sämtliche Schränke, Truhen und Schubladen leer geräumt und deren Inhalt auf dem Boden verteilt haben. Aber wenn man der ersten Bestandsaufnahme der beiden Eheleute glauben kann, ist nichts weggekommen. Außer dem, was sich im Tresor befand, aber das kann ja nur was Kleineres gewesen sein.»

Wie immer, wenn er sich konzentrierte, hatte Lojacono die Haltung eines meditierenden tibetanischen Mönchs eingenommen. Doch die Martone guckte ohnehin unverwandt Alex Di Nardo an.

«Es sind also keine Wertgegenstände weggekommen. Wie der Ispettore und ich bei unserer ersten Inaugenscheinnahme bereits vermutet hatten.»

«Richtig. Nach dem, was die Kollegen mir erzählt haben, die vor Ort waren, und auch den Fotos nach zu urteilen, sind die Schränke und sonstigen Möbel zwar ausgeräumt, aber nicht durchwühlt worden. Man könnte annehmen, dass sie gar nicht nach etwas Konkretem gesucht haben, sondern es – wenn auch ziemlich stümperhaft – nur so aussehen lassen wollten. Sie haben doch bestimmt die offene Brieftasche auf dem Nachttisch bemerkt: Offenbar hat man sie so dorthin gelegt, um ihren Inhalt zu zeigen. In Zeiten wie diesen, mit den ganzen Internet-Betrügereien, ist doch ein Haufen Kreditkarten Gold wert.»

Lojacono nickte bestätigend.

«Allerdings. Was können Sie mir über den Tresor sagen?»

«Ein grundsolides Teil, wenn auch nicht mehr das neueste Modell. Das Schloss ist von Mottura, aus der 50er-Serie, mit Schlüssel und Zahlenkombination. Auch das Verankerungssystem, mit Estrichdübeln, ist völlig in Ordnung: So einen Tresor reißt man nicht mal so eben aus der Wand, um ihn wegzutragen. Sie haben ihn ja auch mit Hilfe von Ethylenoxid geöffnet.»

«Ethylenoxid?», fragte Alex.

«Mit einem Schneidbrenner», erklärte Lojacono. «Das dauert seine Zeit.»

Die Martone nickte.

«Der oder die Räuber müssen gewusst haben, dass sie genug Zeit haben würden.»

«Gibt es Fingerabdrücke oder andere Spuren?»

«Nichts, aber auch gar nichts. Wir haben nur die Fingerabdrücke der Eheleute gefunden. Und von der Haushälterin. Ihre Fingerabdrücke stammen übrigens alle aus einer Zeit vor dem Einbruch. Die jüngsten sind von der Hausherrin selbst.»

Ein nachdenkliches Schweigen folgte den Worten der Institutsleiterin. In diesem Fall passte aber auch nichts zusammen.

Rosaria nahm den Faden wieder auf.

«An eurer Stelle würde ich mir diese Parascandolos mal genauer anschauen. Wenn ihr mich fragt, riecht das Ganze stark nach Versicherungsbetrug.»

Lojacono schüttelte den Kopf.

«Haben wir auch erst gedacht, aber die Parascandolos sind gar nicht versichert. Stattdessen haben sie sich eine todschicke Alarmanlage angeschafft, die sie allerdings versäumt haben einzuschalten.»

Die Martone verzog das Gesicht.

«Was Sie nicht sagen! Trotzdem, ich würde die beiden genauer unter die Lupe nehmen. Da steckt bestimmt noch mehr dahinter.»

Lojacono erhob sich.

«Vielen Dank, Dottoressa. Sie waren uns eine große Hilfe. Und schön, dass es so schnell ging!»

«Danke, Ispettore. Und du, Di Nardo, könntest mir deine Telefonnummer hinterlassen.»

Verwundert schauten Alex und Lojacono sich an. Die Martone beeilte sich hinzuzufügen:

«Wir machen noch ein paar zusätzliche Untersuchungen, vielleicht schicke ich meine Jungs noch mal zum Tatort. Es könnte also sein, dass sich noch etwas Wichtiges ergibt, und Sie, Ispettore, haben doch bestimmt anderes zu tun, als sich mit solchen Nichtigkeiten zu befassen. In solchen Fällen setzen wir uns immer direkt mit den nächsten Untergebenen in Verbindung.»

Mit heißen Wangen stammelte Alex ihre Telefonnummer. Die Institutsleiterin notierte die Zahlen auf dem Aktendeckel und sah sie lächelnd an.

«Danke, Di Nardo. Und keine Sorge, bei mir ist deine Nummer gut aufgehoben.»

20

Eine farbige Hausangestellte mit Schürze, wie es sich für die besseren Viertel der Stadt gehörte, führte Romano und Aragona in den Salon. Keine aufgesetzte Betroffenheit, keine Höflichkeitsfloskeln – die Frau schien ebenso vom Schmerz erfasst zu sein wie alle im Haus. Und obwohl der Wachmann am Parkeingang und die Concierge im Foyer bestimmt zu Verschwiegenheit und Diskretion angehalten waren, hatten die beiden Polizisten auch in ihren Gesichtern die gleiche Sorge um das Schicksal des kleinen Dodo erkennen können. Schlechte Nachrichten verbreiten sich nun mal wie übler Gestank, dachte Romano, sie bleiben einfach in der Luft hängen.

Die Wohnung von Eva Borrelli, geschiedene Cerchia, befand sich in einem nur schwer zugänglichen Areal. Von der Straße ging man durch ein schmales Tor und schlug dann einen steilen Pfad ein, der durch dichtes Grün nach oben führte, wo sich auf halber Höhe des Hügels eine Lichtung mit drei pinienumstandenen mehrstöckigen Anwesen befand. In der zweiten Etage der mittleren Villa wohnte Dodos Familie.

Romano und Aragona hatten den Weg schweigend zurückgelegt. Ihr Besuch in der Schule hatte wenig Neues ergeben. Schwester Angela und Schwester Beatrice, die eine noch zickiger, die andere noch bedrückter als am Vortag, hatten sie durch das Schulgebäude geführt, ein frisch renoviertes Sechziger-Jahre-Ensemble mit Innenhof, Turnhalle und Mensa. Die etwa 200 Schüler zwischen fünf und zehn Jahren wirkten diszipliniert und schienen unter der Fuchtel ihrer Lehrer zu stehen. «Eine typische Privatschule: lauter Reiche unter Reichen», hatte Aragona seinem Kollegen zugeraunt. Der Kontakt der Kinder zur Außenwelt unterlag strengen Regeln. Die Schüler, die nicht mit dem Schulbus nach Hause gebracht wurden, warteten unter Aufsicht eines streng blickenden Zerberus in Nonnentracht in einem Extrasaal darauf, dass ihre Eltern oder Fahrer sie abholen kamen. Stimmt schon, hatte sich Romano gesagt, wenn jemand eins dieser Kinder entführen wollte, war dies hier wirklich nicht der geeignete Ort dafür. Besser, man passte eine günstigere Gelegenheit wie einen gemeinsamen Museumsbesuch ab.

Sie hatten die Lehrerinnen der anderen Klassen befragt, die Hausmeisterin, das Personal: Niemand konnte sich erinnern, dass Dodo Kontakt zu Fremden gehabt hätte, und auch sonst war niemandem etwas Ungewöhnliches an seinem Verhalten aufgefallen. Nur Schwester Beatrice hatte von kindlichen Verhaltensweisen bei ihm gesprochen, etwa seiner Angewohnheit, Spielzeug mit in die Schule zu bringen, vor allem Action-Figuren aus seinen Lieblingscomics. Aber davon abgesehen war Dodo ein ganz normales zehnjähriges Kind.

Trotz einer latenten Feindseligkeit begann auch Schwester Angela ihrer Sorge um Dodo Ausdruck zu verleihen, da es immer noch keine Neuigkeiten von ihm gab. Romano hatte bemerkt, dass ihre Hände zitterten und ihr Blick ausweichend war. Das würde noch ein Problem für die Schule werden, wenn sich erst einmal herumgesprochen hatte, dass eines der Kinder aus ihrer Obhut spurlos verschwunden war. Die Anwesenheit der beiden Polizisten störte und beunruhigte Schwester Angela, und ihre Erleichterung war deutlich spürbar, als sie gemeinsam zum Auto gingen. Beim Abschied hatte sie ihnen im Flüsterton nicht etwa das Versprechen abgenommen, sie über Dodos Schicksal auf dem Laufenden zu halten, sondern in jedem Fall absolute Diskretion über das Vorgefallene zu bewahren.

Aragona hatte der Versuchung nicht widerstehen können, ihr ein wenig Angst einzujagen.

«Wir tun, was wir können, Schwester. *Wenn* wir können ...»

Im Salon der Borrellis herrschte eine ganz andere Atmosphäre. Eva hatte eine vollständige Wandlung durchgemacht: Aus der selbstsicheren, herrischen Frau vom Vortag war eine von tiefem Schmerz gezeichnete Mutter geworden. Sie schien schlagartig um Jahre gealtert; ihre geschwollenen Augen und das erschöpfte Gesicht zeugten von einer schlaflosen Nacht, wohl in der Hoffnung auf einen Anruf, der ihre Ängste würde lindern können.

Ein zerknülltes Taschentuch in der Hand, sprang sie aus ihrem Sessel auf und eilte ihnen entgegen.

«Haben Sie etwas rausgefunden, gibt es irgendwelche Hinweise? Sie waren doch in der Schule, oder? Haben die Schwestern nichts gesagt? Oh verdammt, wenn wir diese Geschichte hinter uns haben, werde ich diesen habgierigen Frömmlerinnen die Hölle heißmachen! Ich werde dafür sorgen, dass die Schule schließen muss. Da wähnt man sein Kind so sicher wie in Abrahams Schoß – und dann passiert so etwas! Inkompetent bis zum Gehtnichtmehr und das bei all dem Geld, das sie einem jeden Monat im Namen der Barmherzigkeit abknöpfen.»

Romano musste ihre Erwartungen enttäuschen.

«Leider haben wir keine Neuigkeiten für Sie, Signora. Unser Besuch in der Schule hat nichts weiter ergeben. Dodo hat sich vollkommen unauffällig verhalten, war weder unruhig noch verängstigt. Niemand hat irgendetwas bemerkt. Haben Sie vielleicht etwas gehört?»

Niedergeschlagen erwiderte die Frau:

«Leider nein. Sonst hätte ich Sie sofort angerufen. Und wie ich schon dem Kommissar gesagt habe: Keine meiner Freundinnen oder eine der Mütter von Dodos Schulkameraden hat ihn gestern gesehen. Es war die Hölle, diese Telefonate: Immer nett plaudern, immer so tun, als wäre nichts.»

Aragona war zur Fensterfront getreten, die eine ganze Zimmerwand ersetzte und einen unvergleichlichen Ausblick über den gesamten Golf bot. Weit hinten in der Ferne hoben sich die dunklen Umrisse der Insel von dem klaren Blau des Frühlingshimmels ab.

Ohne sich umzudrehen, sagte der Polizist:

«Meine Güte, so ein Panorama habe ich ja noch nie gesehen! Wenn man hier wohnt, kommt man gar nicht auf die Idee, in den Urlaub fahren zu wollen.»

Romano seufzte. Der Kollege war einfach unverbesserlich.

Entrüstet fauchte die Borrelli zurück:

«Scheint Ihnen das der richtige Moment für solche unangemessenen Betrachtungen? Konzentrieren Sie sich lieber auf Ihre Arbeit und finden Sie raus, wo mein Sohn steckt!»

Mitleidig schaute Aragona sie an.

«Keine Sorge, Signora, ich kümmere mich schon um Ihren Sohn. Hätten Sie das auch getan, bräuchten wir jetzt nicht hier zu sein. Meine ‹unangemessenen Betrachtungen› sind rein aus der Überlegung entstanden, dass, wenn ich auf ein dickes Lösegeld scharf wäre, ein Kind entführen würde, das an einem Ort wie diesem hier wohnt. Sagen Sie: Haben Sie viel Geld? Ich meine, Sie persönlich?»

Ein eisiges Schweigen folgte seinen Worten.

Romano musste schlucken: Aragonas Frage hatte zwar durchaus ihre Berechtigung, aber so direkt fragte man einfach nicht. Nicht auf diese Art und Weise.

Eva stand der Mund offen, sie war wie erstarrt. Dann brach es aus ihr heraus:

«Verlassen Sie sofort meine Wohnung! Und lassen Sie sich hier nie wieder sehen! Ich habe Beziehungen bis ganz nach oben, es kostet mich einen einzigen Anruf, und Sie können Ihre Karriere bei der Polizei in den Wind schreiben.»

Aragona ließ sich nicht einschüchtern. Mit der üblichen theatralischen Geste setzte er seine Sonnenbrille ab.

«Tun Sie, was Sie nicht lassen können, Signora. Aber eins sage ich Ihnen: Wer auch immer meinen Job übernimmt, wird Ihnen am Ende die gleiche Frage stellen, wenn auch vielleicht etwas charmanter. Mit dem Unterschied, dass jede Menge Zeit ins Land geht. Und Zeit ist nun mal kostbar, erst recht in Situationen wie dieser. Wenn der entscheidende Anruf kommt, müssen wir reagieren können. Wir sollten nicht wertvolle Stunden damit vergeuden, dass wir falschen Fährten nachgehen. Daher frage ich Sie jetzt zum letzten Mal – und fühlen Sie sich frei, mir nicht zu antworten, mich aus dem Haus zu werfen oder aus dem Land zu jagen: Haben Sie Geld? Und falls nein, wer dann?»

Gegen seinen Willen musste Romano zugeben, dass ihm Aragonas Dreistigkeit imponierte.

Eva Borrelli ließ sich schwer in einen Sessel fallen. Nach einer Weile sagte sie:

«Ich finde Ihre Art nach wie vor unverschämt, Wachtmeister. Und ich hätte nicht übel Lust, Sie mit einem Tritt in den Hintern vor die Tür zu setzen. Aber ich will mir nicht vorwerfen lassen, ich hätte Sie in Ihren Ermittlungen behindert, daher werde ich Ihre Frage beantworten. Nein, ich habe kein Geld. Und auch Manuel nicht, mein Lebensgefährte. Der im Übrigen gerade bei meinem Vater ist, um ihn über die Ereignisse zu informieren. Mein Vater und ich reden nicht mehr miteinander. Die Wohnung hier gehört ihm. Und auch das Geld, mit dem wir unser Leben bestreiten, stammt von ihm. Und anteilsweise von Dodos Vater. Die beiden haben Geld. Mein Vater hat in den sechziger und siebziger Jahren diese Stadt neu aufgebaut. Und mein Exmann ist ein Unternehmer aus Norditalien. Reicht Ihnen das als Information, sind Sie nun zufrieden?»

Aragona setzte seine Sonnenbrille wieder auf.

«Vollkommen schnurz, wie vermögend Sie tatsächlich sind: Wer an einem solchen Ort wohnt, wirkt zumindest so, als hätte er Kohle ohne Ende. Was kostet so eine Bude – zwei Millionen? Drei? Allein die Summe, die Sie monatlich für Miete und Personal ausgeben – so viel hat eine normale sechsköpfige Familie in einem halben Jahr zur Verfügung!»

«Sind Sie hergekommen, um mir mein Kind wiederzubringen, oder wollen Sie bei der Steuerfahndung anheuern?»

Romano kam seinem Kollegen zu Hilfe.

«Signora, wir müssen rausfinden, was passiert ist, und überlegen, wie die nächsten Schritte des Entführers aussehen könnten. Auch wenn der Kollege Aragona vielleicht etwas sehr direkt ist, so versucht er doch nur, an wichtige Informationen heranzukommen. Apropos: Haben Sie inzwischen mit Dodos Vater gesprochen?»

Die Frau fuhr sich mit der Hand über die Augen.

«Ja, er war hier, vor ein paar Stunden. Es war nicht gerade angenehm, das kann ich Ihnen versichern. Zum Glück hat er nicht wieder damit angefangen, dass ich sowieso zu nichts zu gebrauchen sei und so weiter. Er ist verrückt vor Sorge, genau wie ich. Er ist zu sich nach Hause gefahren und wartet dort auf Neuigkeiten. Die Wohnung liegt gleich um die Ecke.»

Romano nickte. Er war froh, dass Cerchia seiner Exfrau keine Szene gemacht hatte. Schließlich wusste er selbst genau, wie schwierig es war, unter Stress die Nerven zu behalten.

«Signor Scarano ist also zu Ihrem Vater gegangen, um ihn in Kenntnis zu setzen. Warum haben Sie nicht selbst angerufen? Sie haben zwar gesagt, dass Sie nicht mehr miteinander sprechen, aber unter solchen Umständen ...»

«Wissen Sie, mein Vater ist ... er ist ziemlich speziell. Genau genommen wird er immer unerträglicher. Vielleicht sind wir beide uns auch einfach zu ähnlich, um uns gut zu verstehen. Als meine Mutter noch lebte, war sie eine Art Puffer zwischen uns, aber jetzt haben wir beide uns in unseren Festungen verbarrikadiert und können einfach nicht miteinander reden. Egal, für was oder wen ich mich entscheide, er hat immer etwas dagegen. Er konnte Alberto nicht ausstehen und hat keinen Hehl daraus gemacht, und jetzt kann er Manuel nicht ausstehen, der aber zum Glück ein großes Herz hat: Er ist einfach zu intelligent, um meinen Vater und sein Geschwätz ernst zu nehmen.»

Aragona wunderte sich.

«Und dann schicken Sie ausgerechnet ihn zu Ihrem Vater, damit er ihn informiert?»

«Einer muss es ja machen. Wenn ich es getan hätte, wäre der dritte Weltkrieg ausgebrochen, und ich bin jetzt einfach nicht in der Verfassung, mir einen Vortrag über meine Versäumnisse als Mutter anzuhören. Manuel wird die ganzen Kränkungen wie immer an sich abprallen lassen. Er ist souverän genug, das auszuhalten.»

Romano sagte:

«Auf jeden Fall werden auch wir mit ihm reden müssen, sofern sich nicht bald etwas Neues ergibt.»

Wie um seine Worte zu kommentieren, begann das Telefon zu läuten.

21

Zufrieden blickte die Stellvertretende Staatsanwältin Laura Piras auf den Aktenstapel auf ihrem Schreibtisch und gratulierte sich selbst. Sie hatte sofort dafür gesorgt, dass man sie über alle ein- und ausgehenden Telefonanrufe bei den Familien Cerchia und Borrelli informieren würde. Das war auf jeden Fall eine sinnvolle Maßnahme.

Nun musste sie – theoretisch – nur noch darauf warten, dass die Entführung sich tatsächlich als eine solche erwies. Sie wusste nur zu gut, dass das Abhören von Telefonaten bei Zivilpersonen ohne begründeten Verdacht eine massive Verletzung der Privatsphäre bedeutete und sich gegen die Interessen des Gemeinwohls richtete. Aber der Gesichtsausdruck dieses Kindes, als es zu der Überwachungskamera hinaufschaute, hatte eine Saite in ihr zum Klingen gebracht, die sie gar nicht von sich kannte.

Sie stand von ihrem Stuhl auf und trat zum Fenster. Zehn Stockwerke unter ihr erstreckte sich über einen halben Kilometer hinweg der schon vor 20 Jahren kläglich gescheiterte Versuch der Stadt, ein modernes Verwaltungszentrum zu errichten. Davon übrig geblieben war eine Ansammlung von Hochhäusern, Boulevards und Blumenrabatten, die weder verkehrstechnisch noch infrastrukturell mit dem restlichen Viertel verbunden war. Ein Fremdkörper in der Stadt und ein idealer Ort, um Misstrauen zu säen und jeden Sinn für Schönheit im Keim zu ersticken. Keine Chance, der Kontemplation zu frönen, statt sich in die Arbeit zu stürzen, dachte Laura.

Sie hatte nie den Drang verspürt, Mutter zu werden. Nicht einmal mit Carlo zusammen, ihrer ersten und einzigen Liebe, der bei einem Autounfall tödlich verunglückt war. Wenn sie über das Thema Zusammenleben gesprochen hatten, war von Kindern nie die Rede gewesen. Es hatte so viel zu tun gegeben: aus Sardinien weggehen, Karriere machen, die Welt verändern – Ablenkung konnte sie keine gebrauchen, jedenfalls damals nicht.

Aber der Anblick von Dodo, sein ausdrucksloses Gesicht, als er seinem Schicksal entgegenging, hatte sie tief erschüttert. Ein Gefühl von plötzlicher physischer Leere hatte sie überkommen, als verspürte sie Appetit auf etwas, ohne zu wissen, auf was.

Eher unbewusst wanderten ihre Gedanken zu Lojacono. Zu dem Mann, der ihre Sinne wieder erweckt hatte, als sie schon dachte, das würde nie mehr geschehen.

Sie hatte ein paar Bettgeschichten gehabt; schließlich war sie eine sinnliche und attraktive Frau, die die Aufmerksamkeit vieler Männer auf sich zog. Aber es waren nur sporadische, unverbindliche Beziehungen gewesen, die sie nie hatte fortsetzen oder intensivieren wollen.

Nun ertappte sie sich hin und wieder bei dem Gedanken an ein Leben zu zweit. Nicht dass sie wirklich konkret darüber nachgedacht hätte, es waren eher Bilder, Szenen, die vor ihrem geistigen Auge abliefen. Ein schön gedeckter Sonntagstisch. Ein Ausflug in die Berge. Ein Tag am Strand.

Schrecklich, so eine biologische Uhr im Körper zu haben! Und dann, selbst wenn es ihr gelingen sollte, ihre grundsätzlichen Bedenken gegen eine Paarbeziehung beiseitezuschieben, dürfte es ziemlich schwierig werden, diesen Mann zu erobern.

Sie war sich sicher, dass sie ihm gefiel, daran gab es gar keinen Zweifel. Sie las es in seinen Blicken, erkannte es am Ton seiner Stimme. Und hätte nicht an jenem Abend, als sie ihn nach der Aufklärung des Mordes an der Notarsgattin heimgefahren hatte, jemand im Hausflur auf ihn gewartet, wäre etwas geschehen, das ihre Beziehung in die richtigen Bahnen gelenkt hätte.

Aber es hatte jemand auf ihn gewartet.

Seine Tochter, Marinella. Sie war noch ein Kind, aber ein kurzer Blickwechsel im Dämmerlicht des Hausflurs hatte genügt. Manche Dinge begreifen Frauen sofort, dachte Laura. Sie wusste, was das Mädchen für Lojacono bedeutete; so manches Mal in der langen Zeit der Trennung von Marinella hatte er ihr sein Herz ausgeschüttet. Wenn sie diesen Mann haben wollte, musste sie die Mauer überwinden, die Marinella zwischen ihnen errichten würde. Sie brauchte gar nicht lange nachzudenken, um festzustellen, dass Lojacono seit jenem verregneten Abend nicht mehr versucht hatte, sie außerhalb der Arbeit zu treffen, und auch kein Wort über gemeinsame Freizeitaktivitäten verloren hatte.

Obwohl sie fast jeden Tag miteinander sprachen, manchmal unter den absurdesten Vorwänden. Letztlich war sie seine Ansprechpartnerin bei der Staatsanwaltschaft – es war normal, dass sie engen Kontakt hielten. Und nicht zuletzt hing Lojaconos Karriere bei der Polizei davon ab, wie dieses Abenteuer mit dem neu konstruierten Kommissariat von Pizzofalcone ausging.

Alles Quatsch! Er gefiel ihr, und sie wollte ihn haben. Und

er sie. Das Mädchen würde sich damit schon noch abfinden. Musste sie nicht ohnehin früher oder später zu ihrer Mama zurückkehren?

Es klopfte leise an der Tür.

«Ja?»

Ihre Assistentin, frisch von der Uni und ebenso korrekt wie verschreckt wirkend, steckte den Kopf zur Tür hinein.

«Dottoressa, die Kollegen von der Tontechnik melden, es sei ein interessanter Anruf auf dem Apparat Borrelli eingegangen. Was möchten Sie tun, direkt hineinhören? Oder soll ich Ihnen die Datei mailen lassen?»

Laura war schon auf dem Weg zur Tür.

«Lass sie ins Kommissariat von Pizzofalcone schicken, zu Händen von Kommissar Palma. Und ruf ihn an, er soll auf mich warten. Ich sei schon auf dem Weg, um mir das Band mit ihm und den Kollegen zusammen anzuhören.»

Sie erreichte das Kommissariat im selben Moment wie Romano und Aragona, die von ihrem Besuch bei Eva Borrelli zurückkamen. Der jüngere Polizist hatte einen Gesichtsausdruck wie ein Kind an Heiligabend.

«Dottoressa, schon mitgekriegt? Sie haben angerufen! Jetzt ist alles klar: Wir haben es mit einer Entführung zu tun.»

Laura Piras, die die Treppe ins Büro hocheilte, warf ihm einen bösen Blick zu.

«Aragona, ich weiß wirklich nicht, was ich denken soll: Bist du ein Psychopath oder bloß ein Vollidiot? Manchmal denke ich das eine, manchmal das andere. Und nie gefällt mir, was ich denke.»

Aragona, der neben ihr die Stufen erklomm, setzte eine gekränkte Miene auf.

152

«Dottoressa, immer haben Sie was an mir auszusetzen! Ich freue mich nicht darüber – wie können Sie nur auf so eine Idee kommen? Ich meinte bloß, dass jetzt alles klar ist und wir endlich richtig mit der Arbeit anfangen können.»

Laura stieß die Tür zum Gemeinschaftsbüro auf und winkte Palma zu, der nur darauf wartete, das Band abspielen zu lassen.

Die gesamte Belegschaft war versammelt, die Vorstellung konnte beginnen.

22

Der Lüfter von Ottavias Computer erfüllte das Büro mit einem leisen statischen Brummen.

Diesmal war nichts zu sehen, sondern nur etwas zu hören, aber trotzdem hatte Palma sich dicht neben die Kollegin vor den Bildschirm gestellt. Laura hatte sich auf Lojaconos Platz gesetzt, während der Inspektor mit verschränkten Armen und ausdruckslosem Gesicht hinter ihr an der Wand lehnte. Pisanelli hatte seine Lesebrille abgenommen. Er wirkte so konzentriert, als wollte er sich eine Sinfonie anhören. Alex ließ seelenruhig ihre Finger knacken, einen nach dem anderen. Aragona und Romano waren an der Tür stehen geblieben, als wären sie bereit, jederzeit die Verfolgung aufzunehmen, von wem auch immer.

Das Brummen wurde von der Stimme des Hausmädchens von Eva Borrelli überlagert.

«Ja bitte, hier bei Borrelli ...»

Stille. Dann eine Männerstimme, tief und heiser.

«Signora, bitte.»

Der Tonfall war nüchtern und bestimmt. Der ausländische Akzent war nicht zu überhören. Aragona nahm seine Sonnenbrille ab, die anderen blieben vollkommen regungslos.

Nach ein paar Sekunden ertönte die Stimme von Eva.

«Hallo, hier ist Eva Borrelli. Wer spricht da bitte?»

Jede einzelne Silbe verriet ihre Aufgewühltheit und tiefe Besorgnis.

Ein Rascheln war zu hören, klar und deutlich. Dann wieder die Stimme mit dem ausländischen Akzent.

«Dein Sohn ist bei uns. Sie brauchen keine Angst zu haben: Wenn alles so läuft, wie es laufen soll, passiert ihm nichts. Es geht ihm gut, er befindet sich in Sicherheit. Warten Sie auf unseren nächsten Anruf.»

Kurze, abgehackte Sätze, wie Gewehrsalven. Evas Stimme wurde lauter.

«Wer sind Sie? Wo ist Dodo? Was habt ihr mit ihm gemacht?»

Das Brummen hörte auf. Das Gespräch hatte sich in einen Monolog verwandelt, bei dem Eva immer verzweifelter «Hallo? Hallo?» rief. Dann, noch während die Verbindung bestand und das Band lief, brach sie in lautes Schluchzen aus.

Schließlich war Romanos Stimme zu vernehmen, der fragte:

«Waren sie das?»

Als hätte sie einen Kloß im Hals, sagte Ottavia in einem kehligen Tonfall:

«Alles in allem 42 Sekunden. Vom Anfang bis zu dem Punkt hin, wo das Gespräch unterbrochen wird.»

Niemand verspürte das Bedürfnis, etwas zu sagen. Durch das offene Fenster drangen die laue Frühlingsluft und ein Hupkonzert, gefolgt von wildem Fluchen.

Romano unterbrach das beklemmende Schweigen.

«Habt ihr gehört – wir waren auch mit drauf. Ich hatte gehofft, dass das Telefon bereits überwacht wird, denn danach war die Borrelli erst recht nicht mehr in der Lage, mit uns zu reden: Sie ist beinah ohnmächtig geworden. 30 Stunden hat sie kein Auge zugetan.»

Aragona setzte seine Sonnenbrille auf und ergänzte mit zufriedener Miene:

«Es handelt sich um einen Ausländer, so viel ist klar. Ihr habt den Akzent doch bemerkt, oder? Bestimmt ein Zigeuner oder so was in der Art. Jetzt haben wir wenigstens einen Anhaltspunkt, obwohl ich mir gleich gedacht habe, dass dieses Pack da seine Hände im Spiel hat.»

Alex funkelte ihn an.

«Natürlich, kaum passiert was, weiß man gleich, wem man die Schuld in die Schuhe schieben kann. Du brauchst bloß die üblichen Verdächtigen durchzuhecheln, und schon hast du deinen Schuldigen. Mein Gott, bist du simpel gestrickt, Aragona!»

Der Polizist suchte Unterstützung bei den Kollegen.

«Ihr habt's doch auch gehört, oder? Habt ihr nicht gemerkt, dass das ein Ausländer war?»

Palma machte eine abwiegelnde Handbewegung.

«Jetzt ist nicht der richtige Moment für Sozialstudien. Jedenfalls klang der Akzent auch in meinen Ohren nach einem Ausländer, aber das will nichts heißen. Abgesehen davon, dass man Akzente nachahmen kann. Vielleicht haben sie auch jemanden auf der Straße aufgelesen und ihn anrufen lassen. Oder es war eine Ansage vom Band, wer weiß das schon?»

Pisanelli, der sich in seinem Stuhl zurückgelehnt hatte, als wollte er sich ausruhen, sagte:

«Ich glaube nicht, dass das vorher aufgezeichnet wurde. Dazu passten die Antworten auf die Bemerkungen von Hausmädchen und Mutter einfach zu gut. Und die Stimme ist außerdem von Anfang bis Ende identisch gewesen. Nein, das war keine Ansage vom Band.»

Laura nickte.

«Das denke ich auch. Und genauso denke ich, dass es sich um einen Ausländer handelt. In meinen Ohren klang er wie ein Slawe, aber ich werde das überprüfen lassen. Aber sagt mal, hattet ihr nicht auch das Gefühl, dass er seine Worte abgelesen hat?»

Hinter ihrem Rücken sagte Lojacono:

«Doch. Man konnte hören, wie er das zusammengefaltete Blatt aufgeklappt hat. Und auch sein Tonfall war der eines Lesenden, langsam und nicht sehr moduliert.»

Romano fügte hinzu:

«Hinzu kommt: Als er dem Hausmädchen geantwortet hat, meinte er doch: ‹Signora, bitte› – ohne Artikel. Dafür hat er dann im Anschluss viel zu korrekt gesprochen. Der hat garantiert den Text abgelesen.»

Aragona richtete seine Haartolle.

«Die Borrelli war jedenfalls fix und fertig. Und sie hat nichts abgelesen, das könnt ihr mir glauben. Sie war völlig am Ende und total panisch.»

Palma blickte vor sich ins Leere.

«Die klassische Kontaktaufnahme, um Erwartungen zu schüren und den Leuten Angst einzujagen. So läuft das meistens ab. Jetzt wissen wir immerhin, dass es sich wirklich um eine Entführung handelt, höchstwahrscheinlich um Lösegeld zu erpressen. Wir sollten uns auf den nächsten Anruf gefasst machen, in dem sie die Summe nennen werden.»

Ottavia starrte noch immer auf den Bildschirm, als wartete sie auf eine Erleuchtung. Schließlich sagte sie:

«Für die Familie beginnt jetzt die schlimmste Zeit. Nun

wissen sie, dass sich ihr Kind in fremden Händen befindet. Und dass man ihm in jeder Hinsicht Leid zufügen kann. Jede einzelne Minute wird sich unendlich in die Länge ziehen.»

Laura Piras erhob sich, als wollte sie ihre Beklommenheit abschütteln.

«Ich glaube, wir haben alle genug zu tun. Ich werde dafür sorgen, dass die Konten der Familie eingefroren werden – und zwar sowohl die der Eltern als auch die des Großvaters. Apropos: Ich glaube, es ist an der Zeit, dem alten Borrelli einen Besuch abzustatten.»

Lojacono, der seine Haltung nicht um einen Deut verändert hatte, mischte sich ins Gespräch.

«Ich würde mir gerne auch die Beteiligten aus der zweiten Reihe wie das Hausmädchen und den Freund der Mutter näher anschauen. Das Kind ist in dem einzigen Moment entführt worden, in dem das überhaupt möglich war, was mir mehr als reines Glück gewesen zu sein scheint. Für mein Gefühl wussten die Entführer über Schritt und Tritt der Familie Bescheid.»

Mehr zu sich selbst als zu den anderen murmelte Alex:

«Und für mein Gefühl gibt es da noch etwas.»

«Was denn?», fragte Aragona.

«Wenn der Anrufer den Text abgelesen hat, müssen wir rauskriegen, wer ihn eigentlich geschrieben hat. Und warum.»

Alex' Stimme war kaum zu hören gewesen, doch ihre Worte erzielten eine umso deutlichere Wirkung. Das ganze Büro war plötzlich wie elektrisiert.

Romano nickte entschlossen.

«Dann lasst uns mal loslegen! Der Countdown läuft.»

Ottavia wandte ein:

«Wir müssen noch den Vater informieren oder zumindest sicherstellen, dass die Borrelli das macht. Wir sollten unbedingt dafür sorgen, dass sie ihr Kriegsbeil begraben: Das Risiko, dass uns wichtige Informationen flöten gehen, nur weil die beiden nicht miteinander reden, dürfen wir nicht eingehen.»

«Stimmt», sagte Palma. «Vielleicht rufe ich den Vater an. Romano und Aragona, ihr geht zu dem alten Borrelli. Du, Giorgio, klapperst deine Bankerfreunde ab, um rauszufinden, wie es tatsächlich um die finanziellen Verhältnisse von Eva und ihrem Lebensgefährten steht, diesem ... wie heißt er noch ... diesem Manuel Scarano. Ottavia, du bleibst am Computer und arbeitest Pisanelli mit deinen Recherchen zu. Di Nardo und Lojacono, wenn ihr mit dem Wohnungseinbruch fertig seid, könnt ihr die Kollegen unterstützen.»

Laura wusste sehr zu schätzen, dass der Kommissar sich als Allererster an die Arbeit machte und jedem seiner Leute eine eigene Aufgabe zuwies. Eine Vorgehensweise, die einerseits die Vorteile der Teamarbeit nutzte und andererseits die Ermittlungen voranbringen würde. Sie hätte es an seiner Stelle genauso gemacht. Denn nun war alles anders als noch vor einer Stunde.

Nun handelte es sich um eine Entführung.

23

Er tigert in seinem Zuhause auf und ab wie ein Raubtier im Käfig.

Wobei der Ausdruck «Zuhause» es nicht ganz trifft.

Sicher, die Wohnung ist schön. Der Ausblick auf das ganze Blau – das Meer, den Himmel, die fernen Umrisse der Inseln – ist phantastisch, doch ein Zuhause ist ein Ort, an dem man gerne lebt und sich wohlfühlt. Ein Parkettboden und Designermöbel machen noch lange kein Zuhause.

Alberto hat nicht die innere Ruhe, zu lesen, Musik zu hören oder sich durch das Fernsehprogramm zu zappen. Es hat es versucht, aber es gelingt ihm einfach nicht.

Dodo.

Der Junge ist ständig in seinen Gedanken präsent, wie ein Soundtrack, eine Begleitmusik, der Hintergrund eines Gemäldes. Auch wenn er nicht an ihn denkt, ist er präsent, sogar während des kurzen unruhigen Schlafs, der ihn erst in den frühen Morgenstunden überkam, als die nicht enden wollende Nacht allmählich der Dämmerung wich.

Sein Junge.

Er kehrt in das Zimmer zurück, das er für ihn eingerichtet hat, in diesem kühlen Apartment, in das er alle zwei Wochen kommt, das einfach nicht wohnlicher wird, das anonym bleibt wie eine Hotelsuite. Auch Dodos Zimmer hat etwas Anonymes. Das kaum benutzte Bett, denn wenn sie sich sehen, schläft Dodo bei seinem Papa im Zimmer, das wäre ja noch schöner. Der Schreibtisch, wo Dodo fast nie sitzt, weil er die Hausaufgaben am Esstisch erledigt. Das Regal mit dem unbenutzten Spielzeug, da Dodos Lieblingssachen alle drüben sind.

Drüben. In der anderen Wohnung, ein paar Straßen weiter. Die Wohnung, ja, die ist ein echtes Zuhause.

Das ist nicht ihr Verdienst, im Gegenteil, ihr ist dieses Zuhause nie wichtig gewesen. Aber dort haben Dodo und er zusammen gelebt.

Er tritt hinaus auf den Balkon, um zu rauchen und nachzudenken. Die Stadt pulsiert unter ihm, der Strom der Autos auf der Uferstraße ist zwar zu sehen, aber nicht zu hören. Eine Stadt, die ihm immer fremd geblieben ist, mit ihrem unerklärlichen Chaos, ihren plötzlichen Verrücktheiten, ihrem nie abflauenden Lärm.

Aber sie ist auch der einzige Ort, an dem er jemals glaubte, glücklich sein zu können.

Sein Junge.

All die Ausflüge ans Meer und in die Berge, die ersten Schultage, der vertrauensvolle Blick. «Ich bin dein Riese, und du bist mein kleiner König.»

Er fährt sich mit der Hand über die müden, verweinten Augen. Ein nutzloser Riese. Der nicht verhindern konnte, dass seinem kleinen König etwas Böses geschieht.

«Aber ich werde alles wiedergutmachen, mein Kleiner», murmelt er in Richtung der Stadt, die sich gleichgültig unter ihm erstreckt. «Ich werde alles wiedergutmachen, und was passiert ist, das vergessen wir ganz schnell. Wir werden für immer zusammenbleiben, ich werde dich nie mehr verlassen. Denn wir beide, du und ich, wir wissen, dass wir zusammengehören. Es ist ganz einfach: Du bist mein Sohn, und wenn du wieder frei bist, dann bleibst du für immer bei mir.»

Sein Blick wandert zur Wohnung, in der sie mit ihrem Lover wohnt, diesem Arschloch, diesem Nichtsnutz. Und weiter dorthin, wo sich der Alte verkrochen hat. Hast du gesehen, Alter, was für Versager deine Tochter und ihr Liebhaber sind? Sie haben nicht mal verhindern können, dass jemand deinen Enkel, meinen Sohn, entführt, während du in deinem verdammten Rollstuhl festsitzt. Ein tolles Pärchen, was?

Er zündet sich eine neue Zigarette an, kaum bemerkt er das Zittern seiner Hände. Noch immer ist ihm nicht klar, wie er es geschafft hat, ihnen nicht an die Gurgel zu springen, als er am Vorabend zu ihnen gegangen ist, um in Erfahrung zu bringen, was genau passiert ist. Er sieht ihr tränenüberströmtes, leidvolles Gesicht vor sich, als sie ihm das Wenige erzählt, was sie weiß. «Jetzt heulst du, du blöde Kuh», hätte er sie am liebsten angebrüllt. «Musst du jetzt heulen, wo sie mein Kind entführt haben?» Und er, dieses Arschloch mit seiner Betroffenheitsmiene, steht hinter ihr wie ein Butler und nickt unablässig mit dem Kopf. Er hätte nur mal «Buh» machen müssen, und schon hätte sich der Kerl schreiend mit einem Sprung hinter das Sofa gerettet, die feige Nuss.

Doch er hat den Polizisten versprochen, keine Szene zu machen. Und er hat keine Szene gemacht.

Diese abgehalfterten Polizisten. Die finden doch nicht mal die eigene Nase im Nebel!

Was hatten sie ihren Spaß, Dodo und er, wenn sie über Manuel gelästert haben. «Das Schaf», haben sie ihn genannt, wegen seiner verfilzten Haare und seinem fehlenden Schneid. «Der ist nicht wie du, Papa», hat Dodo immer gesagt. «Du bist stark, wie Batman. Aber er, der kann noch nicht mal Batmans Feind sein, denn selbst dazu braucht man Mut.»

«Ich hole dich da raus, Dodo!», ruft er hinunter in die Stadt. Seine laute Stimme schreckt eine Taube hoch, die flügelschlagend davonfliegt und sich auf einem Balkon zehn Meter weiter niederlässt. «Schon bald hole ich dich da raus, ganz bald. Und dann fahren wir in den Urlaub, nur wir beide, an einen wunderschönen Ort, den schönsten, den es gibt.»

Denn wenn es stimmt, dass ich dein nutzloser Riese bin, dann kann ich auch wieder dein mutiger Riese werden. Du wirst schon sehen.

Sein Handy klingelt. Und sein Herz schlägt bis zum Hals.

24

«Ja, bitte?»

«Ich bin's. Hab Anruf gemacht.»

«Ich weiß. Wie geht es ihm?»

«Gut. Er nicht essen, aber auch nicht weinen.»

«Und was macht er?»

«Reden. Leise, wie Gebet. Ich kann hören, wie er redet.»

«Er redet? Aber mit wem redet er denn?»

«Mit kleine Plastikfigur. Er mit ihr reden.»

«Ah, verstehe. Lass ihn ruhig reden.»

«Aber mich stören, ist wie Gebet! Ich schlagen mit Faust gegen Wand, und er ruhig sein.»

«Nein, lass ihn, habe ich gesagt. Er muss schließlich irgendetwas tun, oder nicht? Aber sag ihm, er soll essen. Er darf nicht abmagern oder irgendwelche Probleme kriegen. Wir dürfen ihm nichts zuleide tun, denk dran.»

«Ja, aber ich muss ihm machen Angst. Wenn ich nicht machen Angst, er um Hilfe rufen oder weglaufen.»

«Ja, klar. Aber rühr ihn nicht an. Es darf ihm nichts passieren, keine blauen Flecken oder so was. Vergiss das nicht.»

«Du keine Sorge. Und jetzt?»

«Du weißt, was jetzt ist, ich habe dir alles genau aufgeschrieben. Du musst den Zeitpunkt abwarten, den ich euch genannt habe, und dann noch mal anrufen. Den Zettel hast du ja noch, oder?»

«Ja, ich haben Zettel.»

«Guck lieber noch mal nach.»

«Ich haben, verdammte Scheiße! Wenn ich sage, ich haben, ich haben!»

«Jetzt hör mir mal gut zu: Wag es ja nicht noch einmal, so mit mir zu reden, ist das klar? Nie wieder! Denk dran, du bist nichts anderes als ein Stück Scheiße! Und du hast verdammtes Glück gehabt, das passiert dir nicht noch mal. Hast du kapiert, Arschloch?»

«Ich ... Entschuldigung, du richtig, ich ...»

«Und wie ich recht habe! Ich habe dermaßen recht damit, dass ich dich ruckzuck in den Knast bringen kann, wenn mir der Sinn danach steht. Dich und dein Flittchen. Du wirst nie was gegen mich in der Hand haben, während ich beweisen kann, dass ihr das alles alleine ausgeheckt habt. Hast du kapiert? Ich habe euch in der Hand – nicht umgekehrt.»

«Entschuldigung, du richtig, verdammt, ich Fehler machen. Du keine Angst, ich alles tun, wie du sagen.»

«So ist's brav. Mach du nur alles so, wie ich gesagt habe. Stell dir vor, du bist mein Hund. Immer bei Fuß. Du musst nicht viel machen, aber das Wenige musst du richtig machen. Also weiter so!»

«Ich machen zweiten Anruf, heute Nacht. Und lesen Zettel. Heute Lena zu ihm gehen, sie ihm sagen, dass sie Angst haben vor mir. Morgen wir sprechen, und dann alle sechs Stunden.»

«So ist's brav. Guter Hund.»

«Du nicht sagen ‹Hund› zu mir! Ich kein Hund.»

«Ach, nein? Na gut, ich sag's nicht mehr. Aber mach bloß keinen Fehler.»

«Ich keinen Fehler machen. Aber du nicht vergessen: alles Geld, wie versprochen. Und zwei Tickets mit Flieger nach Amerika.»

«Oder mit dem Schiff, falls Fliegen zu gefährlich ist. Wie verabredet.»

«Ja, oder mit Schiff. Aber ich lieber fliegen, ist schneller. Okay?»

«Na, du redest ja schon wie ein echter Ami! Wir werden sehen, auf jeden Fall haut ihr von hier ab, ihr beide, du und sie. Das ist auch ganz in meinem Interesse, dass ihr von der Bildfläche verschwindet. Aber jetzt sorg erst mal dafür, dass alles glatt läuft und er keine Probleme bekommt.»

«Nein, er keine Probleme. Und wenn Lena bei ihm, sie ihm sagen, er soll essen. Ihm gutgehen, keine Ratten dadrin, ich alles kontrollieren, nix kalt in der Nacht, ich geben auch Decke. Und er hat Plastikfigur.»

«Ja, wenigstens hat er seine Action-Figur. Lass ihn ruhig damit spielen. Hat er dich gesehen?»

«Ja. Er Angst haben vor mir, ich schreien, ich schlagen mit Faust gegen Wand, ich machen hässliches Gesicht.»

«Das dürfte dir nicht schwerfallen.»

«Du Witz machen. Aber dauert nicht mehr lange, oder? Du versprochen.»

«Nein, es wird nicht mehr lange dauern. Wenn niemand einen Fehler macht.»

«Wir keine Fehler machen. Aber du nicht vergessen, was versprochen.»

«Ich vergesse es schon nicht. Und ihr vergesst nicht, dass ihm nichts passieren darf.»

«Nein, niemand ihm Haar krümmen.»

«Sehr gut. Dass ihm kein einziges Haar gekrümmt wird!»

25

Romano und Aragona hatten Dodos Vater angerufen und ihn gebeten, sie in Evas Wohnung zu treffen. Jetzt, da die Fakten auf dem Tisch lagen, wollten sie im Kreise aller Beteiligten besprechen, was in den verschiedenen möglichen Szenarien sinnvollerweise zu tun sein würde.

Als sie zu der Wohnanlage kamen, wartete Alberto Cerchia bereits am Eingang auf sie.

«Entschuldigen Sie, ich wollte lieber hier unten auf Sie warten. Ich fühle mich noch nicht imstande, mich … Also, mir ist lieber, wir gehen zusammen hoch, wenn Sie nichts dagegen haben. Gibt's was Neues?»

Romano erwiderte:

«Ich nehme doch an, Sie haben mit dem Kommissar gesprochen?»

«Ja, er hat mir von dem Anruf erzählt. Wann kann ich die Aufnahme anhören?»

Aragona wedelte mit seinem Handy.

«Ich habe sie hier draufspielen lassen. Aber warten wir noch auf die Signora.»

Eva empfing sie an der Wohnungstür. Ihr schien es noch schlechter zu gehen als am Vortag. Frostig begrüßte sie ihren Exmann, dann wandte sie sich an die beiden Polizisten.

«Kommen Sie rein.»

Im Wohnzimmer hatte Manuel Scarano bereits in einem Sessel Platz genommen. Alberto reagierte gereizt.

«Muss er unbedingt dabei sein? Mir scheint, wir reden hier über Dinge, die ihn nichts angehen.»

Mit schneidender Stimme wies Eva ihn zurecht.

«In meiner Wohnung bestimme immer noch ich. Ich darf dich daran erinnern, dass Manuel sehr viel mehr Zeit mit Dodo verbringt als du, wir können also davon ausgehen, dass seine Anwesenheit sinnvoll ist.»

Scarano schaltete sich ein.

«Ich möchte nicht zusätzlich für Spannungen sorgen, Eva. Ich kann auch wieder gehen, wenn du es für besser hältst. Für heute reichen mir eigentlich die Beschimpfungen, die ich mir von deinem Vater anhören musste.»

«Ich habe gesagt, du sollst dabei sein, Manuel. Keine Widerrede.»

Evas autoritärer Ton beendete die Diskussion.

Aragona ließ die Aufnahme abspielen. Schweigend hörten die anderen zu.

Eva schüttelte den Kopf.

«Ich kann mich an nichts erinnern. Es kommt mir vor, als hätte jemand anders mit diesem Verbrecher gesprochen. Mein Gott, ich erinnere mich wirklich an nichts.»

Romano sagte:

«Das ist völlig normal, Signora. Sie sind sehr erschöpft und stehen unter großem emotionalem Druck. Aber ich muss Sie fragen, und das gilt für alle Anwesenden: Kommt Ihnen die Stimme irgendwie bekannt vor?»

Beinahe gleichzeitig schüttelten Alberto Cerchia und Manuel Scarano den Kopf.

Eva sagte:

«Nein, auf keinen Fall. Aber jetzt, wo ich sie zum zweiten Mal höre, scheint mir, dass der Mann einen ausländischen Akzent hat.»

«Ja, das denken wir auch, Signora. Wir werden auf jeden Fall in diese Richtung ermitteln. Was uns in dieser Phase jedoch viel mehr ...»

Mit wutverzerrtem Gesicht sprang Alberto Cerchia auf.

«‹In dieser Phase›? Wie kann man in einer solchen Situation von ‹Phasen› reden? Was erzählen Sie da bloß für einen Schwachsinn? Es handelt sich um meinen Sohn, der hier entführt wurde, verstehen Sie? Um meinen Sohn!»

Romano und Aragona waren überrascht von der heftigen Reaktion Cerchias.

«Ich wollte ganz bestimmt nicht den Eindruck erwecken, dass wir den Fall auf die leichte Schulter nehmen, Dottore. Wir versuchen, jedes noch so kleine Detail zusammenzutragen, um ...»

«Und wir sind diejenigen, die Ihnen diese ‹noch so kleinen Details› liefern müssen? Haben Sie nicht bemerkt, in welchem Zustand die Mutter des Jungen sich befindet? Unser Kind ist verschwunden, seit beinah zwei Tagen, und Sie reden hier von ‹Details›! Sind Sie überhaupt fähig, Ihren verdammten Job zu tun?»

Beunruhigt registrierte Aragona, wie sich die rechte Faust seines Kollegen mehrmals hintereinander öffnete und schloss. Schließlich schob Romano die Hand wieder in die Hosentasche und wartete einen Moment, bevor er antwortete.

«Dottore, mir ist völlig klar, dass Sie mit den Nerven am Ende sind. Aber glauben Sie mir, wir verstehen sehr wohl unseren Job und folgen nur den Vorschriften.»

Der zu einem ironischen Lächeln verzogene Mund, die geröteten, weit aufgerissenen Augen und der verzweifelte Blick sagten alles über Cerchias Seelenzustand aus.

«Ah, die Vorschriften! Als würde es hier um einen Ausweis gehen, der beantragt werden muss. Oder um das Ausfüllen eines Formulars. Um irgendeinen Scheißverwaltungsakt! Wissen Sie, was Sie mit Ihren Vorschriften tun können, Herr Wachtmeister? Ganz genau, Sie können sie sich in den ...»

Aragona konnte sehen, wie sich die Muskeln von Romanos Unterarm anspannten. Mit einer hastigen Bewegung schob er sich zwischen Dodos Vater und den Kollegen.

«Hören Sie endlich auf mit dieser Arschlochnummer, Cerchia! Wir sind hier, um Ihnen und Ihrem Sohn zu helfen. Und Sie brüllen rum wie ein Vollidiot. Wir können auch wieder gehen und Sie die Suppe alleine auslöffeln lassen, wenn Ihnen das lieber ist. Dann können Sie ja gucken, wie Sie klarkommen. Irgendwann ist auch mal Schluss, verdammte Scheiße!»

Der Ausbruch des kleinwüchsigen Polizisten mit der künstlichen Bräune verfehlte nicht seine Wirkung. Cerchia schnappte ein paarmal nach Luft, wie ein Fisch, der auf dem Trockenen gelandet war. Aragona sah, dass sich die Gesichtszüge seines Kollegen wieder entspannten, und stieß einen Seufzer der Erleichterung aus.

Romano holte tief Luft und sagte:

«Wenn sich jetzt bitte alle wieder beruhigen würden ... So spielen wir doch nur den Entführern in die Hände. Der Kollege Aragona und ich arbeiten ohne Unterlass, alle Mitarbeiter des Kommissariats und die Staatsanwältin unterstützen uns – davon können Sie ausgehen. Im Übrigen muss ich Sie darauf aufmerksam machen, dass Ihre sämtlichen Telefonanschlüsse überwacht und Ihre Konten in den nächsten Stunden gesperrt werden. So sieht es das Gesetz vor.»

Stockend brachte Cerchia hervor:

«Aber ... aber was soll das denn heißen? Ich muss jederzeit an mein Geld kommen, für meine Arbeit. Ich muss Lieferanten bezahlen, Gehälter ...»

Aragona schnaubte.

«Wie Sie vorhin selbst gesagt haben, Dottore: Die Lage ist ernst. Und wenn eine Lage ernst ist, muss man sich ihr stellen. Das bedeutet, Ihre Lieferanten müssen sich leider ein paar Tage gedulden. Und wenn es wirklich dringend sein sollte, können Sie sich immer noch an die Staatsanwältin wenden, Dottoressa Piras, sie kann die Sperrung eventuell aufheben. Am Bankautomaten können Sie weiterhin Geld abheben, und auch die Kreditkarten behalten ihre Gültigkeit. Sie werden also nicht verhungern.»

Mit gebrochener Stimme fragte Eva:

«Sie glauben also, dass wir bald eine ... eine Lösegeldforderung erhalten, damit sie Dodo gehen lassen? Und was passiert, wenn wir nicht zahlen? Denn wenn Sie die Konten sperren ...»

Beruhigend flüsterte Manuel ihr zu:

«Mach dir keine Sorgen, Schatz. Dodo wird zurückkommen, und zwar bald. Das verspreche ich dir.»

Cerchia ätzte:

«Das versprichst du ihr? Ausgerechnet du, der du nicht einen Cent besitzt und dieser Familie seit Jahren auf der Tasche liegst – du versprichst ihr das? Aber vielleicht befreist du Dodo ja selbst aus den Klauen der Entführer, dank deiner genialen Geistes- und immensen Muskelkraft ...»

Scarano maß ihn mit spöttischem Blick.

«Ach, und du warst an Ort und Stelle, um die Entführung zu verhindern, was? Der starke, mutige Papa, der tausend Kilometer weit weg wohnt. Du weißt ja nicht mal mehr, wie dein Sohn aussieht, so selten, wie du ihn besuchst.»

Mit einem Brüllen wollte Cerchia sich auf ihn stürzen. Romano streckte den Arm aus und hielt ihn ohne scheinbare Kraftanstrengung zurück.

«Lassen Sie das lieber sein, Dottore. Das ist ein ernst gemeinter Rat.»

Eva brach in Tränen aus.

«Habt ihr es denn immer noch nicht begriffen? Sie haben Dodo! Wer weiß, in wessen Händen er sich gerade befindet. Und statt ihm zu helfen, streitet ihr euch hier wie zwei pubertierende Idioten.»

Scarano nickte.

«Du hast vollkommen recht, Schatz, bitte entschuldige mein Verhalten. Bei dem da werde ich mich allerdings nicht entschuldigen.»

Cerchia, der sich den Brustkorb an der Stelle massierte, wo ihn Romanos Arm getroffen hatte, sagte mit zusammengepressten Lippen:

«Genau. Das Einzige, was jetzt zählt, ist, dass Dodo wieder freikommt. Aber ich schwöre dir, Eva, sobald wir die Sache hier hinter uns haben, setzen wir dieses Gespräch fort. Denn ich bin mir keineswegs sicher, dass mein Sohn bei euch besser aufgehoben ist als bei mir. Ich werde mir die besten Anwälte des Landes nehmen, und dann sehen wir weiter.»

Aragona sagte:

«Sorry, aber was Sie danach tun, interessiert uns nicht. Was jetzt zählt, ist, dass keine Fehler gemacht werden. Mir scheint, der Kollege Romano und ich sollten uns mal mit Dodos Großvater unterhalten. Immerhin ist es wohl sein Geld, das die Entführer haben wollen.»

Eva flatterte mit den Lidern.

«Warum sagen Sie das?»

Aragona baute sich vor ihr auf und sagte mit einer Stimme, die seiner Meinung nach genau wie die von Al Pacinos Synchronsprecher klang:

«Weil Sie, Signora, laut eigener Aussage kein Geld auf der hohen Kante haben. Trotzdem haben die Entführer bei Ihnen angerufen, statt sich an Dottor Cerchia zu wenden, der das nötige Kleingeld hätte. Falls diese Leute Ihre Familienverhältnisse kennen, wollen sie folglich über Sie an Dodos Großvater rankommen.»

Romano widersprach ihm.

«Oder sie haben einfach die Nummer gewählt, die sie im Telefonbuch gefunden haben. Lass uns lieber keine Columbo-Theorien aufstellen, Aragona. Jedenfalls nicht so lange, wie wir kaum Anhaltspunkte haben. Wir gehen jetzt, würde ich vorschlagen. Und Sie, Dottor Cerchia, kommen am besten gleich mit.»

«Meinetwegen. Aber ich habe nicht vor, die Hände in den Schoß zu legen, während mein Sohn wer weiß wo ist.»

Aragona bedachte ihn mit kühlem Blick.

«Wir können es Ihnen nicht verbieten, Dottore. Aber sollten Sie einen Fehler machen und Ihr Sohn muss darunter leiden, werden Sie das Ihr Leben lang mit Ihrem Gewissen ausmachen müssen. Ich würde Ihnen empfehlen, unternehmen Sie nichts und warten Sie die weiteren Entwicklungen ab. Falls es Ihnen hilft, dann beten Sie.»

26

Hätte jemand Bruder Leonardo Calisi, Pfarrherr der Kirche Santissima Annunziata und Leiter des zugehörigen Franziskanerklosters, dabei zusehen können, wie er mit Kutte und Ornat kämpfte, um auf den Beichtstuhl zu gelangen, hätten diese Bemühungen sicher Anlass für einiges Gespött gegeben. Einmal oben reichte der Pater nicht einmal mit den Füßen auf den Boden.

In der Tat konnte man ihn nur als kleinwüchsig bezeichnen: Ganze 150 Zentimeter maß er, wenn man seine Dienstsandalen abzog, die das geringe Körpermaß ohnehin kaum erhöhten. Ein Zwerg. Alle dachten das, wenn sie ihn in der Kirche antrafen oder ihn in seinem üblichen Laufschritt durch die Gassen wuseln sahen, wenn er wieder einmal den Armen und Bedürftigen des Viertels zu Hilfe eilte.

Doch der erste Eindruck wurde sofort von der Erkenntnis widerlegt, dass diese Persönlichkeit so gar nichts Zwergenhaftes an sich hatte. Schon auf den zweiten Blick machten die klaren blauen Augen, die weißen Locken und der schelmische Gesichtsausdruck Bruder Leonardo zu jemandem, den Kinder und Erwachsene gleichermaßen einfach lieben mussten. Ein paar Jahre zuvor hatte die römische Kurie ihn turnusgemäß versetzen wollen, doch die Empörung der Gläubigen war so groß gewesen, dass das Vorhaben sofort wieder begraben wurde.

Bruder Leonardo war ein guter Mensch. Großmut, Barmherzigkeit und Nächstenliebe waren die eisernen Maximen, die sein Leben bestimmten. Nie verließ ihn jedoch seine ironische Ader, die ihn auch für jemanden zum idealen Gefährten machte, der mit der Religion auf nicht so vertrautem Fuße stand.

Mit dem einen Ohr den sexuellen Phantasien eines Heranwachsenden lauschend, ließ der Franziskaner die Beine baumeln und dachte an Giorgio Pisanelli, seinen besten Freund. Eine kleine Sünde, so vermutete er, denn ein Seelsorger und erst recht ein Pfarrherr und Klostervorsteher durfte keinen besten Freund haben; er musste all seinen Schäfchen, Brüdern, ja, der ganzen Menschheit mit der gleichen Liebe begegnen. Aber vielleicht war es ja von Gott so gewollt, dass Giorgio in seiner großen Einsamkeit nach dem Tod seiner Ehefrau gerade bei ihm den Trost fand, den ihm der Glaube nicht geben konnte. Leonardo selbst zog aus den Begegnungen mit dem Polizisten ein echtes intellektuelles Vergnügen, sei es bei ihren Mittagessen im *Gobbo* oder bei ihren flüchtigen Treffen in der Gemeinde. Ihre Unterhaltungen waren immer geistreich und angeregt, und der Schatz an wechselseitig vorgebrachten Anekdoten über das Viertel, das sie beide seit jeher kannten, war nahezu unerschöpflich.

In der letzten Zeit jedoch war die Beharrlichkeit, mit der der Freund seine Selbstmordtheorie verfolgte, regelrecht bedrohlich geworden. Überzeugt, dass hinter jedem der Suizide im Viertel eine helfende Hand stand, und zwar immer dieselbe, sammelte Giorgio in einem fort Beweise, die ihm helfen sollten, den Moment zu rekonstruieren, da der arme Teufel Schluss gemacht hatte. Leonardo hegte widersprüchliche Gefühle angesichts der Manie seines Freundes: Auf der einen Seite wünschte er ihn bei guter Stimmung zu sehen; auf der anderen Seite wusste er, dass gerade diese Manie ihn am Leben hielt, weil sie ihm einen Grund dafür gab, morgens aufzustehen und ins Büro zu gehen.

Solche Wege nahmen seine Gedanken, während er zugleich einem jungen Mädchen jenseits der Trennwand zu erklären versuchte, dass es nicht im Sinne der katholischen Kirche sei, drei Klassenkameraden auf einmal sexuell zu Diensten zu sein, und dass es galt, dem eigenen Leben einen Sinn zu verleihen, auch wenn man sich irren konnte.

Seit vielen Jahren – zwölf, um genau zu sein – kämpfte Leonardo jeden Morgen aufs Neue gegen den Fluch der Großstädte an: die Einsamkeit. Kein Ort, der so gottverlassen war wie eine westliche Metropole, lautete sein Mantra, nirgends sonst wie in den westlichen Metropolen führten so viele Menschen ein Dasein wie alte oder kranke Tiere, die von ihrer Herde ausgeschlossen waren. Leichte Beute für hungrige Raubtiere.

Von morgens bis abends, im abgestandenen Weihrauchduft des Beichtstuhls, in den verwinkelten Gassen des Viertels, in den traurigen Wohnzimmern mit den durchgesessenen Sofas, überall sah sich Leonardo mit dem Wunsch lebensmüder Menschen konfrontiert, ihrem Dasein ein Ende zu setzen.

Und unermüdlich versuchte er, die Glut des erloschenen Glücks wieder anzufachen, die Erinnerung an eine vergangene Liebe oder den Traum von einer erfolgreichen Zukunft, aber oft genug waren seine Bemühungen vergeblich, verloren sie sich in einer abgrundtiefen Verzweiflung.

Manch einer fand tatsächlich den erforderlichen Mut, um diese feige Tat auszuführen. Aber viele andere nicht. Die meisten hatten Angst oder besaßen nicht mal mehr das entscheidende Quäntchen Kraft, ein Röhrchen Schlaftabletten zu schlucken oder sich aus dem Fenster zu stürzen.

Was konnte ein geistiger Vater, ein Führer, ein Glaubens-
bruder in einer solchen Situation tun, fragte sich Bruder Leonardo. Sollte er etwa nach einem hastigen Segensspruch den
armen Teufel seinem Schicksal überlassen und sich davon-
machen? Es war keine Hexerei, Kindern zu helfen, die voller
Elan waren und ihre Zukunft herbeisehnten, oder jungen
Frauen, die nach einer überstandenen Krise wieder Freude
am Leben fanden. Sogar Drogenabhängige, die sich von ihrer
Sucht befreit hatten, besaßen die Kraft, Hindernisse zu überwinden. In solchen Situationen konnte Leonardo das Ergebnis
seiner Arbeit sehen, da war es einfach, dem Herrgott von Stolz
erfüllt zu begegnen.

Welches war die wahre Heiligkeit? Wo zeigte sich die Größe des Höchsten Geistes? Wann zeigte sich das vollkommene
Abbild von Gottes Sohn? Auf diese Fragen gab es für Bruder
Leonardo nur eine Antwort: das kostbarste Geschenk Gottes,
die eigene Seele, zu opfern.

Dieser Gedanke erschien ihm so logisch und klar, dass
er sich fragte, wieso nicht jeder Christ seine Ansicht teilte.
Ein am Boden zerstörtes Geschöpf hatte nicht den Mut, den
Schlussstrich zu ziehen? Jene Tat, die mit ewigen Qualen bestraft würde – darin war die Heilige Schrift eindeutig –, weil
allein der Allmächtige so handeln durfte? Also musste doch
der Seelsorger, der Gottes Willen auf Erden umsetzte, diesem
armen Geschöpf helfen und ihm die Verantwortung für die
Sünde abnehmen.

So wie Jesus am Kreuz gestorben war und sich für die
Menschheit aufgeopfert hatte, so war es Bruder Leonardos
Aufgabe, das Leben all jener zu beenden, die sterben wollten,
aber nicht den Mut zur Selbsttötung fanden. Indem er ihnen
ermöglichte, für immer das tiefe Tal der Tränen zu verlassen

und zum ewigen Licht zu streben, bewirkte der kleinwüchsige Franziskaner gleich zweierlei, und beides war von enormer Bedeutung: Er lud große Schuld auf sich und brachte somit das höchste aller Opfer, was seine eigene Seele betraf, zugleich aber erlöste er die Seelen jener Verzweifelten von ihrer unabwendbaren Qual.

Ganz einfach. Wirklich ganz einfach.

Während er dem selbstgefälligen Bericht des jungen Mädchens über die Begegnung mit ihren Schulkameraden in der Sporthalle geistesabwesend lauschte, dachte Leonardo zum x-ten Mal über das interessante theologische Problem nach, das sich ihm stellte. Einem verhinderten Selbstmörder zu ermöglichen, vor das Angesicht des Allmächtigen zu treten, ohne die schreckliche Tat selbst begehen zu müssen, konnte das wirklich eine Sünde sein? Was würde mit seiner Seele geschehen, wenn er selbst eines Tages die Schwelle zum besten aller Leben überschritten haben würde? Diese Überlegungen waren kein Thema für die Beichte, wusste der Mönch, auch weil sein Mitbruder Samuele, bei dem er regelmäßig beichtete, ein ziemlicher Korinthenkacker in der Auslegung der Gebote war. Aber er bezweifelte ohnehin, dass es einen Priester gab, der so gefestigt in seinem Glauben war, dass er sein gutes Werk an den armen Teufeln im Viertel verstehen würde.

Bruder Leonardo selbst war sehr gefestigt in seinem Glauben. Er war überzeugt von der Größe der göttlichen Barmherzigkeit. Und auch von der Bedeutung der Fürbitte für die vielen Seelen, die er vor der ewigen Verdammnis gerettet hatte. Sie würden sich in doppelter Reihe zu einem Engelschor aufstellen und den Allmächtigen anflehen, auch ihn, ihren Retter, in sein Himmelreich aufzunehmen. Und der Herr würde sie im allgemeinen Jubel erhören.

Dies jedoch erst in vielen Jahren, hoffte der Franziskaner, und dann Gottes Willen entsprechend. Bis dahin würde er noch viele Seelen zu retten haben.

Seine Gedanken kehrten zu Giorgio Pisanelli zurück. Der Freund war erschöpft, traurig und krank, wenngleich er mit niemandem außer ihm, Leonardo, über die schreckliche Krankheit sprach, die ihn von innen her auffraß. Der perfekte Kandidat für seine besondere Hilfeleistung also, zumal er im Jenseits endlich wieder mit seiner Carmen vereint wäre – auch sie eins der Schäfchen, die er, Leonardo, dem Schöpfer zugeführt hatte, um sie von ihren grausamen Schmerzen zu erlösen.

Der Pfarrherr der Santissima Annunziata hatte ein Prinzip, von dem er nie abwich: Wenn der Betroffene einen Grund zu leben hatte oder wenn er dies auch nur glaubte, dann durfte er die Welt nicht verlassen. Das wäre nicht richtig.

Giorgios Fall stellte somit ein echtes Paradox dar: Das, was ihn vor Leonardos Hilfeleistung bewahrte, war just seine besessene Suche nach jemandem, der – wer hätte das gedacht – Leonardo selbst war. Solange Giorgio nach ihm suchte und den Todesumständen der armen Teufel nachspürte, die er, Leonardo, zu Engeln gemacht hatte, solange hatte er einen Grund zu leben. Und folglich war er noch nicht bereit.

Der Mönch stieß einen Seufzer in Richtung des jungen Mädchens aus, das in dem seligen Glauben verharrte, ihre Grenzen aufs Schönste überwunden zu haben. Er beschloss, sich erst mal um die anderen zu kümmern, solange Giorgio nicht klein beigab und für seine Barmherzigkeit noch nicht bereit war. Er würde sein übliches Netz aus Besuchen, warmen Worten, Streicheleinheiten und Ermahnungen spinnen und die verschiedenen Methoden anwenden, die er über die Jahre ausprobiert hatte: Gas, Balkon, Strick, Tabletten, Zug. Natürlich mit Abschiedsbrief, wie immer in Druckbuchstaben und mit einem individuellen Text versehen, der zu der Person passte, deren Innerstes er als Beichtvater so gut deuten gelernt hatte.

Da war zum Beispiel dieser Fall, dem er gerade folgte; Maria Musella, allein, depressiv und zunehmend von Psychopharmaka abhängig. Er würde sie besuchen und beruhigend auf sie einreden, und wenn sie dann eingelullt war, würde er ihr eine tödliche Dosis von ihren Seelenfrieden versprechenden Pillen verabreichen.

Und danach würde er erleichtert sein Mittagessen im *Gobbo* genießen, gemeinsam mit seinem guten Freund Giorgio. Sein Mitbruder Teodoro hatte ihm gesagt, dass der Polizist in der Pfarrei gewesen sei, während Leonardo in einem anderen Viertel – Vorsicht ist immer geboten – in einer Apotheke Schlaftabletten gekauft hatte.

Was er wohl von ihm gewollt hatte, überlegte der Franziskaner, während er dem sexuell umtriebigen Mädchen eine heftige Buße auferlegte. Vielleicht wollte er ihm ja von einer Entdeckung erzählen, die er in Hinblick auf einen fünf Jahre zurückliegenden Suizid gemacht hatte.

Armer Giorgio. Er hätte ihm gern geholfen, aber es ging nicht. Er war schließlich kein Mörder, er doch nicht.

27

Es war bereits nach Sonnenuntergang, als sie zu dem Haus von Edoardo Borrelli kamen. Die Luft hatte sich merklich abgekühlt. Aragona zog seine Jacke über, ohne auch nur einen Knopf an seinem Hemd zu schließen, das eine sorgfältig enthaarte und gebräunte Brust zum Vorschein brachte.

Sie sprachen bei dem uniformierten Wachmann im Foyer vor, der ihnen nach einem kurzen Wortwechsel an der Sprechanlage den Weg zum Aufzug wies, ohne eine Etage zu nennen. Und tatsächlich gab es in der Aufzugkabine nur einen einzigen Knopf mit einem weißen Namensschild.

Eine dunkel gekleidete Frau empfing sie, das Haar streng im Nacken zusammengebunden; sie konnte alles zwischen 50 und 70 Jahre alt sein. Ohne ihnen die Hand zu reichen, starrte die Frau sie ausdruckslos an.

«Ich bin Carmela Peluso, die Assistentin des Cavaliere. Man hat uns Ihren Besuch angekündigt. Sie sind doch die Polizisten Romano und Aragona, oder?»

Romano ergriff das Wort.

«Ja, das sind wir. Guten Abend. Wir haben nicht viel Zeit – könnten Sie uns gleich zu Signor Borrelli bringen?»

Die Frau rührte sich nicht, sondern starrte sie weiterhin an. Aragona fühlte sich unbehaglich, er hasste es, so gemustert zu werden.

Endlich, ohne ein Wort zu sagen, setzte Carmela Peluso sich in Bewegung. Während die Polizisten ihr folgten, warfen sie verstohlene Blicke in die vom Flur abgehenden Zimmer. Genauso frostig wie der Empfang war das ganze Haus, und vor allem war es dunkel. Das Licht reichte gerade mal aus zu sehen, wohin man die Füße setzte, um nicht in dem dicken Teppichboden zu versinken, der das Geräusch der Schritte schluckte und einem das Gefühl gab, wie durch Wattenebel zu laufen. Die Wohnung war riesig: Weiträumige Zimmer schienen rechts und links im Halbdunkel auf. Aragona fragte sich, wie es wohl tagsüber an diesem Ort sein musste, aber der Tatsache nach zu schließen, dass überhaupt kein Licht von außen eindrang, waren die Fenster vermutlich abgedunkelt.

Am Ende des Ganges blieb die Frau vor einer Holztreppe stehen, als wollte sie sich vergewissern, dass die beiden Männer ihr wirklich gefolgt waren. Erst dann begann sie, die Stufen hinaufzusteigen.

Eine Art Saal empfing sie. Wie bei Eva Borrelli bestand eine ganze Wand nur aus Glas. Sie ging auf dasselbe Panorama hinaus, aber der Ausblick war noch aufregender. Die Lichter der Stadt funkelten wie Edelsteine auf schwarzem Samt, doch wegen der fehlenden Geräuschkulisse meinte man, eine Szene aus einem Stummfilm vor sich zu sehen.

«Warten Sie hier.»

Ohne ein weiteres Wort verschwand die Peluso in der Dunkelheit.

Romano und Aragona fühlten sich seltsam deplatziert, eine Empfindung, die sie nicht gleich einordnen konnten. Leise, als wären sie in der Kirche, raunte Aragona:

«Verdammte Scheiße, ich komme mir vor wie in einem Horrorfilm aus den Siebzigern.»

Romano musste zugeben, dass der Kollege den Nagel auf den Kopf getroffen hatte – ihm erging es nicht anders. Das Haus wirkte wie der exakte Nachbau einer Luxusvilla aus der Zeit vor 40 Jahren. Die Möbel und Teppiche waren ein einziges Fest aus Weiß, Schwarz, Glas und Chrom, mit Sofas und Sesseln aus hellem Leder, halbhohen Tischchen, stoffverkleideten Wänden mit dezent beleuchteten Erkern, in denen moderne Plastiken standen. Das gesamte Mobiliar war perfekt erhalten, als wäre der Salon nie in Benutzung gewesen, was die irreale Atmosphäre noch unterstrich,

«Es passiert nicht oft, dass ich Besuch bekomme. Und ganz sicher hätte ich nicht damit gerechnet, nach so langer Zeit ausgerechnet zwei Polizisten zu empfangen.»

Die tiefe, etwas heisere Stimme erklang so unvermittelt, dass die beiden Männer zusammenzuckten. Aragona stieß einen kleinen Schrei aus, den er mit einem Räuspern zu kaschieren versuchte.

Geräuschlos glitt ein Rollstuhl aus der Dunkelheit hervor, der von der Peluso geschoben wurde. Ein alter Mann saß darin. Seine Haut wirkte wie gegerbtes Leder, das schüttere weiße Haar hing kraftlos von seinem Schädel herab. Er war extrem mager und konnte nicht sehr groß sein, auch wenn Romano ein organisches Problem als Grund dafür vermutete. Ein trockener Husten bestätigte seinen Verdacht.

Eilfertig reichte die Peluso dem Alten ein Taschentuch, das dieser sich vor den Mund presste. Kaum war der Hustenanfall vorüber, nahm er seine aufdringliche Musterung der Besucher wieder auf. Seine Augen, die einen seltsamen Kontrast zu dem verlebten Gesicht bildeten, blickten wach und intelligent. Ihr ironisches Funkeln hatte fast etwas Lausbubenhaftes.

«Sie sind also mit den Ermittlungen in diesem Fall betraut ... Kann es sein, dass das Ganze ein paar Nummern zu groß für Sie ist?»

Romano hüstelte nervös.

«Wir haben gestern Morgen den Notruf der Schule entgegengenommen. Wir ermitteln jedoch nicht allein in dem Fall, das Präsidium ist informiert, und wir unterrichten unseren Vorgesetzten über jeden Schritt, den wir tun.»

Aragona ergänzte spitz:

«Und nur, um Ihnen zwei Fragen zu stellen, Cavaliere, muss ja nicht gleich Spider-Man kommen.»

Die Peluso konterte hart:

«Was denken Sie eigentlich, wen Sie hier vor sich haben, junger Mann?»

Der Alte winkte müde ab.

«Lass nur, Carmela. Ich mag das, wenn jemand Temperament hat. Hoffen wir mal, dass er seinen Job mit genauso viel Heißblut erledigt. Ich bin Edoardo Borrelli, falls Sie es noch nicht mitbekommen haben sollten.»

Romano fuhr fort:

«Wir waren bereits bei Ihrer Tochter. Sie hat uns gesagt, dass Sie Bescheid wissen.»

Der Cavaliere verzog abfällig den Mund.

«Die dumme Gans hat ihren Liebhaber geschickt, um mir zu berichten, was passiert ist. Kaum zu glauben, dass die beiden keine Schuld an dem ganzen Elend haben. Dodo war auf einem Klassenausflug im Museum, richtig?»

«Wir waren anfangs nicht mal sicher, ob er überhaupt entführt worden ist, jedenfalls nicht bis zu dem Anruf heute Morgen. Auf dem Video aus der Überwachungskamera sieht es so aus, als wäre er freiwillig einer Frau gefolgt, die man jedoch nicht erkennt, da sie eine Kapuze trägt. Ein Klassenkamerad

184

Ihres Enkels meinte, die Frau wäre blond. Sagt Ihnen das irgendetwas?»

«Leider nein. Aber ich kann Ihnen versichern, dass mein Enkel mit seinen zehn Jahren weitaus mehr Hirn hat als seine Mutter, ihr Liebhaber und dieser Idiot von seinem Vater zusammen. Meine Tochter hat schon immer ein unnachahmliches Talent darin gehabt, sich die falschen Männer auszusuchen.»

Er hustete erneut. Seine Assistentin griff eilfertig nach einer Flasche auf einem Beistelltischchen und goss ihm ein Glas zu trinken ein.

Romano wartete einen Moment, dann fragte er:

«Sehen Sie Ihren Enkel oft?»

«Dodo ist das Wichtigste überhaupt in meinem Leben. Und wenn ich noch zwei gesunde Beine hätte und nicht seit Jahren an diesen verfluchten Rollstuhl gefesselt wäre, befände er sich jetzt hier bei mir, das versichere ich Ihnen. Zu meiner aktiven Zeit kannte ich in dieser Stadt jeden, der Rang und Namen hatte, auch in den weniger erlauchten Kreisen. Ein Anruf hätte genügt – und er wäre sofort zu mir zurückgebracht worden. Zusammen mit einem Silbertablett, auf dem die abgeschnittenen Ohren seines Entführers gelegen hätten.»

Seine wenigen Worte hatte er mit einer Heftigkeit hervorgestoßen, die beide Polizisten die Luft anhalten ließ. Aragona musterte das unbewegte Gesicht der Peluso: Sie war solche Zornesausbrüche offensichtlich gewohnt.

Romano nahm erneut den Faden auf.

«Haben Sie in letzter Zeit etwas Ungewöhnliches bei Ihrem Enkelsohn bemerkt? Irgendeine Veränderung in seinem Verhalten?»

«Dodo ist ein introvertiertes Kind, er redet nicht viel. Wenn er bei mir ist, hält er sich meist in meiner Nähe auf und liest etwas oder spielt mit seinen Action-Figuren, seinen Superhelden. Manchmal bittet er mich, ihm Geschichten aus meiner Jugend zu erzählen – er stellt sich gerne vor, dass ich noch laufen kann, zumal er mich nie so gesehen hat.»

«Und, haben Sie eine Vermutung, warum man ihn entführt haben könnte?»

«Was denken Sie wohl? Weil sie hinter meinem Geld her sind, ist doch klar! Aus demselben Grund, warum alle so tun, als hätten sie einen Heidenrespekt vor mir und wären mir treu ergeben. Sie wissen, dass er mein Enkel ist, und sie wissen auch, dass ich das Lösegeld zahle, wenn sie es einfordern.»

Aragona sagte:

«Sie scheinen mir nicht der Einzige mit einem Haufen Kohle zu sein. Auch Ihr Schwiegersohn, dieser Cerchia, soll nicht gerade am Hungertuch nagen. Oder ist das bloß ein Gerücht?»

Die Peluso zischte:

«Wenn Sie nicht sofort Ihren Ton mäßigen, Sie ... setze ich Sie eigenhändig vor die Tür.»

Doch Aragona ließ sich nicht einschüchtern.

«Das scheint in der Familie zu liegen: Alle wollen mich rauswerfen, aber keiner beantwortet meine Fragen. Vielleicht liegt euch das Schicksal dieses Jungen ja doch nicht so sehr am Herzen, wie ihr alle tut.»

«Der Bursche hat gar nicht so unrecht, Carmela. Entschlossenes Auftreten, schlechte Manieren, genaue Vorstellungen: In meinem früheren Leben hätte ich Ihnen glatt einen Job angeboten, junger Mann. Nun, Dodos Vater hat Geld, das ist durchaus richtig. Aber weil es nun mal hier passiert ist, wo ich zu Hause bin und nicht er, haben sie wahrscheinlich mich ausgeguckt. Ich bin ziemlich bekannt, meine Firma hat in den letzten Jahren viel gebaut, und jeder weiß, dass ich auf soliden

Füßen stehe – im übertragenen Sinne, versteht sich. Wenn sie ihn oben im Norden entführt hätten, während Dodo bei seinem Vater war, was ziemlich häufig passiert, denn der Typ ist zwar ein Idiot, aber immerhin liebt er seinen Sohn, dann wäre es etwas anderes. Aber so werden sie sich an die Mutter halten oder direkt an mich.»

Romano verharrte einen Moment wie in Gedanken versunken. Dann sagte er:

«Sie scheinen mir nicht sehr beunruhigt, Cavaliere. Und doch dürfte die Gewissheit, dass der eigene Enkel entführt wurde und sich in den Händen von Kriminellen befindet, alles andere als angenehm sein.»

Es war weniger eine Frage als eine Feststellung. Wütend begehrte die Peluso auf:

«Wie können Sie es wagen anzuzweifeln, dass ...»

Wieder schnitt Borrelli ihr das Wort ab.

«Carmela, ich habe dir doch gesagt, du sollst den Mund halten. Du bist meine Angestellte, ich bezahle dich dafür, dass du tust, was ich dir sage. Und nicht dafür, dass du dich in meine Familienangelegenheiten einmischst.»

Die Frau zuckte zusammen, als hätte man ihr eine Ohrfeige verpasst. Ungerührt wandte der Alte sich an Romano:

«Wissen Sie, ich habe nicht mehr lange zu leben. Seit vielen Jahren bin ich jetzt krank, und dank meines Geldes und meiner Kontakte bin ich in den Genuss von Therapien und Behandlungen gekommen, die sich nur einige wenige leisten können. Nur aus diesem Grund habe ich so lange durchgehalten. Aber jetzt ist das Ende der Fahnenstange erreicht.»

Die Peluso wagte einen zaghaften Protest, doch Borrelli gab sich nicht einmal die Mühe, sie zu besänftigen.

«Carmela arbeitet für mich, seit sie ein junges Mädchen

war. Sie kann sich einfach nicht mit dem Gedanken anfreunden ... Ich weiß, dass die Entführer Dodo mit Samthandschuhen anfassen, weil ihnen bewusst ist, dass sie mein Geld nur kriegen, wenn ich davon ausgehen kann, dass es ihm gutgeht. Daher bin ich so gelassen.»

Aragona warf ein:

«Aber Sie müssen doch wissen, dass bei einer Entführung die Staatsanwaltschaft sofort sämtliche Konten sperren lässt! Was im Übrigen bereits in die Wege geleitet wurde.»

Borrelli verzog das Gesicht zu einem abfälligen Grinsen.

«Ich werde schon noch ein bisschen Geld auftreiben können, das Ihren wachsamen Blicken entgeht, Herr Oberpolizist. Enttäuschen Sie mich nicht – ich dachte, Sie wären ein ganz Schlauer.»

Romano war klar, dass sie bei dem alten Borrelli an der Stelle nicht mehr viel ausrichten konnten.

«Nun, ich denke, das wär's fürs Erste. Bitte informieren Sie uns sofort, wenn es etwas Neues gibt, Cavaliere. Und auch, wenn Ihnen noch etwas einfallen sollte, das uns weiterhelfen kann.»

«Wird gemacht.»

Romano wollte sich gerade verabschieden, als der Alte noch hinzufügte:

«Eines sollten Sie wissen: Der Abschaum, der es gewagt hat, Hand an meinen Enkel zu legen, wird nicht lange Freude an seinem Geld haben. Was ich im Übrigen bereits in die Wege geleitet habe – wie Ihr Kollege sagen würde.»

Schweigend gingen sie die Stufen hinunter und durchquerten den langen Flur. Kurz bevor sie die Haustür erreicht hatten, drehte die Peluso sich zu Romano um.

«Sie müssen ihn entschuldigen. Diese Krankheit frisst ihn auf. Die Schmerzen müssen fürchterlich sein, sagen die Ärzte, und er versucht sich dagegen zu wehren. Er mag zynisch erscheinen, aber das ist er nicht. Er hat viel durchgemacht, verstehen Sie?»

Romano nickte.

«Schon klar, Signora. Aber wir müssen nun mal unsere Arbeit tun, das verstehen Sie hoffentlich auch. Kommt der Junge oft zu ihm zu Besuch?»

«Früher war er fast jeden Tag hier. Der Cavaliere hat ihm ein eigenes Zimmer eingerichtet, aber bald hatte sich das ganze Haus in einen Spielplatz verwandelt. Die Hausangestellten und ich haben Stunden mit Aufräumen verbracht. Er hatte sogar ein Kindermädchen, das nur für ihn da war. Mit der Zeit sind seine Besuche dann seltener geworden. Trotzdem: Länger als zwei Tage sind nie vergangen, ohne dass er seinen Opa besucht hat. Die beiden haben ein sehr enges Verhältnis.»

Aragona sagte:

«Kann ich mir vorstellen. Die Bude hier ist perfekt für ein Kind. Der Junge muss echt seinen Spaß gehabt haben. Und zum Dank hat er sich vom Erstbesten, der ihm unterkam, kidnappen lassen.»

Die Peluso würdigte ihn keines Blickes.

«Sehen Sie zu, dass Sie die Entführer so schnell wie möglich finden. Denn wenn der Cavaliere sie zuerst erwischt, dann gnade ihnen Gott. Guten Abend.»

28

Plötzlich geht die Tür auf und schlägt gegen die Wellblechwand. Dodo, der sich unter der schmutzigen Wolldecke verkrochen hat, schreckt hoch. Er hat geträumt, dass er sich mit seinem Papa in einem Boot befindet und dieser zu ihm sagt: «Wo soll ich dich heute hinbringen, mein kleiner König?»

Jemand wird in den Raum gestoßen. Geblendet vom plötzlichen Aufscheinen einer Taschenlampe, kann der Junge nicht erkennen, wer es ist. Wen er aber genau erkennt, ist Feuerfresser: ein riesiger Schatten hinter dem Lichtkegel, eine donnernde Stimme.

«Du runter, aber vorsichtig. Sonst ich dich töten!»

In der Düsternis, die schlagartig eintritt, als die Tür ins Schloss fällt, sieht Dodo einen zuckenden Körper am Boden liegen. Er hört ein leises Wimmern, aber beschließt, sich nicht zu rühren und unter seiner Decke abzuwarten. Doch dann glaubt er die Stimme wiederzuerkennen, die unter Schluchzern leise, angsterfüllte Worte von sich gibt.

«Lena? Bist du das?»

Der Körper löst sich vom Boden und kriecht auf allen vieren in seine Richtung.

«Dodo, Dodo, also geht es dir gut! Es geht dir gut! Ich dachte, du … du …»

Dodo schält sich aus seiner Wolldecke und kommt näher, auch er bewegt sich auf allen vieren vorwärts.

«Psst, nicht so laut. Er hört alles, und wenn er uns sprechen hört, wird er wütend und fängt an zu brüllen. Was hat er mit dir gemacht? Weißt du, warum er uns hierhergebracht hat?»

Lena schluchzt noch immer, es dauert eine Weile, bis sie sich beruhigt hat. Sie tastet in der Dunkelheit nach Dodo, zeichnet mit den Fingern die Konturen seines Gesichts nach. Auch Dodo tastet nach ihrem Gesicht und spürt ihre Tränen unter seiner Hand. Sanft streicht er sie weg.

«Er ist böse, mein Liebling. Furchtbar böse. Ich … ich mochte ihn gerne, sehr gerne sogar. Wir haben uns auf der Straße kennengelernt, er war nett zu mir … Ich weiß nicht, warum er so geworden ist. Wir müssen vorsichtig sein, Dodo, sehr vorsichtig.»

«Lena, aber warum hat er uns hierhergebracht? Was will er von uns?»

Lena zieht die Nase hoch. Sie flüstert:

«Hör zu, Dodo: Wenn wir brav sind, wenn wir alles tun, was er von uns verlangt, dann passiert uns nichts. Er ist noch nicht lange in Italien, er will zurück nach Hause. Und wenn er kriegt, was er verlangt, das wirst du sehen, dann lässt er uns frei.»

Dodo hat Angst, große Angst, aber er hat das Gefühl, dass Lena noch viel mehr Angst hat als er. Er drückt die Batman-Figur in seiner Hosentasche: «Ein Held, du bist ein Held.»

«Dann machen wir also, was er von uns verlangt, und sind bald wieder frei. Du musst keine Angst haben, Lena: Du bist eine Frau, aber wir Männer, wir wissen, was zu tun ist.»

In der Dunkelheit spürt er unter seiner Hand, wie Lena lächelt.

«Mein Kleiner, aus dir ist wirklich ein großer Junge geworden. Ich hätte dich fast nicht wiedererkannt im Museum, aber du wirst immer mein Kleiner bleiben, so wie damals, als wir zusammen gespielt haben, im Haus von deinem Opa, weißt du noch?»

«Klar weiß ich das noch! Und ich habe dich sofort wiedererkannt, obwohl du dir die Haare gefärbt hast und blond geworden bist.»

«Er hat mich dazu gezwungen, verstehst du, Dodo? Er hat zu mir gesagt: ‹Geh den Jungen holen, wir drehen eine kleine Runde im Auto, ich spendiere euch ein Eis, und dann nehmen wir ihn einfach mit, bevor die Schwester was mitkriegt. Ich kenne da einen Ort, ganz in der Nähe …› Aber in Wirklichkeit hat er uns hierhergebracht und uns in zwei getrennten Räumen eingesperrt. Wenn du wüsstest, wie dreckig das Loch ist, in dem ich hocke … Und er macht Dinge mit mir … Das darf ich dir wirklich nicht sagen, was er mit mir macht …»

Lena fängt wieder an zu weinen, ein verzweifeltes Schluchzen. Dodo spürt, wie sein Herz sich zusammenzieht.

«Aber hat er dir gesagt, was er will? Was wir tun müssen, um wieder nach Hause zu kommen?»

Mühsam setzt die Frau sich auf. Sie flüstert:

«Geld, er will Geld, sonst nichts. Sobald er das Geld hat, lässt er uns gehen. Aber wir dürfen ihn nicht auf die Idee bringen, dass wir fliehen wollen. Abgesehen davon, ist dieser Ort hier total ab vom Schuss. Selbst wenn wir hier rauskämen, wüssten wir nicht, in welche Richtung wir gehen müssen.»

Dodo hat eine vage Erinnerung an die Fahrt im Auto: Lena, die hinter ihm saß und leise auf ihn einredete, Feuerfresser, der den Wagen steuerte. Er war langsam gefahren, die Fahrt hatte eine ganze Weile gedauert, über Straßen, die er noch nie gesehen hatte.

«Was machen wir jetzt also?»

«Wir müssen uns ruhig verhalten und tun, was er von uns verlangt: essen, trinken, all das. Und dann will er die Telefonnummer von deinem Opa haben, die private. Du kennst sie doch auswendig, oder?»

«Klar kenne ich die. Ich rufe ihn jeden Tag an. Sogar Mama, wenn sie was von ihm will, bittet mich, ihn anzurufen, dann geht er wenigstens dran. Aber warum will er mit ihm sprechen?»

«Vielleicht will er Geld von ihm. Wie geht es deinem Opa? Ich habe ihn nicht gesehen, seit er mich ... seit ich nicht mehr für ihn arbeite.»

«Er ist krank, weißt du. Aber er ist stark, er hält das aus.»

Lena streichelt ihm übers Gesicht.

«Auch du bist stark, mein Kleiner. Richtig stark. Und dein Opa wäre stolz auf dich, wenn er sehen könnte, wie mutig du bist.»

«Hör zu, Lena: Wir brauchen keine Angst zu haben. Du wirst schon sehen, sie werden uns hier rausholen, mein Papa wird uns befreien. Mein Papa lässt sich von nichts und niemandem aufhalten.»

«Dodo, niemand weiß, wo wir sind, nicht mal dein Vater. Das ist jetzt die zweite Nacht, die wir hier sind – je mehr Zeit vergeht, desto nervöser wird er. Gib mir die Telefonnummer, bitte.»

Dodo denkt nach. Szenen dieser Art hat er schon oft im Fernsehen gesehen, sogar in seinen Comics kommen sie vor: In solchen Fällen muss man auf Zeit spielen.

«Okay. Aber sag ihm, dass er es bitter bereuen wird, wenn

er uns etwas antut. Hast du verstanden, Lena? Er darf uns nichts antun, sonst wird mein Vater ihn teuer dafür bezahlen lassen.»

Kaum hat sie die Telefonnummer, kriecht Lena zur Tür und klopft leise. Feuerfresser reißt sie auf, lässt sie erneut gegen das Wellblech scheppern und brüllt:

«Und? Fertig? Hast du Telefonnummer, Frau?»

Lena nickt weinend, er packt sie am Kragen und zerrt sie hinaus.

Dodo holt die Batman-Figur aus seiner Tasche.

«Batman, Batman», murmelt er. «Hast du gesehen, auch die arme Lena ist eine Gefangene. Erinnerst du dich noch an Lena? Sie war bei uns, als ich noch nicht zur Schule ging und morgens immer bei Opa war. Sie hat mir Geschichten erzählt, hat mit mir gespielt, ist mit mir in den Park gegangen. Ja, genau, die Lena, die wir nicht mehr gesehen haben, seit ich in die Schule gehe. Opa hat ihr gekündigt, weil wir sie nicht mehr brauchten. Feuerfresser hat sie auch eingesperrt.

Er ist wirklich böse, dieser Feuerfresser. So wie Two-Face oder Joker. Oder wie Bane. Furchtbar böse. Mein Papa muss sehr stark sein, wenn er ihn besiegen will.

Aber er wird es schaffen, nicht wahr, Batman? Du weißt schließlich am besten, dass echte Helden sich von nichts und niemandem aufhalten lassen. Echte Helden sind stark und lassen sich nicht einschüchtern. Deshalb, Batman, müssen wir durchhalten. Auch wenn man nicht zum Helden geboren ist, kann man es noch werden. Es *gibt* Helden, Batman. Selbst wenn sie im echten Leben nicht von einem Haus zum anderen fliegen oder durch die Straßen rasen, das weiß ich genau.

Ich erinnere mich, wie ich mal meinen Papa gefragt habe, wo denn die Helden sind, weil ich nie einen von ihnen gesehen hatte. Und er hat geantwortet: ‹Mein Kleiner, im echten Leben sehen Helden nun mal nicht wie Helden aus. Sie müssen sich verstecken.›

Da draußen gibt es viele Helden, Batman.

Sehr viele.»

29

Helden.

Es gibt verschiedene Arten von Helden, müsst ihr wissen. Nicht nur eine.

Echte Helden sind mutig, sie irren sich nie. Sie wissen, wer ihr Feind ist, schauen ihm direkt ins Gesicht und treten ihm furchtlos entgegen. Echte Helden zaudern nie.

Denn wenn sie unsicher wären, Angst hätten, wären sie keine Helden. In einer schwarzweißen Welt wissen Helden, wo sie hingehören.

Echte Helden erkennen einander sofort.

Sie sind stark, sie können das Böse mit der Faust zermalmen und zu Staub werden lassen.

Echte Helden haben keine Angst.

Du hast Glück gehabt, Francesco Romano. Wenn man auf der Lauer liegt, das weiß jeder, ist alles eine Frage von Glück. Diesmal war gleich hinter einem Lieferwagen noch ein Parkplatz frei – sodass man das Haustor im Blick haben konnte, ohne selbst gesehen zu werden.

Wenn sie einem beibringen, wie man jemanden beschattet, kalkulieren sie das Glück nicht mit ein. Dabei ist das Glück alles. Nicht nur, wenn man auf der Lauer liegt. Auch im wahren Leben ist alles eine Frage von Glück.

Du lässt das Autofenster ein Stück herunter. Der Mai ist gefährlich, nachts sinkt die Temperatur manchmal um zehn Grad, und man fängt an zu niesen, ehe man sich versieht. Auch du, Francesco Romano, obwohl du stark, kräftig und muskulös bist, obwohl du einen ausgewachsenen Mann mit einer Hand erwürgen kannst und manchmal sogar an dich halten musst, es nicht zu tun, dich gerade noch beherrschen kannst – auch du fängst dir schnell eine Erkältung ein. Weißt du noch, wie sie dir immer den Schal um den Hals gebunden hat, bevor du aus dem Haus gegangen bist? Erinnerst du dich, wie sie sich auf Zehenspitzen gestellt hat, um dir einen Kuss auf deine rote Schniefnase zu geben? Wie sie die Pralinen ausgewickelt und dir einfach in den Mund gesteckt hat, um dann das Zettelchen mit dem dummen Spruch zu lesen und begeistert zu rufen: «Das stimmt, das stimmt wirklich!»? Im Erinnern bist du gut, Francesco Romano, du kannst dich an vieles erinnern. An alles.

Du erinnerst dich auch noch an den Brief, den sie dir auf dem Küchentisch hinterlassen hat, an jenem Abend, als du nach Hause kamst und sie nicht mehr da war. Er begann mit den Worten: «Lieber Francesco», so als hätte dir ein fremder Mensch geschrieben, jemand, mit dem man kaum etwas zu tun hat. Nicht Giorgia, deine Gio, das Mädchen, das damals an der Uni Himmel und Hölle in Bewegung gesetzt hat, um dich kennenzulernen, das am Tag eurer Hochzeit gar nicht mehr aufhören konnte, vor Glück zu weinen, das eine Stunde lang wie ein Känguru durch die Wohnung gehüpft ist, als sie dich befördert haben. «Lieber Francesco». Erstaunlich, dass sie den Brief nicht mit «Hochachtungsvoll» abgeschlossen hat.

So beendet man doch keine Beziehung, oder, Francesco Romano? Nur weil einem armen Kerl im falschen Moment, praktisch ohne es zu merken, die Hand ausgerutscht ist. Und verdammt noch mal, es war kaum mehr als ein Streicheln! Es ist nicht deine Schuld, Francesco Romano, dass sie so zart besaitet ist und von etwas mehr als einem Streicheln gleich ein blaues Auge und eine geschwollene Wange bekommt.

Und man kann auch nicht behaupten, du seiest kein anständiger Mensch, Francesco Romano. Ein ehrlicher, aufrechter Mann bist du, hast schließlich nicht von ungefähr den Beruf eines Polizisten ergriffen. Die Guten werden Polizisten – stimmt doch! Die Bösen nicht. Die Bösen sind, wie es der Name schon sagt, böse; sie stehlen, vergewaltigen, töten. Und die Guten, die Polizisten, verfolgen sie und nehmen sie fest. Sie tun nicht das, was die anderen tun.

Während du auf die nächtliche Straße starrst, die ruhig vor dir liegt, auf die Müllcontainer und die parkenden Wagen, mit weit geöffneten Augen, in deren Pupillen sich das Licht der Laternen spiegelt, denkst du, dass man einen aufrechten, ehrlichen Mann doch nicht so einfach verlassen kann, nur weil ihm ein Mal, ein einziges Mal, die Hand ausgerutscht ist. Ein Mann, selbst wenn er aufrecht und ehrlich ist, durchlebt einen schwierigen Moment, wenn er strafversetzt wird, weil ihn irgendein Scheißkrimineller verarscht hat. Was hättest du denn tun sollen, Francesco Romano: Etwa gute Miene zum bösen Spiel machen, wenn dir so ein Kleinganove frech ins Gesicht sagt: «Ich bin hier schneller wieder draußen als du, Bulle, weil ich mir nämlich einen Anwalt leisten kann, der pro Stunde mehr verdient als du in zwei Monaten»?

Und nun ist sie weg, Francesco Romano. Und du hockst hier vor dem Haus ihrer Mutter und schlägst dir die Nacht im Auto um die Ohren, weil du zu Hause kein Auge zutun kannst, in dieser für eine Person viel zu großen Wohnung mit ihren ungewohnten nächtlichen Geräuschen. Dann kannst du auch gleich im Auto sitzen bleiben, vor dem Haus deiner bekloppten Schwiegermutter, die dich genauso wenig leiden kann wie du sie. Du kannst dir genau vorstellen, welche Art Gehirnwäsche sie betreibt, du hörst sie förmlich hetzen: «Siehst du, dieser Mann ist gewalttätig, ein Verrückter. Habe ich dir nicht gleich gesagt, dass es so enden wird? Ich war immer dagegen, dass du seine Frau wirst.»

Aber so ist es nicht, Giorgia, Geliebte. Ich bin der Richtige für dich, der Einzige, so wie du für mich die Einzige bist. Wenn wir nur das Kind bekommen hätten, das du dir so sehr gewünscht hast; wenn nur das Schicksal sich ein Mal, ein einziges Mal, zu meinen Gunsten gewendet hätte, statt mir in die Quere zu kommen. Wenn wir nur ein Kind bekommen hätten, einen Sohn, mit deinem Gesicht und deiner Empfindsamkeit. Und meiner Kraft und Entschlossenheit.

Deine Gedanken, Francesco Romano, wandern zu dem entführten Kind. Giorgia hat es ja schon immer gesagt: Wer so einen Job macht, hört nie auf zu arbeiten. Dieses arme, unschuldige Kind – was nützt ihm all das Geld, die schönen Wohnungen, die Eliteschule, wenn ihn so ein blödes Arschloch einfach entführt und ihn sonst wohin bringt, ohne dass ihn irgendjemand daran gehindert hätte.

Wie gerne würde ich dir davon erzählen, meine geliebte Gio. Wie gerne würde ich mit dir sprechen, hier, in unserem Bett, nachdem wir uns verzweifelt geliebt hätten, um den Schmerz zu lindern, den ich in mir trage, der mir keine Ruhe lässt. Wie gerne würde ich dir von meinem Tag erzählen und deine sanfte Stimme tröstende Worte murmeln hören.

Ich bin stark, denkst du. Ein starker Polizist, ehrlich und engagiert.

Ein Held.

Ein Held, der ohne dich schwächer ist als ein gekidnapptes Kind. Der Junge hat jemanden, der ihn liebt, und er kann hoffen, in sein altes Leben zurückzukehren.

Aber du, Francesco Romano, du hast keine Hoffnung mehr.

Und kein Leben, in das du zurückkehren kannst.

Zum Glück steht dieser Lieferwagen da vorne. Damit niemand, der vorbeieilt, um ans Ende der Nacht zu gelangen, einen Mann in einem Auto sieht, der auf eine Haustür starrt und weint.

Helden.

Die wach sind, während alle anderen schlafen. Die in der Nacht auf uns aufpassen, falls etwas Schlimmes geschieht, das sie vielleicht verhüten können.

Die sich in eine Höhle verziehen, um nicht aufzufallen.

Oder die mitten unter uns leben, in einem Luxus-Penthouse, jederzeit bereit, ihre Walther PPK zu zücken oder in ein getuntes Auto zu springen, das zwar ganz harmlos aussieht, aber fliegen, schießen und sogar unter Wasser fahren kann.

Helden, die wissen, dass sich das Böse überall verbergen kann. Die sich schnell in einer Telefonzelle umziehen und sich im bunten Superman-Kostüm auf ihre Feinde stürzen: stark, schön und unverwundbar.

Die Nacht ist das wahre Reich der Helden.

Marco Aragona läuft ohne Hast. Er hält sich genau in der Mitte des Bürgersteigs.

Er hat den Wagen in die Garage gebracht. Auf die übliche Tour: mit quietschenden Reifen und Vollbremsung. Und mit der üblichen Reaktion: Der Parkhauswächter schreckt aus seinem Nickerchen hoch, macht erst ein böses Gesicht und blickt ihn dann mit gezwungenem Lächeln an. «Gute Nacht, Signore.» Dieses marokkanische Arschloch weiß genau, dass Marco Polizist ist. Er weiß, dass er nur einen Mucks von sich zu geben braucht und ihm der Herr Polizeioberwachtmeister die Hölle heißmachen wird.

Draufgänger, der er ist, fühlt Marco Aragona sich auf der verlassenen Straße als Herrscher über die Nacht. Diese feigen Kanalratten überall in der Stadt, die nur dann aus ihren Löchern kriechen, wenn die Dunkelheit sie beschützt: Es wäre ein Leichtes, die Stadt von ihnen zu säubern, wenn es ein paar Dutzend mehr von seiner Sorte gäbe, hundert Aragonas, eine Sonderkommission mit der Lizenz wenn nicht zum Töten, dann wenigstens zum Hartdurchgreifen. Was für ein prächtiger Kehraus – weg mit euch, ihr Tunten, Nutten, Diebe und Immigranten.

Marco glaubt, dass dieses ganze Gutmenschengeschwätz der Politiker, Pfaffen und Wohlfahrtsverbände das Land in den Ruin treibt. «Wir sollten weniger tolerant sein», lautet sein Standardspruch. «Ein bisschen mehr Zucht und Ordnung, und ihr werdet schon sehen.»

Marco Aragona hat keine Angst vor der Nacht. Und müde ist er auch nicht. Er macht einen Umweg, die Bewegung hilft ihm beim Denken. Was für ein beschissener Tag. Die Geschichte mit dem gekidnappten Jungen ist wirklich übel.

Im ersten Moment hat er gedacht, der Fall sei förderlich für seine Karriere: Eine Entführung passiert schließlich nicht jeden Tag. Dann hat ihn die Vorstellung, mit Hulk ein Team bilden zu müssen, beinah dazu gebracht, den Fall abzugeben. Mit diesem Typen zusammenzuarbeiten schien ihm so ähnlich, wie auf einem Pulverfass zu sitzen, von dem man nie weiß, wann es explodiert. Und auch die Verwandtschaft des gekidnappten Jungen hat er nicht gerade sympathisch gefunden. Immer kurz davor, sich gegenseitig an die Gurgel zu gehen, eine Szene zu machen oder die beleidigte Leberwurst zu spielen. Und dabei geht es hier um eine Entführung, nicht um eine Gesellschaftsposse. Je schneller sie das begreifen würden, umso besser wäre das für die Ermittlungen und für dieses arme Kind.

Er hat den Eingang seines derzeitigen Zuhauses erreicht. Na ja, ein Zuhause ist es nicht wirklich. Aragona wohnt im Hotel Mediterraneo, auf halbem Weg zwischen dem Präsidium, wo er ursprünglich arbeiten sollte, und dem Kommissariat von Pizzofalcone.

Bei der Arbeit hat er niemandem erzählt, dass er hier wohnt. Er weiß, was sie von ihm denken: dass er ein Günstling ist, der es nicht nötig hat, für 1200 Euro im Monat als Polizist zu arbeiten. Einer wie er hätte in der Provinzstadt, aus der er stammt und wo seine Verwandten mit all ihrem Geld die heimlichen Regenten sind, problemlos einen Job in einer Anwaltskanzlei bekommen können. Und natürlich würden sie sich erst recht das Maul zerreißen, wenn sie sein Domizil kennten, keine Junggesellenbude, sondern eines der besten Hotels der Stadt, in dem ein Zimmer mit Frühstück mehr als sein ganzes Gehalt kostet.

Aber Aragona hat seine Gründe, dort zu wohnen. Man bedient ihn, ist nett zu ihm, er speist vorzüglich und bekommt die Wäsche gemacht. Er muss nicht Geschirr spülen und hat noch dazu Satellitenfernsehen, um seine heißgeliebten amerikanischen Krimiserien gucken zu können. Und lebt nicht jeder anständige Geheimagent in einem Hotel, schlürft Dry Martini auf der Dachterrasse, die Stadt zu seinen Füßen und das Rauschen des Verkehrs wie eine sanfte Hintergrundmusik im Ohr?

In Wirklichkeit gibt es noch ein anderen Grund. Den hat er seiner Mama und seinem Papa aber nicht verraten, die sich gefreut haben, ihrem Sohnemann mit einer fetten Überweisung, die stets pünktlich zu Monatsanfang kommt, etwas Gutes tun zu können. Der Grund heißt Irina. Ein Engel, der sich als Servicekraft verkleidet hat und ihm allmorgendlich Rührei mit Speck serviert.

Noch hat er sie nicht angesprochen. Aber früher oder später, sobald sich die Gelegenheit ergibt, wird er die blauverspiegelte Sonnenbrille abnehmen und seinen erprobten Draufgängerblick auf sie richten, als hätte er sie gerade erst bemerkt. Und er wird so tun, als läse er das Namensschild, das die junge Frau auf der Uniformjacke über ihrem bemerkenswerten Busen trägt. Erst dann wird er das Wort an sie richten: «Ciao, Irina. Hast du heute nach Feierabend schon was vor?»

Zugegeben, denkt er, während er mit dem Zimmerschlüssel in der Hand auf den Aufzug zugeht, Irina ist ein typischer Einwanderername. Aber nicht alle Immigranten sind so verdammte Hurensöhne wie dieses Schwein, das den Jungen entführt hat. Man darf eben nicht alle über einen Kamm scheren.

Wir sind Helden, verdammte Scheiße, denkt Polizeioberwachtmeister Marco Aragona und probiert im Aufzugspiegel schon mal den Blick aus, mit dem er Irina beglücken will.

Helden sind keine Rassisten. Und er schon gar nicht. Wehe dem, der das Gegenteil behauptet.

Helden. Helden undercover.

Denn Helden müssen keineswegs wie Helden erscheinen.

Manchmal sehen sie aus wie ganz normale Leute, das tun

sie absichtlich, damit niemand denkt, sie hätten übermenschliche Kräfte. Vor allem die Bösen sollen nicht den leisesten Verdacht schöpfen, dass da plötzlich jemand auftauchen könnte, der sie mit dem Rücken zur Wand stellt und einsperrt.

Manchmal weiß nicht einmal ihre nächste Umgebung, wer die Helden sind.

Vielleicht merken sie es nicht, weil sie daran gewöhnt sind und es für selbstverständlich halten. Vielleicht sind die Helden nicht einmal für diejenigen, die sie von Kindesbeinen an kennen, die täglich Umgang mit ihnen haben, ja, vielleicht sind sie selbst für ihre Liebsten nicht als Helden zu erkennen.

In ihrem Alltag können Helden jede Gestalt annehmen.

Manchmal sind Helden auch Unbekannte.

Alessandra Di Nardo, genannt Alex, saß in gesitteter Haltung, wie man es ihr beigebracht hatte, vor dem Fernseher. Sie interessierte sich nicht für das Geschwafel in der Sendung, die über den Bildschirm flackerte; sie hörte nur mit einem Achtel, vielleicht sogar nur mit einem Zehntel ihrer Aufmerksamkeit hin. Sie war mit ihren eigenen Angelegenheiten beschäftigt.

Gerne hätte sie auf dieses lächerliche Ritual nach dem Abendessen verzichtet. Aber der General legte großen Wert darauf, hatte ihr die Frau Mama erklärt, und wenn der General auf etwas Wert legte, hatten sie nicht zu widersprechen.

Alex wohnte im Haus ihrer Eltern. Sie hätte lieber allein gelebt und wünschte sich aus tiefstem Herzen, in einem Apartment zu wohnen, egal wie klein und egal wo, Hauptsache, so weit weg wie möglich. Aber als sie Jahre zuvor beim Essen diesen Wunsch geäußert und damit das vom General auferlegte Schweigen während der Mahlzeit durchbrochen hatte, denn, so ihr Vater, der Mund könne nur eine Sache zur selben Zeit

machen, entweder essen oder reden, kam die Antwort wie
aus der Pistole geschossen: «Natürlich», hatte der General erwidert, «sobald du verheiratet bist.»

An dem Punkt war die Diskussion beendet gewesen, denn
Alex würde niemals heiraten.

Im Fernsehen redete der Typ, dessen Sendung ihre Eltern
immer nach dem Essen guckten, mit dieser leisen, pastoralen
Stimme, die er bei jedem Thema an den Tag legte, ob es um
Diäten, Politik oder Wirtschaft ging. An diesem Abend drehte
sich alles um ein berühmtes Verbrechen, bestimmt zum hun-
dertsten Mal. Der Tatort war Zentimeter um Zentimeter untersucht worden, der Polizeipsychologe zeichnete ein Charak-
terbild des mutmaßlichen Täters, der Staatsanwalt klärte über
die Verfahrensweisen auf, die Kriminologin beschrieb die vielen Spuren, die die stumpfsinnigen bisherigen Ermittler übersehen hatten. Mit dem Zehntel ihrer Aufmerksamkeit stellte
Alex fest, wie unnötig dieses ganze Geschwafel war, als wäre
ein Verbrechen wie das andere, als wäre es nicht vielmehr so,
dass der Plan des Bösen auf seine ganz eigene verquere Weise
in einem Verbrecherhirn generiert wird.

Sie warf einen Blick auf den General; er war eingeschlafen,
mit offenem Mund, den Kopf im Sessel zurückgelehnt. Er wird
alt, dachte sie mit der üblichen Mischung aus Zärtlichkeit und
Widerwillen, Liebe und Furcht, die sie für ihn empfand. Ihr
Gefängnis. Der Mann, dessen Meinung vernichtender war als
ein Urteilsspruch, entsprach sie doch nie ihren eigenen Vorstellungen.

Ihr Blick wanderte zur Mutter hinüber. Auch sie war einge-
nickt, die Brille war ihr den schmalen Nasenrücken hinabge-
rutscht. Alex wusste, dass ihre Eltern, sobald sie die geringste
Bewegung machen würde, und sei es nur, um zur Toilette zu

gehen, beide wie von der Tarantel gestochen hochfahren würden. «Wo willst du hin, Liebling?», würde ihre Mutter fragen, einem stummen Befehl ihres Vaters gehorchend. «Gefällt dir die Sendung etwa nicht?»

Morgen würde sie nach der Arbeit statt nach Hause zum Schießplatz gehen, nahm Alex sich vor. Sie war nur sie selbst, wenn sie ihre Ohrenschützer aufhatte und den dunklen Korridor mit dem Pappkameraden vor sich sah, auf dessen Herz sie zielen musste. Und wenn ihre Finger sich um den Griff der Dienstwaffe schlossen, die sie selbst umgerüstet hatte. Sechs Schuss hintereinander, alle ins Schwarze, und um sie herum die Kollegen, die sie verdattert anschauten: eine grazile Frau von 28 Jahren mit zarten Gesichtszügen, die aussah wie ein junges Mädchen und besser schießen konnte als sie alle zusammen.

Die Leidenschaft für Waffen war die einzige Gemeinsamkeit zwischen ihr und dem General, das Einzige, was diese so anders geartete Tochter mit ihrem Vater verband. Er hatte sie zum ersten Mal mit zum Schießen genommen, als sie zehn Jahre alt war. Die Proteste der Mutter, die sich einen weiblicheren Zeitvertreib für ihr Kind wünschte, blieben so lau wie ein Frühlingslüftchen. Und im Übrigen: War nicht sie diejenige, die dem General keinen Sohn geschenkt hatte? Was erwartete sie dann eigentlich? Dass er sich mit dem Gedanken zufriedengab, niemals einen Di-Nardo-Spross auf dem Schießplatz zu sehen? Wollte sie ihm auch noch verwehren, so ein harmloses Hobby wie das Schießen mit seiner Tochter zu teilen?

Irgendwann hatte Alex beschlossen, nach dem Internat zur Polizei zu gehen. Eine Entscheidung, die der General kommentarlos hingenommen hatte. Der Alte hatte keine Ahnung, dass sein geliebtes Töchterlein an einem Regenabend im Internat gemeinsam mit einer experimentierfreudigen Zimmergenossin ihre wahre Natur entdeckt hatte.

Alex würde niemals heiraten, denn Männer interessierten sie nicht.

Alex liebte Frauen.

Leider fehlte ihr der Mut, sie selbst zu sein, und dafür hasste sie sich. Sie hasste sich dafür, bestimmte Lokale aufsuchen zu müssen, weil sie gezwungen war, sich zu maskieren und in eine andere Haut zu schlüpfen, wenn sie das Bedürfnis verspürte, die weichen Rundungen eines fremden Körpers zu spüren, einen besonderen Duft zu riechen.

Sie rekelte sich auf ihrem Sessel, ein Schauer durchlief sie plötzlich. Die Natur. Man konnte nicht gegen die Natur ankämpfen, und sie hatte auch gar nicht die Absicht dazu. Doch gegen Konditionierungen ließ sich nur schwer ankämpfen, und der General war der Vater aller Konditionierungen. Was würdest du wohl über mich sagen, du Superpsychologe, dachte sie, wenn du mein Profil analysieren müsstest? Sie musterte den Alten mit dem weißen Haarschopf, dem grünen Pullover und dem karierten Hemd darunter. Ein braves Mädchen aus gutbürgerlichen Verhältnissen, schüchtern und introvertiert, das gut schießen kann und es heimlich mit Frauen treibt.

Unwillkürlich musste sie an die Eheleute Parascandolo denken, die beiden Bestohlenen in dem Fall, den sie mit dem Chinesen bearbeitete. Klasse Typ, der Chinese: pragmatisch, rational, genau fokussiert. Ein hervorragender Polizist und guter Kollege. Keiner von den Grabschern wie in dem Kommissariat, das sie wegen ihrer Ballerei hatte verlassen müssen. Blöde Geschichte, musste man schon sagen.

Im Kommissariat von Pizzofalcone kam sie mit allen klar: Pisanelli, Ottavia, Romano mit seinem schwierigen Charak-

ter – sie hatte mit niemandem dort ein Problem. Lauter wurm-
stichige Äpfel, so wie sie einer war, aber wenigstens schmeck-
ten sie nach etwas. Sogar Aragona mit seinem losen Maul gab
nicht vor, jemand zu sein, der er nicht war, und manchmal
konnte er sogar richtig nett sein. Alle waren sie auf ihre Art
einsam. Aber lieber einsam sein, als sich am Ende gegenseitig so zu hassen wie die beiden Bestohlenen. Morgen würden
der Chinese und sie das Fitnessstudio der Parascandolos mal
genauer unter die Lupe nehmen. Irgendetwas war komisch an
dieser Geschichte. Das hatte auch die Leiterin des Kriminal-
technischen Instituts gesagt.

Beim Gedanken an die Martone verspürte sie ein heftiges
Ziehen im Unterleib. Das Gefühl war so körperlich, dass sie
befürchtete, ein Geräusch von sich gegeben zu haben, das den
General geweckt hatte. Schon meinte sie, seinen gewohnten
misstrauischen Blick auf sich zu spüren. Sie war sich absolut
sicher, dass die Leiterin des KTI mit ihrem hübschen Hintern
unter dem weißen Kittel genauso veranlagt war wie sie. Und
dass sie sie auf irgendeine Weise, vielleicht am Geruch oder
an einem für andere nicht identifizierbaren Signal als Ihres-
gleichen erkannt hatte.

Und so absurd es auch wirken mochte, weil sie, Alex, nicht
mit ihr hatte reden können, sondern sich wie ein Volltrottel
angestellt hatte, so war sie doch sicher, ihr gefallen zu haben.
Sehr sogar.

Aber vielleicht bildete sie sich das auch nur ein. Vielleicht,
nein, bestimmt, war es ihr Schicksal, allein zu bleiben und
ihren betagten Eltern beizustehen und den Rest ihres Lebens
ihre sexuellen Bedürfnisse im Verborgenen zu stillen.

Aus einem versteckten Winkel ihres Unterbewusstseins
drang das Bild des entführten Jungen plötzlich an die Ober-

fläche. Wo hatten sie ihn wohl hingebracht? Was musste er dafür bezahlen, das Kind seiner Eltern zu sein?

Genau wie ich, dachte Alex traurig.

Wie als Reaktion auf ihre Gedanken begann das Handy in ihrem Schoß zu vibrieren. Das Leuchten des Displays erhellte die Dämmerung im Raum. Eine Nachricht von einer unbekannten Nummer.

Sie tippte ihre PIN ein und las: «Hallo, ich bin sicher, du weißt, wer ich bin. Ich wollte, dass du meine Nummer hast, falls dir mal nach Reden ist oder du Lust auf ein Bier hast. Umarmung und gute Nacht!»

Sofort schaltete sie das Handy wieder aus. Die Röte stieg ihr ins Gesicht, das Blut pulsierte in ihren Ohren. Sie fühlte sich wie ein Feuerwerkskörper.

Du hast recht, lächelte sie in die Dunkelheit, ich weiß genau, wer du bist.

So sind Helden, müsst ihr wissen.

Niemand kann sagen, wer sie in Wirklichkeit sind. Aber im richtigen Moment tauchen sie auf, und dann, im Kampf gegen das Böse, sind sie sie selbst. Sie sind da, und sie werden immer da sein.

Darauf könnt ihr euch verlassen.

30

Sie kommt herein und lässt sich in einen Sessel fallen. Die nackte Glühbirne wirft ein kaltes Licht auf den ungemütlichen Raum.

«Gib mir eine Zigarette. Das ist wirklich der härteste Teil an dem Job: schauspielern, ohne Schauspielerin zu sein.»

Er lacht auf.

«Aber du warst super. Ich habe euch von der Tür aus zugehört, eine Szene wie in einem amerikanischen Film: Ich musste mich richtig zusammennehmen, um nicht laut loszulachen.»

«Wenn schon, dann bitte Standing Ovations! Hier ist die Nummer des Alten, seine private, so müssen wir nicht den Weg über sie nehmen.»

«Aber ist es denn so wichtig, dass wir mit ihm persönlich sprechen? Manche Dinge an dieser Geschichte verstehe ich einfach nicht.»

«Musst du auch nicht. Das hat er dir doch auch gesagt, oder? Je weniger du verstehst, je weniger du weißt, desto besser. Beschränk dich darauf, die Dinge zu tun, die du zu erledigen hast.»

Er zuckt mit den Schultern.

«Hauptsache, er rückt die Kohle raus.»

«Es geht nicht nur um die Kohle, vergiss das nicht. Wir

brauchen auch die Papiere: neue Pässe und Personalausweise, für mich und für dich. Russische Reisedokumente, nichts, was mit unserer Vergangenheit zu tun hat.»

«Dass wir unsere Heimat so verleugnen müssen, tut mir schon ein bisschen weh. Du weißt nicht, was es für mich bedeutet, abends, wenn du nach Hause kommst, unsere Sprache zu sprechen, statt sich mit diesem absurden Italienisch abzuplagen. Ich habe die Sprache schon immer gehasst.»

Diesmal muss sie lachen.

«Stimmt, dein Italienisch ist wirklich fürchterlich. Und das nach wie vielen Jahren in diesem Land? Zehn?»

«Acht. Aber die habe ich nicht auf hochgeistigen Konferenzen verbracht, sondern Steine und Betoneimer geschleppt. Daheim bin ich zur Schule gegangen, so lange es ging, und ich war kein schlechter Schüler. Aber diese verdammte Sprache will einfach nicht in meinen Kopf.»

«Hauptsache, du kriegst diesen Anruf hin. Und je weniger du sagst, je weniger du improvisieren musst, umso besser.»

«Ja, das hat er mir auch erklärt. Ich habe den Zettel, auf dem steht, was ich sagen soll. Zumindest beim nächsten Anruf. Dem bei dem Alten.»

«Pass gut auf: Der Alte ist zwar krank, aber er ist schlau wie ein Fuchs. Er wird versuchen zu verhandeln, einen Deal mit dir zu machen, dich in eine Falle zu locken. Er wartet nur darauf, dass wir Geld verlangen.»

«Ich weiß, ich weiß. Ich werde die Worte ablesen, die er auf den Zettel geschrieben hat, ganz langsam, ganz ruhig. Weitere Anordnungen liegen mir noch nicht vor; er will mich danach anrufen, er rückt sie nur von Mal zu Mal raus.»

Sie prustet verächtlich.

«Er traut uns nicht. Oder besser, er traut uns nur bis zu

einem gewissen Grad. Deshalb hat er uns auch noch nicht gesagt, wo und wie wir die Übergabe machen, wo der Alte sein Geld deponieren muss, wo wir den Jungen hinbringen sollen …»

Er wirft einen Blick zur Tür.

«Der Kleine scheint nicht den Hauch eines Verdachts gegen dich zu haben. Er ist brav mit dir mitgegangen, ohne eine Szene zu machen, und auch jetzt hat er sofort wieder Vertrauen zu dir gefasst. Meinst du nicht, er könnte auf die Idee kommen, dass wir unter einer Decke stecken?»

«Er ist mit mir aufgewachsen. Ich habe mich drei Jahre lang intensiv um ihn gekümmert, während diese Schlampe von seiner Mutter einen auf High Society gemacht hat. Als er dann in die Schule kam, gab es einen Tritt in den Hintern, und es hieß: ‹Tschüs, Lena!›»

«Trotzdem, diese ganzen Vorsichtsmaßnahmen scheinen mir etwas übertrieben. Die blond gefärbten Haare zum Beispiel: Was soll das, wenn du doch sowieso eine Kapuze aufhast? Und diese Rumgurkerei mit dem Auto, alle diese Umwege auf der Fahrt hierher: Der Junge ist doch noch ein Kind, der erinnert sich eh nicht an die Strecke.»

«Man kann nie vorsichtig genug sein. Außerdem ist der Junge intelligent und ein aufmerksamer Beobachter, auch wenn er in seiner eigenen Welt der Comics und Superhelden zu leben scheint. Man sollte ihn nicht unterschätzen.»

«Wichtig ist, dass alles nach Plan läuft. Er hat gesagt, die ganze Sache dauert vier, höchstens fünf Tage. Danach kriegen wir das Geld, die Papiere und die Flugtickets. Und dann: ab nach Südamerika!»

«Und wenn sie den Jungen verhören, werden sie denken, du hättest mich irgendwo verschwinden lassen.»

Er lacht.

«Vielleicht mache ich das wirklich. Dann stecke ich das ganze Geld ein und mache mir alleine ein schönes Leben.»

Auch sie lacht.

«Mit dem winzigen Problem, dass du weder Russisch noch Spanisch kannst. Ohne mich kommst du nicht mal bis zum Flughafen.»

«Vielleicht hat er uns gerade aus dem Grund ausgewählt. Wir sind gezwungen, genau das zu tun, was er von uns verlangt.»

«Kann schon sein. Also lass uns weitermachen.»

31

Das Fitnessstudio der Parascandolos lag an einem ganz besonderen Ort. Der Eingang befand sich direkt neben einer Ampel
in einer Unterführung, und die erste sportliche Leistung bestand darin, sich einen Weg durch die vorbeifahrenden Autos
zu bahnen und anschließend über die den Bürgersteig zupar-
kenden Motorroller zu klettern. Lojacono und Alex Di Nardo
mussten noch dazu einen Pulk fotografierender Japaner vor-
beilassen, die in die eine Richtung wollten, während sich zwei
Matronen mit Kinderwagen ihren Weg in die andere Richtung
gegen den Fußgängerstrom bahnten und die unbeeindruckt
weiterschnatternden Asiaten im tiefsten Dialekt beschimpf-
ten. Wie immer verstand Lojacono kein Wort, während Alex
zumindest ein mildes Lächeln erübrigen konnte.

Seine junge Kollegin war ungewöhnlich guter Dinge, fiel
dem Inspektor auf. Zwar posaunte sie ihr Glück nicht in die
Welt hinaus, dazu war sie nicht der Typ, aber sie hatte schon
ein paarmal gelächelt, als hätte sie an etwas Schönes gedacht.
Besser so, dachte Lojacono, die Stimmung im Gemeinschaftsbüro war bedrückend genug. Seit drei Tagen war der kleine
Dodo verschwunden, und inzwischen konnten sie fast sicher
sein, dass es sich um eine Entführung handelte. Romano und
Aragona taten ihr Möglichstes, doch nicht ein Hinweis aus
dem Umfeld des Jungen hatte bisher zu einer engeren Eingren-

zung des Täterkreises geführt. Ottavia und Pisanelli hatten mit Feuereifer das Internet durchforstet und ihre Informanten befragt, doch auch dabei war nichts Interessantes herausgekommen. Der Stellvertretende Kommissar hoffte noch, über einen befreundeten Bankdirektor mehr zu erfahren, der an diesem Morgen aus dem Urlaub zurückkehren sollte, aber große Hoffnungen machte er sich nicht.

Lojacono war sich bewusst, dass die ersten Tage nach einem Verbrechen – und das galt erst recht nach einer Entführung – von äußerster Wichtigkeit waren, um den Tätern auf die Spur zu kommen. Erfolge hatte man nur am Anfang, alles danach war dem Zufall geschuldet. Und je mehr Zeit verstrich, umso geringer wurde die Wahrscheinlichkeit, dass das Opfer noch am Leben war, und umso größer die Frustration im Team.

Da sie ihren Kollegen ohnehin nicht helfen konnten, hatten Lojacono und Alex beschlossen, sich wieder ihrem Einbruchsfall zu widmen. Es konnte nicht schaden, eine kleine Runde zu drehen und das Familienleben der Parascandolos genauer unter die Lupe zu nehmen, solange sie auf die von der Martone in Aussicht gestellten Untersuchungsergebnisse des KTI warteten.

Weder die Adresse noch der Eingang ließen vermuten, wie schick und modern das Fitnessstudio tatsächlich war. Von einem großen Empfangsraum gingen zwei Flure ab, die so laut beschallt wurden, dass man gar nicht anders konnte, als sich im Rhythmus der Musik zu bewegen. Zwei schweißgebadete ältere Damen in zu knappen Trainingsoutfits versuchten die Aufmerksamkeit zweier Männer zu erringen, die sich jedoch von ihrem Krafttraining nicht abbringen ließen.

Die hübsche junge Frau hinter dem Empfangstresen begrüßte sie beflissen und fragte:

«Kann ich Ihnen vielleicht weiterhelfen?»

Als Lojacono ihr seinen Dienstausweis zeigte, verschwand der zuvorkommende Ausdruck für einen Moment von ihrem Gesicht.

«Dottor Parascandolo ist nicht da, nur die Signora. Bitte, nehmen Sie doch Platz, ich hole sie sofort.»

Um die Wartezeit zu überbrücken, nahmen Alex und Lojacono auf einem Sofa mit Blick auf die vier Fitnessjünger Platz. Die zwei Männer fachsimpelten über das neueste Gerät zur Stärkung der Rückenmuskulatur, während die Frauen ihre Stimmen immer mehr in die Höhe schraubten und die beiden schmachtend von der Seite ansahen.

«Was meinst du, Lojacono, sollten wir den beiden Knaben mal Bescheid sagen, dass ihr Typ gefragt ist? Ich glaube, sehr viel länger halte ich dieses Gekreische kaum aus.»

Bevor der Inspektor dazu kam, seiner Kollegin zu antworten, rauschte die Betreiberin des Fitnessstudios in den Raum.

Das Kleid, das Susy Parascandolo bei ihrer ersten Begegnung getragen hatte, war durch einen neongrünen Ganzkörperbody ersetzt worden. Lojacono musste an den Textmarker denken, den Marinella gern benutzte, um wichtige Passagen in ihrem Schulbuch anzustreichen. Knallbunte Schuhe mit Sohlen, die sie mindestens zwölf Zentimeter größer machten, vervollständigten den Aufzug. Alex blinzelte, als wäre sie von einem plötzlich aufscheinenden Licht geblendet worden.

Der Inspektor erhob sich.

«Guten Morgen, Signora. Entschuldigen Sie, dass wir hier so unangemeldet hereinschneien.»

Die Parascandolo wirkte merklich angespannt. Verstohlen guckte sie sich um, als erwartete sie jeden Moment Besuch.

«Aber nicht doch, Ispettore, Sie sind hier jederzeit herzlich willkommen! Haben Sie etwas rausgefunden? Gibt es Neuigkeiten?»

«Leider nichts Besonderes. Wir haben einen ersten Untersuchungsbericht von der Spurensicherung vorliegen, und wenn Sie uns dazu auch noch etwas sagen könnten ...»

«Natürlich. Aber nicht hier. Wir gehen am besten in mein Büro.»

Mit wiegenden Schritten, sodass Alex und Lojacono ihre vom Schönheitschirurgen perfektionierte Kehrseite bewundern konnten, eilte sie voraus. Das Büro, kaum mehr als eine Abstellkammer, bestand aus einem Schreibtisch und zwei Besuchersesseln. Die Parascandolo schloss sorgsam die Tür und forderte die beiden Polizisten auf, Platz zu nehmen.

Lojacono eröffnete das Gespräch.

«Tut mir leid, dass wir Sie bei der Arbeit stören müssen, Signora, aber uns interessiert, was genau die Einbrecher mitgenommen haben. Hatten Sie inzwischen Gelegenheit, sich einen Überblick zu verschaffen?»

«Was soll ich dazu sagen, Ispettore? Soweit wir das übersehen können, haben sie nur den Inhalt des Tresors mitgenommen. Und zu dem hat allein mein Mann Zugang, niemand sonst.»

Alex schaltete sich ein.

«Er ist nicht zufällig hier?»

«Nein, er kommt nur ganz selten her. Das Fitnessstudio ist für ihn nur eine Investition, ich kümmere mich hier um alles.»

«Darf ich fragen, welchem Beruf Ihr Mann nachgeht, Signora?»

Susy wandte den Blick von Lojacono ab und starrte zur Wand.

«Also, mein Mann ist … Rentner. Er verwaltet das Vermögen seiner Familie. Und er macht Geschäfte.»

«Ah – und was für Geschäfte?»

Die Frau rutschte unbehaglich auf ihrem Stuhl hin und her.

«Na, Geschäfte eben. Er geht in die Stadt, trifft Leute, redet mit ihnen: solche Geschäfte. Ich habe keine Ahnung, er spricht mit mir nicht darüber. Und außerdem, was hat das mit dem Einbruch zu tun? Sie wollen doch nicht etwa gegen meinen Mann ermitteln?»

Lojacono hob die Hände.

«Ich bitte Sie, Signora! Wir versuchen nur, ein Motiv für den Einbruch zu finden, mehr nicht. Es ist ziemlich ungewöhnlich, dass Einbrecher sich allein mit dem Inhalt eines Tresors zufriedengeben. Es gab ja weiß Gott genug Wertsachen im Haus: Silber, Schmuck, sogar eine Brieftasche mit Kreditkarten …»

Bevor die Frau etwas erwidern konnte, flog die Tür auf, und einer der Trainer kam herein.

«Hör mal, Schatz, der Generator der Sauna ist schon wieder kaputt … Oh, entschuldige, ich wusste nicht …»

Susys Reaktion war bemerkenswert: Erst sprang sie auf, dann wurde sie dunkelrot und schließlich kreidebleich im Gesicht. Ihre Hände suchten Halt an der Tischplatte, und sie verharrte in dieser Position, als könnte sie ihre Schmach nur im Stehen ertragen. Wenn man die Farbe ihres Outfits hinzunahm, dachte Alex, hatte sie innerhalb von einer Sekunde das ganze Farbspektrum eines Regenbogens gezeigt.

«Marvin, was … Verdammt, warum klopft hier nie einer an? Was ist das für eine Art? Siehst du nicht, dass ich Besuch habe? Los, verzieh dich, wir reden später über den Generator.»

Doch Lojacono war schneller. Auch er war aufgesprungen und streckte dem jungen Mann die Hand hin.

218

«Nein, nein, einen Moment, bitte. Wir haben uns für unseren Überfall zu entschuldigen, Signor ...»

Sein Satz blieb in der Schwebe hängen.

Hilflos schaute der junge Mann zu Susy und stammelte dann seinen Namen, während er Lojacono die Hand reichte. Er war höchstens 25. Sein sonnengebräunter muskulöser Körper steckte in einer kurzen Hose und einem Achselshirt, das seine rasierte Brust betonte.

Alex musste an Aragona denken, auch wenn es sonst keinerlei Anlass für einen direkten Vergleich gab. Im Gegensatz zu ihrem Kollegen schien dieser Marvin das positive Produkt einer Fitness-Kampagne zu sein: Seine Haut, unter der sich das Spiel seiner definierten Muskeln abzeichnete, war von unzähligen Tattoos überzogen, und das perfekte Oval seines Gesichts umrahmte eine blonde Wuschelmähne. Wenn ich auf Männer stehen würde, dachte Alex, wäre ich schon längst in Ohnmacht gefallen. Sein Blick allerdings war unstet und seltsam leer. Der gute Marvin wirkte nicht gerade so, als strotzte er vor Intelligenz.

Die Parascandolo hatte ihre Fassung wiedererlangt.

«Entschuldigen Sie, Ispettore, das ist einer unserer Angestellten. Er wollte nur ... Also, ich meine, das lässt sich alles auch später besprechen.»

Lojacono beruhigte sie.

«Nein, nein, Signora, das ist völlig in Ordnung. Wie gesagt, wir haben uns zu entschuldigen, schließlich sind wir ohne Anmeldung gekommen. Wie heißen Sie, junger Mann – Marvin? Ich meine, ist das Ihr richtiger Name?»

«Äh ... nein, ich heiße Mario Vincenzo Esposito, Ispettore. Zu Ihren Diensten!»

Aufmerksam betrachtete Lojacono die Tätowierungen auf

dem Unterarm des jungen Mannes. Wie viele dieser Art hatte er in all den Jahren gesehen!

«Arbeiten Sie schon lange hier?»

Die Parascandolo versuchte erneut zu intervenieren.

«Ich verstehe nicht, was diese Frage ...»

Der Inspektor schnitt ihr das Wort ab.

«Signora, wo ist das Problem? Gibt es einen Grund, warum ich nicht mit Signor Esposito sprechen sollte?»

Eilig legt die Frau den Rückwärtsgang ein und ließ sich auf ihren Stuhl sinken. Alex bemerkte einen weiteren Farbwechsel von Fuchsia zu Grau.

«Nein, nein, da gibt's kein Problem. Fragen Sie nur.»

«Danke. Also, Signor Esposito, ich heiße Lojacono, und das ist meine Kollegin Di Nardo. Wir sind vom Kommissariat Pizzofalcone. Sie haben vielleicht von dem Einbruch in der Wohnung der Signora gehört – aus dem Grund sind wir hier. Aber erzählen Sie ein wenig von sich: Seit wann arbeiten Sie schon im Fitnessstudio? Und was machen Sie genau?»

Der formale Tonfall verunsicherte Marvin, der vergeblich Susys Blick suchte.

«Ich ... ich unterrichte Pilates und helfe bei der Wartung der Geräte. Ich arbeite seit etwa einem halben Jahr hier, aber nur aushilfsweise. Ich meine ... also, ich bin hier nicht fest angestellt.»

Alex sagte.

«Mit anderen Worten: Sie arbeiten schwarz. Und wo haben Sie davor gearbeitet?»

Der junge Mann schien plötzlich sehr interessiert an der Beschaffenheit der Schreibtischoberfläche.

«Mal hier, mal da. Was sich so ergeben hat.»

Lojacono verlor die Geduld.

«Hören Sie, Esposito, es kostet uns nicht mehr als fünf Minuten, um im Kommissariat per Computer alles über Sie herauszufinden, was wir wissen wollen. Bitte, machen Sie es uns nicht so schwer.»

«Also gut, ich war im Bau. Eine Jugendsünde. Dafür habe ich bitter bezahlt. Aber es muss ja wohl möglich sein, nach einem Fehler, den man gemacht hat, wieder neu anzufangen. Oder ist man dann für den Rest seines Lebens gezeichnet? Und jedes Mal, wenn was passiert, wird man verdächtigt?»

Lojacono war keineswegs überrascht von der Heftigkeit seiner Reaktion.

«Das behauptet ja keiner, Esposito. Wir stellen hier nur ein paar Fragen, um mehr über diesen ... nun ja, diesen etwas seltsamen Einbruch rauszufinden. Das ist alles. Entschuldigen Sie, dass ich so neugierig bin: Weshalb waren Sie im Gefängnis?»

Die Frage löste ein unbehagliches Schweigen aus.

Alex musste sich auf die Lippen beißen, um eine ernste Miene zu wahren.

Der Mann hob den Blick.

«Wegen Wohnungseinbruch.»

Auf der Rückfahrt konnte Alex ihrem Gelächter endlich freien Lauf lassen. Zu komisch hatte sie die Szene gefunden, deren Zeugen sie eben geworden waren.

«Das musst du dir mal auf der Zunge zergehen lassen, Lojacono: Der Typ kommt rein und sagt ‹Schatz› zu der Alten – ausgerechnet in dem Moment, wo wir da sind! Dann muss er zugeben, dass er geradewegs aus dem Knast kommt, wo er wegen genau so einem Ding gesessen hat, wie wir es untersuchen. Das ist echt der Hammer! Nicht mal Donald Duck ist so ein Pechvogel. Unglaublich!»

Lojacono saß hochkonzentriert hinter dem Steuer. Er würde es nie lernen, in dieser Stadt Auto zu fahren: Entweder man war hier geboren oder genauso verrückt wie Aragona.

«Ja, der Arme, wirklich Pech für ihn. Aber die Tatsache, dass er vorbestraft ist, will noch nichts heißen. Sein inniges Verhältnis zu unserer Susy scheint mir viel interessanter. Das ist eine von der Sorte, die sich nicht damit abfinden kann, dass die Zeit vergeht.»

«Na, ein bisschen Frischfleisch, und gleich fühlst du dich viel jünger ... Aber bei *dem* Ehemann kann man es ihr kaum verübeln. Apropos: Wir sollten uns näher mit seinen Geschäften befassen, finde ich. Was seine Gattin zu dem Thema meinte, klang mir nicht sehr überzeugend. Je länger ich darüber nachdenke, umso mehr habe ich das Gefühl, da ist was faul an der Sache.»

Darauf bedacht, weder frontal mit einem anderen Auto zusammenzustoßen noch hinter sich einen Auffahrunfall zu verursachen, sagte Lojacono:

«Stimmt. Und es stimmt auch, dass es einiges erklären würde, wenn Susy beteiligt gewesen wäre. Zum Beispiel, dass die Alarmanlage ausgeschaltet war ...»

«... und das Silber nicht geklaut. Wahrscheinlich wusste der Einbrecher genau, was sich im Tresor befand, und ...»

«... dass das, was sich im Tresor befand, Aufschluss über die wahre Tätigkeit des Ehemannes geben würde. Mit anderen Worten: Der Kreis schließt sich. Abgesehen davon, dass eine Frau, die sich in ein solches Outfit zwängt, auf jeden Fall ein kriminelles Gemüt haben muss.»

Alex lachte.

«Bravo, Lojacono. Scheint, als wäre Aragona nicht das einzige Lästermaul von Pizzofalcone.»

32

Giorgio Pisanelli hatte inzwischen gelernt, dass ein Tumor –
jedenfalls einer, wie er ihn hatte – nicht zwangsläufig ein
lineares Wachstum aufwies. Und fand, dass er so gesehen
wirklich Glück hatte.

Erwartet hatte er, dass mit Fortschreiten der Krankheit jeder Tag schlimmer als der vorherige und besser als der nachfolgende sein würde. Stattdessen gab es Momente in seinem
Leben, in denen die Symptome komplett verschwunden
waren – wie ungebetene Gäste, die begriffen hatten, dass sie
störten. Dann wuchs in ihm eine neue Euphorie heran, wie
an diesem Frühlingstag, in dessen milder Luft sich schon der
Sommer ankündigte.

Er hatte seine Telefonate erledigt und so viel über die finanzielle Situation der Familie Borrelli herausgefunden, wie auf
offiziellem Wege möglich war. Nun wollte er einen Freund besuchen, der in leitender Funktion bei einer großen Bank arbeitete. Gewisse Dinge ließen sich einfach nicht am Telefon besprechen, außerdem bestand zwischen ihnen die Abmachung,
nicht bloß die Quelle anonym bleiben zu lassen, sondern auch
die Informationen selbst vergleichsweise vage zu halten.

Pisanelli war im Viertel äußerst beliebt. Er war ein aufrichti-
ger und zuverlässiger Mann und immer zur Stelle, wenn es zu
helfen galt: Die feine Linie, die Vertrauen und rechtswidrige

Absprache voneinander schied, war für ihn eine unumstöß-
liche Grenze. Das verschaffte ihm sowohl den Respekt der
vielen Kleinkriminellen, die das Viertel bevölkerten, als auch
einiger echter Kapitalverbrecher. Und wenn dann das organi-
sierte Verbrechen zuschlug und insbesondere wehrlose Opfer
wie alte Menschen oder Kinder traf, konnte er sicher sein, genug Unterstützer in seinem Umkreis zu finden.

Wie immer verabredeten sich Giorgio und sein Freund in
einer Bar in der Nähe der Bank. Besser, sie waren vorsichtig
und trafen sich auf neutralem Gelände. Ihr Gespräch dauerte
eine halbe Stunde, in dem viel von der Finanzkrise die Rede
war, der schwierigen Situation auf dem Handelsmarkt und
den sinkenden Immobilienpreisen. Zwischen den Zeilen erfuhr Giorgio das, was es über Dodos Familie zu wissen gab und
was kein Computer weit und breit ihm hätte verraten können.
Nun hatte der Stellvertretende Kommissar genug Stoff, den er
auf der in einer Stunde stattfindenden Sitzung den Kollegen
erzählen konnte.

Er beschloss, die Zeit bis dahin zu nutzen und nach Maria
Musella zu schauen, die er als nächstes Opfer des «Moribun-
den-Mörders» ausgemacht hatte – so hatte er den Killer getauft, dem er auf der Spur war. Um diese Uhrzeit musste die
Musella zu Hause sein, um sich ihr Mittagessen zu kochen,
wenn sie aus dem Nebel der Psychopharmaka aufgetaucht
war, die sie zum Schlafen nahm. Der Apotheker hatte ihm die
Dosierung und Wirkung des Medikaments erklärt, sodass er
die Schlaf- und Wachstunden der Frau genau überblickte. Ein
Schauer war ihm über den Rücken gelaufen, als ihm bewusst
wurde, dass nach diesem «Stundenplan» auch seine Carmen
ihre letzten Lebensmonate verbracht hatte.

Er baute sich gegenüber dem Wohnhaus auf, in dem Maria

Musella hauste. Er warf einen Blick auf seine Armbanduhr. Seine Erkundigungen wegen des verschwundenen Jungen hatten ihn fast einen ganzen Arbeitstag gekostet, sodass er keine Zeit gefunden hatte, auf einen Sprung in der Santissima Annunziata für sein geliebtes Schwätzchen mit Leonardo vorbeizugehen. Er hätte ihm gerne von seinem Richtungswechsel bei den Ermittlungen in der Selbstmördersache erzählt, von der Frau, der er nun folgte. Mit dem Mönch zu reden half ihm, seine Gedanken zu ordnen, machte ihn klarer. Und in dieser Woche würden sie, wie er ihm per SMS mitgeteilt hatte, sogar ihr Mittagessen im *Gobbo* ausfallen lassen müssen. Vielleicht war es auch besser so, überlegte er, er würde sich umso mehr an Leonardos Verblüffung ergötzen können, wenn er ihm erzählte, er habe jemanden die einsamste Frau der Welt aufsuchen sehen und die Chancen stünden gut, dass dieser Jemand der Mörder war.

Denn der Stellvertretende Kommissar war sich sicher, dass Maria Musella das nächste Opfer war und er, Giorgio Pisanelli, den Moribunden-Mörder an Ort und Stelle erwischen würde.

Dann, erst dann, würde er sich seiner Krankheit überlassen. Und auf den Moment warten, da er seine Carmen endlich wieder in die Arme schließen konnte.

Bruder Leonardo beeilte sich, auf seinen kleinen Stummelbeinen zu Maria Musellas Wohnung zu gelangen. Gemessen an seinem Zeitplan war er spät dran.

«Das ist alles nicht so einfach», hätte er gesagt, wenn er gekonnt hätte. «Man muss den richtigen Moment abpassen, dann, wenn die Zeit reif ist.»

Der Engel in spe musste müde und frei von jedem Begehren sein, nicht nur mutlos und ängstlich, das reichte nicht, denn dies konnte ein vorübergehender Zustand sein, dem ein neuerliches Erwachen der Lebensgeister, ein aufbegehrendes Festklammern am Leben folgen konnte. Dieser Mensch musste in einer solchen seelischen Verfassung sein, dass alle sagten: «Nun ist es passiert, es musste ja so kommen. Dass er nicht mehr lange aushält, war abzusehen.»

Es konnte sogar passieren – und soweit er sich erinnerte, war es mindestens schon dreimal vorgekommen –, dass der Leichnam nicht sofort gefunden wurde. In diesen Fällen beglückwünschte er sich selbst, weil er neben der Einsamkeit auch noch die Loslösung vom Rest der Gemeinschaft erkannt hatte. Der Selbstmord beendete eine Existenz, die sich schon lange aufgegeben hatte.

Einen Menschen in einer solchen Situation sich selbst zu überlassen, das war das eigentliche Verbrechen, dachte Leonardo. Zu gestatten, dass ein einsames Herz weiterschlug, dass das Fleisch Ballast war für eine Seele, die zur Wiedervereinigung mit ihrem Schöpfer bereit war.

Inzwischen kam Signora Musella nicht einmal mehr zum Gottesdienst. Die Tabletten versetzten sie in einen permanenten Dämmerzustand, und ihre wenigen wachen Momente brachten sie nur einen weiteren Schritt in Richtung Abgrund. Dennoch suchte Leonardo das Gespräch mit ihr; er wollte ergründen, ob ihr Dahinvegetieren der Medikamentensucht oder einem allgemeinen Lebensüberdruss geschuldet war. Er musste diese letzten Unsicherheiten beseitigen, um weitermachen zu können.

Davon abgesehen war er bereit. Er wusste, wie viele Tabletten nötig waren, um jemanden in den Tiefschlaf zu versetzen und dann den Tod herbeizuführen, ohne dass Krämpfe oder auch nur Schmerzen im Unterbewusstsein auftraten.

Er wusste, in welchem Zimmer es geschehen musste und zu welcher Tageszeit, um keinen Verdacht zu erregen. Er kannte die Handschrift der Frau und vermochte sie perfekt nachzumachen, sodass er einen Abschiedsbrief schreiben konnte, der keinen Zweifel an ihren Absichten ließ.

Es fehlte nur die Gewissheit, dass sie so weit war. Ein letzter Besuch, vor jenem allerletzten und entscheidenden.

Er musste sich beeilen, dass er vor dem Mittagessen bei ihr war, sonst würde er sie wieder nur in ihrem Dämmerzustand antreffen. Im Vorbeieilen grüßte er seine Schäfchen, die sich über den Anblick des kurzbeinigen Priesters amüsierten, wie er durch die Stadt flitzte, um Trost zu spenden, wo Trost gebraucht wurde.

Genau das, was Bruder Leonardo so sehr am Herzen lag.

Froh darüber, nicht gleich wieder Druck auf der Blase zu verspüren, vertrieb Giorgio sich die Wartezeit mit Grübeleien. Er hätte nicht sagen können, warum er so sicher war, dass ausgerechnet die Musella das nächste Opfer sein würde. Irgendwo hatte er gelesen, dass Intuition nichts anderes bedeutete, als innerhalb von kürzester Zeit seine gesammelten Erfahrungen zu bündeln. Das Gehirn, so die Theorie der Wissenschaftler, ging im Unterbewusstsein Verbindungen, Abzweigungen, Assoziationen und Trennungen durch und entschied sich am Ende in rasender Geschwindigkeit für die richtige von zahlreichen Möglichkeiten. Wenn das zutraf, dachte er, war seine Gewissheit eine Folge der langen Jahre an Ermittlungsarbeit, die er auf dem Buckel hatte, die logische Konsequenz aus all den falschen Schlussfolgerungen und Windmühlenkämpfen, aus denen er gelernt hatte.

«Du, Mörder, wirst noch einmal zuschlagen, und du wirst

hier zuschlagen, in diesem Haus auf der anderen Straßenseite, im zweiten Stock», sagte er sich. «Ich werde dich hineingehen sehen, die Stufen hochsteigen und an die Wohnungstür klopfen. Durch das Fenster werde ich Maria Musella sehen, die sich zur Tür schleppt. Und dann werde auch ich hinaufgehen und dir ins Gesicht blicken.»

Er fühlte, wie das Adrenalin durch seine Venen strömte und sein Körper mit seinem Geist und seiner Seele in vollkommenem Einklang stand. Schon witterte er den Vorgeschmack der erfolgreich beendeten Jagd, als er ein Vibrieren in seiner linken Hosentasche spürte. Palmas angespannte, sorgenvolle Stimme teilte ihm mit, die Besprechung sei vorverlegt worden, er solle sofort ins Kommissariat kommen.

«Auch egal», murmelte der Stellvertretende Kommissar zu dem Fenster im zweiten Stock hinauf, «dann eben beim nächsten Mal.»

Und er machte sich auf den Weg.

Im selben Moment bog, atemlos und voller Hast, Bruder Leonardo um die Ecke.

33

Lojacono hatte Marinella versprochen, sie zum Mittagessen in Letizias Trattoria einzuladen. Weil der Besuch im Fitnessstudio der Parascandolos länger gedauert hatte als geplant, hatte er schon befürchtet, sein Versprechen nicht einhalten zu können. Das wäre nicht das erste Mal gewesen, dass er auf ein Privatvergnügen verzichtete, weil ihm sein Job dazwischenfunkte. Seine Tochter zeigte sich zwar verständnisvoller als ihre Mutter, die ihm eine geplatzte Verabredung tagelang vorhalten konnte, aber genau aus dem Grund wollte er sie nicht enttäuschen. Erleichtert, dass Palma die Lagebesprechung im Fall Borrelli erst für nach der Mittagspause anberaumt hatte, war er zur Trattoria geeilt, wo Marinella vor der Tür auf ihn wartete.

Letizias Lokal war das erste gewesen, das er in dieser merkwürdigen Stadt aufgesucht hatte, und in seinen bald zwei Jahren hier hatte er noch keinen Ort entdeckt, an dem man besser essen konnte.

Er erinnerte sich noch gut an die Regennacht, in der die Einsamkeit ihn wie einen Wolf vor die Tür getrieben hatte. Es war seine schlimmste Zeit gewesen, als er im Kommissariat von San Gaetano, wohin man ihn strafversetzt hatte, nur Handlangertätigkeiten ausführen durfte. Er hatte keine Freunde in der Stadt und weder Lust auf Smalltalk, noch wollte er sich zu Hause den Kühlschrank voll laden. Das Schild von Letizias Trattoria hatte als Einziges an diesem Gewitterabend geleuchtet, und er hatte die Tür eher auf der Suche nach einem Unterstand als nach einer warmen Mahlzeit aufgestoßen.

Der Duft von Letizias göttlichem Ragù alla bolognese hatte ihn fast umgehauen. Ein riesiges Loch tat sich urplötzlich in seinem Magen auf. Er nahm an dem einzigen freien Tisch direkt an der Tür Platz – der später sein Stammtisch werden sollte – und verschlang seine Pasta auf eine Art, die er nie für möglich gehalten hätte, mit gesenktem Kopf und nassen Haaren, aus denen der Regen aufs Tischtuch tropfte. Bis er zu platzen glaubte.

Seit jenem Abend kam er drei- bis viermal pro Woche zum Essen in die Trattoria. Es hatte eine Weile gedauert, bis ihm klarwurde, dass es sich um ein Szenelokal handelte, in dem man reservieren oder sich sogar auf eine lange Warteliste setzen lassen musste. Nur dass Lojacono, ohne es zu wissen, ein «Ehrengast» war – wenn er kam, war der kleine Tisch an der Tür immer frei und wartete auf ihn.

Das lag daran, dass Letizia, die Besitzerin, Köchin und Entertainerin des Restaurants, ein Faible für ihn hatte.

Nicht, dass sie auf der Suche nach einem Mann gewesen wäre, wahrlich nicht, und sie litt auch keinen Mangel an Bewunderern. Sie war knapp über 40, also in dem Alter, da Frauen sich häufig erst ihrer eigenen Schönheit bewusst werden. Dunkelhaarig, vollbusig, mit einem ansteckenden Lachen, offen und warmherzig, ohne je aufdringlich zu sein, war sie die zweite Attraktion des Ladens, gleich nach der Küche, um die sie sich eigenhändig und mit Hingabe in den Stunden vor der offiziellen Öffnung kümmerte. Danach überließ sie die Küche den erfahrenen Händen zweier Assistenten, die die Mahlzeiten anrichteten, während sie sich um die Gäste kümmerte.

Beduselt vom Wein und dem diskreten Schaukeln ihrer üppigen Brüste, schauten die Männer ihr zu, wie sie sich geschmeidig zwischen den Tischen bewegte; die Frauen wiederum betrachteten sie nicht als Rivalin, da sie keinerlei Koketterie in ihrer Herzlichkeit ausmachen konnten. Und alle schwärmten sie von den schmackhaften Gerichten, die nach traditionellen Rezepten mit den besten Zutaten zubereitet wurden. Noch größer allerdings war die Begeisterung, wenn Letizia am späten Abend nach getaner Arbeit die Muße fand, ihre Gitarre hervorzuholen und das Lokal mit ihren musikalischen Darbietungen zu unterhalten.

Ihr Liebesleben war – oder schien zumindest – kein Thema. Man wusste, dass sie Witwe war, auch wenn sie nicht gern von ihrer Vergangenheit sprach, und dass sie keine Kinder hatte. Doch über eine Beziehung oder einen festen Freund war nichts bekannt, wenngleich es den Lästermäulern des Viertels kaum vorstellbar schien, dass eine so sinnliche Frau niemanden in ihr Bett ließ. Den zahlreichen Avancen begegnete sie mit einem Lächeln oder einer flüchtigen Zärtlichkeit, aber verabreden tat sie sich nie. So war es in den zehn Jahren gewesen, in denen ihre Trattoria immer bekannter wurde – bis zu jener Nacht, als der Regen einen gewissen Giuseppe Lojacono, Rufname Peppuccio, aus Montallegro in der Provinz Agrigent, in das Lokal getrieben hatte.

Letizia hätte nicht zu sagen vermocht, was genau in diesem Moment in ihr vorgegangen war. Es war ein geradezu physisches Gefühl gewesen, als wäre ein Damm gebrochen oder ein Gebäude eingestürzt. Jedenfalls standen seitdem die Mandelaugen, die hohen Wangenknochen und die stets zerzausten schwarzen Haare des Chinesen im Mittelpunkt ihrer Phantasien und weckten ein erotisches Begehren in ihr, das sie für immer verschwunden geglaubt hatte.

Instinktiv hatte sie sich ihm genähert, instinktiv hatte er sich ihr geöffnet. Über Monate hinweg war sie der einzige Mensch gewesen, dem Lojacono von seiner Heimat erzählt hatte, von seiner Familie, seiner Arbeit und wie angefeindet und fremd er sich in dieser Stadt fühlte, in der er unter freiem Himmel eingekerkert war. Sie hatte ihm zugehört und ihn getröstet, indem sie sein Unglück in sich aufnahm und es dort bewahrte.

Am häufigsten hatte Peppuccio, wie sie ihn nannte, seit sie ihn einmal nach dem Kosenamen seiner Mutter für ihn gefragt hatte, von seiner Tochter erzählt. In den sich erschöpfenden Worten vieler Abende hatte sie das Wesen des Mädchens erkannt, ihre Eigenschaften und Besonderheiten kennengelernt, und sie hatte sich vorgestellt, auch die Kleine wäre in ihrem Lokal anwesend. Und in dem Mitgefühl, das Letizia für ihren neuen «Bekannten» hegte, denn ihre wahren Gefühle wollte sie sich nicht eingestehen, schwang gleichermaßen Mutterliebe mit, eine Erfahrung, die sie nur aus einer Verkettung unglücklicher Zufälle heraus nie hatte machen dürfen.

Als dann einen Monat zuvor Lojacono mit einem geheimnisvollen Gesichtsausdruck in ihr Lokal gekommen war, mit den Worten, er müsse ihr jemanden vorstellen, hatte Letizias Herz wild zu klopfen begonnen, als hätte sie diesen Moment schon immer erwartet. Von Anfang an hatten Marinella und sie sich gut verstanden. Dieses junge Mädchen, halb Kind, halb Frau, das in seiner schon zu erahnenden strahlenden Schönheit dem Vater so ähnlich sah und doch ganz anders war als er, hatte Letizia auf Anhieb gefallen. Genauso wie umgekehrt, denn tief in ihrem Inneren wusste Marinella sofort, dass diese Frau, die ihr zugleich Freundin und Mutterersatz werden sollte, keine Rivalin für sie darstellte. Sosehr sich ihr Vater der Trattoriabesitzerin auch verbunden fühlte, sein Verhältnis zu Laura Piras war eindeutig anderer Prägung, wie Marinella mit dem feinen, untrüglichen Instinkt von Frauen gleich am Abend ihrer Ankunft an dem befangenen Blick zwischen ihm und der Staatsanwältin erkannt hatte.

Auf diese Weise war Marinella zur heimlichen Komplizin Letizias geworden. Zwischen einer Portion Spaghetti bolognese und einem raffinierten Dessert, die das Mädchen mit dem üblichen Appetit von Teenagern verschlang, verloren sich die beiden in langen Reden über den Inspektor, die ihn als Gesprächspartner zwar ausschlossen, aber ständig zum Thema hatten. Und das alles vor Lojaconos Augen, der seinen Spaß daran hatte, weil sie ihren Spaß hatten. Und seit Marinella gelernt hatte, sich selbständig in der Stadt zu bewegen, ging sie auch allein in die Trattoria, sofern er beruflich verhindert war.

Als der Vater und die Tochter nun das Lokal betraten, waren alle bester Stimmung: Letizia, die ihnen, wie bestellt, ihre legendären Bucatini alla carbonara auftischte; Marinella, die es kaum erwarten konnte, ihr von den jüngsten Entwicklungen in Sachen geheimnisvoller Liedchenträllerer zu erzählen; Lojacono, der sich danach sehnte, seine Sorgen um den entführten Jungen für eine halbe Stunde vergessen zu können.

Das Lokal war von Sonnenlicht erfüllt, und ausnahmsweise hatten sich nur wenige Gäste eingefunden: Um die Mittagszeit war der Andrang nicht ganz so stark. Marinella umarmte Letizia und küsste sie auf die Wangen.

«Da bist du ja, meine Schöne. Und, wie geht's? Hast du dir überlegt, ob du deinen langweiligen alten Vater verlassen und stattdessen zu mir ziehen willst? Dann machen wir beide uns abends hübsch und gehen auf Männerfang.»

Lojacono zog eine Grimasse.

«Hast du vergessen, dass wir aus Sizilien kommen? Hundert Jahre Filmgeschichte, Romane und finstere Anekdoten haben dich nichts gelehrt? Wenn ich die junge Dame mit einem Mann erwische, breche ich ihr dreimal beide Beine und lasse sie von oben bis unten eingipsen, sodass sie keinen Schritt mehr vor die Tür setzen kann.»

Marinella lachte.

«Du ahnst ja gar nicht, was man selbst als halbe Mumie alles anstellen kann. Eine Klassenkameradin von mir aus Palermo, die vom Mofa gefallen ist und einen Gips bekam, hat erzählt, dass eines Abends, als ihre Eltern unterwegs waren, ihr Freund kam und sie ...»

In gespieltem Entsetzen riss Lojacono den Mund auf und holte zu einer Ohrfeige aus, die er ins Leere gehen ließ. Alle drei brachen gleichzeitig in schallendes Gelächter aus, und für einen winzigen Moment, in dem er sich wie ein Fremder von außen betrachtete, dachte der Polizist, dass er schon lange nicht mehr so unbeschwert und glücklich gewesen war.

Der Kellner brachte drei riesige Portionen dampfender Bucatini, und just, als Lojacono mit der Gabel in seine Pasta stechen wollte, klingelte sein Handy.

Auf dem Display leuchtete der Name von Laura Piras auf.

34

«Hallo?»

«…»

«Hallo? Hallo, wer ist da am Apparat?»

«Borrelli? Edoardo Borrelli?»

«Ja, das bin ich. Bist du derjenige, der meinen Enkel hat?»

«Du still. Nur zuhören.»

«Nein, erst hörst *du* mir zu, du Arschloch! Ich bringe dich um, verstehst du? Ich bringe dich um, und zwar ganz langsam und genüsslich, du verfluchter Hurensohn. Ich …»

Schweigen.

«Hallo? Hallo?»

«Du endlich still? Wenn du weiter sprechen, ich auflegen und nicht mehr anrufen.»

«Ich … ja, ich habe verstanden. Wie geht es meinem Enkel?»

«Gut.»

«Hör zu, du Scheißkerl, wenn du ihn auch nur einmal falsch anfasst …»

Schweigen.

«Hallo?»

«Das hier letzter Anruf. Du still. Ich nicht mehr anrufen, wenn du weiter sprechen. Kapiert?»

«Ja, verstanden. Aber mein Enkel …»

«Alles gut, ich schon gesagt. Jetzt du zuhören.»

«Kann ich mit meinem Enkel sprechen?»

«Jetzt nicht. Du erst zuhören.»

«Ja, ja, ist ja schon gut.»

«Wenn du deinen Enkel lebend wiedersehen willst, ohne dass ihm ein Haar gekrümmt wird, musst du ein Lösegeld von fünf Millionen Euro bereithalten. In kleinen Scheinen. Anschließend wird dich jemand kantokt... kontaktieren und dir sagen, wo du das Geld hinbringen sollst. Die Kontaktaufnahme wird nicht teflo... telefonisch erfolgen, also nützt es dir auch nichts, wenn du die Leu... äh, Leitung überwachen lässt. Wenn irgendetwas schiefläuft, wenn wir auch nur einen einzigen Polizisten zu Gesicht bekommen, der zufällig am verabredeten Ort vorbeispaziert, wirst du deinen Enkel niemals wiedersehen. Verstanden?»

«Du verdammter Hurensohn – du bist tot! Du bist tot, hast du das begriffen? Du bist ein Toter bei lebendigem Leibe, ich werde dich finden, meine Leute werden dich ...»

«Ein Tag. Fünf Millionen. Das ist letzte Mal, du hören meine Stimme.»

«Ich werde dich finden, du Drecksack. Ich werde dich ...»

Schweigen.

35

Die Aufnahme endete mit einem starken Rauschen. Niemand sagte ein Wort. Alle starrten irgendwo ins Leere, um nicht den Blicken der Kollegen begegnen zu müssen, als würde das Grauen etwas von seinem Schrecken verlieren, wenn jeder es für sich allein verarbeitete.

Die Piras brach als Erste das Schweigen.

«Er hat seinen Text wieder abgelesen. Und sich sogar beim Ablesen verheddert.»

Aragona trommelte mit den Fingern auf dem Schreibtisch.

«Er kommt aus dem Osten. Dieser verdammte Osten: Slawisch, Russisch, weiß der Henker, was für eine Sprache er spricht. Auf jeden Fall stammt er aus Osteuropa.»

Palma lockerte seine Krawatte. Die Nachmittagssonne hatte den Raum aufgeheizt.

«Die Tatsache, dass er seinen Text abliest, lässt darauf schließen, dass der Verfasser jemand anderes ist. Die Lage ist komplizierter als zunächst angenommen.»

Ottavia, die noch immer ganz benommen auf den Bildschirm starrte, sagte:

«Fünf Millionen. Ein ordentliches Sümmchen, um es an einem Tag in kleinen Scheinen zu besorgen.»

Alex hatte den Blick zum Fenster gewandt. Ihre Worte waren kaum zu verstehen.

«Wenn er so viel verlangt, heißt das, er weiß, dass der Alte so viel aufbringen kann. Und er hat bewusst ihn gefragt und nicht etwa die Eltern. Ihm ist klar, dass er sich an Borrelli halten muss.»

Lojacono nickte bestätigend.

«Diese Typen wissen genau, dass der Cavaliere die entsprechenden Mittel besitzt. Leider macht das den Täterkreis nicht kleiner. Giorgio hat es von Anfang an gesagt: Die ganze Stadt weiß, dass Borrelli steinreich ist.»

Laura Piras schaltete sich ein.

«Ich habe dafür gesorgt, dass das gesamte Vermögen der Familie eingefroren wird. Die Banken haben sowohl die persönlichen als auch die Geschäftskonten gesperrt. Der Vater und der Großvater besitzen zusammen sechs oder sieben Unternehmen. Echte Oligarchen.»

Romano, der bis dahin geschwiegen hatte, sagte:

«Bei unserem Treffen mit dem Alten dachte ich, der sitzt zwar im Rollstuhl und mischt schon lange nicht mehr mit, aber er hält immer noch das Heft in der Hand. Wer am Telefon einen Kidnapper dermaßen zusammenstauchen kann, weiß genau, was er tut. Dieser Borrelli ist ein ganz harter Knochen.»

Palma nickte.

«Die Entführer haben nicht viel Zeit; sie müssen schnell zum Ziel gelangen, denn auf Dauer wird es schwierig, den Jungen versteckt zu halten. Das Präsidium lässt ohne viel Aufhebens, damit die Medien nichts mitkriegen, das Umland durchkämmen und hat allen Informanten Bescheid gesagt. Sie können ihn nicht weit weg gebracht haben.»

Aragona kräuselte die Nase.

«Viel Zeit haben auch wir nicht gerade. Dass die Presse noch keinen Wind von der Geschichte bekommen hat, liegt nur daran, dass die Nonnen die Entführung am liebsten totschweigen würden. Aber früher oder später wird sich schon jemand fragen, was eigentlich aus dem Jungen geworden ist.»

Gegen ihren Willen musste Laura zugeben, dass Aragona im Recht war.

«Wohl wahr. Und so ungern ich das sage: Entweder wir haben bald eine konkrete Spur, oder der Fall geht an eine Sonderkommission. Erst recht, wenn die Öffentlichkeit davon erfährt.»

Romano gelang es nicht, eine Zornesaufwallung zu unterdrücken.

«Mir scheint, wir tun, was getan werden muss, Dottoressa. Ich glaube kaum, dass die anderen über irgendwelche Zauberkräfte verfügen.»

Die Piras versuchte ihn zu besänftigen.

«Niemand behauptet das, Romano. Im Gegenteil, ich glaube, dass sowohl ihr beide als auch das gesamte Team hervorragende Arbeit leistet. Aber in Fällen wie diesem zählt jede Minute, da kann es hilfreich sein, wenn man einen größeren Stab zur Verfügung hat.»

Alle drehten sich zu Palma um, als erwarteten sie, dass er seine Truppe verteidigte. Stattdessen sagte der Kommissar mit unglücklicher Miene:

«In solchen Fällen hat die Unversehrtheit des Entführungsopfers absolute Priorität. Wie Dottoressa Piras schon sagte: Wir geben unser Bestes und werden das auch weiterhin tun. Aber wir müssen Ergebnisse vorweisen, solange die Spuren noch frisch sind. Wenn eine Soko mehr leisten kann als wir, sind wir die Letzten, die zu Lasten eines Kindes irgendwelche Konkurrenzkämpfe austragen.»

Aus dem hinteren Teil des Gemeinschaftsbüros dröhnte Pisanellis sonorer Bass:

«Das möchte ich sehen, Chef, wie die Kollegen von der Soko sich bestimmte Informationen besorgen wollen. Denn die Wege, um an solche Informationen ranzukommen, sind manchmal ziemlich karstig, wie es so schön heißt.»

Aragona ließ ein Brummeln vernehmen.

«Was zum Teufel soll das heißen – ‹karstig›?»

«‹Steinig›, mein Junge. ‹Verborgen im Unterholz.› Nur damit Sie verstehen, Dottoressa: Es handelt sich um vertrauliche Informationen, die sich als nützlich für die Ermittlungen erweisen könnten. Da wir hier nicht vor Gericht sind, würde ich meine Quellen lieber geheim halten. Ich hoffe, Sie sind damit einverstanden.»

Laura kniff die Augen zusammen, als müsste sie die Situation erst abwägen.

«Um in Ihrem Bild zu bleiben, Pisanelli: Sie bewegen sich hier auf ziemlich abschüssigem Gelände. Passen Sie gut auf, und vergessen Sie nicht, dass Sie Polizist sind. Aber in einer solchen Situation … Also, erzählen Sie uns, was Sie rausgefunden haben.»

Ein wenig umständlich ordnete der Stellvertretende Kommissar seine Papiere. Schließlich begann er:

«Nicht alle aus Dodos Umfeld sind vermögend, das ist uns bekannt. Der Vater des Kindes schon; er ist ein aufstrebender Unternehmer aus dem Norden, einer von der Sorte, die es geschafft haben. Aber bei uns in der Region ist seine Firma – abgesehen von ein paar Altmetalllagern – nicht aktiv. Das heißt, er verfügt auch über keine lokale Bankverbindung. Demnach können die Entführer gar nicht wissen, dass Cerchia vermögend ist, zumal das Kind bei der Mutter lebt. Anders sieht es bei dem alten Borrelli aus.»

Aragona nahm seine Sonnenbrille ab.

«Hört, hört! Vielleicht erfahren wir ja jetzt, dass der Alte nicht einen Cent besitzt.»

Pisanelli schüttelte den Kopf.

«Im Gegenteil, er ist noch reicher, als ich dachte. De facto hat er allerdings nicht mehr als ein Taschengeld zur Verfügung. Und das, was er aus seinen – nicht unbeträchtlichen – Mieteinnahmen bezieht. Das geht auf Zwischenkonten, die Einnahmen werden regelmäßig abgeräumt. Auf meine Frage, wohin das Geld geht, meinte meine Quelle nur, ‹außer Landes›. Der Alte schickt also alles ins Ausland. Ich fürchte daher, Dottoressa Piras, im Fall Borrelli nutzt das zeitweilige Einfrieren der Konten wenig.»

Die Staatsanwältin zeigte sich unbeeindruckt.

«Wir halten eh nicht viel von dieser Maßnahme. Fahren Sie fort, Pisanelli.»

«Möglicherweise macht die Forderung der Entführer also doch Sinn. Eine solche Summe in Italien aufzutreiben würde ziemlich lange dauern, aber wenn er das Geld außerhalb des Landes gebunkert hat, vielleicht unweit der Grenze ...»

Romano fuhr dazwischen.

«Und was nützt uns diese Erkenntnis? Zu wissen, wo die Kohle herkommt und wer sie bezahlt, bringt uns dem Kind nicht ein Stück näher. Wir reden hier über Finanzkram, während vielleicht ganz in der Nähe ...»

Pisanelli hob die Hand.

«Ruhig Blut, Kollege! Wut und Hektik bringen uns nicht weiter. Im Übrigen ist das auch nicht das Einzige, was ich auf meinem kleinen Spaziergang erfahren habe. Ich sagte euch bereits, dass nicht alle aus Dodos Familie vermögend sind ...»

Palma sagte:

«Sprich weiter.»

«Wir wissen, dass Scarano, der Verlobte von Eva Borrelli, Künstler ist. Von Hause aus ist er Architekt, aber seit ein paar Jahren malt er.»

Ottavia schaltete sich ein.

«Ja, das habe ich auch im Internet gefunden. Vor zehn Jahren etwa muss es einen regelrechten Hype um ihn gegeben haben. Er hatte eine Einzelausstellung in Rom, eine in Neapel und noch eine in Venedig, allerdings nicht auf der Biennale. Danach ist er komplett von der Bildfläche verschwunden.»

Pisanelli nickte.

«In der Tat. Er muss eine Art Nervenzusammenbruch gehabt haben, und danach ist es ihm nicht mehr gelungen, an seine früheren Erfolge anzuknüpfen. Eva hat ihn bei gemeinsamen Freunden kennengelernt und sich in ihn verliebt, als die Ehe mit dem Vater ihres Kindes schon kriselte, sie aber noch zusammen waren. Sie hat ihn erst nach der Trennung von ihrem Mann wiedergesehen, aber meiner Ansicht nach sind die beiden nach ihrer ersten Begegnung in Kontakt geblieben. Und dann hat sie ihn bei sich einziehen lassen.»

Aragona lachte höhnisch auf.

«Das heißt, er lebt auf ihre Kosten.»

«So könnte man es nennen. Nur dass Eva wiederum von dem lebt, was ihr Vater ihr gibt, nämlich von den Mieteinnahmen aus einigen Wohnungen, die sowohl auf seinen als auch auf ihren Namen laufen und aus dem Erbe von Evas Mutter stammen. Geld ist also nicht viel da, und das bisschen, was da ist, haut Scarano auf den Kopf.»

Lojacono sagte:

«Das musst du uns genauer erklären.»

«Scarano zockt. Er ist da an einen ziemlich üblen Haufen

geraten, lauter Profis. Sie treffen sich immer privat, an wechselnden Orten. Und Scarano spielt und verliert. Meine Quelle hat ein paar Schecks gesehen, die auf beängstigend hohe Summen ausgestellt sind.»

«Und wer bezahlt die Schulden?»

«Der alte Borrelli. Und das Schönste ist: Er macht das, ohne dass seine Tochter Bescheid weiß. Vielleicht hängt er doch mehr an ihr, als er zugeben möchte. Oder er will einfach nur einen Skandal vermeiden. Sie schleppt diesen Scarano überall mit hin, die ganze Hautevolee kennt ihn als den Geliebten von Eva Borrelli.»

Fasziniert hatte Romano den Ausführungen Pisanellis gelauscht.

«Interessant. Hier hätten wir also jemanden, der erstens nicht nur kein Geld hat, sondern zweitens auch noch eine Menge Kohle gebrauchen könnte.»

Pisanelli nahm sich ein weiteres eng beschriebenes Blatt von seinen Notizen vor.

«Noch interessanter ist, dass Scarano kürzlich mit der Peluso in der Bank war, Borrellis Sekretärin. Die Frau hat dem Bankdirektor in Anwesenheit des armen Manuel, der wie ein begossener Pudel neben ihr stand, einen kleinen Vortrag gehalten. Nach dem Motto, der Cavaliere würde mit diesem Scheck zum letzten Mal die Verbindlichkeiten des Herrn Künstlers übernehmen, falls diese Bezeichnung überhaupt so zutreffe, dieser müsse in Zukunft alleine klarkommen.»

Die Piras kritzelte ein paar Worte auf einen Zettel.

«Mir scheint, es zeichnet sich allmählich ein Täterprofil ab: Scarano kennt sowohl den Alltag und den Zeitplan des Jungen als auch die finanziellen Verhältnisse des Cavaliere sowie seine Geheimnummer. Und er braucht dringend Geld. Das alles dürfte reichen, um ihn genauer unter die Lupe zu nehmen, meint ihr nicht?»

Pisanelli blätterte erneut in seinen Notizen.

«Nicht so schnell, Dottoressa. Da wäre noch etwas. Nicht nur Scarano hat heimlich von Borrellis Reichtum profitiert – wenn wir es mal so nennen möchten.»

«Wer denn noch?»

«Die Peluso. Soweit ich weiß, genießt die Frau das absolute Vertrauen des Alten, vor allem seit er nicht mehr laufen kann. Er nimmt ihre Hilfe bei allen organisatorischen Dingen in Anspruch. Die Signora hat eine Art Generalvollmacht.»

«Und? Das heißt noch gar nichts.»

«Stimmt. Nur dass die Peluso vor etwa einem Jahr damit begonnen hat, die Kontoeingänge zu manipulieren. Eine ziemlich raffinierte Angelegenheit, auch der Bankdirektor hätte beinah nichts gemerkt, zumal diese Transaktionen eingebettet sind in einen größeren Zusammenhang fortlaufender Zahlungen wie Gehälter, Kontoführungsgebühren, Steuern und so weiter. Aber weil, wie schon der große Totò wusste, auch Kleinvieh Mist macht, war die Gesamtsumme irgendwann so hoch, dass der Bankdirektor die Signora zur Rechenschaft gezogen hat.»

«Und was hat sie gesagt?»

«Sie hat ihn mit einem eisigen Blick angesehen ...»

Aragona fiel ihm ins Wort.

«Ich sehe sie genau vor mir: wie die Frau Blücher aus *Frankenstein Junior*!»

Mit blitzenden Augen brachte die Piras ihn zum Schweigen.

Aragona murmelte mit gesenktem Kopf:

«Auch die Frau Staatsanwältin weiß, wie man mit Blicken töten könnte ...»

Pisanelli nahm den Faden wieder auf.

«... und sagte zu ihm: ‹Wissen Sie, Direttore, die Banken, mit denen der Cavaliere seine Geschäfte macht, die bestimme ich. Ich hoffe, wir haben uns verstanden.› An dem Punkt hat er offenbar klein beigegeben.»

Die Piras fragte:

«Hätte er sie nicht anzeigen müssen? Und wem kommt dieses Geld zugute?»

«Nein, Dottoressa, eine Anzeige hätte hier nichts gebracht. Schließlich sind die Zahlungen im Rahmen ihrer Generalvollmacht veranlasst worden. Die Peluso hat die Anweisungen selbst unterschrieben, was ihr gutes Recht ist, das heißt, daran war nicht zu rütteln. Das Geld ist auf einem Girokonto in Salerno gelandet, wo die Peluso herstammt. Ein hübsches Sümmchen übrigens, ein paar Hunderttausend Euro pro Jahr. Allerdings war nach dem Gespräch mit dem Bankdirektor Schluss damit, und auch sonst sind die Geschäfte der Bank mit dem Cavaliere eingeschlafen. Die Signora wird sich anders zu helfen gewusst haben.»

Sichtlich zufrieden über die Wirkung seiner Worte lehnte Pisanelli sich in seinem Stuhl zurück. Er hatte fürs Erste genug an Informationen geliefert.

Mit einem Räuspern versuchte Ottavia, die Aufmerksamkeit auf sich zu lenken.

«Auch ich habe ein bisschen recherchiert: Carmela Peluso, geboren in Serre in der Provinz Salerno 1951, ist seit 1973 für den alten Borrelli tätig, bei ihrer Einstellung war sie also noch ein halbes Kind. Sie hat alle Funktionen in seinem Imperium durchlaufen, von der einfachen Schreibkraft bis zu seiner persönlichen Assistentin und Generalbevollmächtigten, und das ist sie jetzt seit mindestens zehn Jahren. Die Peluso besitzt das absolute Vertrauen des Cavaliere und ist ihm in jeder Hinsicht ergeben. Nach dem Tod seiner Frau hat sie sich als eine Art Puffer zwischen ihn und seine Tochter gestellt, um ihm weiteres Leid zu ersparen. Mit Kindern hat sie es überhaupt nicht, und als der kleine Dodo vor seiner Einschulung tagsüber beim Opa war, musste dieser eine Nanny einstellen, weil die Peluso zur Kinderbetreuung nicht in der Lage war. Sie ist verschwiegen wie ein Grab, hat sich allerdings in letzter Zeit vermehrt besorgt über seinen Gesundheitszustand geäußert. Offenbar befürchtet sie, aus dem Spiel zu sein, sobald er das Zeitliche gesegnet hat. Auf Evas Dankbarkeit scheint sie jedenfalls nicht zu zählen, die sie als eine eiskalte Egoistin bezeichnet.»

Verblüfft starrten die anderen sie an. Palma ergriff als Erster das Wort.

«Das findet man alles im Internet?»

Ottavia lachte.

«Nein, natürlich nicht. Na ja, ihre persönlichen Daten und ein paar Fotos schon. Aber die Signora ist der Faszination der sozialen Netzwerke erlegen. Sie hat sich eine Facebook-Seite eingerichtet, über die sie mit alten Freundinnen aus ihrem Dorf chattet. In die Privatsphäre anderer Leute einzudringen ist keine große Kunst.»

Aragona setzte seine Sonnenbrille wieder auf.

«Also hat sich die alte Hexe hinter dem Rücken des Krüppels eine fette Abfindung gesichert – interessant. Aber was hat das mit dem Jungen zu tun? Mein Favorit ist immer noch Scarano, dieser verkannte Künstler und unverbesserliche Zocker mit seinen Spielschulden. Solche Typen wie die, mit denen er sich abgibt, ziehen dir das Fell über die Ohren, wenn du nicht blechen kannst. Und Angst war schon immer ein gutes Tatmotiv.»

Palma kratzte sich am Kopf.

«Ich weiß nicht. Genauso gut könnte man annehmen, die Peluso hätte mit einem letzten fetten Deal ein für alle Male aussorgen wollen.»

Die Piras erhob sich.

«Meinen Glückwunsch, Kollegen. Ich glaube nicht, dass irgendeine Sonderkommission so schnell zu diesen Erkenntnissen gelangt wäre. Sie haben sich noch einen Tag Zeit verdient, ich werde mit dem Polizeipräsidenten darüber sprechen. Bleiben Sie weiterhin in höchster Alarmbereitschaft und überwachen Sie vor allem die Gespräche zwischen den Entführern und dem alten Borrelli. Ich will nicht, dass auch nur ein Cent Lösegeld gezahlt wird.»

Nachdem die kleine Versammlung sich aufgelöst hatte, trat Lojacono auf Pisanelli zu.

«Giorgio, ich wollte dir mein Kompliment aussprechen: Bei einem einzigen Spaziergang inklusive Kaffeepause bekommst du mehr raus als zehn Agenten, die sich bei der Mafia einschleichen. Und glaub mir, ich habe einiges erlebt. Also, ich bin wirklich beeindruckt.»

«Alles halb so wild, Lojacono. Vergiss nicht, das hier ist mein Viertel, meine Stadt. Ich kenne die Leute aus dem näheren Umkreis wie meine eigene Familie. Bei dir zu Hause würdest du genauso viel erreichen.»

«Das glaube ich kaum. Die Leute hier vertrauen dir, und sie tun recht daran: Den Namen deines Freundes hättest du nicht mal unter Folter verraten, und weil er das weiß, redet er auch mit dir. Du bist ein echtes Ass, Kollege.»

Pisanelli gab ihm einen freundschaftlichen Klaps auf die Schulter.

«Wir sind alle Asse, Lojacono – wir, die Gauner von Pizzo-falcone. Wir sollten den Namen schützen lassen. Seit Jahren bin ich schon nicht mehr so gerne zur Arbeit gekommen, weißt du. Aber vor allem liegt mir daran, dieses arme Kind aus den Fängen seiner Entführer zu befreien.»

«Weiß Gott, das ist wirklich eine schlimme Geschichte. Dieser Wohnungseinbruch, den Di Nardo und ich verfolgen, ist lächerlich dagegen. Du hättest heute Morgen bei unserem Besuch im Fitnessstudio mal die Ehefrau des Bestohlenen sehen sollen: Wir haben sie mehr oder weniger in flagranti mit einem tätowierten Volltrottel erwischt, der außerdem bereits wegen Diebstahl im Knast gesessen hat. Wir müssen noch ein paar Details überprüfen, aber wir sind ziemlich sicher, dass dieser sogenannte Einbruch von der Ehefrau zusammen mit Hilfe ihres jugendlichen Lovers organisiert wurde.»

Pisanelli hatte ihm interessiert zugehört.

«Entschuldige, wie heißt der Bestohlene? Ihm gehört ein Fitnessstudio, sagst du?»

«Parascandolo heißt er. Seine Muckibude befindet sich genau unterhalb vom ...»

«... Corso Vittorio Emanuele, ich weiß. Tore. Tore Paras-candolo, meine ich. Einer mit einer Bulldoggenvisage und Kleinmädchenstimme, stimmt's? Und die Gattin besteht nur aus Botox und Silikon.»

«Woher weißt du das?»

«Bulldoggen-Tore ist in der ganzen Stadt berühmt. Berühmt-berüchtigt.»

«Und warum?»

«Er ist ein Wucherer, Lojacono. Ein Kredithai, ein echtes Schwein, der größte Halsabschneider von allen. Das Fitnessstudio ist reine Tarnung. Wir sind schon seit ewigen Zeiten hinter ihm her, aber er ist verdammt clever. Bisher haben wir ihm nie etwas nachweisen können.»

36

Laura Piras hatte das Kommissariat kaum verlassen, als Palma Romano und Aragona bat, ihm in sein Büro zu folgen. Eine solche Eile war für ihn eher untypisch.

Er machte die Tür hinter den beiden Polizisten zu und forderte sie auf, Platz zu nehmen.

«Und, was haltet ihr von diesen neuen Informationen? Irgendwelche Geistesblitze vielleicht?»

Romano erwiderte:

«Kann ich offen reden, Chef? Auch wenn ich keinerlei Beweise habe?»

«Klar.»

«Es ist ziemlich wahrscheinlich, dass der oder die Entführer einen Mittelsmann oder Helfershelfer haben. Jemand, der die familiäre Situation der Borrellis gut kennt und weiß, dass der Junge bei seiner Mutter und ihrem Lebensgefährten wohnt. Und der auch mitgekriegt hat, dass die beiden sich nicht wirklich um das Kind kümmern.»

Aragona mischte sich ein.

«Genauso offensichtlich ist, dass die Kidnapper Ausländer sind. Und zwar alle, nicht nur der Anrufer.»

Erstaunt wandten sich Palma und Romano zu ihm um.

«Und warum?»

«Sonst hätten sie nicht jemanden anrufen lassen, der eine

so leicht wiedererkennbare Stimme hat. Sie hätten einen Italiener genommen, dann wäre der Täterkreis für uns größer gewesen.»

Gegen seinen Willen war Romano beeindruckt.

«Das entbehrt nicht einer gewissen Logik.»

Palma stimmte ihm zu.

«Ja, das hat was für sich.»

Romano nahm den Faden wieder auf.

«Okay, weiter im Text. Ottavias und Pisanellis Recherchen haben Personen aus dem Umfeld des Jungen ausgemacht, die ein starkes Motiv für die Tat haben, auch wenn mir das eine Tatmotiv stärker zu sein scheint als das andere. Wenn es stimmt, dass Borrelli Scarano den Geldhahn zugedreht hat, dürfte der ein echtes Problem haben. Das würde auch erklären, warum er sich angeboten hat, dem Alten die Nachricht zu überbringen: Vielleicht hat er gehofft, Borrelli würde sich vor lauter Dankbarkeit ihm gegenüber großzügig erweisen.»

Aragona widersprach ihm erneut.

«Ich würde die Hexe nicht unterschätzen. Vielleicht wollte sie sich für die vielen Jahre rächen, in denen sie sich ohne ein Zeichen von Anerkennung für ihn abgerackert hat. Vergiss nicht, er hat die Peluso selbst vor uns wie ein Stück Dreck behandelt. Und mit dem Jungen hat sie es sowieso nicht so gehabt – nicht mal, als er ein Baby war, hat sie sich um ihn gekümmert. Abgesehen davon, dass sie Eva für ... was hat Ottavia noch mal gesagt? ... für eine eiskalte Egoistin hält. So gesehen scheint mir unser Fräulein Hausdrache auch eine geeignete Kandidatin zu sein.»

Romano nickte.

«Klar, ausschließen kann man das nicht. Auf jeden Fall müssen wir uns beeilen und dieser mickrigen Spur folgen.

Weiter in alle möglichen Richtungen zu ermitteln würde bedeuten, die berühmte Stecknadel im Heuhaufen zu suchen. Außerdem haben wir uns die Alltagsabläufe des Jungen bereits gründlich angesehen und wissen, dass er in letzter Zeit keine außergewöhnlichen Kontakte hatte. Sein soziales Umfeld ist begrenzt, die Überwachung in der Schule streng, und er selbst ist laut seiner Familie niemand, der schnell Vertrauen zu fremden Leuten fasst. Sie haben ihn in dem einzigen möglichen Moment geschnappt, und außerdem kannte Dodo die Person, mit der er das Museum verlassen hat.»

«Okay, so weit die Fakten. Konzentrieren wir uns auf den Mittelsmann. Ich würde Folgendes vorschlagen: Wir rufen die ganze Familie bei dem Alten zusammen, der sich ja bekanntlich nicht vom Fleck rühren kann, erklären ihnen die Lage und warten ab, wie sie reagieren. Manchmal, wenn man einen Stein in einen Tümpel wirft, kommt tatsächlich auch etwas an die Wasseroberfläche.»

Romano konnte seine Zweifel nicht verhehlen.

«Kein besonders raffinierter Schachzug, Chef. Aber leider habe ich auch keine bessere Idee.»

Aragona massierte sich die Schläfen.

«Wenn wir bloß mehr Zeit hätten! Dann könnten wir alle Beteiligten in Ruhe beobachten und so lange abwarten, bis sich jemand verrät. Aber in der jetzigen Situation wäre ich auch für das Familientreffen.»

Palma erhob sich.

«Gut, dann ist ja alles klar. Erledigt die Anrufe und ruht euch ein bisschen aus. Heute Abend sehen wir uns dann beim alten Borrelli.»

Im Innenhof des Kommissariats verlangsamte Laura Piras ihren Schritt und bat ihren Chauffeur, einen Moment zu warten. Sie wandte sich an den Wachmann im Foyer.

«Guida, tun Sie mir einen Gefallen und rufen Sie Inspektor Lojacono ans Telefon.»

Zu ihrer Überraschung sprang der Mann sofort auf und wählte eine Nummer. Gleich darauf reichte er ihr den Hörer weiter.

Die Staatsanwältin hielt sich nicht mit langer Vorrede auf.

«Ich warte unten im Auto auf dich. Beeil dich.»

Kaum eine Minute war vergangen, als Guida auch schon Lojacono die Treppe hinunterkommen sah. Er beschloss, eine Annäherung zu wagen.

«Ispettore, der Wagen der Dottoressa steht draußen im Hof auf der rechten Seite. Sie wartet dort auf Sie.»

Lojacono blieb stehen und sah ihn ausdruckslos an. Sofort erstarrte der Wachmann. Sein unsteter Blick verriet, wie unwohl er sich fühlte.

Endlich sagte der Chinese:

«Guida, wenn ich was von dir will, dann sage ich es dir. Vor allem, wenn ich deine Hilfe brauche, um mein Leben auf die Reihe zu kriegen, was ich allerdings eher ausschließe. Das würde ich dir dann sogar schriftlich geben. Aber bis es so weit ist: Kümmere dich um deinen eigenen Kram und lass mich in Ruhe, verstanden?»

«Jawohl, Herr Inspektor.»

Laura öffnete ihm von innen die Wagentür und bat ihn einzusteigen. Der Chauffeur war nirgends zu sehen.

«Ich habe ihm gesagt, er soll sich einen Kaffee holen. Einen normalen Kaffee, keinen Espresso, sonst kann er heute Nacht nicht schlafen. Als Chauffeur ist er mir lieber als Aragona, aber irgendwie sind doch alle Autofahrer in dieser Stadt verrückt.»

«Das kann man wohl sagen! Ich musste heute Morgen den Wagen nehmen und habe immer noch wackelige Knie. Also, was liegt an?»

Die Staatsanwältin schlug die Beine übereinander.

«Wieso? Muss ich, um mit dir zu reden, einen Grund haben? Wie dem auch sei, ich wollte gerne noch mal unter vier Augen mit dir über den Fall sprechen.»

«Na ja, das Problem ist, wir haben nicht viel Zeit: Der Junge befindet sich seit drei Tagen in den Händen der Entführer, auch wenn ich nicht glaube, dass sie ihm was antun wollen. Ich würde im Umfeld der Familie suchen; das, was Ottavia und Pisanelli rausgefunden haben, scheint mir brauchbar zu sein.»

Die Piras nickte.

«Ich fand es gut, dass Palma der Versuchung widerstanden hat, dir die Verantwortung für den Fall zu übertragen. Auf diese Weise ist die Motivation bei den anderen stärker. Trotzdem wäre es mir lieber gewesen, dass du dich um den Fall kümmerst. Ich würde ruhiger schlafen.»

«Keine Sorge. Romano ist ein zäher Bursche, und auch Aragona ist viel besser als sein Ruf. Er ist zwar vorlaut und hat keine Manieren, aber er ist hellwach und besitzt eine gute Intuition. Und, du hast ja gesehen, wir besprechen alles im Team. Das ist eine der Stärken dieses Kommissariats: die Gemeinschaft. Das haben wir Palma zu verdanken.»

«Ja, ich weiß. Ihr macht wirklich eine hervorragende Arbeit. Aber Arbeit ist nicht alles.»

Lojacono brach in Gelächter aus.

«Das sagst ausgerechnet du? Die du dafür berühmt bist,

nie lockerzulassen? Die Hohepriesterin des Präsidiums. Die an der Stelle, wo andere Leute ihr Herz haben, das Strafgesetzbuch sitzen hat.»

Noch lange sollte sich Lojacono später an diesen Moment erinnern. Denn statt über seine Bemerkung zu lachen, verzog die Staatsanwältin schmerzvoll das Gesicht und begann zu weinen.

«Laura, was ist denn? Verzeih mir ... Habe ich was Falsches gesagt? Es war doch nur ein Scherz, Laura ...»

Lojacono wäre am liebsten im Erdboden versunken. Ihm schnürte sich der Magen zusammen bei der Vorstellung, dass er Laura Piras zum Weinen gebracht hatte.

Lautlos rannen ihr die Tränen über die Wangen. Schließlich sagte sie leise:

«So reden sie über mich? Na ja, ich kann es mir vorstellen. Und es stimmt auch noch. Oder hat zumindest gestimmt. Und du würdest nicht glauben, wie sehr. Du hast keine Ahnung, Ispettore, wie leicht man sein eigenes Leben wegwerfen kann.»

«Laura, ich ...»

«Und wenn dir eines Tages bewusst wird, dass du dein Leben weggeworfen hast, dann hast du nichts mehr in der Hand. Wirklich gar nichts mehr.»

«Hör zu, Laura, niemand weiß besser als ich, wie leicht man sein Leben wegwerfen kann. Aber vielleicht kommt es ja zurück und bietet dir neue Möglichkeiten. Ich ... Laura, bitte, hör auf zu weinen! Ich kann nicht mit einer Frau reden, die weint. Das kann ich einfach nicht.»

Die Piras zog ihre Sonnenbrille aus der Handtasche und setzte sie auf. Mit dem Handrücken wischte sie die Tränen von ihren Wangen.

Lojacono fand, sie sah wie ein kleines Mädchen aus.

«Pass auf, Lojacono: Ich habe keine Zeit zu verschenken. Das war einmal. Weder bin ich in der Lage, mit einem Mann, der mir gefällt, irgendwelche Spielchen zu spielen, noch gelingt es mir, die Hände in den Schoß zu legen und zu warten. Das Einzige, was ich zustande bringe, ist, den Typen eine kalte Dusche zu verpassen, die nur deswegen mit mir anbändeln, um hinterher behaupten zu können, sie hätten mal wieder eine flachgelegt. Ich ...»

Lojacono fiel ihr ins Wort.

«Moment mal, du glaubst doch nicht etwa, ich stehe nicht auf dich? Also, seit ich dich zum ersten Mal gesehen habe ... Verdammt, Laura, auch ich bin zu alt für bestimmte Dinge! Aber ich will mich nicht ausgerechnet hier erklären, in einem Polizeiauto direkt vor dem Kommissariat, während diese Wahnsinnigen um uns herum Formel 1 spielen.»

Unbeweglich schaute die Piras ihn an. Er konnte ihre Augen hinter den dunklen Gläsern nicht erkennen, aber er sah, dass ihre Tränen versiegt waren.

Die Arme fest über der Brust verschränkt, sagte die Frau mit leiser, harter Stimme:

«Sei vorsichtig, Lojacono, verdammt vorsichtig! Denn wenn du versuchen solltest, mir das Herz zu brechen, werde ich dir als gute Sardin mit einer Pattada die Kehle durchschneiden. Ich warne dich.»

«Und ich bin Sizilianer, Dottoressa. Von daher weiß ich ziemlich genau, wie man mit einer Lupara umgeht. Aber eigentlich glaube ich nicht, dass ich dich erschießen möchte ...»

Er drückte ihr einen schnellen Kuss auf die Lippen und stieg aus dem Auto. Beschwingt und voller Leben eilte er die Stufen zum Kommissariat hinauf.

37

Dodo sitzt auf einem Töpfchen. Einem für Kleinkinder, aus Kunststoff und mit einem Griff an der Seite. Es ist ein Töpfchen für Mädchen, wie man an dem Hello-Kitty-Aufkleber erkennen kann.

Am Anfang hat er noch einhalten können, über mehrere Stunden hinweg. Als dann mit der Morgendämmerung Licht durch die Ritzen im Wellblech gedrungen ist, hat er in eine Ecke des Raums gepinkelt. Einen Haufen hat er erst gemacht, als es wirklich nicht mehr anders ging. Ins Töpfchen. Der Aufkleber darauf sieht hübsch aus, auch wenn er Hello Kitty eigentlich nie leiden konnte.

Feuerfresser hat ihm auch eine Rolle Klopapier gegeben. Aus Angst, dass er ihm nicht noch mehr geben wird, hat er nur ganz wenig verbraucht. Einmal hat er einen Film im Fernsehen gesehen über einen Jungen in Gefangenschaft, der kein Klopapier hatte. Eine schreckliche Geschichte. Einen Haufen kann man notfalls auch auf den Boden machen, aber wie soll man sich den Po abputzen, wenn es kein Klopapier gibt?

Die Zeit vergeht langsam. Dodo versucht zu schlafen, aber in der Nacht ist ihm selbst mit Decke kalt, und er wacht immer wieder auf, mit klappernden Zähnen. Er hat Halsschmerzen, doch er wollte Lena nicht beunruhigen, deshalb hat er nichts gesagt. Die arme Lena. Dodo hat gehört, wie Feuerfresser sie in seiner Sprache angeschrien hat. Und Lena hat Feuerfresser geantwortet; vielleicht kommen sie ja aus demselben Land. Aber er erinnert sich auch, dass sie viele

Sprachen konnte. Sie hat ihm erzählt, in der Schule mussten sie Russisch lernen. Und Deutsch hat sie in Hamburg gelernt, wo sie ein Jahr zum Arbeiten war.

Schwester Beatrice hat ihnen erklärt, dass heutzutage viele Frauen unter Gewalt leiden. Bastiani, einer aus seiner Klasse, der sitzengeblieben ist und demnach ein Jahr älter ist als alle anderen, hat mit seinem typischen fiesen Grinsen erzählt, dass manche Männer Frauen dazu zwingen, Sex mit ihnen zu haben.

Er hat keine genaue Vorstellung davon, was Sex eigentlich ist, aber es scheint ihm eine ziemlich brutale Angelegenheit zu sein. Er fürchtet, dass Feuerfresser mit Lena Sex hat, und damit sie nicht noch mehr Sorgen haben muss, wollte er ihr das mit den Halsschmerzen, dem Töpfchen und den kalten Teigtaschen lieber nicht erzählen. An die hat er sich außerdem schon fast gewöhnt.

Wenn sein Vater ihn hier rausholt, als Anführer einer bewaffneten Spezialeinheit, wird er ehrlich sein und ihm sagen müssen, dass Feuerfresser ihm eine Decke, Essen, Wasser und sogar eine Coca-Cola gegeben hat. Und das Hello-Kitty-Töpfchen. Im Grunde kann er so übel nicht sein, wenn er ihm all das gegeben hat.

Er ist müde jetzt. Ihm ist heiß, aber er zittert vor Kälte. Er zieht die Decke bis hoch zu seinem Kinn und stellt sich vor, dass er Feuerfresser im letzten Moment rettet, als ein Polizist ihm in den Kopf schießen will.

Vielleicht hat Feuerfresser ja Kinder daheim in seinem Land, überlegt Dodo, als er schon halb weggenickt ist, in seinen fiebrigen Schlaf. Und vielleicht braucht er das Geld, das er von Großvater haben will, um seinen Kindern Essen zu kaufen.

Der arme Großvater, denkt er, so alt und krank. Vielleicht vertragen Papa und Großvater sich ja wieder, weil ich entführt worden bin.

Großvater und Papa, das sind seine Helden.

Und Dodo schläft ein, mit brennendem Hals.

38

Der Pfleger des alten Borrelli führte Palma, Romano und Aragona durch den dunklen Flur die Treppe hinauf. Aber so dunkel es auch war, die ganze Wohnung knisterte vor Elektrizität.

Die Familie war im Salon versammelt. In der Mitte der Patriarch im Rollstuhl, blass und mit ausdrucksloser Miene. Neben ihm stand die Peluso, kerzengerade und mit dem starren Blick einer Wachsfigur. Eva hatte auf dem Sofa Platz genommen, ihr Gesicht war gezeichnet von Erschöpfung und Leid, ihre Finger umklammerten ein tränendurchweichtes Taschentuch. Scarano, den Blick auf die im Schoß gefalteten Hände gesenkt, saß neben ihr. Vor der gläsernen Frontwand, gänzlich unbeeindruckt von dem nächtlichen Panorama, tigerte Alberto Cerchia auf und ab.

Ganz offensichtlich hatten die Polizisten mit ihrem Eintreffen eine heftige Diskussion unterbrochen, zu unnatürlich war die Stille, wie nach einer tödlichen Schlacht.

Palma sagte:

«Wir wollten Sie gerne alle zusammen treffen, um Sie über den aktuellen Stand der Ermittlungen und die Maßnahmen zu unterrichten, die von der Staatsanwaltschaft ergriffen worden sind.»

Mit zitternder Stimme fragte Eva:

«Commissario, haben Sie irgendwelche Neuigkeiten? Wer

hat mein Kind entführt? Jetzt sind schon drei Tage um ... Ich halte das nicht mehr aus ...»

Scarano legte ihr den Arm um die Schultern. Sofort fauchte Cerchia los:

«Was für Neuigkeiten sollen sie schon haben? In dieser Chaosstadt kriegen sie ja noch nicht mal die eigenen Leute an die Kandare – wie sollen sie dann meinen Sohn finden? Unsere Konten sperren, das könnt ihr! Mein Kompagnon aus Bergamo hat mich angerufen: Es gehen keine Zahlungen mehr raus. Rechtschaffenen Bürgern Schwierigkeiten machen, dazu seid ihr in der Lage! Statt euch um ...»

Palma unterbrach ihn mit schneidender Stimme.

«Dottor Cerchia, ich möchte Sie bitten, sachlich zu bleiben. Ich kann mir vorstellen, wie Sie, wie alle hier im Raum sich fühlen müssen, aber bestimmte Maßnahmen werden uns schlicht und einfach vom Gesetz abverlangt. Genau über diese Sache mit der Kontensperrung wollte ich mit Ihnen reden und Ihnen sagen, dass Sie in berechtigten Fällen die Sperrung temporär aufheben lassen können, um über Ihre Bank notwendige Zahlungen zu leisten. Im Übrigen werden alle Ihre Telefone überwacht, auch die mobilen, und die Gespräche aufgezeichnet ...»

Cerchia explodierte erneut.

«Was soll das denn heißen? Als wären wir die Verbrecher! Was sind Sie bloß für ein unfähiger Haufen!»

Romano warf ihm einen schrägen Blick zu.

«An Ihrer Stelle würde ich mich lieber zusammenreißen, Cerchia. Wer so zu einem Polizisten spricht, muss mit einer Anzeige rechnen.»

Mit wutverzerrtem Gesicht schluckte der Mann seine Entgegnung hinunter. Auch er war erschöpft und mitgenommen, wie sein Dreitagebart und der zerknitterte Anzug deutlich zeigten. Dodos Eltern waren wieder miteinander vereint, jedoch nur im Unglück.

Mit leiser Stimme ergriff der alte Borrelli das Wort.

«Commissario, das ist uns alles bewusst. Aber wenn Sie nur gekommen sind, um uns über die Auflagen zu informieren, die im Übrigen abzusehen waren, hätten Sie sich Ihren Ausflug hierher sparen können.»

«Sie haben vollkommen recht, Cavaliere. Tatsächlich sind wir gekommen, um die nächsten Schritte mit Ihnen zu besprechen. Es gibt eine Lösegeldforderung, und der Entführer hat klar formuliert, dass die Modalitäten per Telefon kommuniziert werden. Wir müssen sicher davon ausgehen können, dass Sie uns sofort informieren, wenn die Instruktionen eintreffen.»

Cerchia brach in höhnisches Gelächter aus.

Scarano meldete sich zu Wort.

«Verzeihen Sie, Commissario, aber wie sollen wir das Lösegeld bezahlen, wenn Sie unser Vermögen eingefroren haben?»

Borrellis Stimme triefte vor Sarkasmus, als er sagte:

«Welches Vermögen von dir sollten sie denn einfrieren, Dummkopf? Der Einzige, der dein Vermögen eingefroren hat, bin ich. Also halt den Mund und misch dich hier nicht ein.»

Für einen Moment schien Eva Borrelli aus ihrer Lethargie zu erwachen.

«Kannst du nicht mal in einem Moment wie diesem so etwas wie menschliche Züge zeigen, Vater? Ist das zu viel verlangt? Wir haben uns gegenseitig doch schon genug Vorwürfe gemacht ...»

«Auch du solltest lieber den Mund halten, Eva. Es ist deine

Schuld, dass wir uns in dieser Situation befinden. Wenn du nicht solche merkwürdigen Entscheidungen, solche ...»

Cerchia fiel ihm ins Wort.

«Ach, und du bist die Unschuld in Person, was? Entweder die Dinge laufen nach deinem Willen, oder es kümmert dich einen Dreck. Das war schon immer so: Wer nicht nach deiner Pfeife tanzt, dem zeigst du die kalte Schulter und lässt ihn in die Scheiße reiten. So wie deine Tochter, die mich verlassen hat, um sich mit diesem Nichtsnutz zusammenzutun.»

Die Peluso sprang auf.

«Und Sie, was haben Sie gemacht? Sie sind einfach in den Norden zurückgegangen. Sie zahlen zwar brav Ihren Unterhalt und kommen alle zwei Wochen auf Stippvisite, aber davon abgesehen haben Sie Ihren Sohn genauso im Stich gelassen. An Ihrer Stelle würde ich den Mund mal lieber nicht so voll nehmen.»

«*Sie* halten sich da raus! Ich frage mich sowieso, was eine einfache Angestellte wie Sie in einem solchen Moment bei der Familie zu suchen hat.»

Borrelli fuhr ihm in die Parade.

«Wer in meinem Haus den Mund aufmacht, bestimme immer noch ich, Alberto. Abgesehen davon hat dieser Dreckskerl von Entführer bei mir das Lösegeld eingefordert – und nicht bei dir. Also bestimme ich, was wir tun oder lassen.»

Scarano sagte:

«Richtig, das Einzige, was jetzt zählt, ist Dodos Befreiung. Der arme Junge befindet sich irgendwo in akuter Gefahr, und wir haben nichts Besseres zu tun, als uns gegenseitig mit Dreck zu bewerfen ...»

Cerchia brüllte:

«Das ist mein Sohn, du Arschloch! Mein Sohn, nicht deiner! Mein Sohn, mein Dodo, der sich in den Händen von ein paar Scheißzigeunern befindet, in dieser Scheißstadt, an welchem Scheißort auch immer ...»

Eva brach in Tränen aus und hielt sich die Ohren zu.

«Hört auf, hört auf! Ich halte das nicht mehr aus, wenn ihr hier so rumbrüllt!»

Mit ruhiger Stimme, als hätte Cerchia ihn nicht soeben angegriffen, fuhr Scarano fort:

«Commissario, Sie sehen, wir sind alle mit den Nerven am Ende. Es versteht sich von selbst, dass wir nicht in der Lage sind, eine gemeinsame Strategie zu entwickeln. Vielleicht sollten wir uns erst mal anhören, was Sie vorschlagen.»

Borrelli pflichtete ihm bei.

«Ja, hören wir uns erst mal an, was der Kommissar uns vorzuschlagen hat.»

Palma ergriff das Wort.

«Wie ich schon sagte, ist es äußerst wichtig, dass Sie uns sofort informieren, wenn die Entführer Sie auf einem Weg kontaktieren, den wir nicht kontrollieren können.»

Die Peluso fragte:

«Auch wenn es per E-Mail geschieht oder ...»

Aragona erwiderte trocken:

«Auch wenn Sie es auf Facebook posten.»

Die Frau errötete und blickte unauffällig zu ihrem Arbeitgeber hinüber, der nichts bemerkt zu haben schien.

Palma fuhr fort:

«Die Telefonleitungen werden, wie ich schon sagte, alle überwacht, das heißt, jedes ein- oder ausgehende Telefonat wird aufgezeichnet. Wenn die Entführer Ihnen eine Telefonnummer nennen, die Sie anrufen sollen, werden wir davon erfahren. Ich sage das so deutlich, damit Sie nicht in Versuchung kommen, eigene Vereinbarungen zu treffen. Das Gleiche betrifft jede Form der Kommunikation per Internet.»

Die Peluso protestierte.

«Das heißt, Sie stecken Ihre Nase auch in Angelegenheiten, die Sie nichts angehen, Geschäftliches und persönliche Dinge. Und das nennt sich ein freies Land ...»

Aragona brachte sie zum Schweigen.

«So frei, dass hier gewisse Leute ein Kind entführen können oder denjenigen, die es finden wollen, die Arbeit erschweren. Wenn Sie mich fragen, ist dieses Land *zu frei*.»

Eva sagte:

«Und wenn ... wenn diese Leute uns ... was weiß ich ... einen Brief, eine Nachricht zukommen ...»

«Genau aus dem Grund sind wir hier, Signora. Wir müssen sicher sein, dass Sie uns in dem Fall sofort kontaktieren. Nur dann können wir sie dingfest machen und Dodo finden.»

Der alte Borrelli kniff die Augen zusammen.

«Und wenn sie es mitkriegen? Wenn sie sich verfolgt fühlen und dem Kind etwas antun? Wir riskieren, das Lösegeld zu zahlen und den Jungen trotzdem ...»

Cerchia sprang auf und brüllte:

«Das Lösegeld zahle ich dir bis auf den letzten Cent zurück, da kannst du sicher sein! Sobald ich wieder über meine Konten verfüge, zahle ich dir alles zurück. Dummerweise habe *ich* mein Vermögen nicht ins Ausland geschafft, weil ich so ein Idiot bin, der seine Steuern in Italien zahlt. Und zum Dank frieren sie einem alles ein.»

Mit seiner heiseren Stimme zischte Borrelli:

«Erzähl doch keinen Mist! Niemand bezahlt hier irgendetwas, und falls wir es doch tun sollten – was übrigens keine Straftat wäre –, wird uns schon jemand Geld leihen.»

Romano schaltete sich ein.

«Cavaliere, Sie bringen Ihren Enkel in höchste Gefahr, wenn Sie das Lösegeld bezahlen. Haben die Entführer das Geld erst einmal in der Hand, könnten sie das Kind loswerden wollen und ...»

Eva stöhnte auf, als hätte jemand mit einem Messer auf sie eingestochen. Cerchia trat auf sie zu und legte ihr die Hand auf die Schulter, was ihm einen bitterbösen Blick von Scarano einbrachte.

Mit zusammengebissenen Zähnen sagte Dodos Vater:

«Untersteh dich! Untersteh dich, auch nur daran zu denken, verflucht noch mal! Ich persönlich werde meinen Sohn suchen, ich persönlich werde ihn aus den Klauen der Entführer befreien, sobald ich das Versteck kenne. Ich werde nicht zulassen, dass ihm irgendjemand auf der Welt etwas antut, niemals werde ich das zulassen.»

Mit genauso harter Stimme stieß Romano hervor:

«Auch wir haben die Absicht, Ihren Sohn zu befreien, Cerchia. Und wir sind hier die Profis, nicht Sie. Denken Sie daran! Sie alle in diesem Raum.»

Palma sprang seinem Kollegen bei.

«Genauso ist es, Signori. Halten Sie sich an unsere Anweisungen und informieren Sie uns sofort, wenn es Neuigkeiten gibt. Auf Wiedersehen.»

Aragona rappelte sich von dem Sofa auf, in das er sich hineingefläzt hatte.

«Wir werden Ihr reizendes Familientreffen jetzt nicht weiter stören. In der Hoffnung, dass Sie sich bis zum nächsten Mal nicht alle gegenseitig abgeschlachtet haben, so nett, wie Sie hier miteinander umgehen ...»

Vor dem Streifenwagen unten auf der Straße blieben die Polizisten für einen Moment stehen. Sie hatten alle drei das Bedürfnis, einmal tief Luft zu holen.

«Mein Gott, was für ein schrecklicher Ort. Die Luft war ja zum Schneiden dick. Hoffen wir, dass sie keine Dummheiten machen.»

Romano war zutiefst erschüttert.

«Es ist mir unbegreiflich, wie Leute, die sich mal geliebt haben, einen solchen Groll gegeneinander hegen können. Jeder ist so damit beschäftigt, seine Ressentiments gegen den Rest der Familie zu pflegen, dass er überhaupt nicht mehr an das Wohl des Kindes denkt. Der Vater, Cerchia, tut mir fast leid: Er scheint wirklich verzweifelt zu sein. Er hat einen dermaßenen Hass auf den Alten wie auf diesen Scarano, dass ich nicht wissen will, wozu der alles in der Lage ist.»

Aragona hatte die Hände in den Hosentaschen vergraben und schaukelte auf den Absätzen seiner Cowboystiefel hin und her.

«Mir scheinen sie alle ziemliche Idioten. Der Einzige, der was auf dem Kasten hat, ist der Cavaliere. Der Alte zahlt das Lösegeld, so viel ist sicher, und genauso sicher ist, dass er uns nichts davon erzählen wird. Er ist überzeugt, dass er die Situation im Griff hat. Wir können nur hoffen, dass er sich, clever wie er ist, an die richtigen Leute wendet. Ansonsten: *Adiós monedas, adiós muchacho.*»

Angewidert starrte Romano ihn an.

«Wie kannst du nur so zynisch sein?»

Erstaunt fragte Aragona zurück:

«Wieso, was habe ich denn gesagt?»

Palma versuchte, die Gemüter zu beruhigen.

«Kommt schon, lasst gut sein. Postieren wir vorsichtshalber einen Wagen in der Gegend, falls jemand vorbeikommt, der eine Nachricht überbringen will. Legt euch schlafen, Jungs, morgen früh müsst ihr fit sein.»

39

«Er hat hohes Fieber. Ich bin ganz leise reingegangen, er hat geschnarcht, und habe ihm die Hand auf die Stirn gelegt.»

«Das kann ich mir vorstellen. Da drinnen zieht's wie Hechtsuppe. Tagsüber ist es unerträglich heiß und nachts eiskalt. Gib mir mal den Wein.»

«Was hätten wir denn tun sollen? Ein Hotelzimmer nehmen? Ich kenne keinen anderen geeigneten Ort. Seit ich in dieser Stadt bin, habe ich immer hier gearbeitet, bis sie zugemacht haben.»

«Wir müssen ihm Antibiotika geben. Ich besorge was.»

«Ich mache mir Sorgen. Morgen will er wieder anrufen, weitere Anweisungen geben. Vielleicht muss ich ja irgendwohin, wo die Polizei schon auf mich wartet.»

«Quatsch, wo denkst du hin? Das Risiko, dass sie dich schnappen, kann er nicht eingehen. Mach dir keine Gedanken – deine Sicherheit ist seine Sicherheit.»

«Du hast gut reden! Schließlich bin ich derjenige, der das Geld entgegennehmen soll, nicht du.»

«Erzähl doch nichts, ich kann viel eher auffliegen als du! Vergiss nicht, dass der Junge mich kennt. Ich muss vollständig abtauchen, meinen Namen ändern, die Frisur. Abgesehen davon kannst du sicher sein, dass er dich nicht eine Sekunde aus den Augen lässt. Er wird nicht riskieren wollen, dass du mit der Kohle abhaust.»

«Mit unserem Anteil können wir in Brasilien einen Schönheitschirurgen bezahlen, der dir ein Gesicht macht wie Jennifer Lopez. Obwohl deine blonden Haare mich jetzt schon ganz verrückt machen ...»

«Jetzt hör schon auf mit dem Scheiß! Das ist wirklich nicht der richtige Moment dafür. Sag mir lieber, wie es jetzt weitergehen soll. Was genau habt ihr verabredet?»

«Er wird mich auf dem Handy anrufen, das er mir gegeben hat und das ich ansonsten nicht benutzen darf. Der Typ ist total panisch: Er will nicht mal wissen, wo wir sind – aus lauter Angst, sich zu verraten.»

«Und was will er dir mitteilen?»

«Was du auf den Zettel schreiben sollst. Denn du bist ja schließlich diejenige, die diese Scheißsprache hier beherrscht. Und er will mir sagen, wo ich ihn wie hinbringen soll. Später will er dann noch mal anrufen, um mir den Ort zu nennen, wo er den Jungen und seinen Teil vom Lösegeld entgegennehmen will.»

«Scheint ja ein echtes Kinderspiel. Und wann will er anrufen?»

«Das kann jeden Moment passieren. Wir müssen einfach nur warten.»

«Okay, dann warten wir eben. Und eigentlich hast du recht: Solange wir hier warten, können wir genauso gut ein bisschen Spaß haben. Komm, gib mir noch einen Schluck Wein.»

40

Ottavia war stolze Besitzerin eines Hundes.

Eigentlich gehörte er Riccardo. Sie selbst hätte sich das Tier niemals angeschafft. Ein Hund, der ständig sabbert und haart, in einer Stadtwohnung – wie soll man da die Wohnung in Ordnung halten? Aber einer der zahlreichen Ärzte, die mit dem unheilbaren Zustand ihres Sohnes rangen, hatte behauptet, ein Haustier könne eventuell seine Aufmerksamkeit wecken. Diese vage Prognose hatte ihrem unermüdlichen, unbeirrbaren, unerträglichen Ehemann ausgereicht. Sofort hatte er im Internet, in der Bibliothek und in den einschlägigen Fachgeschäften zu recherchieren begonnen, welche Rasse am geeignetsten wäre.

Das Ergebnis war ein sanftmütiger und sehr anhänglicher Golden Retriever, ein Riesenvieh, das abends sehnsüchtig ihre Rückkehr erwartete, um ihr seine großen Pfoten auf die Schultern zu legen und mit seiner rauen 200-Gramm-Zunge übers Gesicht zu schlabbern. Hunde, so hieß es, suchten sich innerhalb der Familie ihren Anführer, und Sid – der Name war einem Zeichentrickfilm entlehnt, den Riccardo sehr liebte – hatte keine Sekunde gezögert. Obwohl sie sich als Einzige gegen seine Anwesenheit in ihrem Haushalt gesperrt hatte, obwohl Riccardo die Ursache für seine Anschaffung war und Gaetano sich ihm gegenüber viel aufmerksamer zeigte, hatte

Sid schon als Welpe eine uneingeschränkte Zuneigung für sie entwickelt. Und Ottavia hatte nach anfänglichem beharrlichem Schweigen, dem ein paar halbherzige Liebkosungen folgten, seine Ergebenheit schließlich akzeptiert.

Das allabendliche Gassigehen, das in ihren Aufgabenbereich fiel, hatte den angenehmen Nebeneffekt, dass ihr Ehemann bei ihrer Rückkehr oft schon mit der Brille auf der Nasenspitze und dem Buch auf der Brust eingeschlafen war und sie keine lahme Entschuldigung hervorbringen musste, um sich ihn vom Leib zu halten. Noch.

Es ist Mai, dachte sie, während sie durch die endlich ruhig gewordene Straße ging. Eine Nacht im Mai. Ein Grund mehr, nach einem langen Tag im Büro, in der Metro, bei Riccardos Schwimmunterricht das Streicheln der abendlichen Luft auf der Haut zu genießen. Das war etwas anderes als die Abgase und Ausdünstungen fremder Körper, die sie in den paar Minuten einatmete, wenn sie ihren Schreibtisch verließ, um von einem Ort zum anderen zu hetzen.

Maienluft. Maiennacht. Das war das Leben.

Sid hatte begonnen, an einem Laternenpfahl herumzuschnüffeln, und hob nach kurzem Zögern das Bein. Um diese Uhrzeit schien die Stadt ganz anders als sonst.

Was wohl bei Palmas, Romanos und Aragonas Besuch bei dem alten Borrelli herausgekommen war, fragte sich Ottavia. Irgendetwas an der Sache passte nicht ins Bild. Ein Detail, das sie nicht ausmachen konnte und das ihr wie ein latentes Unwohlsein unangenehm aufstieß. Wie Gelenkschmerzen, die nicht gravierend genug waren, um zum Arzt zu gehen, aber trotzdem weh taten.

Gedankenverloren streichelte sie Sid hinter dem Ohr, der glücklich mit dem Schwanz wedelte. Um das Haus zu verlassen, hatte sie sich von Riccardo regelrecht losmachen müssen, der sie an der Jacke festgehalten und nicht hatte gehen lassen wollen. Er war ein schwieriges Kind, an manchen Tagen mehr als an anderen. Ein 13-Jähriger, eingeschlossen in seine Welt, der nicht mit ihr reden, spielen oder ihre Aufmerksamkeit erringen wollte. Er wollte nur, dass sie da war, mehr nicht. Ottavia musste da sein, und er musste sicher sein, dass sie da war.

Wie im Gefängnis. Nicht mehr und nicht weniger.

Was war faul am Fall Dodo Borrelli? Was störte sie?

Im Internet hatte sie alles Wissenswerte über die Beteiligten recherchiert. Nur zu den Entführern hatte sie nichts gefunden, logischerweise ... Aber wusste sie wirklich nichts über sie?

Sid begann lautstark im Kreis zu schnüffeln, sodass sie schon mal Plastiktüte und Schäufelchen aus ihrer Jackentasche holte. Sie hoffte, dass die Kollegen im Hause Borrelli einen Schritt weitergekommen waren. Und dass diese Ahnung, die sie so quälte, sich konkretisieren und Aufschluss über etwas noch Verborgenes geben würde.

Wie gerne wäre sie mit zu dem Alten gekommen! Auch sonst würde es ihr gefallen, mehr in die Ermittlungen eingebunden zu sein, Streife zu laufen, jemanden zu beschatten, Vernehmungen oder Gegenüberstellungen zu machen. Sie hätte gerne Kilometer um Kilometer zurückgelegt, statt im Büro festzusitzen. Sie wollte nicht als bessere Sekretärin enden, die ein bisschen im Web surfte oder in den Facebook-Seiten verdächtiger Personen herumschnüffelte, wie sie es bei der Peluso getan hatte.

Vor allem wollte sie keine falsche Rücksichtnahme. Sie wollte um jeden Preis vermeiden, dass jemand – genauer gesagt, Palma – denken könnte, ihre Situation als Frau jenseits der 40, mit einem autistischen Sohn, sei hinderlich für die Polizeiarbeit. Aber vielleicht musste sie sich schon glücklich schätzen, dass nach dem, was geschehen war, das Kommissariat überhaupt noch existierte und sie sich die Fälle so aufteilen konnten, dass jeder von ihnen sich nützlich und gebraucht fühlte.

Auf einem Mäuerchen versuchte eine räudige Katze mit Buckel und buschigem Schwanz Sids Aufmerksamkeit zu erringen, doch der Golden Retriever zeigte sich von selten erhabener Gleichgültigkeit. Guter Junge, dachte Ottavia, vertrau keinem Fremden.

Was für ein Typ Fremder war eigentlich der Kommissar für sie? Was bedeutete es, dass sie sich morgens neuerdings darauf freute, zur Arbeit zu gehen? Warum hatte sie jedes Mal, wenn er neben ihr stand, plötzlich Schmetterlinge im Bauch?

«Sid», flüsterte sie im Dunkel der Nacht, «sag du mir, was gerade mit mir passiert. Du bist der Einzige, der weiß, wie ich mich fühle. Seit einem Monat weichst du, wenn ich nach der Arbeit nach Hause komme, kein Stück mehr von meiner Seite und schaust mich abends beim Fernsehen an, als wäre ich der Film. Sag mir, Sid, was du denkst. Sag mir, ob ich mich wie ein naiver Teenager benehme, weil ich vergessen habe, wer ich in Wirklichkeit bin.»

Als hätte er ihre Worte verstanden, ließ der Hund seinen warmen dunklen Blick von einem vorbeiflatternden Stück Zeitung zu seinem Frauchen wandern und stieß ihr sanft mit der Schnauze ans Bein.

Ottavia streichelte ihn wieder und sagte leise:

«Und wenn wir schon mal dabei sind: Weißt du zufällig auch, was mir bei dieser Entführungssache die ganze Zeit im Kopf herumgeht und was ich einfach nicht zu fassen kriege?

Wenn du es weißt, Sid, dann hilf mir bitte, sonst drehe ich irgendwann noch durch.»

Etwa 50 Meter weiter saß ein Mann in seinem Auto, Motor und Scheinwerfer waren abgeschaltet. Er beobachtete eine Frau, die ihren Hund ausführte, und hatte das Gefühl, nie etwas Schöneres gesehen zu haben.

Kommissar Luigi Palma hatte es sich zur Gewohnheit gemacht, nach der Arbeit noch ein wenig in der Stadt herumzufahren, statt in sein Miniapartment zurückzukehren, wo ihn als kinderlosen Geschiedenen sowieso niemand erwartete. Und jedes Mal brachte sein Wagen ihn zu einem Wohnhaus, dessen Adresse zufälligerweise genau mit der auf dem Personalbogen einer gewissen Polizeimeisterin übereinstimmte. Vielleicht gefiel seinem Wagen ja diese verkehrsberuhigte Straße mit den vielen Bäumen besonders gut.

Palma musste über sich selber lachen. Wem wollte er eigentlich etwas vormachen? In Wahrheit bekam er das schöne Gesicht, den geschmeidigen Körper, den er vor der offenen Tür seines Büros auf- und abgehen sah, einfach nicht aus dem Kopf. Und an manchen Abenden, wenn sich das menschliche Elend noch stärker bemerkbar machte als sonst, wie an diesem Abend im Hause Borrelli, dann beherrschten ihn die Gedanken an die Person dahinter umso mehr. Bisher hatte er sie kein Mal angetroffen, was auch nie seine Absicht gewesen war. Ihm genügte es, dieselbe Luft einzuatmen, sie sich im Kreise ihrer Familie vorzustellen, voller Liebe für ihren kranken Sohn und ihren Ehemann, mit dem sie so viel teilte. Diesmal jedoch hatte er sie schon von weitem gesehen und war sofort näher herangefahren. Es war intuitiv geschehen, durch nichts gerechtfertigt, ja, durch nichts zu entschuldigen. Aber nach einem solchen Tag, voller Sorge um ein Kind, das von unbekannten Tätern an einen unbekannten Ort verschleppt worden war, und an einem solchen Abend wollte er vor dem Schlafengehen einfach nicht den trostlosen Anblick einer zerrütteten Familie als letztes Bild vor Augen haben.

Sie hatte also einen Hund. Das war ihm neu. Ein hübscher Hund, mit langem weichem Fell. Elegant, wie Ottavia selbst.

Er sah, wie sie sich zu dem Tier hinunterbeugte und es streichelte. Von weitem schien es fast, als würde sie mit ihm reden. Auch Palma hatte als Junge einen Hund gehabt, mit dem er heimlich redete, was ihm immer etwas peinlich gewesen war. Aus der Ferne, im Dunkel, warf er ihr eine Kusshand zu.

Er beobachtete, wie sie zu ihrem Wohnhaus zurückkehrte, das Tor aufschloss und ohne Hast eintrat. So wie sie abends das Büro verließ, ihm ein letztes Lächeln schenkte und sagte: «Schönen Abend noch, Chef, ich gehe jetzt. Und mach keine Dummheiten!» Das sagte sie, weil es durchaus schon vorgekommen war, dass sie ihn, wenn sie morgens als Erste ins Büro kam, schlafend auf dem Sofa angetroffen hatte, weil er bis tief in die Nacht über Papieren gebrütet hatte und nicht mehr in sein winziges Apartment gefahren war, das ihn so deprimierte.

Er wartete noch ein paar Minuten. Der Mai hatte die Straße mit seinem Duft erfüllt, und fast glaubte er, diese ganze Süße hätte seinen Blick vernebelt.

Doch in Wirklichkeit war es ein Schleier aus Tränen und Melancholie.

41

Dunkel.

In der Tiefe der Nacht ist die Dunkelheit da.

Zum Glück hält sie nicht lange an. Vielleicht fünf Minuten, ein paar Atemzüge und einen kurzen Moment des Schreckens, wenn man sich über den Abgrund beugt.

Sie hält nicht lange an, aber sie kann Spuren hinterlassen, wenn sie sich ausdehnt, ihre langen Finger nach dir ausstreckt und sich in Einsamkeit verwandelt.

Dunkel.

Dir ist kalt, während du dich im Schlaf wälzt.

Du siehst den Weg vor dir, der auf den Berg hinaufführt. Du sitzt auf den Schultern deines Papas, die Mama hält deine Hand. Du musst dich zur Seite neigen, weil dein Papa groß ist, sie aber nicht.

Dir ist kalt, und du möchtest, dass ihr stehen bleibt. Du möchtest, dass alles stehen bleibt, im Schlaf, in diesem Moment, da ihr drei zusammen seid, ohne den Rest der Welt. Denn das ist euer letzter Urlaub, und im Traum weißt du es, aber kannst es nicht sagen.

Nachts in deinem Zimmer hörst du sie streiten. Du hörst die Anschuldigungen, die du nicht verstehst, aber die sich dir einprägen, Wort für Wort, und später wirst du immer mehr begreifen, warum es zu Ende ging.

Du wälzt dich im Schlaf, dein Hals tut weh, deine verschwitzte

Hand umklammert deine Batman-Figur, als wolltest du den Mut aus ihm pressen, der dir fehlt. Im Traum verfolgen sie dich, deine Mama und deinen Riesen.

Feuerfresser verfolgt dich, er stößt Worte aus, die du nicht verstehst. Manuel, dessen Augen vor Zorn blitzen. Schwester Angela mit ihrer schneidenden Stimme. Carmela, grau wie der Tod. Und sogar der Großvater, dessen Rollstuhl jetzt einen Motor hat. Sie verfolgen euch und werden euch drei am Ende des Hangs einholen, wenn ihr nicht schnell genug rennt.

Dumm, das mit dem Hals und dem Berg. Dumm, dass ihr nicht schneller rennen könnt.

Dumm, diese ganze Dunkelheit.

Dunkel.

Der Moment in der Nacht, in dem jede Hoffnung schwindet. Aus Angst vor dem, was da kommen wird.

Der Moment in der Nacht, in dem die Ruhe in tausend Erinnerungssplitter zerfällt. Bis sie sich in der bangen Erwartung des Morgengrauens aufs Neue findet.

Dunkel.

Ein paar Minuten unruhiger Schlaf und dann gleich dieser Traum.

Der Platz von Krivi Vir, zwei Polizisten sind dir auf den Fersen. Du keuchst, deine Kräfte lassen nach. Das Paket in deinen Händen ist schwer, du kannst es kaum noch halten.

Du biegst um die Ecke, aber statt der flachen Häuser mit den vereinzelten Geschäften beginnt dort der Wald. Du bist froh, der Wald ist dein Freund, du kennst ihn gut.

Du hörst die Schritte hinter dir, sie halten inne. Sie haben Angst, sich zwischen den Bäumen zu verlieren. Vielleicht bist du in Sicherheit.

Aber plötzlich ist da die Nacht. Eine tiefe Nacht. Und das Paket in deinen Händen ist schwer, und es ist heiß. Es wird immer heißer.

Dunkel.

Du kannst nichts sehen, verdammt. Du stolperst über eine Wurzel, fast wäre dir deine Last aus den Händen gerutscht, aber du kannst sie halten und richtest dich wieder auf. Die Blätter fahren über dein Gesicht, kalt wie die Finger einer Hexe. Deine Füße versinken im Morast, du fühlst die Feuchtigkeit auf deiner Haut, du bist nass von Tau und Schweiß.

Die raue Stimme des Gesetzes, die deinen Namen ruft, dringt an dein Ohr. Und dein heftiger Atem, keuchend vor Anstrengung und Angst.

Dunkel.

Du kannst nichts sehen, verdammt. Und das Paket ist schwer, es ist heiß, es wird immer heißer in deinen Händen und bewegt sich auch noch.

Was ist bloß in dem Paket? Du kannst dich nicht mehr erinnern, was du eingepackt hast, weil sie dich verfolgen.

Du kommst an eine Lichtung, und du erkennst noch immer nichts, aber so ist das im Traum. Vielleicht ist hier der Eingang zu einer Höhle.

Du kennst die Höhle. Als Kind bist du mit deinen Freunden oft dorthin gegangen. Vielleicht ist es diese Höhle. Vielleicht schaffst du es.

Du gehst hinein und findest dich in der Schlange vor der Baustelle wieder, du suchst Arbeit. Aber sie sind alle tot, stehen da in ihren zerlumpten grauen Kleidern, nur das Weiße ihrer Augen ist zu sehen, ihre Zähne sind schwarze Stummel wie in den Zombiefilmen, die du sofort abschaltest, egal wie erwachsen du bist.

Das Paket ist zu heiß geworden, du kannst es nicht mehr halten, du lässt es zwischen die Toten fallen, niemand dreht sich um.

In der Ferne, noch weit entfernt, sind die beiden Polizisten aus Krivi Vir. Aber sie kommen näher, sie haben dich verfolgt im Dunkel, in der tiefen Nacht.

Das Paket geht auf, es ist der Kopf eines Kindes, vor Fieber glühend, Würmer krabbeln ihm aus Nase und Ohren, wie damals, als du den gestohlenen Schweinskopf versteckt hattest und ihn nach drei Tagen holen wolltest. Aber das Kind schaut dich an, die Würmer sind überall in seinem Gesicht, es ruft dich beim Namen, die beiden Polizisten hören seine Rufe, sie haben dich entdeckt und kommen näher, und du hast keine Kraft mehr zu fliehen.

Du setzt dich auf, schweißgebadet und vom Grauen erfasst, du schreist in der Nacht.

Und in der Dunkelheit.

Dunkel.

Zum Glück dauert die Dunkelheit nicht lange an. Denn sonst würdest du wahnsinnig werden, so tief, wie der Schacht ist, in den sie dich stürzt.

Zum Glück hält sie nur ein paar Sekunden an. Denn in ihr sind all die Geister, die dich für immer holen könnten, auf dem Weg zum Wahnsinn, bei dem die Gehängten an den Ästen baumeln und aus der Erde Klauen wachsen, die deine Knöchel umklammern.

Zum Glück hält die Dunkelheit nur einen Moment an. Denn dieser Moment kommt jede Nacht. Nicht eine süße Erinnerung, nicht einen Funken Hoffnung hält er bereit, unbeweglich verharrt er in der Ödnis, wo Reue und die Gewissheit der Strafe sind.

Wehe dir, wenn du in diesem kurzen Moment der Dunkelheit nicht schläfst. Denn dann wird sie dich hinwegtragen in ihren Nebel, in die Verdammnis, und es gibt keine Wiederkehr.

Dunkel.

Schlaflosigkeit.

Du fragst dich, ob du jemals wieder schlafen kannst, auch wenn es vorüber ist. Vielleicht wirst du dein Leben lang nachts wach liegen, mit aufgerissenen Augen ins Dunkel starren, auf den ersten Schimmer des kommenden Tages wartend.

Du begreifst nicht, was geschieht. So sollte es nicht laufen.

Es sollte ganz einfach sein, rasch vorbei, schnell zu vergessen wie ein kleines Malheur, ein unschöner Moment.

Unschöne Momente kann es geben. Sie passieren in jedem Leben. Und sie gehen wieder vorbei, die Erinnerung löscht sie aus, denn die Erinnerung bewahrt nur, was ihr am Herzen liegt, und löscht aus, was nicht bewahrt werden darf oder muss.

Dies war ein unschöner Moment. Solche Momente hat es früher auch gegeben, oder nicht? Und du hast sie überstanden, vielleicht unter Qualen, aber du hast sie überstanden.

Während du deinem Herzschlag lauschst, eins-zwei, eins-zwei, eins-zwei, tam-tam, tam-tam, tam-tam, denkst du an die Hoffnung, die in der Zukunft liegt. Die Nacht wird vorübergehen. Früher oder später.

Du weißt nicht, was du tun sollst. Du kannst ihn nicht mehr anrufen. Sie haben gesagt, die Telefone würden überwacht, du hast keine Möglichkeit, mit ihm, mit ihnen zu sprechen, ohne dass sie die Stimmen aufzeichnen. Sie wären sofort bei dir, und der unschöne Moment würde sich immer weiter ausdehnen, bis er deine ganze Existenz ergriffen hätte. Nein, du kannst nicht mehr anrufen. Du hast ihnen genaue Anweisungen gegeben, unmissverständlich, zusammen mit dem Handy und der Prepaidkarte: Sie sollen nur drangehen, wenn deine Nummer im Display aufleuchtet, keine andere, um jedes Risiko auszuschließen.

Du weißt nicht, wo sie sind, du weißt nicht, wo sie ihn versteckt halten. Du hast nicht die geringste Idee, wo sie ihn hingebracht ha-

ben könnten, denn du dachtest, es wäre besser, nichts zu wissen, um dich nicht zu verraten.

Du dachtest, es wird schon nicht lange dauern, bald wird alles wieder vorbei sein. Der Alte hat so viel Geld, dass er den Verlust nicht mal gemerkt hätte, der verfluchte Alte, der dein Leben zerstört hat, der erst die Lösung war und dann das Problem.

Der verfluchte Alte.

Während die Nacht dich umgibt, ihre dunklen Finger um dein Herz legt und so fest zudrückt, dass es fast stehenbleibt, fragst du dich, was du tun sollst, jetzt, da du nicht mehr anrufen kannst. Du hoffst, dass sie es begreifen und warten, geduldig, ohne Angst.

Die Angst gehört sowieso dir allein, in dieser Nacht.

In dieser Nacht, die du mit weiten Augen ins Dunkel starrst und auf das Morgengrauen wartest, das vielleicht nie mehr kommen wird.

Dunkel.

42

Marco Aragona hatte ausgezeichnet geschlafen.

Tatsächlich schlief er selten schlecht. Schon als Kind waren ihm, kaum hatte er den Kopf aufs Kissen gebettet, die Augen zugefallen, und er hatte in einem erholsamen Schlummer darauf gewartet, dass der Wecker ihn aus seinen süßen Träumen reißen würde.

Aufstehen war für ihn genauso wenig ein Problem. Warum sollte es auch?

Er machte den Job, den er immer schon machen wollte, war erfolgreich, gut integriert in ein Team aus Superhelden in einem Kommissariat, das seinem Umfeld mit dem gleichen Misstrauen begegnete wie umgekehrt. Er war ein Gauner von Pizzofalcone: Begrüßt uns anständig, ihr Idioten, wenn ihr uns auf der Straße begegnet! Er hatte mit Lojacono zusammengearbeitet, der das gefährliche Krokodil zur Strecke gebracht hatte, und am Ende der Ermittlung hatte der Chinese dem Kommissar gesagt, vor allem ihm, Polizeioberwachtmeister Marco Aragona, sei die Lösung des Falls zu verdanken. Und nun ermittelte er in einer Entführung zusammen mit Francesco Romano, genannt Hulk, einem Dampfkochtopf unter Hochdruck, einer Zeitbombe kurz vor der Zündung. Wen gab es da Besseres als ihn? Wer war besser als Marco Aragona?

Nach einem letzten Blick in den Spiegel verließ er sein

Zimmer im zehnten Stock des Hotels. Wie man aussah, war von großer Wichtigkeit. In Büchern und Filmen gab es kein Vertun: Ein Polizist musste von Anfang an klarstellen, dass er ein harter Brocken war, sonst führten ihn die Gangster vor. Eine sportliche, legere Jacke, das Hemd aufgeknöpft, um Tatendrang und körperliche Fitness zu demonstrieren, die verspiegelte Brille, um den Gesichtsausdruck zu verbergen, ein Vorteil, den man nie verschenken sollte. Die Haare akribisch zur Tolle gekämmt, zum einen als Zeichen von Männlichkeit, zum anderen wegen der kahlen Stelle auf dem Kopf, wie bei seinem Vater, der schon mit 40 eine Glatze hatte, die arme Sau. Die Schuhe mit verstecktem Absatz, um die drei fehlenden Zentimeter auszugleichen, die bei der Gegenüberstellung mit einem Täter essenziell sein können – Auge in Auge und wehe dem, der den Blick als Erster senkt.

Auf dem Flur begegnete er dem Zimmermädchen und schenkte ihm sein schönstes Lächeln. Er hatte es genau einstudiert: ein leichtes Heben der Augenbraue, um sowohl Lässigkeit als auch eine besondere Aufmerksamkeit zu signalisieren, und sei es nur für den Bruchteil einer Sekunde, und zugleich die hochgezogene Oberlippe, um die weißen Zähne zu zeigen, und zwar mehr zur rechten Seite, damit das Grübchen sichtbar wurde. Unwiderstehlich, dachte er.

Was für ein Idiot, dachte das Mädchen, das allein bei dem Gedanken, Ordnung in sein chaotisches Zimmer bringen zu müssen, schon genervt war.

Mit federndem Schritt lief er die Treppe zum Dachgarten hinauf, wo er frühstücken wollte. Das war sein Moment, der Augenblick, der seinem Tag einen Sinn verlieh. Er würde Irina sehen, die Frau, in die er heimlich verliebt war.

«Na und, was ist schon dabei?», würde er seinem Publikum

sagen, wenn er eins hätte. Sollte ein knallharter Polizist, ein Superheld, der von morgens bis abends gegen das Verbrechen kämpfte, ein Ermittler, der nur aus Nettigkeit die Kollegen nicht ständig seine Überlegenheit spüren ließ, sollte ein solcher Typ nicht auch Gefühle haben können? «Habt ihr vergessen, liebes Publikum, dass in Büchern und Filmen selbst der coolste Cop einen schwachen Punkt hat, eine Frau, die offenlegt, dass auch unter dieser starken Brust ein Herz schlägt?»

Aragona war bis über beide Ohren verknallt. Aber hieß sie wirklich Irina? So lautete der Name auf dem Schildchen, das ihren wunderschönen Busen zierte. Denn dieser Engel war auf Erden entsandt worden, um den Gästen des Hotels, das dem Himmel sei Dank auch seine Bleibe war, auf der Dachterrasse das Frühstück zu servieren.

Heute, dachte Aragona, hatten die Götter noch dazu sein Flehen erhört und ihm einen Sonnentag geschenkt. Zwar wäre auch Regenwetter kein Drama gewesen, dann wurde das Frühstück eben im Innenraum serviert, von wo sich einem noch immer ein beeindruckendes Panorama bot: Himmel, Meer, Vulkan, gepeitscht von der Gewalt der Elemente. Doch gab es nichts, was mit der würzigen Maienluft und der milden Wärme der Frühlingssonne mithalten konnte, die ihr Licht auf die romantische Dachlandschaft vor seinen Augen warf.

Leider, aber das war nicht weiter tragisch, war es Aragona noch nicht gelungen, das Wort an Irina zu richten. Jedes Mal war sein Mund ganz trocken gewesen, und als er eines Morgens versucht hatte, noch einen Kaffee bei ihr zu bestellen, war seiner Kehle nur heiseres Gestammel entwichen, das er mit einem Hustenanfall überspielt hatte.

Sie anzulächeln war indes kein Problem. Und vor allem lächelte sie zurück und vertrieb mit ihrem Anblick, den blauen

Augen, blonden Haaren und dem feinen Flaum, den er im Gegenlicht auf ihren samtweichen Unterarmen erkennen konnte, sämtliche Wolken und ließ den Tag erstrahlen.

Im Mediterraneo zu wohnen war teuer, keine Frage. Und die vielen Vorteile wurden konterkariert von einem gewissen Mangel an Freiheit, mal abgesehen von den besorgten Anrufen der Frau Mama, die sich über seine unstete Wohnsituation beklagte. Doch Irina zu beobachten, die seinen Wünschen zuvorkam und ihm Rühreier mit Speck zubereitete, die wichtigste Säule seines Frühstücks, war Grund genug zu bleiben. Aragonas Ermittlerinstinkt hatte ihm signalisiert, dass sie keinen Ehering trug und die Uniform über ihrem angenehm vollschlanken Körper keine Handy-Ausbuchtung aufwies. Er konnte also hoffen, dass sie nicht in festen Händen war, auch wenn zu befürchten stand, dass es massenhaft Bewerber gab.

Er saß an seinem Lieblingstisch, der am meisten Sonne abbekam, und schaute zu, wie Irina, jonglierend mit Sojamilchkrügen und Naturjoghurtschüsseln, auf anmutigste Weise das Buffet mit Nachschub versorgte. Es war noch früh, außer ihm befanden sich nur ein sich unanständig vollstopfendes deutsches Rentnerpaar auf der Terrasse und eine süditalienische Matrone mit zwei schrecklichen Söhnen, die sich gegenseitig mit der Gabel zu erstechen drohten.

Als Irina in seine Richtung blickte, setzte er sogleich jenen geistesabwesenden Gesichtsausdruck auf, der einen heimlichen Schmerz suggerieren sollte. Um das Bild zu vervollkommnen, schaute er hinüber zum fernen Horizont. Sensibel, wie Irina zweifellos war, würde sie sich nach dem Grund für seine Melancholie fragen und alles tun, damit es ihm besser ging. Aus den Augenwinkeln sah er sie näher kommen. Mit klopfendem Herzen tat er so, als bemerkte er sie nicht, bis sie mit ihrer warmen, leisen Stimme, die ihn so erregte, fragte:

«Kaffee?»

Es war das einzige Wort, das sie bisher an ihn gerichtet hatte. Und wie jeden Morgen erwiderte er:

«Einen doppelten Espresso mit geschäumter Milch in einer großen Tasse, bitte.»

Der längstmögliche Satz zum Thema Kaffee.

Und wie jeden Morgen schenkte sie ihm ein Lächeln und eilte davon, seinen Wunsch zu erfüllen. Was den Kaffee betraf.

Wo sie wohl herkam, seine Irina? Ob sie wirklich so hieß, oder nur bei der Arbeit? Und wo mochte sie wohnen? Ging sie nach ihrer Frühstücksschicht im Hotel noch anderen Jobs nach? Am Ende in Stadtteilen, wo sie Gefahr lief, überfallen oder vergewaltigt zu werden? Würde sie dort nicht den Schutz eines Superhelden brauchen?

Wenn ich es doch nur schaffen würde, mit ihr zu reden, dachte Aragona. Wenn ich doch nur zwei verdammte Worte an sie richten könnte, die nicht «einen doppelten Espresso mit geschäumter Milch in einer großen Tasse, bitte» hießen.

Irina schwirrte weiter zwischen den Tischen hin und her, servierte Croissants und Milchkaffee, schenkte jedermann ein Lächeln, aber – da war sich Aragona sicher – niemandem ein solches wie ihm.

Er wusste es, er fühlte es: Er gefiel Irina genauso wie sie ihm. Es war nur eine Frage der Zeit. Sie waren füreinander bestimmt.

Einer der schrecklichen Söhne stand auf und hüpfte einbeinig wie eine hinkende Taube auf Irina zu.

«Kannst du mir noch ein Croissant bringen?»

«Natürlich.»

Der kleine Scheißer ließ nicht locker.

«Aus welchem Land kommst du?»

Aragona sah, wie Irina sich zu dem Jungen hinunterbeugte. Sonnenstrahlen spielten mit ihrem Haar, eine Wolke Goldstaub vernebelte seinen Blick.

Sie tätschelte den Kopf des Kindes und sagte:

«Montenegro. Ich komme aus Montenegro, aber ich lebe schon ganz lange hier.»

Dieses Montenegro musste ein wunderbarer Ort sein, dachte Marco, während er die Information auf sich einwirken ließ. Solche herrlichen Geschöpfe wie seine Irina konnten nur aus dem Paradies kommen.

«Also bist du eine Zigeunerin?», fragte der Kleine.

Am liebsten hätte Aragona ihn mit beiden Händen gepackt und kopfüber vom Roof Garden hinuntergeworfen.

Irina lachte. Ein Feuerwerk an Sternschnuppen.

«Nein, ich bin keine Zigeunerin. Ich bin Südslawin.»

Endlich blickte die Mutter von ihrem mit Butter, Marmelade und Honig beladenen Teller auf und bemerkte, welches Ungemach ihr Sohn da gerade der Menschheit bereitete. Sie rief den Knaben zu sich, während Irina zum Tresen zurückging, um Aragonas Kaffee zu holen. Auf dem Weg dorthin drehte sie völlig unerwartet den Kopf in seine Richtung und schaute ihn an.

Sein Herz blieb stehen. Warum hatte sie ihn angesehen? Hatten ihre wunderschönen blauen Augen ihm etwas sagen wollen? Vielleicht hatte dieser kurze Wortwechsel mit dem Rotzlümmel allein dem Zweck gedient, ihn etwas über sie wissen zu lassen?

Er seufzte verzückt, verloren in einen Traum.

Doch wie ein Widerhaken hatte der Gedanke an das entführte Kind sich auch in seinem Gehirn festgesetzt. Lag es an dem frechen Jungen mit seinen indiskreten Fragen? Nein, es war etwas anderes. Ein dunkler Schatten, der direkt unter der Wasseroberfläche eines Tümpels trieb, schnell, aber unverkennbar.

Was war das? Was war da in seinem Kopf in Gang gesetzt worden?

Marco Aragona schenkte der wundervollen Irina, die von der Maisonne beschienen mit einer großen Tasse doppeltem Espresso mit geschäumter Milch auf ihn zukam, ein breites Lächeln und ließ sein Unterbewusstsein den Ermittleralltag starten.

43

«Und, gibt's was Neues?»

«Nichts.»

«Der Junge hat immer noch Fieber, auch wenn die Temperatur etwas gesunken ist. Ich habe ihm Antibiotika gegeben.»

«Das wird schon vorbeigehen. Auf jeden Fall ist es nicht unsere Schuld.»

«Ja schon, aber er hat doch gesagt, ihm darf nichts passieren ...»

«Er hat auch gesagt, dass er vor zwölf Stunden anrufen wollte.»

«Wahrscheinlich ist ihm was dazwischengekommen.»

«Was dazwischengekommen – zwölf Stunden lang?»

«Meinst du, es ist was passiert?»

«Dazu sage ich nichts. Er wird schon anrufen. Warten wir einfach ab.»

«Was heißt das, dazu sagst du nichts? Was könnte denn deiner Meinung nach passiert sein?»

«Nichts. Er wird schon noch anrufen.»

«Jetzt sag schon, warum du dir Sorgen machst. Wegen dieser Geschichte habe ich meine ganze Existenz aufs Spiel gesetzt. Da darf nichts schieflaufen!»

«Reg dich ab! Ich habe doch gesagt, er wird anrufen.»

«Seit heute Morgen sitzt du hier rum, lässt dich volllaufen

und starrst auf dieses Scheißtelefon wie die Schlange aufs Kaninchen. Du ziehst ein Gesicht zum Fürchten – und mir sagst du, ich soll mich abregen?»

«Er wird schon noch anrufen, verdammte Scheiße! Ich habe gesagt, wir müssen noch ein bisschen warten, also warten wir. Willst du, dass alles den Bach runtergeht, bloß weil dieser blöde Anruf zu spät kommt?»

«Und wenn ... Nehmen wir mal an, die sind uns auf die Spur gekommen. Irgendjemand hat rausgefunden, wie die Sache in Wirklichkeit gelaufen ist. Nehmen wir an, die Polizei ...»

«Halt's Maul, Schlampe! Die Polizei hat keine Ahnung, niemand weiß auch nur irgendwas, alles wird gutgehen, wie geplant.»

«Und warum ruft er dann nicht an?»

«Er wird anrufen! Du wirst sehen, er ruft an. Du hast es doch selbst gesagt: Ihm ist bestimmt was dazwischengekommen.»

«Und du hast gefragt: ‹Zwölf Stunden lang?›»

«Dann sag mir doch mal bitte, was du jetzt tun willst. Was sollten wir deiner Ansicht nach tun?»

«Sind wir schon an dem Punkt? Müssen wir einen Plan B machen?»

«Das habe ich nicht gesagt.»

«Doch, das hast du gesagt.»

«Er wird schon noch anrufen. Wir ... wir haben das Kind. Er wird zwangsläufig anrufen.»

«Oder die Polizei kommt und sperrt uns ein. Dann kommen wir nie mehr raus aus dem Knast. Weißt du, was die in diesem Land mit Leuten machen, die Kinder entführen? Das ist für die das schlimmste Verbrechen überhaupt. Für die sind wir doch alle nur Zigeuner ...»

«Sei still! Ich habe dir doch gesagt, er wird anrufen.»

«Nicht mal im Knast lassen die solche wie uns in Ruhe. Die stecken uns in Einzelhaft, die machen …»

«Verdammte Scheiße, es reicht jetzt! Halt endlich den Mund, du blöde Kuh! Du hast mich in diesen Schlamassel mit reingezogen, und jetzt erzählst du mir, dass ich im Knast ende, statt in Südamerika das Leben zu genießen. Was haben wir denn deiner Ansicht nach falsch gemacht – *wir*, wohlgemerkt? Wir haben alle seine Anordnungen haarklein befolgt, wir waren richtig gut. Also muss auch er sich an die Verabredung halten, oder etwa nicht?»

«Es nützt dir rein gar nichts, wenn du mich jetzt anbrüllst. Und vergiss nicht, du hast sofort Ja gesagt, als ich dir den Vorschlag gemacht habe. Ich habe dir nicht die Pistole auf die Brust gesetzt. Also mach mir jetzt keine Vorhaltungen. Wir sollten uns lieber genau überlegen, wie wir uns verhalten, wenn nicht alles nach Plan läuft. Sich aufzuregen und volllaufen zu lassen bringt überhaupt nichts.»

«Er wird anrufen, du wirst schon sehen. Wir müssen nur etwas Geduld haben.»

«Und uns was überlegen. Und zwar schnell.»

«Er wird anrufen. Wir haben den Jungen, denk dran.»

«Genau deswegen ja. Das ist das Gefährliche an der Sache. Vergiss nicht, dass er weiß, wer ich bin und wie ich heiße.»

«Hör auf jetzt! Wir warten ab, habe ich gesagt. Er wird schon anrufen.»

«Du wartest ab. Und ich denke nach.»

44

Der Anruf kam am frühen Morgen, so plötzlich wie alles, was man voller Angst erwartet.

Alex war dabei, die Akte von Mario Vincenzo Esposito alias Marvin zu studieren, dem tätowierten Pilateslehrer und mutmaßlichen Liebhaber der Signora Parascandolo. Eine Geschichte wie tausend andere, mit denen sie schon zu tun gehabt hatte. Schule nach der sechsten Klasse abgebrochen, ein paar kleinere Diebstähle hier und da, mit 14 der erste Raubüberfall auf dem Moped, Erziehungsheim, Entlassung und erneutes Straffälligwerden. Dann ein kurzer, aber intensiver Aufenthalt im Jugendknast, ein bisschen Dealerei und schließlich der Einstieg in die Erwachsenenkriminalität mit einem Wohnungseinbruch in einem der besseren Viertel.

Die Methode schien durchaus Aussicht auf Erfolg zu haben: Die Einbrecher hatten sich vom Dach zu einer Wohnung in der vorletzten Etage eines Mietshauses heruntergelassen, der einzigen ohne Gitter vor dem Fenster, und versucht über den Balkon einzusteigen. Dummerweise hatte sich gerade in dem Moment ein schlafloser ehemaliger Staatsanwalt aus dem Fenster des gegenüberliegenden Hauses gelehnt, um unbemerkt von seiner Ehefrau eine Zigarette zu rauchen.

Drei Jahre später, dank guter Führung und eines Protokollfehlers, war Marco wieder draußen und hatte sich fest vorgenommen, ein anständiges Leben zu führen. Soweit möglich.

Das Handy vor ihr auf dem Schreibtisch fing an zu vibrieren, als Alex gerade die Akte schließen wollte. Mit dem heroischen Vorsatz, das Verhältnis auf rein professioneller Ebene zu belassen, hatte sie die Telefonnummer unter dem Eintrag «Spurensicherung» abgespeichert. Das Herz schlug ihr bis zum Hals.

Hoffend und bangend zugleich, es möge sich um einen Irrtum handeln, wartete sie das dritte Klingeln ab. Pisanelli war im Begriff, das Büro zu verlassen; Ottavia, hochkonzentriert wie immer, hackte auf ihrer Tastatur herum, und Aragona und Lojacono diskutierten leise über den Fall des entführten Jungen. Sie beschloss, das Gespräch im Flur anzunehmen.

«Hallo?»

«Hallo. Störe ich?»

«Nein, nein, gar nicht. Ich bin im Kommissariat, aber ich bin kurz raus aus dem Büro.»

Wie kann man nur so blöd sein, schalt sie sich selbst. Was geht sie das an, wo ich mich gerade aufhalte? Und warum sollte ich wegen eines beruflichen Telefonats rausgehen? Und dann hatte sie auch noch den unverzeihlichen Fehler gemacht, eine Vorgesetzte ungefragt zu duzen.

Krampfhaft versuchte sie den Schaden wiedergutzumachen.

«Entschuldigen Sie, Dottoressa, ich habe Sie einfach geduzt, ohne dran zu denken ...»

Die Martone lachte.

Was für ein schönes Lachen sie doch hatte, dachte Alex verzückt.

«Komm, lass gut sein – natürlich duzt du mich! Und ich

bin froh, dass du dir für unser Gespräch einen Moment Zeit genommen hast.»

Sie hatte sie durchschaut, war ja auch klar. So viel Doofheit musste bestraft werden.

So neutral wie möglich fragte Alex:

«Was kann ich für dich tun?»

«Stimmt, ich kann es genauso gut auch dir erzählen, und du gibst es an Lojacono weiter, okay? Also, wie ich schon sagte, habe ich veranlasst, dass die Wohnung der Parascandolos ein weiteres Mal auf Spuren untersucht wird, und zwar diesmal noch gründlicher. Und bingo, die Rechnung ist aufgegangen. Vor allem im Bad und im Schlafzimmer haben wir Fingerabdrücke gefunden, ganze und unvollständige, die weder dem Ehepaar noch der Zugehfrau gehören. Und das Tollste ist: Diese Fingerabdrücke befinden sich bereits in unserer Datenbank. Sie gehören zu einem Vorbestraften, sein Name ist ...»

«... Mario Vincenzo Esposito, geboren am 16. März 1987, 2009 wegen Wohnungseinbruch verurteilt und letzten Februar auf freien Fuß gesetzt.»

Die Martone wirkte enttäuscht.

«Wie, das wusstet ihr bereits? Und wie seid ihr darauf gekommen?»

«Reiner Zufall. Aber das mit den Fingerabdrücken ist wirklich großartig. Er hat also überall Fingerabdrücke hinterlassen – nur nicht auf dem aufgebrochenen Tresor?»

«Sieht ganz so aus, zumindest auf den ersten Blick. Allerdings sind die Fingerabdrücke, die wir gefunden haben, schon älter, sie stammen aus der Zeit vor dem Einbruch. Esposito scheint ... sagen wir: recht vertraut mit der Wohnung zu sein.»

«Was heißt das?»

«Einige der Fingerabdrücke befinden sich auf dem Kopfteil

des Bettes, auf beiden Seiten übrigens. Es ist also anzunehmen, dass der gute Junge, bevor er ins Bad ging, mit beiden Händen den oberen Teil des Ehebetts berührt hat. Und zwar kräftig, den Abdrücken auf dem Holz zufolge.»

Alex schwieg. Mit einem Kopfnicken erwiderte sie den Gruß Francesco Romanos, der eben zur Tür hereinkam.

«Wir nehmen an, dass er der Liebhaber der Parascandolo ist.»

«Genauso gut könnte er sein Liebhaber sein – der Stellung nach zu urteilen.»

Die unverhohlene Anspielung auf eine homosexuelle Beziehung verursachte einen kleinen Wirbelsturm in Alex' Magengrube.

«Nein, nein, wir sind ziemlich sicher, dass er ein Verhältnis mit der Ehefrau hat.»

Wieder lachte die Martone.

«Keine Sorge, ich habe nur einen Scherz gemacht, Kollegin. Auf jeden Fall habt ihr jetzt eure Beweise. Esposito kann nicht abstreiten, dass er dort war, und dank seiner Vorgeschichte dürfte es euch nicht schwerfallen, ihn einzubuchten.»

«Das stimmt. Jetzt müssen wir nur noch rauskriegen, inwieweit die Ehefrau involviert war: War sie für ihn nur Mittel zum Zweck, oder hat sie den Einbruch selbst geplant und mit ihm zusammen ausgeführt.»

«Klar hat sie das, wenn du mich fragst.»

Das Telefonat ging dem Ende zu. Alex fragte sich, ob sie sich förmlich verabschieden sollte oder eher auf die lockere Art. In ihrer Unsicherheit sagte sie gar nichts.

Auch die Leiterin des KTI schwieg. Schließlich bemerkte sie mit leiser Stimme:

«Du hast meine SMS von gestern bekommen, oder?»

Alex' Kehle war schlagartig staubtrocken.

«Ja, habe ich.»

«Aber du hast nicht geantwortet.»

Sie musste Rosaria unbedingt wissen lassen, welche Glücksgefühle ihre Nachricht bei ihr ausgelöst hatte. Sie musste ihr erzählen, dass sie die ganze Nacht an die Decke gestarrt und sich ihren wunderschönen Körper vorgestellt hatte, den sie unter dem weißen Kittel vermutete.

«Nein. Aber ich ... ich habe mich, habe mich sehr gefreut. Wirklich sehr.»

Wieder folgte ein Schweigen. Dann:

«Ich weiß, wer du bist, Alessandra Di Nardo. Ich habe es sofort gewusst, als wir uns zum ersten Mal in die Augen gesehen haben. Und du weißt, wer ich bin. Stimmt's?»

Alex hätte ihren ganzen Monatslohn für ein Glas Wasser gegeben. Ottavia, die auf den Flur getreten war, um zur Toilette zu gehen, schaute sie verwundert an.

«Alles klar?», formulierte sie lautlos mit den Lippen.

Die junge Polizistin nickte bestätigend, aber sie konnte nicht verhindern, dass ihr das Blut in die Wangen schoss.

«Ja, ich weiß es. Und ... ja, es ist wahr. Aber ich ... ich rede nicht darüber. Ich behalte es für mich.»

War sie völlig übergeschnappt, dass sie einer Fremden am Telefon Dinge anvertraute, die sie nicht einmal unter Folter ihrem engsten Freund erzählt hätte?

Ein Hauch von Zärtlichkeit schwang in der Stimme der Martone mit, als sie entgegnete:

«Das verstehe ich. Auch ich gehe nicht damit hausieren. Es ist nicht einfach, hin und wieder zumindest. Aber manche Gefühle, manche Blicke passieren nicht oft. Im Gegenteil. Man sollte sie nicht als selbstverständlich betrachten. Mehr woll-

te ich gar nicht sagen. Deswegen habe ich dir diese SMS geschickt.»

Erleichtert atmete Alex auf.

«Danke für deine SMS. Und für deinen Anruf. Danke für
alles.»

«So leicht kommst du mir nicht davon, Frau Polizeioberwachtmeisterin, das weißt du. Du schuldest mir zumindest
eine Pizza. Ich rufe dich an einem der nächsten Abende an.»

«Einverstanden. Und ich gebe einen aus. Schließlich muss
ich mich gut mit dir stellen, immerhin gehörst du zum Füh-
rungskader.»

«Ich bin sicher, du findest einen Weg, wie du dich gut mit
mir stellen kannst, Di Nardo. Mach's gut, bis bald!»

45

An diesem Morgen hatte Giorgio Pisanelli, bevor er das Haus verließ, lange mit Carmen gesprochen. Er tat das jeden Tag, unter den entsprechenden Vorsichtsmaßnahmen. Er schaltete den Plattenspieler ein und legte eine Sinfonie von Mozart oder Tschaikowsky auf, die sie so gemocht hatte, denn er wollte nicht, dass die Nachbarn dachten, er wäre vor lauter Einsamkeit verrückt geworden. Dann öffnete er die Tür zum Schlafzimmer, wo sie in seiner Phantasie im Ehebett lag, und unterhielt sich mit ihr von Raum zu Raum, als wäre sie noch am Leben. Gewiss, er erhob nie die Stimme, damit sie ihn auch wirklich hörte, und er ging auch nicht alle fünf Minuten rüber, wie er es in den letzten Monaten ihres Lebens getan hatte, um sich nach ihrem Befinden zu erkundigen. Er sprach in normaler Zimmerlautstärke. Irgendein Gutes musste es ja haben, wenn der andere sich im Jenseits befand.

Er hatte ihr von Maria Musella erzählt. Warum er gerade sie als nächstes Opfer unter so vielen möglichen ausgemacht hatte.

«Du würdest dich wundern, Liebling, wenn du wüsstest, wie viele Leute in unserem Viertel Psychopharmaka schlucken. Die bewirken so ziemlich das Gegenteil von den Beruhigungsmitteln, die du immer genommen hast, um deine Schmerzen zu lindern, weißt du noch? Oder sagen wir, nicht wirklich das Gegenteil, denn auch davon wird man total matt. Signora Musella schläft ständig. Deswegen ist sie auch nur ganz selten in akuter Gefahr.»

Er hatte ihr erklärt:

«Meine Intuition ist mein Kapital: Ich muss versuchen ihm zuvorzukommen, ich muss vorhersehen, wann er zuschlagen wird. Es hat keinen Sinn zu beweisen, dass diese vermeintlichen Selbstmorde echte Morde sind, das habe ich aufgegeben. Denn dieser Kerl ist ein gerissener Bursche, Liebste, er weiß genau, was er tut. Er verrät sich nicht, er wendet nie die gleiche Methode zweimal an. Er ist wirklich gut.

Warum ich so sicher bin, dass es sich um echte Morde handelt, fragst du? Ich habe es dir doch schon tausendmal erklärt, Schatz: Ich weiß es einfach. Diese Leute haben keine Kraft mehr zu leben, trotzdem wollen sie nicht sterben. Anders als du, du hast es nicht mehr ausgehalten vor Schmerzen.

Also habe ich, weil mich eh keiner ernst nimmt und alle denken, ich sei ein seniler Spinner, eine neue Strategie entwickelt: Ich konzentriere mich auf das nächste Opfer und versuche herauszufinden, wer im Umkreis der größten Apotheke im Viertel am meisten Psychopharmaka konsumiert. Irgendwo muss ich ja anfangen.»

Mit einem Kuss auf die Fingerspitzen verabschiedete er sich von Carmen und machte sich auf den Weg ins Kommissariat, um die Stimmung dort auszuloten. Palma, Romano und Aragona hatten ihm von ihrem Besuch bei den Borrellis erzählt. Was für eine hässliche Geschichte. Man sollte meinen, das Unglück würde die Leute zusammenschweißen und in ihrem Schmerz vereinen, doch oft genug passierte genau das Gegenteil. Auch Carmens Tod hatte eine Kluft zwischen ihn und den gemeinsamen Sohn Lorenzo getrieben. Alle drei Tage telefonierten sie miteinander, aber das war reine Formsache, klägliches Festhalten an einer geteilten Erinnerung.

Der Chinese und er hatten ihr Gespräch über Bulldoggen-Tore, den Kredithai, noch fortgeführt. Auf seine Weise war Tore eine hochinteressante Figur, ein moderner Unternehmer, der es geschafft hatte, das althergebrachte Wuchergeschäft über die engen Grenzen des Viertels hinaus zu exportieren. Mit den Kollegen von außerhalb hatte er regelrechte Joint Ventures gestartet, gemeinsame Deals und Investitionen getätigt. Als langjähriger Mitarbeiter des Kommissariats Pizzofalcone hatte er Lojacono erklärt, dass sie seit ewigen Zeiten gegen Parascandolo ermittelten, aber weil der größte Teil von dessen Einkünften aus Wuchergeschäften in anderen Regionen stammte, war er immer ungeschoren davongekommen. «Wenn ich Lieferverträge mit Unternehmen habe», hatte er mit seiner schrillen Stimme bei einem Verhör dem Staatsanwalt erklärt, «dann kann ich doch nicht automatisch wissen, wer ihre Schecks in Umlauf bringt.» Auf diese Weise landeten sämtliche Wucherzinsen von jenseits der Alpen anonym auf Tores Konto und seine eigenen Einnahmen weiß der Himmel wo. Und das im Einvernehmen mit den beteiligten Banken.

Dieser Lojacono gefiel ihm, sinnierte Giorgio. Sowieso gefiel ihm die Atmosphäre, die seit dem Neuanfang im Kommissariat herrschte. Es gab eine gesunde Lust auf eine Revanche; jeder von ihnen hatte den Ehrgeiz, es allen zu zeigen, und war froh, wieder auf der Piste zu sein. Und Palma wusste genau, wie er sie alle nach ihren individuellen Möglichkeiten am besten einsetzte, Aragona mit eingeschlossen, der anfangs zu gar nichts zu gebrauchen schien.

Bei dem Gedanken an den jungen Polizisten glätteten sich die Sorgenfalten auf Pisanellis Stirn. Da war etwas Gutes in ihm, das wusste er genau. Natürlich musste man etwas länger danach suchen, aber dann wurde man belohnt.

Er verließ das Kommissariat und trat hinaus an die Maienluft, die ihm so prickelnd vorkam wie ein Glas Prosecco. Er war guter Dinge und voller Hoffnung, was ihm schon lange nicht mehr passiert war. Seit Jahren arbeitete er an dem Fall mit den Selbstmördern, doch zum ersten Mal hatte er das Gefühl, der Lösung ganz nahe gekommen zu sein.

Kaum hundert Meter von Maria Musellas Wohnung entfernt hatte Giorgio Pisanelli unverhofft eine erfreuliche Begegnung. Und die Lösung seines Falles löste sich in Luft auf, trügerisch und zart wie der Duft von Frühlingsblumen.

Bruder Leonardo quälte sich die steile Gasse hinauf, zum zweiten Mal innerhalb von zwei Tagen. Er hatte es eilig, und die Vorstellung, seine Pläne ändern zu müssen, behagte ihm ganz und gar nicht.

Signora Maria, die bereit schien, ihrem Schicksal entgegenzutreten und vor Ablauf ihrer Zeit mit seiner Hilfe ein Engel des Herrn zu werden, drohte aus dem Kreise seiner Schützlinge auszuscheren. So viel Mühe, Stunden des guten Zuredens in dem weihrauchgeschwängerten Kirchenschiff, die akribische Recherche der Medikamentendosierung – alles umsonst. Die sture Hartnäckigkeit seines Freundes Giorgio entwickelte sich zu einer echten Herausforderung.

Immerhin, so tröstete der kleine Mönch sich selbst, war das Glück ihm hold gewesen, denn er hatte ziemlich viel aufs Spiel gesetzt. Wenn sein Polizistenfreund ihn dabei erwischt hätte, wie er das Haus der Musella betrat oder verließ, und anschließend die Frau mit einer Überdosis Psychopharmaka tot aufgefunden worden wäre, den Abschiedsbrief neben sich, hätte er ein echtes Problem bekommen. Nicht unlösbar, aber schwierig.

Wie um seine, Leonardos, Mission mit seinem Segen zu versehen, hatte der Herrgott dafür gesorgt, dass Giorgio ein paar Minuten zu spät oder er selbst ein paar Minuten zu früh gekommen war: Auf diese Weise waren sie sich in einem angemessenen Abstand zu Maria Musellas Wohnung begegnet. Froh über das unverhoffte Treffen hatte der Stellvertretende Kommissar ihn in eine Bar gelockt, ihn auf einen Espresso eingeladen und ihm seine verstiegene, aber zutreffende Theorie erläutert. Und wie zutreffend sie war, wusste niemand besser als der Mönch selbst.

Leonardo hatte wie immer ein mitfühlendes Gesicht aufgesetzt und dem Polizisten signalisiert, dass er Anteil an seinen inneren Sorgen nahm. Bedauerlich das Ganze, denn es war schön, den Freund an diesem milden Maivormittag so aufgeräumt zu erleben, war er doch überzeugt, endlich auf dem richtigen Weg zu sein und alles zu durchschauen. Fast erlag er der Versuchung, der lieben Signora Maria trotzdem den Inhalt des Flakons zu verabreichen.

Aber er, Bruder Leonardo Calisi, Pfarrherr der Kirche Santissima Annunziata und Abt des zugehörigen Klosters, hatte eine heilige Pflicht zu erfüllen. Er konnte sie unmöglich vernachlässigen, nur um einen lieben Freund, ja fast einen Bruder glücklich zu machen. Er wünschte ihm also alles Gute und dass seine düsteren Vorhersagen sich nicht erfüllen mochten, und ging weiter seines Weges.

Und jetzt? Wenn der Herr in seiner unendlichen Weisheit der lieben Maria Musella noch einmal einen Aufschub gewährt hatte, dann wollte er ihm damit bestimmt etwas sagen. Aber was?

Am selben Abend hatte er sich zum Gebet in den Klosterhof zurückgezogen, den frischen Duft der Blüten einatmend, die sich dem Frühling und ihrem neuen Leben öffneten, und wie immer hatte Gott ihn erleuchtet, indem er ihn seinen Willen wissen ließ. Die Aufgabe, die es nun zu erfüllen galt, betraf Emilio D'Anna, einen pensionierten Lehrer und treues Mitglied der Gemeinde, der schwer unter dem Verlust seiner verstorbenen Frau und der Gleichgültigkeit seiner Kinder litt, die ihn kaum unterstützten und sich am Telefon verleugnen ließen.

Ja, der Herr hatte zu ihm gesprochen. Und er hatte ihn wissen lassen, dass der arme D'Anna, gegebenenfalls unter sanftem Druck, bereit war, den Sinn seines Lebens in Frage zu stellen. Warum muss ich mich dazu zwingen, noch viele Jahre in völliger Einsamkeit zu verbringen, nur weil mein Herz nicht aufhört zu schlagen? Solche Gedanken begannen in ihm zu gären.

Keine Frage, Leonardo musste dem armen Emilio nun öfter einen Besuch abstatten. Und so machte sich der fromme Mönch gleich am nächsten Nachmittag auf seinen Stummelbeinchen, die Soutane wegen des Straßenstaubs leicht gelupft, auf den Weg zu ihm.

Und er freute sich an der frischen Maienluft und dankte dem Herrn.

46

Dodo hat Fieber und denkt an seine Mutter.

Normalerweise denkt er an seinen Vater, aber jetzt, wo er Hals-schmerzen hat und Schüttelfrost verspürt, möchte er, dass seine Mama neben ihm auf dem Bett liegt.

Das macht seine Mama immer. Wenn sie merkt, dass es ihm nicht gutgeht oder er traurig ist, legt sie sich neben ihn, streichelt ihm übers Haar und berührt von Zeit zu Zeit mit den Lippen seine Stirn, eine Geste, die halb Kuss und halb Methode ist, seine Temperatur zu fühlen.

Sie merkt von alleine, wenn bei ihm etwas nicht in Ordnung ist – er würde ihr das nie sagen. Zur Mama laufen und jammern ist etwas für Babys, für Kinder, die nie groß werden. Aber sie merkt es ihm sofort an, ein Blick genügt, und dann legt sie sich neben ihn und streichelt ihm übers Haar. Sie spricht nicht mit ihm, sie erzählt ihm keine Geschichten wie Papa, dass ihm der Atem stockt und seine Augen sich vor Schreck weiten. Aber jetzt, wo er nicht schlafen kann und Schmerzen hat, mit der schmutzigen Decke über sich, in einem nach Kot und Teigtaschen stinkenden Loch, jetzt würde er am liebsten die Hand seiner Mutter auf seinem Kopf spüren.

Er denkt und träumt zugleich. Er meint sich zu erinnern, dass Lena ihn geweckt und ihm eine Tablette mit etwas Wasser gegeben hat. Im ersten Moment dachte er, sie wäre seine Mama, aber es war Lena. Die blonden Haare haben ihn irritiert; warum sie sie wohl gefärbt hat, sein hübsches Kindermädchen, das auf ihn aufgepasst hat, als er noch klein war und immer zum Großvater gegangen ist. Vorher hat sie ihm besser gefallen, aber das kennt man ja von den Frauen, das ist typisch für sie, sie brauchen immer Abwechslung.

Papa hat ihm erklärt, dass das der Grund sei, warum Mama nun mit Manuel zusammen ist und nicht mehr mit ihm. Weil sie Abwechslung gebraucht hätte.

Dodo kann Manuel nicht leiden. Doch er ist nicht wie andere Kinder von geschiedenen Paaren, die aus Prinzip den neuen Partner der Mutter oder des Vaters ablehnen. Er behauptet nicht, von ihm schlecht behandelt zu werden, um mehr Aufmerksamkeit oder Geschenke zu bekommen. Ein paar seiner Klassenkameraden machen das, weil sie wissen, dass ihre Mama oder ihr Papa sich freuen, wenn sie sagen, der neue Partner des anderen sei böse.

Manuel behandelt ihn nicht schlecht. Aber auch nicht gut. Am Anfang hatte Mama gehofft, sie würden Freunde werden, aber dann hat sie begriffen, dass das nicht möglich ist. Sie war froh, dass kein Streit zwischen ihnen herrscht, wie das bei vielen ihrer geschiedenen Freundinnen der Fall ist. Dodo und Manuel haben gelernt, miteinander auszukommen, und an manchen Abenden, wenn Mama zu Hause ist, sitzen sie sogar zu dritt vor dem Fernseher, auch wenn meistens niemand lustige Bemerkungen zu dem Film macht. Er geht dann irgendwann immer in sein Zimmer und spielt mit seinen Action-Figuren oder liest Comics.

Manchmal, wenn Mama keine Zeit hat, holt Manuel ihn von der Schule ab. Die Schwestern kennen ihn, und auch wenn sie ihn nicht mögen, weil er nicht mit Mama verheiratet ist und dem Herrn Jesus daher Kummer bereitet, grüßen sie ihn. Während der Fahrt nach Hause sprechen Manuel und er nicht miteinander. Jeder macht sein eigenes Ding.

Mama nicht. Mama liebt ihn, und Dodo liebt sie. Klar, sie ist eine

*Frau, über manche Dinge kann man mit ihr nicht reden, aber sie be-
obachtet ihn immer ganz genau, um seine Gefühle und Gedanken zu
erraten. Auch wenn er zu Papa in den Norden fährt, in den Ferien
oder an langen Wochenenden, bestürmt sie ihn mit Fragen, weil sie
wissen will, wie er lebt, wie viel Geld er verdient, ob er eine Freundin
hat. Papa hingegen interessiert sich nicht für Mamas Leben, er fragt
ihn nie aus. Er ist eben ein Mann.*

*Am liebsten, denkt Dodo im Halbschlaf, hätte er jetzt seine Mama
neben sich liegen. Ganz dicht, damit sie ihm etwas abgeben kann von
ihrer Körperwärme und ihrem Duft, ihrem ganz besonderen Mamageruch. Vielleicht würde sie eine Melodie für ihn summen, dieses
wunderschöne Schlaflied, das sie ihm immer vorgesungen hat, als
er noch ganz klein war, und das er seitdem nie mehr irgendwo gehört
hat.*

*Vielleicht würde sie ihm eine Tasse Milch mit Honig bringen, an
der er sich die Zunge verbrennt, aber die trotzdem gut schmeckt und
seine Halsschmerzen lindert. Dodo hat schon immer Probleme mit
den Mandeln gehabt, seine Mama sagt, das sei sein Schwachpunkt.*

*Wie es der Mama jetzt wohl geht? Bestimmt macht sie sich große
Sorgen um ihn. Bestimmt vermisst sie ihn ganz schrecklich.*

*Wenn ich wieder zu Hause bin, denkt Dodo, frage ich sie, ob ich
ein paar Tage Schule schwänzen darf. Und bitte sie, nicht zu ihren
Freundinnen zu gehen. Sie soll Manuel woandershin zum Über-
nachten schicken, an einen dieser Orte, wo er immer Karten spielt.
Sie kann ihm ja mehr Geld geben als sonst, damit er sich amüsiert
und nicht so schnell wiederkommt.*

*Ich sage ihr, dass ich alleine mit ihr sein will, nur wir beide,
nebeneinander auf meinem Bett, mit einer Tasse heißer Milch mit
Honig, dem Schlaflied und dem Mamageruch.*

*Neben ihr ist mir nicht zu heiß und nicht zu kalt, denkt Dodo.
Neben ihr ist es immer genau richtig.*

Weißt du, Batman, ich verrate dir ein Geheimnis, ganz leise, damit niemand anders es hören kann: Wenn ich wieder zu Hause bin, möchte ich noch mal ein kleiner Junge sein. Wenn ich wieder zu Hause bin, möchte ich mit meiner Mama auf dem Bett kuscheln.

Das sind Dodos Gedanken, während er auf dem Boden liegt, in eine schmutzige Decke eingerollt, im Gestank seiner eigenen Exkremente und des vergammelten Essens. Das sind seine Gedanken.

Und endlich schläft er ein.

47

Manuel schaute Eva an, die sich in ihrem Sessel vergraben hatte. Sie schien ein anderer Mensch geworden zu sein, das war nicht mehr die Frau, die er kannte, mit deren Wutanfällen und Launen er zu leben gelernt hatte.

Sie war ihrem Vater viel ähnlicher, als ihr bewusst war, wenn sie in langen Tiraden über seinen schlechten Charakter schimpfte, über seine Härte und seinen Geiz, bevor sie sich dann ihn, Manuel, vorknöpfte und sich beschwerte, dass er kein Geld verdiente. Normalerweise dachte er dann, während er ihre Kränkungen wie ein flüchtiges Sommergewitter über sich ergehen ließ, dass seine Lebensgefährtin ihrem alten kranken Vater gegenüber ungerecht war.

Ja, der Cavaliere war ein verdammter Geizkragen, weil er seine Tochter nicht an seinem riesigen Vermögen teilhaben ließ, als könnte er es mit in die Hölle nehmen, wo er früher oder später landen würde. Vermutlich eher früher, seinem aktuellen Befinden nach zu urteilen. Der Alte ließ auch keine Gelegenheit aus, ihm vorzuwerfen, dass er ein nichtsnutziger Gigolo sei, den seine Tochter aufgenommen habe wie einen herrenlosen Straßenköter, um sich wieder mal selbst zu schaden. Mit Hilfe dieser alten Hexe, der Peluso, hatte er ihm auch noch den Geldhahn zugedreht, als wüsste er nicht genau, dass dieses Zockerpack über kurz oder lang Ernst machen und ihn

308

blutspuckend in einer dunklen Gasse verrecken lassen würde, wenn er nicht bald seine Spielschulden bezahlte. Ihn, den sensiblen Künstler, der jede Form von Gewalt verabscheute.

All das war die Wahrheit.

Aber es entsprach ebenso der Wahrheit, dass er sich dank des Alten bisher um seinen Lebensunterhalt keine Gedanken hatte machen müssen. Dieses auf unredliche, profitgierige Weise erworbene Vermögen hatte ihm, dem Kreativen, erlaubt, seine Neigungen voll auszuleben und sich nicht in die Niederungen des Malochens begeben zu müssen. Anders als seine armseligen Eltern, die ihn mit ihrem Tod von einer enormen Last und Peinlichkeit befreit hatten, hatte er nicht mühselig sein Brot verdienen müssen.

Er hätte sich gewünscht, dass Eva als seine Geliebte seine Ambitionen teilen und unterstützen würde, dass sie Verständnis für seine kreative Krise und Konjunkturflaute in diesem Umfeld aus skrupellosen Galeristen und gedungenen Kritikern aufbringen könnte. Aber der Wind würde sich schon wieder drehen – und dann würde man ihn in der ganzen Welt feiern. Immerhin hatte er eine Einzelausstellung in Venedig vorzuweisen, wie nur die Größten seiner Branche.

Aber leider hatte Eva kein Gespür für die Bedürfnisse und die vielen Facetten einer Künstlerseele. Sie war mit offenem Mund und tränenverquollenem Gesicht eingeschlafen – wie konnte man nur so viel heulen, seit drei Tagen tat sie nichts anderes. Sie wollte nicht begreifen, dass er nur ihretwegen mit dem Spielen angefangen hatte, um der Gängelei ihres Vaters zu entgehen. Er hatte auf schnellstem Wege Geld machen und dem alten Ekelpaket seinen ganzen Widerwillen entgegenschleudern wollen. Okay, die Sache war nicht so gelaufen wie erhofft, und nun hatte er das nicht unerhebliche Problem am

Hals, jede dunkle Gasse und einsame Straße meiden zu müssen. Aber das letzte Wort war noch lange nicht gesprochen. Es war charakteristisch für große Geister, dachte Manuel, dass sie immer an das Gute glaubten.

Unglück macht alt, sinnierte er, als Eva plötzlich im Schlaf hochschreckte und ein Stöhnen von sich gab. Sie erinnerte ihn an eines dieser Klageweiber, die bis in die sechziger Jahre hinein auf fremden Beerdigungen gegen Geld weinten. Sowieso war ihm unverständlich, wie man ein solches Bohei um ein Kind machen konnte. Der Junge hatte sich eh immer mit seinen verdammten Action-Figuren in seinem Zimmer eingesperrt. So fixiert, wie der Junge auf seine Kriegs- und Kampfspielchen war, hatte er sich schon ein paarmal gefragt, ob Dodo nicht etwas zurückgeblieben war.

Vielleicht kam er einfach nur nach seinem Vater, diesem stumpfsinnigen Gorilla, der am ersten Abend nach dem Verschwinden des Rotzlümmels fast auf ihn losgegangen wäre. Klar, dass Eva ihn verlassen hatte, nachdem sie einem Schöngeist wie ihm begegnet war.

Eva, meine liebe Eva. Es tut mir in der Seele weh, dass du so leiden musst, aber: Nicht alles Übel bringt am Ende Schaden. Wer weiß, vielleicht tut sich ein ganz neues Leben für uns auf, wenn wir uns nur noch auf uns beide konzentrieren können. Trauer vergeht, meine geliebte Eva, und mit den Narben, die sie hinterlässt, kann man zu leben lernen. Und vielleicht ist bis dahin auch der Alte den Gnadentod gestorben und macht uns den Weg frei, unsere Liebe und meine Kunst zu pflegen.

Es kann gut sein, Geliebte, dass diese schlimme Erfahrung sich letztendlich als ein Segen für uns herausstellen wird. Wir lassen all den Ballast hinter uns: deinen Vater, diesen Primaten von Exmann, die alte Hexe, die verdammten Gangster, die hinter mir her sind, weil sie ihr Geld wollen. Und um zu vergessen, fahren wir auf eine einsame Insel in der Ferne, wie Paul Gauguin. Ich finde meine künstlerische Inspiration wieder, und in ein paar Jahrhunderten, in den mir gewidmeten Seiten der Geschichtsbücher, wird von unserer Liebe die Rede sein und davon, wie diese Tragödie die notwendige Voraussetzung für mein großes Werk war.

Ein Sonnenstrahl fiel durch das Fenster und traf Evas geschlossene Augen. Sie fuhr hoch und setzte sich auf.

«Dodo? Dodo? Mein Gott … wie lange habe ich geschlafen?»

Manuel versuchte sie zu beruhigen.

«Ein paar Minuten, Liebling, nur ein paar Minuten. Ich war die ganze Zeit hier bei dir. Ich hätte dir Bescheid gesagt, wenn sich etwas Neues ergeben hätte.»

Eva zwinkerte mit den Lidern, starrte auf ihre Hände. Sie schien Schwierigkeiten zu haben, in die Realität zurückzufinden. Schließlich sagte sie mit leiser Stimme:

«Ich habe geträumt. Aber es wirkte so echt, dass ich nicht glauben kann, dass es nur ein Traum war. Ich lag neben ihm, habe ihm übers Haar gestreichelt, wie früher, wenn er Fieber hatte oder Halsschmerzen bekam, weil das Wetter umgeschlagen war. Ich habe ihm unser Lied vorgesungen, bei dem er immer einschläft; ich habe es nur gesummt, ganz leise. Und er hatte wieder diesen Geruch wie als Baby, ein Duft, den nur ich riechen kann. Mein Gott, es wirkte alles so echt …»

Sie weinte, immer heftiger, bis sie von Schluchzern geschüttelt wurde.

Geht das schon wieder los, dachte Manuel.

Und mit einem der Situation angemessenen Lächeln beugte er sich vor, um sie in die Arme zu nehmen.

48

Alex und Lojacono hatten beschlossen, Susy Parascandolo vor dem Eingang zum Fitnessstudio abzupassen.

Sie hatten lange diskutiert, ob es sinnvoll wäre, ihr einen offiziellen Besuch zu Hause abzustatten, am Tatort, um mit ihr in Anwesenheit ihres Ehemannes zu sprechen – in der Hoffnung, dass sie sich verraten würde. Doch dann waren sie übereingekommen, sie lieber allein mit ihrem Wissen zu konfrontieren, damit sie wählen konnte, ob sie sich der Verantwortung stellen oder ihr mühsam konstruiertes Scheinleben aufrechterhalten wollte.

Der Erste, der zur Arbeit kam, war Marvin. Er wirkte angespannt. Irgendetwas schien nicht nach Plan zu laufen. Offenbar war dem jungen Mann inzwischen klargeworden, dass eine erneute Anzeige wegen Wohnungseinbruch, noch dazu unter Beihilfe einer der Bestohlenen, eine harte Strafe zur Folge haben konnte.

Assunta Parascandolo, genannt Susy, trudelte eine halbe Stunde später ein. Dass sie nervös war, verrieten eine riesige Sonnenbrille, hinter der sie sich wohl verstecken wollte, und die Schimpftiraden, mit denen sie einen Rollerfahrer bedachte, der ihr beinah die Autotür abgefahren hätte.

Lojacono machte Alex Di Nardo ein Zeichen, das Zivilfahrzeug zu verlassen, in dem sie gewartet hatten. Sie hatten die

Frau eingeholt, noch bevor sie das Fitnessstudio erreicht hatte.

Susy Parascandolo schien nicht überrascht. Sie zog die Schultern hoch, als erwartete sie einen Schlag.

«Guten Morgen, Signora. Was halten Sie von einem kleinen Schwätzchen unter sechs Augen? Vielleicht ist es besser, wir gehen nicht in Ihr Büro, wir möchten Sie nicht unnötig in Schwierigkeiten bringen.»

Die Frau nickte wortlos und steuerte auf eine nahegelegene Bar zu. Alex und der Chinese folgten ihr in den hinteren Raum des Cafés.

Als sie Platz genommen hatten, sagte Lojacono:

«Nun, Signora, die Spurensicherung hat in Ihrer Wohnung zahlreiche Fingerabdrücke von Mario Vincenzo Esposito entdeckt, dem Pilateslehrer aus Ihrem Fitnessstudio, den wir gestern kennenlernen durften. Wie Sie sich vorstellen können, ist diese Tatsache nicht ganz unbedeutend. Vielleicht können Sie uns dazu etwas sagen?»

Alex bewunderte den Kollegen für sein Geschick. Er hatte keinerlei Unwahrheiten gesagt, sondern nur das erwähnt, was sie wussten, dies jedoch auf eine Weise, die suggerierte: «Wir wissen alles über dich; dieser Idiot von deinem Liebhaber hat überall seine Fingerabdrücke hinterlassen, mit deinem Einverständnis hat er den Tresor geknackt; was willst du jetzt machen, ihn fallen lassen wie eine heiße Kartoffel oder uns erzählen, was wirklich passiert ist?» Aragona hatte recht, von dem Chinesen konnte man eine Menge lernen.

Für einen Moment gelang es Susy, ihren unergründlichen Gesichtsausdruck zu bewahren, unterstützt von den dunklen Brillengläsern und den maskenhaften Zügen, die sich ihrem Schönheitschirurgen verdankten. Doch dann brach sie zusammen. Erst begann ihre Unterlippe zu zittern, dann übertrug sich das Beben auf ihr ganzes Gesicht. Lojacono musste an einen Teich denken, in den jemand einen Stein geworfen hatte, sodass immer größere konzentrische Kreise entstanden.

Die Parascandolo nahm ihre Sonnenbrille ab und knallte sie auf den Tisch.

«Dieser Idiot! Was für ein Vollidiot! Man muss schon vom Pech verfolgt sein, um wie ich erst an einen Wahnsinnigen und dann an einen Idioten zu geraten. Egal wie, ich suche mir immer den falschen Kerl aus.»

Sie war wütend, nicht unglücklich. Richtig wütend.

Alex Di Nardo drehte den Kopf zu Lojacono und sah, dass er die meditative Haltung eingenommen hatte, die er immer einnahm, wenn er sich konzentrieren wollte: die Hände still auf den Oberschenkeln, das Gesicht vollkommen ausdruckslos, die Augen zu zwei Schlitzen zusammengezogen. Wahrscheinlich löste dieser Gesichtsausdruck bei Lojaconos Gesprächspartner eine Art Redezwang aus, überlegte sie, der verzweifelte Versuch, dieser reglosen Larve irgendeine Reaktion abzutrotzen. Ob der Chinese das wohl absichtlich machte? Oder entsprach es einfach seinem Naturell?

Susy wandte sich an Lojacono.

«Sie können sich nicht vorstellen, Ispettore, was es bedeutet, mit diesem Mann verheiratet zu sein. Er hat sich mich gekrallt, als ich gerade mal 20 war. Mein Vater, Gott habe ihn selig, war von ihm abhängig, denn mein Mann hat schon in jungen Jahren das getan, was er heute immer noch tut. Er kam in Begleitung von ein paar Typen, die als Geldeintreiber für ihn arbeiteten, Leute, die dich umbringen können, ohne dass es irgendjemand mitkriegt. Mein Vater hatte versucht,

sein Modegeschäft weiterzuführen, aber der Laden lief nicht
gut, er musste zwei Verkäuferinnen entlassen, deswegen fing
ich bei ihm an. Ich erinnere mich noch gut an diesen Morgen:
Sie kamen rein, und mit seiner verdammten Fistelstimme
meinte er zu mir: ‹Pass auf, Mädel, du lässt jetzt mal den Roll-
laden runter, wir haben was mit deinem Vater zu besprechen.›
Ich habe ihm gerade ins Gesicht gesehen, in seine Straßenkö-
tervisage – Sie wissen, dass er überall nur ‹Bulldoggen-Tore›
genannt wird? – und geantwortet: ‹Lass doch selbst den Roll-
laden runter, du Hampelmann.› Einer seiner Kumpanen wollte mir den Arm umdrehen, aber er hielt ihn davon ab, starrte
mich eine Minute lang an und sagte dann: ‹Gehn wir, Jungs.›
Sie sind tatsächlich gegangen. Am nächsten Tag ist er alleine
wiedergekommen, mit einem Blumenstrauß in der einen und
den Wechseln meines Vaters in der anderen Hand.»

Der Kellner kam in das Hinterzimmer, um ihre Bestellung
aufzunehmen, doch die Parascondolo scheuchte ihn fort und
bedeutete ihm, niemanden hereinzulassen. Ihr Lachen war
bitter, als sie sagte:

«Sehen Sie, es hat auch Vorteile, mit Bulldoggen-Tore verheiratet zu sein. Fast alle schulden sie ihm Geld, und alle haben Angst vor ihm. Denn seit seinem ersten Arbeitstag ist er
immer reicher, mächtiger und unerträglicher geworden.»

Peinlich berührt rutschte Alex auf ihrem Stuhl herum. Lojacono bewegte nicht einen Muskel.

Die Frau fuhr fort.

«Ich habe ihn geheiratet – was hätte ich auch tun sollen?
Klar, ich hätte in eine andere Stadt, in ein anderes Land gehen
können, aber er hätte mich immer gefunden. Niemand sagt
Nein zu Bulldoggen-Tore. Er hätte sich meinen Vater und sein
Geschäft vorgeknöpft. Also habe ich ihn geheiratet. Aber ich

habe ihn immer gehasst, von Anfang an, und er hasst mich auch. Weil er weiß, dass ich mich ihm – als Einzige – nie ganz untergeordnet habe. Dieser Krieg dauert nun schon seit mehr als 30 Jahren an.» Sie schniefte. «Ich bin an seiner Seite alt geworden. Immerhin ist es mir gelungen, keine Kinder von ihm zu kriegen. Im Gegenzug habe ich ihn ausgenommen: Kleider, Schmuck ... Ich habe mir auch ein paar Schönheits-OPs geleistet; ich weiß, man sieht es nicht, aber es ist wahr, glauben Sie mir.»

Alex hatte den Eindruck, dass Lojaconos linker Mundwinkel ganz leicht zuckte.

«Irgendwann habe ich mir von ihm das Fitnessstudio schenken lassen. Ich bin ein absoluter Fan von Aerobic, Fitnesstraining, Pilates, Spinning – was es eben so gibt. Und er brauchte eine Tarnung für seine dunklen Geschäfte. Der Laden war früher ein Kino, und er hat ihn sich unter den Nagel gerissen, ohne einen einzigen Cent zu zahlen – der Besitzer stand bis über beide Ohren bei ihm in der Kreide. Ein paar Freunde aus dem Norden, die den gleichen Job machen wie er, haben uns das Studio eingerichtet.»

Lojacono fragte:

«Den gleichen Job wie er? Was meinen Sie damit?»

Überrascht starrte die Frau ihn an.

«Ispettore, das wissen Sie nicht? Das kann ich nicht glauben. Entschuldigen Sie, aber ich hätte Sie wirklich für cleverer gehalten.»

Alex klärte die Frau auf.

«Sie müssen es uns selbst sagen, Signora. Das ist sehr, sehr wichtig.»

Susy schien nachzudenken.

«Ja, ich kann mir denken, was Sie meinen ... Also, mein

Mann ist ein Kredithai: Er verleiht Geld gegen Wucherzinsen, die halbe Stadt hat Schulden bei ihm.»

Lojacono schaltete sich ein.

«Bisher hat das aber niemand beweisen können.»

Die Parascandolo sog tief die Luft ein.

«Hören Sie, Ispettore, ich glaube, es ist an der Zeit, dass wir beide einen Deal machen. Sie ermitteln doch in einem Fall von einfachem Wohnungsdiebstahl. Ein Dummer-Jungen-Streich, wenn man so will. Das sehen Sie doch genauso, oder?»

Lojacono gab keinen Mucks von sich.

Susy fuhr fort.

«Nur dass Marvin ein echtes Problem hätte, wenn die Sache rauskäme. Und auch mir würde er diesmal nicht verzeihen. Also bleibt mir nur, mit Ihnen diesen Deal zu machen. Sind Sie mit von der Partie oder nicht?»

Der Inspektor verharrte fast eine Minute in seinem Schweigen. Schließlich sagte er:

«Deals kann ich keine machen, Signora. Aber reden Sie ruhig weiter. Lassen Sie uns das Ganze als eine Art Versuchsanordnung betrachten.»

«Gut, dann nehmen wir mal an – rein theoretisch natürlich –, Marvin und ich hätten diesen Einbruch arrangiert. Und zwar angesichts eines fetten Sümmchens, das Bulldoggen-Tore sich sichern wollte, indem er wie immer die Wechsel seiner Opfer in den Norden geschickt hat. Nehmen wir mal an, es wäre mir gelungen, den Scheißkerl für ein Wochenende nach Ischia zu locken, und Marvin hätte in dieser Zeit seinen Job erledigt – wenn auch, anders als ich ihm gesagt habe, ohne Handschuhe.»

Alex gratulierte im Stillen Lojacono, der die kluge Idee gehabt hatte, die Frau abzufangen, bevor sie von ihrem Liebhaber erfahren hätte, dass er sehr wohl Handschuhe getragen

317

hatte und die Fingerabdrücke rein gar nichts mit dem Einbruch zu tun hatten, sondern allenfalls mit Susys Ehemoral.

«Nehmen wir mal an, das Arschloch hat sich dieses Mal statt Bargeld Verrechnungsschecks mit doppelt so hohen Summen geben lassen, die er nach und nach einlösen wollte, und wir standen plötzlich mit einem Stapel wertloser Papiere da, statt mit seinem Geld unter falscher Identität ein neues Leben anfangen zu können. Denn was sollten Susy und Marvin schon mit zehn Millionen Euro in Form von Verrechnungsschecks anfangen? Nichts. Aber wenn – immer noch rein theoretisch – diese Schecks irgendwo von der Polizei gefunden werden, sagen wir, in einem Schließfach am Bahnhof, dessen Schlüssel sich zufälligerweise in meinem Besitz befindet, und wenn diese Schecks Bulldoggen-Tores Namen tragen, der ihn gleich eingesetzt haben wollte, aus lauter Angst, beschissen zu werden: In einem solchen – selbstverständlich frei erfundenen – Fall würde die arme Bulldogge doch für den Rest ihres Lebens hinter Gitter wandern – oder sehe ich das falsch?»

Alex war beeindruckt. Die Frau hatte sich wirklich gut informiert, das musste man ihr lassen. Sie fragte:

«Und wie drehen wir die Sache mit dem Diebstahl?»

«Welchem Diebstahl? Die Einbrecher haben doch gar nichts mitgenommen, rein gar nichts. Niemand weiß, wer sie sind. Und das soll auch so bleiben. Im Gegenzug haben Sie die Möglichkeit, einen Wucherer dingfest zu machen, der seit 40 Jahren die Geschäftsleute dieser Stadt terrorisiert und eine Existenz nach der anderen ruiniert. Sie könnten ihn endlich aus dem Verkehr ziehen.»

Ein langes Schweigen folgte ihren Worten. Susy machte dem Kellner, der den Eingang zum Hinterzimmer überwachte, ein Zeichen, ihr ein Glas Wasser zu bringen. Nachdem sie getrunken und sich den Mund abgetupft hatte, nahm sie den Faden wieder auf.

«Ispettore, glauben Sie mir, Marvin ist wirklich ein guter Junge. Er ist charmant und hat ein weiches Herz. Zugegeben, er hat einen Riesenfehler gemacht, aber da, wo er herkommt, gibt es nur zwei Kategorien von Mensch: die, die geschnappt werden, und die, die nicht geschnappt werden. Obwohl sie alle das Gleiche tun. Marvin ist jung, fröhlich und eine Granate im Bett. Ich vergnüge mich mit ihm, ich habe ihn für diese Sache benutzt, meinetwegen, aber ich hätte ihn natürlich mitgenommen, wenn sich im Tresor Bargeld statt Schecks befunden hätte. Sie sind jetzt unsere einzige Chance, Ispettore, noch einmal mit einem blauen Auge davonzukommen. Denn wenn Sie unseren kleinen Deal platzenlassen und Ihre Ermittlungen fortsetzen, werden wir innerhalb von zwei Tagen von der Bildfläche verschwunden sein. Und zwar buchstäblich, denn dann liegen mein Adonis und ich mit einem hübschen Betongewicht an den Füßen am Meeresgrund, und es wird heißen, wir beide seien zusammen abgehauen. So läuft das, Ispettore. Und Sie und Ihre Kollegen hätten nicht mehr als heiße Luft in der Hand, denn die Bulldogge werdet ihr nie zu fassen kriegen. Sollte unser Deal jedoch funktionieren, werde ich sein Vermögen flüssigmachen und mich absetzen. Ins Ausland – sicher ist sicher.»

Alex war fasziniert.

«Und wenn wir – immer noch rein theoretisch – Ihrem Deal zustimmen würden, was passiert dann mit Esposito?»

«Mit Marvin? Vielleicht überlasse ich ihm das Fitnessstudio, sodass er was hat, mit dem er Geld verdienen kann, und sich keine Sorgen mehr machen muss. Also, was ist, Ispettore, gefällt Ihnen mein Vorschlag?»

49

Marinella lief den Boulevard entlang, der von der großen Piazza hangaufwärts führte. Sie hielt an einem Platz mit einer Kirche, um einen Blick auf das Geschehen in einer Baugrube zu werfen, die zu einer Metrostation ausgebaut werden sollte.

Dass es in dieser Stadt von Baustellen nur so wimmelte, wurde eigentlich von allen ihren Bewohnern als unerträglich empfunden, Marinella hingegen gefiel es. Die Stadt schien wie ein riesiges Tier voller Leben zu sein, das sich ständig häutete und erneuerte, bevor es alt wurde.

Sich erneuern, sich verändern war wichtig, dachte sie. Sie zum Beispiel konnte von sich behaupten, schon zweimal seit ihrer Geburt umgezogen zu sein, in nicht mal 16 Jahren, auch wenn ihr klar war, dass sie aus dieser seltsamen, wunderschönen Stadt nun nicht mehr fortgehen würde. Jedenfalls nicht so schnell, hoffte sie, denn als sie vor ihrem Spaziergang noch kurz einen Abstecher zum Supermarkt gemacht hatte, war sie wieder dem geheimnisvollen Liedchenträllerer begegnet, der ihr nun gar nicht mehr so geheimnisvoll vorkam.

Es war reiner Zufall gewesen. Lojacono war etwas früher als sonst aus dem Haus gegangen, nachdem er das ganze Frühstück über, wie so oft in den letzten Tagen, kaum etwas gesagt und zutiefst zerstreut gewirkt hatte. Marinella kannte diesen Seelenzustand bei ihrem Vater, so verhielt er sich immer, wenn er kurz vor der Lösung eines Falls stand. Theorien und Überlegungen nahmen dann zunehmend Raum ein, beanspruchten Geist und Herz und schalteten die Außenwelt vollkommen aus. Diesmal jedoch war ihr sein tranceartiger Zustand gelegen gekommen, denn auf diese Weise stellte er keine Fragen zu ihrer merkwürdigen Euphorie, die ihr Gesicht ohne ersichtlichen Grund von innen heraus zum Leuchten brachte.

Nachdem er gegangen war, hatte Marinella rasch eine Jeans, ein T-Shirt und einen Pullover aus dem Schrank geholt, sich angezogen, flüchtig vor dem Spiegel die Haare gekämmt und ungeschminkt das Haus verlassen. Ihr Plan war, in Rekordzeit einzukaufen und den Haushalt zu machen, denn sie hatte einen Besuch vor und wollte sich mit der Rückkehr in ihre Wohnung keineswegs beeilen müssen.

Sie nahm im Treppenhaus stets zwei Stufen auf einmal und wäre fast in den Jungen hineingerannt, der ihr so gut gefiel. Er hatte sich hinter einen der Geländerpfeiler gehockt und war dabei, sich die Schuhe zu binden.

«He, kannst du nicht aufpassen?»

Es war das erste Mal, dass sie das Wort aneinander richteten.

«Wie, bin ich etwa schuld daran, dass du mitten im Weg stehst, um dir die Schuhe zuzubinden?»

Er hatte sich jetzt aufrecht hingestellt. Himmel, war er groß.

«Was für ein toller Akzent! Du kommst aus Sizilien, was? Ich mag das, wenn jemand mit sizilianischem Einschlag spricht.»

Marinella fühlte ein Unbehagen in sich aufsteigen. Die unerwartete Begegnung um diese Uhrzeit hatte sie auf dem falschen Fuß erwischt. Sie war weder geschminkt noch anständig angezogen, die Turnschuhe ließen sie noch kleiner wirken als sonst, und jetzt mokierte er sich auch noch über ihren sizilianischen Akzent.

Mit versteinertem Gesicht erwiderte sie:

«Ach, tatsächlich? Was ist daran schlimm, dass ich aus Sizilien komme?»

Er wich zurück, als hätte sie ihm eine saftige Ohrfeige verpasst.

«Aber ich habe doch gerade gesagt, dass mir der sizilianische Akzent gefällt! Vor allem bei Frauen. Darf ich mich vorstellen – auch wenn man das als guter Nachbar eigentlich schon längst hätte tun sollen: Ich bin Massimiliano Rossini, ich wohne ...»

«... im fünften Stock, im anderen Seitenflügel, ich weiß.»

Der Junge wirkte für einen Moment verwirrt, aber auch belustigt.

«Wenn du schon alles über mich weißt, würdest du mir dann wenigstens auch deinen Namen verraten?»

Marinella holte tief Luft, um ihre Nerven zu beruhigen.

«Entschuldige, du hast völlig recht. Ich habe deinen Nachnamen dem Klingelschild zugeordnet; vorgestern hat deine Mutter mir nämlich Zucker geliehen, den ich ihr noch erstatten wollte. Ich bin ...»

«... Marinella Lojacono, vierter Stock. Ich weiß das seit mindestens zehn Tagen, um ehrlich zu sein. Ich habe den Portier nach dir gefragt, als wir uns zum ersten Mal im Treppenhaus begegnet sind. Der Tipp hat mich fünf Euro gekostet. Du wohnst bei deinem Vater, stimmt's?»

Er hatte sich für sie interessiert, er hatte herumgefragt, wer sie war. Gut. Sehr gut sogar.

«Ja. Also, ich bin für eine Weile bei ihm, eigentlich wohne

ich in Palermo ... Das heißt, ich habe bis vor kurzem in Palermo gewohnt ... Rein technisch betrachtet, lebe ich dort, aber ...»

Massimiliano war in Gelächter ausgebrochen.

«Wer viel fragt, wird weit gewiesen, was? Eigentlich musst du mir nur eine Frage beantworten: Bist du ... sagen wir, nächste Woche auch noch hier? Und wenn ja, kann ich dich nachmittags mal auf einen Kaffee einladen?»

Und jetzt?

«Äh, ich weiß nicht ... Vielleicht sprechen wir uns vorher noch mal ... Falls ich hier bin, gerne, aber ich weiß es einfach noch nicht.»

«Um mich mit dir abzusprechen, brauche ich deine Telefonnummer. Und am besten sagst du mir auch, wann ich dich anrufen kann, ohne zu stören.»

«In Ordnung. Aber ich bin keine, die ... Ich meine, wenn ich dir meine Handynummer gebe, heißt das noch lange nichts. Aber ich kenne hier noch niemanden und würde mich über ein paar Tipps freuen, was man sich in der Stadt alles anschauen sollte: Theater, Sehenswürdigkeiten und so.»

Der Junge strahlte.

«Da bist du genau an den Richtigen geraten! Ich kann dir gerne alles Wissenswerte über mich erzählen, sodass du keine Angst zu haben brauchst, ich wäre irgendwie komisch oder so. Ich gehe zur Uni, und nebenbei arbeite ich als Journalist. Noch verdiene ich mit dem Schreiben kaum Geld, aber immerhin arbeite ich für eine renommierte Zeitung. Und du, was studierst du in Palermo?»

Studieren? Ich bin doch erst in der zehnten Klasse im Gymnasium, und selbst dafür bin ich noch ziemlich jung ...

«Ich? Ach, das ist eine lange Geschichte. Derzeit überlege ich, ob ich ganz zu meinem Vater ziehen soll. Er ist alleine, und er braucht mich. So viel zum Stand der Dinge. Aber jetzt entschuldige mich bitte, ich habe es wirklich eilig. Gib du mir doch deine Handynummer, dann rufe ich dich an, und du kannst meine Nummer gleich abspeichern.»

Wenn ein Tag so beginnt, dachte Marinella, während sie die letzten Meter der Steigung bewältigte, muss man einfach gute Laune haben. Alles erscheint gleich viel unkomplizierter und leichter zu organisieren. Man ist automatisch voller Optimismus und Tatendrang.

Letizias Trattoria hatte noch geschlossen, aber Marinella wusste, dass die Freundin schon in der Küche war, um für den Ansturm der «Heuschrecken», wie sie ihre treue Kundschaft im Spaß nannte, gewappnet zu sein.

Das war das Schöne an Letizia, dachte das Mädchen. Sie war immer fröhlich, immer gut drauf, lachte gerne. Und das nicht, weil sie dumm oder oberflächlich gewesen wäre, im Gegenteil, sie war jemand, der viel Leid erfahren, viel gekämpft und geweint hatte. Manch ein Lächeln war wie eine Auszeichnung: Man musste es sich erst verdienen. Marinella hätte sich gefreut, ein solches Lächeln bald auch wieder bei ihrem Vater zu sehen.

Die Restaurantbesitzerin empfing sie mit einer herzlichen Umarmung. Die fleckige Schürze und die Kochmütze standen ihr ebenso gut wie ein Abendkleid. Nach ein paar Minuten angeregtem Geplänkel über dies und das kamen sie auf Lojaconos überstürzten Aufbruch am Vorabend zu sprechen.

Marinella warb um Verständnis für ihren Vater.

«Weißt du, wenn es um seinen Job geht, ist für ihn alles andere nebensächlich. Das ist keine Frage von schlechten Manieren – er ist einfach so. Die Arbeit geht vor.»

«Keine Sorge, das weiß ich doch längst. Das war schon so, als du noch nicht hier gewohnt hast. Erst recht, wenn diese sardische Staatsanwältin ihn zu sich zitiert, dann hat er es noch eiliger als sonst. Am Abend deiner Ankunft war die ganze Truppe bei mir zum Essen, und anschließend sind die beiden zusammen weggegangen.»

«Ich mag diese Frau nicht. Mir ist sie zu hart und zu egoistisch. Außerdem wirkt sie so verschlossen.»

«Aber er mag sie, darauf kannst du wetten. Und wie er sie mag! Für so was habe ich einen sechsten Sinn. Was mich dagegen betrifft ... Also, er mag mich auch, keine Frage, er ist immer sehr nett zu mir, aber eben nicht auf diese Weise. Ehrlich gesagt habe ich schon ein paarmal versucht, ihm zu signalisieren, wie schön ich es fände, wenn ... wenn wir mal wie Mann und Frau miteinander umgehen würden. Aber ich fürchte, für ihn bin ich nur eine gute Freundin. Mehr nicht.»

Genau aus dem Grund war Marinella in die Trattoria gekommen. Endlich hatte sich Letizia ihr gegenüber geöffnet, sodass auch sie freiheraus sagen konnte, was sie dachte.

«Nein, das glaube ich nicht. Wenn du mich fragst, hat er nicht die geringste Ahnung von deinen wahren Gefühlen für ihn. Männer sind Dummköpfe, bestimmte Dinge kapieren sie erst, wenn man sie ihnen um die Ohren haut.»

Letizia lachte.

«Was weißt du schon von Männern? Bist du nicht viel zu jung für so was?»

«Vielleicht, aber vergiss nicht, auch ich bin ein weibliches Wesen. Und ich kenne meinen Vater besser als jeder andere. Ich bin seine Tochter, und in manchem sind wir uns ziemlich ähnlich. Ich garantiere dir, von alleine kommt er im Leben nicht auf die Idee, dass du in ihn verliebt bist.»

Letizia machte ein erschrockenes Gesicht.

«Du denkst doch nicht etwa daran, es ihm zu sagen? Mach das bitte auf keinen Fall, ich könnte ihm nie wieder in die Augen sehen.»

Jetzt brach Marinella in Gelächter aus.

«Machst du Witze? Wir müssen es so anstellen, dass er von alleine anbeißt. Sonst kriegt er es mit der Angst zu tun und ergreift die Flucht. So ähnlich wie beim Angeln, verstehst du?»

«Hübsches Bild. Aber sag mal, warum willst du mir eigentlich in dieser Sache helfen?»

«Na ja, wir sind doch Freundinnen, du kochst so lecker, und außerdem kann ich die Piras nicht leiden. Wir müssen einen Plan machen, auch weil ich vorhabe, für immer hierherzuziehen. Ich glaube, mein Vater braucht mich mehr als meine Mutter. Außerdem habe ich gerade heute Morgen jemanden kennengelernt, der ...»

Mit entschlossener Miene knotete die Trattoriabesitzerin die Bänder ihrer Schürze auf.

«Verstanden. Also nichts mit Kochen heute. Erzähl! Aber von Anfang an.»

Und während die Stadt draußen den trügerischen Verlockungen der Maienluft erlag, verloren sich Letizia und Marinella in ihrem trauten Miteinander.

50

Nach all den Jahren hatte Carmela Peluso sich an die schweren Vorhänge vor den Fenstern gewöhnt, die das Haus auch tagsüber so dunkel wie in der Nacht sein ließen. Um nicht ständig irgendwo gegenzustoßen, hatten der Pfleger, das Hausmädchen und sie sich die Anordnung des Mobiliars genau eingeprägt und bewegten sich mit schlafwandlerischer Sicherheit in den Räumlichkeiten. Aber sie liebte das Licht, und jedes Mal, wenn sie das Haus verlassen konnte, war sie überglücklich.

Wenn sie über ihr Leben nachdachte, konnte sie nicht sagen, an welcher Kreuzung in der Vergangenheit sie den falschen Abzweig genommen hatte, um zu der Frau zu werden, die sie morgens im Spiegel sah.

Eine alte Frau. Eine bemitleidenswerte alte Frau mit bleichem Teint, faltigem Gesicht und stumpfem Blick. Und doch hatte es eine Zeit in ihrem Leben gegeben, die ihr so nah und greifbar erschien, als wäre erst ein Tag vergangen, dass sie ein fröhliches junges Mädchen voller Pläne und Wünsche an eine abwechslungsreiche glückliche Zukunft war.

Sie hatte sich mit dem Feuereifer der Jugend auf ihre Arbeit bei der Firma Borrelli gestürzt. Ihr Ehrgeiz war belohnt worden, sie war in der Hierarchie aufgestiegen, bis der Cavaliere sie zu seiner persönlichen Assistentin gemacht hatte. Und das war sie bis heute.

Manchmal schien es ihr, als wäre alles ein Albtraum, einer dieser schrecklichen Träume, in denen man nicht einmal die Kraft aufbringt, die Hand auszustrecken, und vollkommen passiv die Dinge mit sich geschehen lässt, ohne das Unheil abwenden zu können.

Sie war auch Borrellis Geliebte gewesen. Jahrelang hatte er über ihren Körper verfügt, als würde er ihr einen Brief diktieren oder einen Auftrag erteilen. Und sie hatte ihn in ihrer hündischen Ergebenheit bis zur Selbstverleugnung gewähren lassen. Damals wie heute hatte sie sich stets im Abseits gehalten. Niemand ahnte, dass sich der gefürchtete Firmenchef an den Abenden, die er im obersten Stock seines Büroturms verbrachte, mit diesem unscheinbaren Mädchen vergnügte.

Niemand wusste es, bis auf eine Person.

Eines Tages hatte Borrellis Ehefrau im Büro angerufen und sie gebeten, sich mit ihr in einem Café am Meer zu treffen. Carmela erinnerte sich noch gut an die Begegnung, ein hastiger Austausch trauriger Wahrheiten. Die Betrogene erklärte ihr, von dem Verhältnis zu wissen, es ihr aber nicht übelzunehmen, im Gegenteil. Sie dankte ihr dafür, ihr eine enorme Last abgenommen zu haben, indem sie an ihrer statt mit einem Mann ins Bett ging, der ausschließlich sich selber liebte. Wenn ihr etwas an der Sache leidtue, dann nur sie, Carmela, weil sie als seine Ehefrau genau wisse, dass er ihr nie mehr geben und sie zugleich nie loslassen würde. Edoardo habe nur sein eigenes Wohlbefinden im Auge, andere Menschen seien ihm vollkommen egal.

In Tränen aufgelöst war Carmela nach Hause gegangen. An jenem Nachmittag hatte sie zum ersten Mal ihr eigenes Leben vor sich gesehen, und auch ihr Sterben.

Die Prophezeiung hatte sich als richtig erwiesen. Ihre Geschichte war zu identisch mit so vielen anderen, als dass es sich gelohnt hätte, sie zu erzählen. Eine Existenz voller Nächte, die sie traurig an die Zimmerdecke starrte, voller flüchtiger Begegnungen ohne jede Zärtlichkeit. Carmela war nicht mehr als ein simpler Gegenstand, ein Körper, der dazu benutzt wurde, ein ebenso simples Bedürfnis zu stillen.

Erst das Alter und die Krankheit brachten Borrellis Libido zum Erliegen, der darin ohnehin nur ein lästiges Übel gesehen hatte, ein Hindernis für seine wahren Ambitionen. Sogar sein Vermögen war für ihn bloß Mittel zum Zweck. Das Einzige, was der Cavaliere besitzen wollte, war Macht.

Und Macht konnte man ausüben, auch wenn man krank war. Tatsächlich hatte er lange Zeit, während er von einer Spezialklinik zur nächsten pilgerte, um gegen seine Krankheit anzukämpfen, die Führung des Unternehmens nicht abgegeben. Er hatte neben der Baubranche auch noch den Finanzsektor als Betätigungsfeld entdeckt.

Nach und nach war ihm jedoch nichts anderes übriggeblieben, als seine Arbeit zu delegieren.

Seine langjährige Assistentin und Geliebte wurde zum Ersatz für den Körper, über den er nicht mehr verfügen konnte. Nun zog sie los, um mit Bankern, Politikern, Unternehmern und sogar Mafiabossen zu verhandeln. Grau und unscheinbar, wie sie war, schenkte ihr kaum jemand Beachtung – ein Vorteil in vielerlei Hinsicht.

Und doch war Borrellis Verhalten ihr gegenüber noch genau so wie an jenem Tag vor 40 Jahren, als er ihr einen Schreibtisch in einer Ecke des Großraumbüros seiner Firma zugewiesen hatte, und wie zwei Jahre später, als er ihr befahl, sich auszuziehen und auf dem Sofa in seinem Arbeitszimmer auf ihn zu warten. Keine besondere Aufmerksamkeit, keine Zuneigungsbeweise. Sie war kaum mehr für ihn als eine einfache Hausangestellte, wie dieser Idiot von Evas Exmann zu den Polizisten gesagt hatte. Er hatte recht. Er war ein Idiot, aber er hatte recht.

Seit geraumer Zeit hielt die einfache Hausangestellte allerdings die Augen offen. Da ihr der Alte eine Generalvollmacht gegeben hatte, um seine Geschäfte zu führen, hatte sie begonnen, hier und da eine Überweisung zu stornieren und den Betrag auf ihr eigenes Konto umzuleiten. Sie tat es nicht des Geldes wegen, denn inzwischen hatte sie die Hoffnung auf ein eigenes, unabhängiges Leben aufgegeben, dazu war sie zu alt. Nein, sie wollte ihn bestrafen. Um sich selbst und ihm zu zeigen – der er erst kurz vor seinem Tod davon erfahren würde –, dass die traurige alte Carmela, die kaum mehr als eine einfache Hausangestellte war, als Einzige schlau, gerissen und ausdauernd genug war, ihn aufs Kreuz zu legen.

Während sie die Dokumente auf dem Schreibtisch ordnete, fiel ihr ein, wie sie den Alten einmal gefragt hatte, warum er sein Haus immer verdunkelt haben wollte. «Die Spiegel», hatte er erwidert, «ich will mich nicht sehen müssen.» Als fürchtete er, dass sein Spiegelbild, dieses an einen Rollstuhl gefesselte, abgezehrte und verbitterte Alter Ego sich wie ein Dämon auf ihn stürzen und seine Seele verschlingen könnte.

Die einzigen Male, die sie ihn jemals hatte lächeln sehen, war bei den Besuchen seines Enkels gewesen. Dieses Kind war der einzige Mensch, für den der Cavaliere in seinem ganzen Leben so etwas wie Liebe empfunden hatte. Und so unglaublich es schien: Dodo setzte sich gern zu dem Alten, um sich seine Geschichten anzuhören, in diesem dunklen Haus, in dem der Geruch nach Krankheit und Tod wie Küchendunst in der Luft hing. Es wirkte fast so, als wäre Dodo selbst der alte Borrelli, der wieder zum Kind geworden und begierig zu erfahren war, wie sein früheres Leben sich gestaltet hatte.

Jetzt hatte ihm das Schicksal auch noch diesen Trost genommen, dachte Carmela. Als wollte es den Mann, der sich jede Form von Emotion und Wärme in seinem Leben verbat, wieder auf den rechten Platz verweisen.

Aber warum sollte dieses Kind, dessen einziges Verdienst darin lag, geboren worden zu sein und Borrellis Namen zu tragen, mehr Anspruch auf Liebe haben als sie? Warum sollte dieses Gefühl, das zu empfinden sie dem Alten nie zugetraut hatte, plötzlich ihm gelten?

Das war es, was sie dem Jungen nicht verzeihen konnte. In Wahrheit hatte sie ihn schon immer gehasst, sie hatte ihn bereits als Baby von sich ferngehalten und nicht ein Mal auf den Arm genommen. Der Enkel hatte ein Gefühl in Borrelli geweckt, das ihm nicht zustand. Ohne einen Finger zu krümmen, hatte dieses Kind ihr gezeigt, dass Edoardo doch nicht unfähig war zu lieben, sondern dass er bloß sie nicht geliebt hatte.

Sie, die ihn nie im Stich gelassen hatte. Die ihm ergeben war wie ein Priester seinem Gott. Die sich sogar heute noch nicht vorstellen konnte, von ihm getrennt zu sein, obwohl sie ihn aus tiefstem Herzen hasste.

Unzählige Male hatte sie sich den Alten im Todeskampf vorgestellt, wenn sie sich über ihn beugen und ihm ihren Groll über das erbärmliche Leben ins Ohr raunen würde, das er ihr aufgezwungen hatte: ein von Anfang an geplantes Verbrechen, für das es keine Absolution geben würde.

In ihrer Phantasie war sein Geist noch aufnahmefähig. Sie würde ihm alles vor den Kopf knallen, was er ihr angetan hatte. Und zugleich würde sie ihm beichten, was sie ihm angetan hatte.

Leide, Verfluchter, leide! Fühle, wie dein Herz sich in Krämpfen windet, fühle deine Ohnmacht, deine gefesselten Hände, die Wut, die sich nicht entladen kann. Leide, wie ich gelitten habe, die ich dir ihr Leben zu Füßen legte, damit du darauf herumtrampeln konntest.

Leide!

51

Wie die Stationen eines Kreuzwegs fuhr Romano die vor den Häusern von Eva Borrelli, ihrem Vater und ihrem Exmann postierten Zivilstreifen ab, um in Erfahrung zu bringen, ob jemand versucht hatte, Kontakt zu Dodos Familie aufzunehmen.

Palma, Aragona und er hatten die Idee am Vortag ausgeheckt, nachdem zuvor beim Großvater des Kindes der Anruf mit der Lösegeldforderung eingegangen war. Sie rechneten damit, dass die Entführer der Familie eine schriftliche Nachricht mit genauen Angaben zu Zeitpunkt und Ort der Geldübergabe zukommen lassen würden. Romano war allerdings skeptisch, was den Erfolg ihrer Überwachungsaktion anging. Seiner Meinung nach standen die Entführer in enger Verbindung zu einem Mittelsmann, der über jeden Schritt sämtlicher Familienmitglieder unterrichtet war. So leicht würden sie sich nicht schnappen lassen.

Er fragte sich zum tausendsten Mal, wer dieser Mittelsmann sein konnte, ob er der Kopf der Bande war oder nur ein Komplize. Vielleicht hätten sie das Umfeld des Personals näher beleuchten müssen, von Evas Hausangestellter, dem Pfleger oder der Krankenschwester des Cavaliere. So gesehen kamen eigentlich alle in Frage, vielleicht sogar die Nonnen in der Schule. Das Terrain war einfach zu unübersichtlich, um es in so kurzer Zeit zu erforschen.

Er wollte Pisanelli und Ottavia bitten, auf ihre Art weiterzuermitteln, der eine, indem er ganz konventionell seine Quellen anzapfte, die andere mit Hilfe der neuen Technologien. Er musste zugeben, dass der verrückte Aragona mit seiner Bemerkung nicht völlig danebenlag: Die Gauner von Pizzofalcone waren wie eine Fußballmannschaft, der anfangs kaum jemand Chancen einräumte, die am Ende aber ihre treuen Fans jede noch so absurd erscheinende Wette gewinnen ließen.

Wo steckst du, kleiner Dodo, fragte er sich. In welchen Winkel dieser Welt haben sie dich verschleppt, nur um dem Alten ein paar seiner Millionen abzuluchsen, die er sich auf krummen Wegen erschlichen hat? Wer von deinen Lieben, die dich herzten und liebkosten, die auf der Straße deine Hand nahmen oder dein Essen kochten, wer von ihnen hat dich verraten? Bei wem kannst du dich in 20 Jahren, wenn du beim Psychiater auf der Couch liegst, für deine verkorkste Seele bedanken? Falls sie dich am Leben lassen. Falls sie dich nicht, im Tausch gegen das Lösegeld, per Post an deine Familie zurückschicken, auf viele kleine Sendungen verteilt.

Langsam fuhr er die Straßen ab, als ihm plötzlich mit einem Schauder bewusst wurde, wie sehr er sich ein Kind wünschte. Ein Kind, um das er sich kümmern und das er vor dem Rest der Welt beschützen konnte. Aber es musste von Giorgia sein. Unvorstellbar der Gedanke, mit einer anderen Frau ein Kind zu bekommen. Oder besser gesagt: unvorstellbar, überhaupt etwas mit einer anderen anzufangen. Er war Giorgias Mann, und Giorgia war seine Frau.

Eine Ehe war mehr als das reine Zusammensein. Eine Ehe war eine Verpflichtung der Welt gegenüber, ein Vertrag, der auf Papier gebracht, gelesen, unterschrieben und gegengezeichnet wurde. Eine Ehe beendete man nicht, indem man eine Tür öffnete und sie hinter sich wieder schloss. Man löschte sie nicht einfach aus, indem man ein dummes kleines Briefchen schrieb: «Lieber Francesco, ich habe dich immer geliebt blablabla; ich kann nicht mit einem Mann zusammenleben, vor dem ich Angst habe blablabla; ich verlasse dich blablabla; in Trauer und Zuneigung blablabla.»

«Giorgia», flüsterte er aus dem heruntergelassenen Autofenster in den Frühlingstag hinaus. «Giorgia, wie stellst du dir das eigentlich vor? Glaubst du wirklich, du könntest unsere Geschichte mit einem einzigen Hieb zerschlagen? Glaubst du wirklich, dass wir diese acht Jahre Ehe so einfach aus den Kleidern schütteln? Dass nicht jeder einzelne Moment unserer Liebe an mir haften bleibt wie die Salzkristalle auf der Haut nach einem Bad im Meer?

Und vor allem, glaubst du wirklich, dass ich tatenlos darauf warte, ein Schreiben von deinem Anwalt zu bekommen?

Ich habe das Recht, zu sprechen und angehört zu werden. Ich habe das verbriefte Recht dazu. Eine Ohrfeige kann nicht das Letzte gewesen sein, was zwischen uns vorgefallen ist. Zugegeben, ich habe die Beherrschung verloren. Zugegeben, das passiert mir hin und wieder, und vielleicht ist es mir in letzter Zeit zu oft passiert. Aber ich bin kein Krimineller. Ich verfolge Kriminelle, ich bringe sie hinter Gitter. Und manchmal habe ich eben mit solchen zu tun, die Frauen, Kinder oder wehrlose Alte misshandeln, und dann werde ich zu ihrem ärgsten Feind. Da kann ich doch keiner von denen sein, oder?

Wie gerne würde ich zum Beispiel der Erste sein, der den Entführer von diesem Jungen zu fassen kriegt. Der ihn seinem Vater und seiner Mutter weggenommen hat, sodass sie fast durchdrehen vor Angst. Der ihm vielleicht Gewalt angetan hat oder es gerade tut. Glaub mir, Giorgia, dann würdest du meine

Wut zu sehen kriegen. Du würdest verstehen, was es heißt, wenn jemand zum Tier wird.

Wenn du mir zuhören würdest, Geliebte, nur für eine Minute, dann könnte ich dir erklären, dass eine solche Tat bei mir nie mehr vorkommen wird. Ich bin nicht gewalttätig, aber die letzten Monate waren sehr hart für mich: vom Arbeitsplatz verjagt wie ein Verbrecher, strafversetzt in ein Kommissariat, in dem es mehr Gauner gibt als draußen auf der Straße. Aber wenn du zu mir zurückkommst und an meiner Seite bist, werde ich meine innere Ruhe wiederfinden. Wir werden noch einmal versuchen ein Kind zu bekommen. Jetzt will ich es auch, jetzt, wo es nicht mehr so ist, wie es war.»

Jetzt, wo nichts mehr so ist, wie es war ...

Romano hatte so intensiv an seine Frau gedacht, dass er zu halluzinieren glaubte, als er sie plötzlich auf der anderen Straßenseite entdeckte. Vor Überraschung besaß er nicht einmal die Geistesgegenwart, sie zu rufen, ihren Namen quer über die Straße zu brüllen. Wie gelähmt schaute er zu, wie sie sich weiter und weiter von ihm entfernte, mit flinkem, selbstsicherem Schritt, wunderschön in ihrem leichten Rock, der ihr um die Beine flatterte, mit ihrer Sonnenbrille und der Mappe unter dem Arm.

Erst als ein Bus hinter ihm zu hupen begann, begriff er, dass er mitten auf der Straße angehalten hatte. Er trat aufs Gaspedal und fuhr hoch zur Piazza, einmal um den Kreisel und dieselbe Strecke zurück. Er hatte Angst, sie in dem Gewimmel nicht wiederzufinden, doch da war sie. Wohin ging sie nur? Was bedeutete diese Mappe unter ihrem Arm?

Bestimmt ging sie zu einem Anwalt.

Sie ging zu einem Anwalt, um mit ihm die Details der Scheidung zu besprechen. Was sonst hatte sie in dieser Gegend zu tun, wo es nur Büros und Kanzleien gab, wenn nicht, ihre in dem Brief verkündete Absicht in die Tat umzusetzen? Sie wollte sich von ihm scheiden lassen, ohne ihn vorher noch einmal anzurufen, noch einmal mit ihm zu reden. Auch er hatte das Recht, ihr seine Gründe darzulegen. Sie musste ihn anhören, verdammte Scheiße.

Ein roter Schleier senkte sich vor seinen Augen herab, und er spürte, wie das Adrenalin durch seine Adern bis in seine Hände strömte. Er umklammerte das Steuer, fing wild an zu hupen. Ein Kleinwagen vor ihm wich zur Seite aus und hätte beinah die Fußgänger auf dem Zebrastreifen überfahren.

Er musste sie erreichen. Er musste sie aufhalten, sie zwingen, ihm zuzuhören. Sie sollte ihm ins Gesicht sagen, dass es vorbei war, dass sie ihn nie mehr wiedersehen wollte, dass ihre Liebe der Vergangenheit angehörte.

Er war keine 20 Meter mehr von ihr entfernt, als er sie auf einen Mann mit Schlips und Jackett zugehen sah, der an einem Cafétisch die Frühlingssonne und seinen Espresso genoss. Der Mann stand auf und reichte ihr die Hand. Man sah ihm an, dass er überrascht war, es mit einer so schönen Frau zu tun zu haben. Dieser Schurke, dieser unverschämte Mistkerl machte ihr ein Zeichen, Platz zu nehmen, und sie dankte ihm mit einem liebenswürdigen Nicken und lächelte ihn an.

Du lächelst ihn sogar an. Du lächelst ihn an, während du mich umbringst. Während du mich aus deinem Leben streichst, wie ein Scheibenwischer ein Insekt von der Windschutzscheibe fegt.

Er kam mit zwei Rädern auf dem Bürgersteig zu halten. Eine Frau mit Buggy sprang zur Seite und wäre fast gestürzt, ein Mann drückte sich gegen den Kofferraum seines eigenen Autos und stieß einen Fluch aus.

Romano stieg aus dem Auto. Mechanisch klappte er die Sichtblende herunter, damit das Polizeiabzeichen nicht mehr zu sehen war. Er guckte so finster, dass niemand ein Wort zu sagen wagte. Der Mann, der geflucht hatte, hob sogar entschuldigend die Hand.

Er rannte die 20 Meter, die ihn von Giorgia trennten, sein Puls wummerte in den Ohren, sein Gesicht war zu einer Maske des Zorns verzerrt. Sein Gehirn wiederholte wie ein Mantra: «… aus dem Leben streichst, aus dem Leben streichst …»

Als Giorgia ihn sah, verschwand das Lächeln aus ihrem Gesicht, wie bei einer Glühbirne, die durchbrennt. Sie sah ihn, sie erkannte die Wut, das Fieber, das seine Gedanken verdunkelte. Sie sah ihn und dachte an Flucht, während sie sich verzweifelt umschaute.

Er erkannte die Panik in ihrem Blick, und das machte ihn noch wütender. Er trat auf den Tisch zu. Wie festgenagelt saß sie auf ihrem Stuhl, die Hände erhoben, um sich zu schützen.

Seine Stimme brach aus seiner Kehle hervor wie das Knurren eines Raubtiers.

«Einfach aus deinem Leben streichen willst du mich, Giorgia? Mal eben so in einem Atemzug? Sogar alle Unterlagen hast du dabei. Du hattest sie schon länger zusammengesucht, stimmt's?»

Mit beiden Händen packte er den Tisch und ruckelte daran, sodass die leere Kaffeetasse und das halbvolle Wasserglas des Mannes umkippten, der aufsprang, um nicht nass zu werden.

«He, was soll das?»

Er drehte sich nicht mal zu ihm um.

«Halt's Maul, du Arschloch. Mit dir rede ich später.»

Unter Giorgias dunkler Sonnenbrille kullerte eine Träne hervor. Und etwas in Romanos Innerem zerbrach.

«Du weinst? Jetzt weinst du? Ohne mich auch nur anzuhören, ohne mir die Möglichkeit zu geben, dir ...»

Sie wandte den Kopf zu dem Mann, der ein paar Schritte zurückgetreten war. Alle um sie herum starrten sie an, voller Neugier und Mitleid.

«Dottore, bitte entschuldigen Sie. Das ist ... das war mein Mann.»

Dann drehte sie ihr Gesicht Romano zu.

«Dottor Masullo ist Inhaber eines Steuerbüros. Und vielleicht hätte er mir einen Job gegeben, wenn du nicht wieder alles kaputt gemacht hättest.»

Sie stand auf und ging davon.

Wie versteinert blieb der Polizist zurück. Sein Herz war in tausend Stücke zersprungen.

52

Fragt irgendeinen Polizisten.

Er wird euch antworten, dass manche Ideen so sind wie ein spitzer Stein am Strand, der unter dem Badehandtuch liegt und euch einfach nicht in Ruhe dösen lässt. Ihr wühlt im Sand herum, ihr wollt ihn nehmen und ins Meer werfen, aber er ist einfach nicht zu finden.

Er wird euch sagen, dass die Idee in eurem Unterbewusstsein vorhanden ist, ganz weit oben treibt sie, und ihr könnt sie erahnen, sie macht euch eine lange Nase, aber ihr kriegt sie einfach nicht zu fassen.

Er wird euch sagen, dass die Idee schuld ist an seiner in Falten gelegten Stirn, als hätte er Migräne, dass er ihretwegen abwesend wirkt, wenn ihr mit ihm sprechen wollt.

Egal wen ihr fragt, jeder Polizist wird euch sagen, dass manche Ideen, solange sie nicht wirklich zu ihm durchdringen, quälend sind wie Zahnschmerzen.

Ottavia sah aus, als hätte sie Zahnschmerzen. Sie wirkte zerstreut und mit den Gedanken ganz woanders; hin und wieder schien ihr plötzlich etwas einzufallen, dann lief sie mitten im Gespräch zu ihrem Computer, tippte etwas in die Tastatur, schüttelte den Kopf und stand wütend wieder auf.

Palma beobachtete sie besorgt.

Tatsächlich waren sie alle besorgt. Ihnen war bewusst, dass sie im Fall Dodo Borrelli an einem Scheideweg angelangt waren. Wenn die Entführer sich meldeten, konnten sie weitere Maßnahmen einleiten, um sie dingfest zu fassen. Wenn nicht, würde der Fall einem Sonderkommando übergeben.

Palma hatte erfahren, dass man im Präsidium erwog, eine Spezialeinheit aus dem Norden hinzuzuziehen, eine Soko, die immer erst dann intervenierte, wenn die Modalitäten zur Lösegeldübergabe und Befreiung der Geisel geklärt waren. Die Vorstellung, dass der Fall ihrem Kommissariat entzogen würde, behagte ihnen allen nicht, keiner der Kollegen war bereit aufzugeben. Für Palma ein Indiz, dass seine «Gauner» jeden Tag mehr Selbstvertrauen gewannen – was nicht wenig war für eine Truppe von Leuten, die bis vor kurzem noch als der letzte Abschaum gegolten hatten. Auch er würde eine solche Niederlage als niederschmetternd empfinden; er konnte den Gesichtsausdruck des Jungen einfach nicht vergessen, der in die Überwachungskamera schaute, während er an der Hand seiner Entführerin seinem Schicksal entgegenging.

Im Gemeinschaftsbüro war jedes Gespräch verstummt. Sogar Aragona schwieg. Er schaute zum Fenster hinaus, wo die Sonnenstrahlen in tausend Funken auf den Autos und den historischen Palazzi zerbarsten, die stufenförmig zum Meer hin angelegt waren. Er schien tief in Gedanken, als müsste er einen geheimen Code enträtseln. Alex und der Chinese waren wegen des Einbruchs bei den Parascandolos unterwegs, und Romano drehte seine Runde bei den Wachleuten, die vor den Häusern der Borrellis und vor Cerchias Wohnung postiert waren.

Pisanelli durchforstete Akten. Auch er wirkte nervös und in sich gekehrt. In der Nacht war ein weiterer Selbstmord bekannt geworden: ein älterer Mann, der mehrfach seinen

Nachbarn erklärt hatte, nicht mehr leben zu wollen. Er hatte einen Abschiedsbrief hinterlassen und ein Röhrchen Schlaftabletten geschluckt. Palma fragte sich, warum sein Stellvertreter so besessen von diesen Toten war. Für ihn lag der Grund eindeutig in der Wirtschaftskrise, die mittlerweile auch ein soziales Problem darstellte, und in der damit einhergehenden Einsamkeit der Menschen. Pisanellis Obsession musste mit seiner eigenen Geschichte zusammenhängen, mit der Tatsache, dass seine Frau sich umgebracht hatte. Er nahm sich fest vor, den Kollegen, sobald der Fall mit dem entführten Kind geklärt war, zum Mittagessen einzuladen und ihn darauf anzusprechen.

Ein Aufschrei, der aus Ottavias Richtung kam, riss ihn aus seinen Gedanken.

«Das ist es! Die ganze Zeit hat es in meinem Kopf herumgespukt. Chef, ich weiß jetzt, wer den Jungen entführt hat! Glaub mir, ich bin 100-prozentig sicher.»

Es war das erste Mal, dass Ottavia ihn duzte, was Palma fast mehr beeindruckte als die Nachricht selbst. Pisanelli und Aragona drehten sich zu der Kollegin um. Im selben Moment betrat Francesco Romano das Büro und gesellte sich zu der kleinen Gruppe. Niemand bemerkte, wie aufgelöst er war.

Ottavia fuhr fort.

«Es hat mich einfach nicht losgelassen, wer diese geheimnisvolle Frau sein kann, mit der Dodo weggegangen ist. Ich habe mich gefragt, warum er ihr ohne jeden Widerstand gefolgt ist. Wir haben uns das alle gefragt und sind zu dem Schluss gekommen, dass er sie gekannt haben muss. Aber woher kannte er sie? Romano und Aragona haben überall herumgefragt und niemanden gefunden, der auch nur ansatzweise Ähnlichkeit mit der Frau aus dem Video hat. Niemand

342

scheint so ein Vertrauensverhältnis zu dem Jungen zu haben, dass er – oder vielmehr: sie – ihn problemlos mitnehmen konnte.»

Palma nickte.

«Sprich weiter.»

«Den Zeugenaussagen zufolge, die ihr mir zum Abtippen gegeben habt, ist der Junge von seinem Charakter her eher schüchtern und verschlossen. Er schließt nicht leicht Freundschaften und würde garantiert nicht mit Fremden mitgehen. Im Hinblick auf das Täterprofil heißt das für mich: Dodo muss die Frau gekannt und ihr vertraut haben, aber er hat sie schon länger nicht gesehen.»

«Und?», fragte Aragona. «Ein Geist also?»

Ottavia warf ihm einen schrägen Blick zu.

«Erinnert ihr euch noch an unsere Besprechung mit Dottoressa Piras? Als es um die persönlichen Daten der beteiligten Personen ging? Giorgio hatte jede Menge Informationen aus dem Viertel zusammengetragen und ich ein paar Hinweise zur Peluso über ihre Facebook-Seite. So zum Beispiel, dass sie keine Kinder mag – was ich einer taktlosen Bemerkung von ihr gegenüber einer alten Freundin entnommen habe, die Oma geworden ist.»

Aragona warf ein:

«Stets die Nettigkeit in Person, die alte Hexe.»

«Die frischgebackene Oma hat entsprechend pikiert auf ihr Posting reagiert. Die Peluso schrieb zurück, dass sie in der Tat nichts mit Kindern anfangen kann und sich nur sehr ungern an die Jahre erinnert, als der kleine Dodo mehr Zeit bei seinem Opa als zu Hause verbrachte. Sie hat wohl so lange rumgejammert, bis der alte Borrelli angefangen hat, eine Betreuung für seinen Enkel zu suchen.»

Palma sagte:

«Und?»

«Das liegt doch auf der Hand: Dodo würde nur einer seiner ehemaligen Kinderfrauen freiwillig folgen. Und da Eva selbst nie eine Nanny engagiert hat, weil der Junge bei ihrem Vater untergebracht war, kann es sich nur um eine der Kinderfrauen handeln, die von dem Alten beschäftigt wurden.»

Romano fragte:

«Ja, aber um welche? Er hatte wohl ziemlich viele.»

«Klar, wir müssen das natürlich mit der Familie abklären. Aber in der Regel tauscht man die Betreuung seiner Kinder nur so lange aus, bis man die Richtige gefunden hat. Die Frau, die wir suchen, ist folglich die Letzte aus der Reihe, zumal Dodo sich an sie auch noch am besten erinnern kann. Ihr dürft nicht vergessen, der Junge hat bei seinem Opa gelebt, bis er in die Schule kam, und jetzt ist er fast zehn. Wir sprechen also von der Zeit, als er fünf war. Seine letzte Kinderfrau ist mit Sicherheit diejenige, an die er die genaueste Erinnerung hat und der er am ehesten vertrauen würde.»

Ein langes Schweigen folgte auf Ottavias Worte. Schließlich sagte Romano:

«Ich weiß nicht ... Kann das wirklich sein, dass keiner von den Borrellis diese Möglichkeit in Erwägung gezogen hat? Es scheint mir so offensichtlich.»

Ottavia widersprach:

«Es scheint dir vielleicht offensichtlich, aber auch wir haben nicht daran gedacht. Und außerdem, was weiß denn ich, vielleicht ist die Frau inzwischen weggezogen oder ...»

Pisanelli schaltete sich ein.

«Oder sie hat sich die Haare gefärbt. Für uns war sie immer blond, so hat der Junge sie in seiner Zeugenaussage beschrie-

344

ben. Ihr wisst schon, dieser Klassenkamerad von Dodo, wie heißt er noch ...»

Romano erwiderte wie aus der Pistole geschossen:

«Datola, Christian Datola. Sie hatte eine Kapuze auf dem Kopf, aber Christian hat ein paar blonde Strähnen hervorblitzen sehen. Er hat gesagt, sie wäre blond.»

«Ja, als Blondine haben auch wir sie immer beschrieben, wir und die Familie. Aber nehmen wir mal an, dass Dodos Kinderfrau eigentlich dunkelhaarig war.»

Palma nickte nachdenklich.

«Kann schon sein, die Sache macht durchaus Sinn ... Francesco, ruf beim Cavaliere an und frag, ob sie sich noch an den Namen erinnern, ob sie Fotos haben, Papiere, was auch immer. Ottavia, du findest heraus, ob es bei den Borrellis in dieser Zeit irgendwelche Neueinstellungen oder Kündigungen gab. Ich informiere das Präsidium über die neue Spur. Packen wir's an.»

53

«Er ruft nicht mehr an.»

«Das ist nicht gesagt. Vielleicht klingelt in einer Minute das Telefon ...»

«Verdammte Scheiße, er ruft nicht mehr an! Kapierst du nicht, was hier abgeht? Er wird nicht mehr anrufen. Und wir verlieren Zeit, wertvolle Zeit. Und am Ende schnappen sie uns.»

«Lena, beruhige dich doch. Wenn wir jetzt die Flinte ins Korn werfen, ist Schluss mit der Kohle, Schluss mit den Papieren, Schluss mit Südamerika. Aus und vorbei.»

«Du bist wahnsinnig! Ich habe mich mit einem Wahnsinnigen eingelassen ... Es geht längst nicht mehr ums Geld, kapierst du das nicht? Es geht darum, dass sie uns in den Knast stecken und wir nie wieder rauskommen!»

«Schrei nicht so. Wenn du so schreist, kann ich nicht denken.»

«Als wärst du in der Lage zu denken! Das Schlimmste ist: Ich kann dich nicht mal dir selbst überlassen. Sonst kriegen sie dich noch, und dann kriegen sie mich auch.»

«Wir können nicht abhauen. Wir haben den Jungen.»

«Endlich, du hast es erfasst!»

«Hä? Verstehe ich nicht ...»

«Wir müssen ihn loswerden.»

«Was heißt das: Wir machen uns vom Acker und lassen ihn hier?»

«Sag mal, wie blöd bist du eigentlich? Er hat dein Gesicht gesehen, er kann dich genau beschreiben; und weil du auch noch groß und dick bist, finden sie dich sofort. Von mir weiß er sogar, wie ich heiße. Die brauchen fünf Minuten, um uns auf die Schliche zu kommen.»

«Aber was sollen wir denn machen? Daran können wir doch nichts ändern.»

«Eine Möglichkeit gibt es – und die kennst du auch.»

«...»

«Wir haben keine andere Chance.»

«Das meinst du nicht ernst! Du bist verrückt. Das kannst du nicht ernst meinen!»

«Und wir müssen es schnell tun.»

«Vielleicht ruft er jetzt gleich an.»

«Er wird nicht anrufen, das wissen wir beide ganz genau. Es war ein Traum, ein schöner Traum, aber Leute wie wir sollten lieber keine Träume haben. Wenn wir mit heiler Haut aus der Sache rauskommen wollen, müssen wir handeln. Und zwar ausschließlich in unserem eigenen Interesse. Wie wir es immer schon getan haben.»

«Hör zu, wir hauen ab, und gut ist. Wir machen uns sofort auf den Weg. Wir nehmen ein Schiff und dann noch eins und wieder eins – bis sich unsere Spuren verloren haben.»

«Das könnte höchstens klappen, wenn sie nie erfahren, wer wir sind. Aber so haben wir keine Wahl.»

«Bitte, sag nicht, dass ...»

«Wir müssen ihn töten.»

54

Fragt irgendeinen Polizisten.

Vielleicht sind es mehrere Ideen, die zusammenkommen, eine flüchtige Bemerkung in einem anderen Zusammenhang, ein Bild, das vor dem inneren Auge aufscheint.

Vielleicht ist es so wie mit einem bekannten Gesicht, das du plötzlich in einer ganz anderen Umgebung siehst, und du kannst es keinem Namen zuordnen.

Oder es ist wie eine banale Melodie, die du zufällig gehört hast und die dir den ganzen Tag im Kopf herumgeistert. Du wirst sie einfach nicht los und fragst dich: Wie bin ich bloß auf dieses verdammte Lied gekommen?

Fragt irgendeinen Polizisten, und er wird euch sagen, dass es genau so abläuft.

Ottavias Geistesblitz hatte eine elektrisierende Wirkung auf das ganze Kommissariat. Alle begannen plötzlich durcheinanderzureden, zu telefonieren, hektisch herumzulaufen. Sogar Guida, der die Anspannung im Gemeinschaftsbüro gespürt hatte und nun permanent in der Tür stand: mal mit einem Tablett mit Kaffee, mal mit dem Angebot, ins Archiv zu gehen. Er wollte auch mithelfen. Der Anblick des Jungen in dem Video verfolgte ihn, mit jeder Faser seines Vaterherzens fühlte er sich mitverantwortlich.

Der alte Borrelli hatte nicht eine Sekunde gezögert, als Romano ihm am Telefon seine Frage gestellt hatte.

«Es kann sich nur um Lena handeln. Das muss sie sein. Sie war über ein Jahr bei uns. Eine hübsche Rothaarige – deshalb ist sie mir auch überhaupt nicht in den Sinn gekommen. Sie hatte eine unglaubliche rote Mähne. Dodo hat sie sehr geliebt.»

«Wir haben noch keine Beweise, Cavaliere, es ist nur eine These, aber es lohnt sich, ihr auf den Grund zu gehen. Wissen Sie zufällig, wo sie wohnt? Oder wo sie arbeitet?»

Borrelli bekam einen Hustenanfall. Romano wartete, bis er wieder zu Atem gekommen war.

«Nein, aber Carmela hat bestimmt ihre Unterlagen aufgehoben, sie wirft nie etwas weg.»

«Cavaliere, ich bitte Sie … Vielleicht ist es nur ein Schuss in den Ofen, aber wir müssen uns beeilen.»

«In fünf Minuten haben Sie alles per Fax. Halten Sie mich auf dem Laufenden.»

Borrelli hatte untertrieben: Nach weniger als drei Minuten kam Guida mit einem Papier wedelnd zur Tür herein.

Die Qualität des Faxes war nicht besonders gut, aber immerhin konnte man auf dem Passfoto das Gesicht eines eingeschüchterten jungen Mädchens erkennen.

Palma las vor:

«*Miroslava, Madlena. Geboren am 12. Juni 1971 in Krivi Vir, in Serbien. Wohnhaft am Corso Novara 13.* Los, Jungs! Ich schicke eine Streife zu der Adresse, und ihr setzt euch mit der Ausländerbehörde und der Arbeitsvermittlung in Verbindung. Ich will wissen, wo sie arbeitet, mit wem sie zusammenlebt. Und ob sie sich die Haare blond gefärbt hat.»

55

«Das ist ja völlig krank! Krank im Kopf! Ist dir klar, was du
da sagst? Hast du eine Ahnung, was im Knast mit Leuten
passiert, die kleine Kinder umbringen? Und du bist auch noch
Ausländerin ... Allein die Vorstellung macht mir Angst.»

«Wenn du erst mal anfängst, darüber nachzudenken, was
dir im Knast alles passieren kann, hast du sowieso schon ver-
schissen. Das ist genauso, als wärst du bereits drin. Sie dürfen
uns einfach nicht kriegen.»

«Aber wenn doch ...»

«Ich will das nicht mehr hören! Wenn du das noch einmal
sagst, haue ich ab und lasse dich hier alleine in der Scheiße
sitzen.»

«Und ... und wenn ... Mein Gott, ich kann es nicht mal aussprechen.»

«Hör mir zu, Dragan, hör mir verdammt noch mal zu! Wir
müssen es so anstellen, dass sie ihn nicht finden werden, und
zwar nie. Ohne Leiche kein Mord, verstehst du? So ist das Gesetz. Ich habe das im Fernsehen gesehen. Sie dürfen ihn nie
finden.»

«Aber wie können wir da sicher sein? Wir ...»

«Wir zerstückeln ihn. Und die einzelnen Teile verbuddeln
wir im Straßengraben, nachts, an verschiedenen Orten.»

«Nein! Nein, nein, nein!! Wir nehmen ihn mit. Wir nehmen

ihn mit auf die Flucht. Wenn uns jemand fragt, sagen wir, das ist unser Sohn.»

«Du machst wohl Witze! Er ist zehn Jahre alt, nicht drei Monate. Er wird das Maul aufmachen – und wir sind die Gearschten.»

«Wie kannst du nur so kaltschnäuzig sein? Du hast so an dem Jungen gehangen. Du hast ihn angezogen, gefüttert, du warst ein ganzes Jahr bei ihm. Und er liebt dich, er ...»

«Das ist unser Vorteil, mir vertraut er. Wir betäuben ihn vorher, er wird nicht leiden müssen.»

«Ist dir klar, was du da sagst? Er ist ein Kind, er hat das ganze Leben noch vor sich ...»

«Pass auf, du Idiot: Wir haben keine andere Wahl – sein Leben oder unser Leben. Kapierst du das nicht? Ich habe meine beiden Kinder zurückgelassen, als ich von zu Hause weg bin. Keine Ahnung, was mit ihnen ist. Glaubst du, sie geistern nicht durch meine Träume? Glaubst du, ich denke nicht ständig an sie? Wenn ich sie verlassen konnte, kann ich auch ihn verlassen.»

«Das ist nicht das Gleiche, verdammte Scheiße! Du willst ihn umbringen! Eine missglückte Entführung ist das eine, aber ein Kind umzubringen und in Stücke zu zerteilen ...»

«Wir haben keine Alternative. Und wenn wir jetzt nicht bald weg sind, finden sie uns, und dann war's das. Wir müssen es tun! Und zwar jetzt sofort.»

«Nein. Wir hauen von hier ab und nehmen ihn mit. Das mit dem Abhauen wird schon klappen, ich habe genug Telefonnummern, Adressen von Leuten, die uns helfen können. Irgendeinen Unterschlupf finden wir. Vielleicht bleiben wir sogar in Italien, bis Gras über die ganze Sache gewachsen ist. Er wird schon nicht das Maul aufmachen, dazu hat er viel zu viel Angst. Ich werde dafür sorgen, dass er nichts sagt. Ich kümmere mich um ihn.»

«Du bist ja noch nicht mal in der Lage, dich um dich selbst zu kümmern! Du bist einfach nur ein riesengroßes Rindvieh. Wenn du zu feige bist, dann mache ich es eben auf eigene Faust. Und dann hauen wir ab.»

«Nein, das wirst du nicht tun. Wir lassen das Handy hier. Und er kommt mit. Lebendig.»

«Ich erlaube dir nicht, mein Leben zu ruinieren! Dazu hast du kein Recht. Irgendwann werden wir uns verraten, werden wir einen Fehler machen. Oder er redet mit jemandem, und sie finden uns. Begreifst du das nicht: entweder er oder wir! Wir müssen ihn töten, in Stücke zerteilen und uns verstecken, bis wir eine Möglichkeit finden, das Land zu verlassen.»

«Du rührst ihn nicht an! Er schläft jetzt. Ich werde ihn in die Decke wickeln, ins Auto tragen, und dann hauen wir ab.»

«Ich bringe ihn um. Und dich bringe ich auch um, wenn du mich nicht tun lässt, was ich tun muss.»

«Nein, das tust du nicht!»

«Versuch mal, mich aufzuhalten ...»

56

Fragt irgendeinen Polizisten.

Es pikt euch wie eine Reißzwecke in die Pobacke. Es irritiert euch wie ein Fehler auf einem Foto, den ihr nicht ausmachen könnt.

Es ist wie eine unerledigte Aufgabe, eine dringende Angelegenheit, die ihr aufgeschoben habt und weiterhin aufschiebt.

Es ist wie eine offene Schranktür, die ihr vom Bett aus bemerkt, wenn ihr schon unter die Decke geschlüpft seid. Ihr wisst genau, dass ihr nicht eher schlafen werdet, bis ihr die Tür geschlossen habt.

Fragt irgendeinen Polizisten.

Es dauerte nicht lange, bis die Nachrichten eine nach der anderen eintrafen. Zuerst schienen sie alle positiv zu sein, dann alle negativ. Guida kam und ging zum Telefon und zum Faxgerät, das eine Mal mit einem breiten Grinsen im bärtigen Gesicht, das andere Mal mit todtrauriger Miene.

Ja, Madlena Miroslava hatte im Corso Novara 13 gewohnt. Nein, sie wohnte dort nicht mehr, seit fünf Jahren schon nicht mehr. Ja, die Pförtnerin erinnerte sich an sie. Nein, sie hatte ihr nicht gesagt, wo sie hinziehen würde. Ja, sie musste noch in der Stadt sein, sie hatte sie vor ungefähr einem Jahr auf der Straße getroffen. Nein, sie hatte ihr nicht gesagt, wo sie inzwischen arbeitete, und sie, die Pförtnerin, war schließlich niemand, der hemmungslos andere Leute ausfragte. Ja, sie hatte sich auf die Warteliste bei der Jobvermittlung setzen lassen. Nein, ihr Name stand da nicht mehr. Ja, sie hatte ihre Adresse hinterlassen. Nein, es war noch die alte aus dem Pass. Ja, sie hatte einen Telefonanschluss auf ihren Namen angemeldet. Nein, der Anschluss war schon seit Monaten nicht mehr aktiv. Ja, sie war vor zehn Jahren mit einer Schlepperbande nach Italien gekommen, hatte der Mann von der Ausländerbehörde dem Polizisten gesagt. Nein, nichts wies darauf hin, dass sie in ihre Heimat zurückgekehrt war.

Es war nicht ungewöhnlich, dass eine Immigrantin von der Bildfläche verschwand: Ein nicht gemeldetes Arbeitsverhältnis wies auf ein gewisses Geschick hin, die eigenen Spuren zu verwischen, Wohnsitz inklusive. Mit anderen Worten: Sie kamen nicht weiter.

Das Telefon auf Romanos Schreibtisch läutete.

«Guten Morgen, hier ist Carmela Peluso, die persönliche Assistentin von Cavalier Borrelli.»

«Guten Morgen, Signora. Bitte, ich bin ganz Ohr.»

«Der Cavaliere hat mir erzählt, dass Sie Lena suchen, die junge Frau, die vor fünf Jahren bei uns als Kindermädchen gearbeitet hat.»

«Ja, das stimmt. Vielen Dank übrigens, dass Sie uns die Kopie von ihrem Pass geschickt haben, das war wirklich großes Glück, dass Sie ...»

«Vor einem halben Jahr haben wir einen Anruf erhalten, der sie betraf.»

«Wie? Was ...»

«Es ging um eine Empfehlung.»

«Ah, verstehe. Sie erinnern sich nicht zufällig ...»

«Ich erinnere mich zufällig sehr genau. Ich habe sowohl den Namen als auch die Anschrift der Anruferin notiert. Das Mädchen hatte angegeben, dass sie hier gearbeitet hat, und die Dame wollte eine Bestätigung haben. Sie müssen wissen, ich schreibe mir immer alles auf.»

«Eine großartige Angewohnheit! Bitte, nennen Sie mir die Kontaktdaten, ich habe Papier und Stift zur Hand.»

«Lucilla Rossano, Via Giotto 22. Das ist auf dem Vomero. Die Telefonnummer lautet: 081 241272222.»

«Ich danke Ihnen sehr, Sie waren äußerst ...»

«Ich dachte nur, der Junge kann ja letztlich nichts dafür.»

«Wie bitte?»

«Ach, nichts. Der Cavaliere lässt ausrichten, er hofft, bald wieder von Ihnen zu hören.»

Lucilla Rossano war zu Hause, nach dem dritten Klingeln nahm sie den Hörer ab.

Nachdem sie begriffen hatte, dass nicht die Steuerfahndung bei ihr anrief und sie bei Auskunftsverweigerung mit einer Strafanzeige zu rechnen hatte, bestätigte sie ohne Umschweife, dass die Signorina Lena gelegentlich, also eigentlich jeden Tag, bei ihr beschäftigt gewesen sei, gegen einen Stundenlohn von sechs Euro, selbstverständlich aus freien Stücken. Ja, die Signorina Lena habe auf ihre, Lucilla Rossanos, Kinder aufgepasst, weil sie arbeiten gehen müsse, denn dieser Scheißkerl von Exmann mit seinem Haufen Kohle im Rücken war ja angeblich arbeitslos und konnte keine Alimente zahlen. «Und das, meine Herren, geht ja nun wirklich nicht – schon seit einer ganzen Woche ist die Signorina jetzt nicht mehr aufgetaucht. Behauptet einfach, sie wäre krank!» Und während sie, Lucilla Rossano sich ständig wegen der Kinder überschlage, müsse sie ja denken, die Signorina habe einen besser bezahlten Job gefunden, aber wegen der Probezeit noch nicht bei ihr zu kündigen gewagt. Und jetzt wisse sie überhaupt nicht mehr, wie es mit den beiden Gören weitergehen soll, die der Scheißkerl ihr untergejubelt hat, um ihr Leben zu zerstören.

Romano musste ihr schließlich drohen, eine Streife vorbeizuschicken, wenn sie nicht endlich zum Punkt käme. Daraufhin erklärte sie beleidigt, soweit sie wisse, würde die Signorina Lena nicht alleine wohnen, sondern zusammen mit einem Landsmann, einem gewissen Dragan Petrović, der behaupte, nicht ihr Verlobter, sondern nur ihr Untermieter in der Via Torino 15 zu sein, wo es noch nicht mal ein Telefon gab. Mehr könne sie ihm auch nicht sagen, aber wenn er die Signorina erreichen sollte, möge er ihr doch ausrichten, am Samstag unbedingt wieder zur Stelle zu sein, denn sie müsse einen Freund treffen und brauche jemanden, der auf die beiden Kinder aufpasste. Ob er ihr diesen Gefallen tun könne? «Ach, übrigens, Signora», wollte Romano wissen, «welche Haarfarbe hat diese Lena eigentlich?» – «Ja, stellen Sie sich vor, genau das habe ich auch zu ihr gesagt: ‹Du hast so eine schöne Haarfarbe, so ein intensives Rot. Warum musstest du dir unbedingt dieses ordinäre Blond zulegen?›»

Dass sich der Hinweis der Peluso positiv bestätigt hatte, verlieh den Ermittlungen neue Energie. Palma hängte sich ans Telefon, um beim Präsidium zwei weitere Streifenwagen anzufordern – der eine sollte in die Via Torino 15 fahren, der andere in der Nähe des Kommissariats warten, falls es nötig sein würde, verschiedene Einsatzorte gleichzeitig anzufahren. Dann rief er Laura Piras an, um sie auf Stand zu bringen.

Die Staatsanwältin hatte zwar dienstfrei, aber der Anruf wurde auf ihr Handy umgeleitet. Sie war sofort bei der Sache und notierte sich die Namen, um die notwendigen Recherchen in der Datenbank der Staatsanwaltschaft zu veranlassen.

In dem Versuch, ihre Gedanken auf den Punkt zu bringen, sagte sie:

«Ich kann mir einfach nicht vorstellen, Palma, dass diese Madlena Miroslava nach fünf Jahren plötzlich aus ihrem Dornröschenschlaf erwacht, sich die Haare färbt und beschließt, ein Kind zu entführen, das irgendwann mal in ihrer Obhut war. Je länger ich darüber nachdenke, umso mehr komme ich zu der Überzeugung, dass jemand von der Familie oder sagen wir, aus dem Umfeld der Familie das Ganze organisiert haben muss. Und dass dieser Jemand die Nachrichten an die Familie geschrieben hat. Wir müssen rauskriegen, wer das ist. Aber jetzt muss ich los, ich komme nachher noch mal bei euch vorbei.»

Als Palma ins Gemeinschaftsbüro zurückkehrte, brüllte Romano gerade die Adresse in den Telefonhörer, zu der die beiden bereits aufgebrochenen Streifenwagen fahren sollten, während Pisanelli beruhigend auf Eva Borrelli einsprach. Sie hatte sofort angerufen, nachdem ihr Vater sie über die mögliche Beteiligung von Lena informiert hatte. «Warum haben wir bloß nicht an sie gedacht?», wiederholte sie in einer Tour. «Die falsche Haarfarbe – das hat gereicht, um uns alle aufs Glatteis zu führen.»

Ottavia suchte nach Informationen zu Dragan Petrović, aber was der Computer an Einträgen über den Mann ausspuckte, war das Schlimmste aller Übel im elektronischen Zeitalter: Hunderte von Suchergebnissen.

«Verdammt, das ist so, als würde man in Italien nach einem Mario Rossi suchen! Heißen die denn alle so in Serbien?»

Der Kollege von der Streife gab durch, dass in der Via Torino 15 tatsächlich ein gewisser Dragan Petrović in einem verdreckten zugigen Loch direkt unterm Dach hause. Und nach allem, was er aus der Schilderung des geifernden Portiers heraushören könne, so der Polizist, hatte der Mann eine Mitbewohnerin namens Lena, die früher rothaarig und jetzt blond war und außerdem wohl sehr zugeknöpft. Leider seien jedoch weder Petrović noch die Frau zu Hause. Vor einer Woche bereits hätten sie sich beim Portier abgemeldet, mit einer schweren Reisetasche in der Hand, und erklärt, sie würden einen längeren Ausflug machen. Soweit dem Portier bekannt, hätten sie kein Auto.

Romano bat die Kollegen zu überprüfen, ob der Portier noch mehr über den Mann wusste, wo er arbeite, was genau seine Beschäftigung sei und so weiter.

Nach ein paar Minuten kam über Funk die Meldung:

«Er war als Hilfsarbeiter bei der Intrasit angestellt, deswegen hat er auch die Wohnung gekriegt: Die Besitzer nehmen nämlich nur Mieter mit Festanstellung. Letztes Jahr ist die Intrasit dann pleite gegangen, seitdem hat er hier und da als fliegender Händler oder Maurer gearbeitet. Aber in Wirklichkeit, das meint zumindest der Pförtner, hat das Mädchen ihn mit ihren Aushilfsjobs in den besseren Vierteln über Wasser gehalten.»

Romano gab die Informationen an Ottavia weiter, die sie gleich in die Suchmaschine eingab.

«Ah, Volltreffer! Unter den arbeitslos Gemeldeten, die auf der Mobilitätsliste der Intrasit stehen, gibt es einen D. Petrović, das wird er sein. Wir könnten bei Gericht anfragen, ob der Insolvenzverwalter in seinen Unterlagen Weiteres zu ihm vermerkt hat.»

Palma blieb skeptisch.

«Ich glaube kaum, dass wir von denen was Brauchbares kriegen, allenfalls eine Kopie der Ausweispapiere. Wir sollten der Piras Bescheid sagen und meinetwegen auch eine Anfrage starten, aber wie gesagt, meines Erachtens kommt da nicht viel bei rum. Ich frage mich wirklich, wo die sich versteckt halten könnten.»

Pisanelli sagte:

«Vielleicht haben sie ein Auto gemietet oder sich eins ausgeliehen.»

Aragona verzog das Gesicht zu einer Grimasse.

«Na, mit der U-Bahn haben sie den Jungen bestimmt nicht entführt.»

Diesmal war Romano derjenige, der es laut aussprach:

«Zigeuner, zwei verdammte Zigeuner.»

57

Fragt irgendeinen Polizisten. Egal, welchen.

Er wird euch antworten, dass es wie ein mitternächtliches Feuerwerk im Sommer ist, wenn alle Geistesblitze zusammenkommen und sich in einer Explosion entladen.

Dass es die Quadratur des Kreises ist, die Vollkommenheit schlechthin.

Dass es einfach nur phantastisch ist, weil auf einmal jedes Rädchen ins Zahnrad greift, die Worte zu den Bildern passen und sich das Chaos lichtet.

Er wird euch antworten, dass es wie bei einem Puzzlespiel ist, wenn aus lauter Einzelteilen plötzlich ein Ganzes wird. Und dasjenige, was anfangs völlig sinnlos erschien, endlich einen Sinn ergibt.

Egal wen ihr fragt, jeder Polizist wird euch sagen, dass er wegen solcher Momente Polizist geworden ist. Er hat dafür Tausende von Kilometern zurückgelegt, hat Staub, Blut und Demütigungen ertragen, ist Gefahren in letzter Sekunde entronnen, bekam Türen vor der Nase zugeknallt und ist den übelsten Typen begegnet.

Er wird euch sagen, dass dieses phantastische, erhebende Gefühl wie ein Lichtstrahl ist, der ins Zimmer eindringt und die Dunkelheit erleuchtet.

Polizeimeister Marco Aragona öffnete den Mund, schloss ihn und öffnete ihn wieder. Dann nahm er seine Sonnenbrille ab, hielt auf halber Strecke inne, eine Geste, die inzwischen sein Markenzeichen geworden war, und legte sie mit zitternder Hand auf dem Schreibtisch ab.

In seinem Gehirn passierte etwas Einzigartiges, wie in einem Science-Fiction-Film, wenn plötzlich wie durch Zauberhand aus einem harmlosen Gegenstand eine tödliche Waffe zur Rettung des Helden wird.

Niemand achtete auf seinen Gesichtsausdruck, bis er ein paar unartikulierte Worte an Romano gewandt ausstieß und Palmas Ausführungen über den möglichen Fluchtort der Entführer unterbrach. Wie auf Kommando drehten sich alle zu ihm um.

«Was hast du eben gesagt, Romano?»

Der Kollege starrte ihn überrascht an.

«Ich verstehe nicht, worauf du …»

Aragona war aufgesprungen.

«Das, was du da eben gesagt hast, Romano: Sag das noch einmal!»

«Aragona, was zum Teufel …»

«Wie hast du sie genannt? Wie hast du diese Milosevic, oder wie die Tante heißt, und diesen Typen, mit dem sie zusammen ist, diesen Dragomir, bezeichnet?»

Ottavia verbesserte ihn mechanisch.

«Madlena Miroslava und Dragan Petro…»

«Scheiße, nun rede doch endlich!»

«Ich habe ‹Zigeuner› zu ihnen gesagt … Hör mal, Aragona, nun komm ausgerechnet du mir nicht mit der Moralkeule …»

Aragona hörte ihm schon nicht mehr zu. In Gedanken befand er sich auf dem Roof Garden des Hotel Mediterraneo, wo ein Rotzlümmel aus einem wunderschönen Engel eine Zigeunerin gemacht und in ihm, Aragona, das Saatkorn für seine nun endlich erblühte Intuition gesät hatte.

Er gab ein Röcheln von sich und schnappte nach Luft, als hätte man ihm die Kehle zugedrückt. Sein Gesicht erstarrte zu einer Grimasse, und mit kaum vernehmbarer Stimme flüsterte er:

«Er hat das alles organisiert. Mein Gott, ich fasse es nicht. Und er hat es sogar laut gesagt – gestern Abend.»

Der Polizeioberwachtmeister legte ein so ungewöhnliches Betragen an den Tag, dass im ersten Moment niemand zu fragen wagte, was zum Teufel er da vor sich hin brabbelte.

Schließlich stammelte Romano:

«Nein ... nein, das ist unmöglich. Du musst dich irren, Aragona ... Das ... das kann nicht sein ...»

Palma war kurz davor, sie beide anzubrüllen, dass sie jetzt endlich mal Klartext reden sollten, als Lojacono und Alex Di Nardo in den Raum stürmten, jeder mit einem Bündel Schecks in der Hand.

Völlig außer Atem rief der Inspektor:

«Chef, das musst du dir angucken! Das müsst ihr alle euch angucken!»

58

Zu dritt machten sie sich auf den Weg: Romano, Aragona und Palma, der unbedingt mit dabei sein wollte.

Normalerweise hielt er sich bei solchen Gelegenheiten zurück. Vielmehr, der Kommissar hatte es sich zur Regel gemacht, die Kollegen, die einen Fall von Beginn an begleiteten, nicht unter Druck zu setzen. Er hatte selbst als einfacher Polizist angefangen und wusste, wie mühselig der Berufsalltag war: Beschattungen, Wacheschieben, Verhöre, Fragen ohne Antworten, widerstreitende Gefühle, Meinungsverschiedenheiten und vermeintliche Erkenntnisse, die sich in nichts auflösten wie eine Wolke im Sommer.

Deswegen hatte er es immer als ungerecht empfunden, wenn die Bereichsleiter ihren Leuten die Show stahlen, um selbst den Schlussapplaus zu kassieren, die Zeitungsfotos und Interviews. Palma zog es vor, im Hintergrund zu bleiben. Ihm war nur allzu bewusst, dass hinter jedem Ermittlungserfolg eine ganze Truppe stand und es letztlich kein echter Sieg war, das Böse im Menschen ans Tageslicht zu bringen.

Dieses Mal jedoch hatte er spontan nach seiner Jacke gegriffen und war den beiden Kollegen gefolgt. Er wollte sie nicht allein lassen, wollte sie beschützen vor dem Leid, das sie erwartete. Er wollte bei ihnen sein, wenn sie diesem grausamen, schrecklichen Moment ausgesetzt sein würden.

Die Atmosphäre im Gemeinschaftsbüro des Kommissariats Pizzofalcone hatte nach Aragonas Eingebung und der unglaublichen Entdeckung durch Lojacono und Alex Di Nardo etwas seltsam Irreales an sich gehabt. Schweigen, Grauen, Verzagen – eine ungewohnte Melancholie hatte sich ihrer bemächtigt, fast so, als wäre der Abgrund, in dem das Böse schlummerte, noch dunkler geworden.

Pisanelli hatte sich als Erster aus der Deckung gewagt.

«Vergesst nicht, dass sind bisher alles nur Vermutungen. Ein Satz, eine dumme Bemerkung, vielleicht nur so dahingeredet, muss nicht ... Nein, ich kann mir das nicht vorstellen. Ich glaube es einfach nicht. Und auch das mit den Schecks – für sich genommen heißt das noch gar nichts. Manchmal drehen die Banken Unternehmen den Geldhahn ab, und die behelfen sich dann mit diesen alternativen Zahlungsmitteln – das habe ich alles schon erlebt. Nein, ich kann mir das nicht vorstellen! Klar, die Überlegung hat durchaus eine gewisse Berechtigung, aber zu glauben, dass ... Nein, ihr werdet sehen, das löst sich alles noch in Luft auf.»

Lojacono hatte mit dem Kopf genickt und die Schecks auf dem Tisch ausgebreitet.

«Vielleicht hast du ja recht. Jedenfalls ist das hier viel Geld, verdammt viel Geld. Aber mir scheint es trotzdem undenkbar.»

Ottavia starrte noch immer ins Leere.

«Nein, das kann nicht sein, es muss eine Erklärung dafür geben ... Ich kann das nicht glauben ...»

Aragona war, nachdem er die Bombe gezündet hatte, in tiefes Schweigen versunken, unterbrochen nur von einem gelegentlichen Gebrummel, das sich wie ein Gebet anhörte. Schließlich sprang er auf.

«Lasst uns keine Zeit mehr verlieren! Wir müssen uns diesen Bastard schnappen. Er muss uns sagen, wo er das Kind versteckt hält. Kapiert ihr denn nicht, dass das alles passt wie Arsch auf Eimer? Muss ich euch erst ein Bild malen? Ich Idiot, ich elender Schwachkopf – ich hätte viel eher darauf kommen müssen.»

Auch Palma hatte gespürt, wie sein Adrenalinspiegel stieg.

«Los, gehen wir! Wir müssen es eh überprüfen, also lasst uns gehen. Dottoressa Piras ist auf dem Weg – Lojacono, du erklärst ihr alles und sagst ihr, sie soll hier auf uns warten. Wir halten euch auf dem Laufenden.»

Romano war bereits die Stufen hinuntergeeilt. Sein Gesicht war noch immer kreidebleich, wie nach der Begegnung mit Giorgia.

Während der Fahrt wechselten sie kaum ein Wort. Worüber auch: Das Einzige, was sie tun konnten, war, der Sache auf den Grund zu gehen, eine Erklärung für dieses seltsame Aufeinandertreffen von Zufällen zu verlangen.

Der Streifenwagen parkte auf der anderen Straßenseite, den Hauseingang im Blick. An diesem strahlenden Maimorgen wirkte das Panorama des Golfs noch spektakulärer als sonst.

Palma begrüßte die beiden Zivilbeamten.

«Ist nach eurem letzten Bericht jemand ins Haus rein- oder rausgegangen?»

«Niemand, Commissario. Nicht die geringste Bewegung. Heute Morgen ist nicht mal die Jalousie hochgezogen worden.»

«Alles klar, Jungs. Und haltet weiter die Augen auf!»

Schweigend stiegen sie die Stufen in den zweiten Stock hinauf. Das Gebäude, das abgeschirmt vom Straßenverkehr in seiner grünen Oase zu versinken schien, wirkte vollkommen verlassen. Nur das Weinen eines Babys drang aus einer der Türen im Erdgeschoss. Palmas Herz zog sich zusammen.

Aragona drückte auf den Klingelknopf. Einmal, zweimal. Nichts rührte sich. Die drei Polizisten wechselten besorgte Blicke. Jetzt schlug Aragona mit der Faust gegen die Tür.

Als nach ein paar Sekunden noch immer nichts geschah, sagte Romano:

«Zeit, die Tür einzutreten, oder, Chef?»

Er hatte seine Worte kaum ausgesprochen, als die Tür sich langsam öffnete. Wenn es noch Zweifel gegeben hatte, so wurden sie beim Anblick des dahinter auftauchenden Gesichts endgültig ausgeräumt.

Der Gestank von abgestandenem Essen und Alkohol schlug ihnen entgegen. Der Mann, der schwankend und reichlich verwahrlost im Dämmerlicht der Wohnung stand, musterte sie lange, als würde er sie nicht erkennen.

Wortlos drehte er sich um und trat ins Innere der Wohnung zurück.

Der Mann, den die drei Polizisten so dringend hatten sprechen wollen, war niemand anders als Alberto Cerchia. Dodos Vater.

59

«Das ist der Gipfel an Perversität, nicht wahr? Abartiger geht es wohl kaum.

Verzeihen Sie das Chaos, in dem ich Sie empfange. Ein Haufen Scheiße, um genau zu sein. Andererseits sitze ich ja tatsächlich in der Scheiße. Wie lange schon, können Sie sich gar nicht vorstellen.

Ich bin am Ende. Erledigt. Fix und fertig. Wie Sie sehen, bin ich ziemlich betrunken. In schwierigen Momenten in meinem Leben habe ich immer zur Flasche gegriffen: Je benebelter mein Kopf ist, umso mehr befreit sich der Geist aus seinen Fesseln, und ich fange an zu fliegen, woandershin, weit weg von all den Problemen, für die ich keine Lösung finde.

Ich habe auf Sie gewartet. Ja, das stimmt – glauben Sie mir. Eigentlich hätte ich wohl zu Ihnen kommen müssen. Aber solange es noch die geringste Hoffnung gab, dass wir heil aus der Sache rauskommen, musste ich abwarten. Das verstehen Sie doch, oder?

Ich trage schließlich nicht nur für mich selbst die Verantwortung. Ich habe ein Kind. Einen kleinen Sohn, der immer größer wird. Eines Tages wird er mich fragen, was ich ihm eigentlich vermache. Ich bin nicht alleinstehend, ich habe ein Kind. Und Sie, haben Sie Familie? Haben Sie nicht, was? Dann können Sie mich auch nicht verstehen.

Die Schecks – wo haben Sie die gefunden? Unglaublich, welche Wege das Schicksal so nimmt! Drei Millionen achthunderttausend. Und das ist noch nicht alles, da ist noch einiges mehr im Umlauf. Die Unterschrift ist immer dieselbe: ‹Cerchia Spa, Geschäftsleitung›. Sie haben sich bestimmt gewundert, als Sie sie erkannt haben, oder?

Alle reden sie von der Krise und kriegen sich gar nicht mehr ein vor lauter Krise. Als wenn sie wüssten, was das eigentlich heißt: ‹Krise› … Diese ganzen Typen – ja, Leute wie Sie! –, die trotz allem jeden Monat pünktlich ihr Gehalt kriegen, wie mager es auch sein mag. Vielleicht läuft's am Ende mal auf einen Urlaub weniger hinaus, oder ihr könnt eine Rate nicht pünktlich bezahlen. Aber ihr werdet im Leben nicht begreifen, was das Wort ‹Krise› für jemanden wie mich bedeutet. Die Vertreter mitgerechnet, habe ich über 500 Mitarbeiter in meinem Unternehmen. Und noch mal mindestens 300 im Ausland. Ich trage die Verantwortung für knapp 1000 Leute. Seit drei Jahren schon schlafe ich keine Nacht mehr durch, immer auf der Suche nach einer Lösung, die es nicht gibt.

Denn alles fängt so schleichend an, dass du es anfangs gar nicht bemerkst. Während die einen nicht zahlen, wollen die anderen ihr Geld immer früher haben. Die Materialpreise steigen, nur ein bisschen, während die Verkaufspreise deines Produkts sinken, auch sie nur ein bisschen. Und plötzlich brauchst du Cash. Nur ein bisschen.

Die Situation entgleitet deiner Kontrolle, aber es vergehen Monate, bis du dir darüber bewusst wirst. Monate. Und am Ende ist es zu spät. Die Bankangestellten, die dir früher die Bude einrannten, gehen nicht mal mehr ans Telefon. Und dann rennen sie dir wieder die Bude ein, aber aus einem anderen Grund.

Und dann gibt es da diese Typen.

Diese Typen holen sich ihr Geld nicht per Mahnbescheid oder Anwaltsbrief zurück. Die sorgen dafür, dass du mehr oder weniger von der Bildfläche verschwindest, weil sie sich nicht leisten können, dass da einer nicht bezahlt und trotzdem ungeschoren davonkommt.

Bekämpfen Sie lieber diese Halsabschneider statt ordentliche Leute wie unsereins! Die dürfte es gar nicht mehr geben, damit wir nicht in Versuchung geraten, uns an sie zu wenden. Denn wenn du erst mal bei ihnen warst, hörst du nie mehr auf. Das ist schlimmer als Kokain. Schlimmer als Alkohol. Schlimmer als alles andere.

Diese Hoffnung, diese verdammte Hoffnung! Sie ist trügerisch. Sie lässt dich glauben, du kommst da raus, bald ist alles wieder im Lot, so wie früher.

Mein Schwiegervater war sein Leben lang ein Kredithai. Typen wie er nennen das, was sie da betreiben, Finanzgeschäfte, aber in Wirklichkeit ist es Wucherei. Als ich das begriffen habe, dachte ich, ich könnte in gewisser Weise für Gerechtigkeit sorgen, indem ich sie zwinge, das zu Unrecht Erworbene zurückzugeben. Wie Robin Hood habe ich mich gefühlt, verdammte Scheiße. Ich war überzeugt, ich brauche nur ein paar Tage, und alles ist wieder beim Alten. Ich sah keine andere Möglichkeit. Meinen Sie, wenn ich anders gekonnt hätte, auch nur ansatzweise, hätte ich mich auf so etwas eingelassen? Niemals! Niemals hätte ich das getan.

Mein Schwiegervater hat mein Leben zerstört, verstehen Sie?

Vielleicht sollte ich lieber sagen, meine Frau hat es zerstört, obwohl ich der festen Ansicht bin, dass Er es war. Denn sie ist genauso wie Er, sie hat den gleichen miesen Charakter, die gleichen miesen Standpunkte, und noch dazu ist sie dumm und oberflächlich. Der Apfel fällt nicht weit vom Stamm, so sagt man doch – ich hätte auf dieses Sprichwort hören sollen.

Aber sie war schön, und sie war die Tochter eines bekannten Unternehmers. Die perfekte Begleiterin für meinen Aufstieg, habe ich gedacht. Um mit ihr mithalten zu können, ihr Niveau zu wahren, habe ich versucht zu wachsen. Zu wachsen und zu wachsen, indem ich wie ein Verrückter investiert, Land gekauft habe. Zu wachsen und zu wachsen, statt im richtigen Moment aufzuhören. Ich hätte es kapieren müssen. Aber da war Er, der er immer größer war als ich, immer stärker – und wir haben sogar noch den Jungen nach ihm benannt.

Meinen Sohn.

Ich liebe meinen Sohn, verstehen Sie? Ich liebe ihn mehr als alles andere auf der Welt. Ich könnte sterben, so sehr liebe ich ihn.

Warum habe ich es dann getan? Ich weiß, dass Sie sich das fragen. Aus der Sicht eines kleinen Angestellten ist das vollkommen unbegreiflich. Aber es war die einzige Möglichkeit. Glauben Sie denn, Er hätte mir geholfen, wenn ich zu ihm gegangen wäre und gesagt hätte: ‹Hör mal, Schwiegerpapa, mir geht der Arsch auf Grundeis, kannst du mir helfen›? Glauben Sie denn, Er hätte auch nur einen Funken Mitgefühl gezeigt, als diese Schlampe von seiner Tochter sich einen Lover nahm und mich einfach weggeschickt hat, weg von meinem Sohn? Nein, keine Spur.

Der Alte hat nur einen Schwachpunkt: Das ist mein Sohn.

Genau wie ich übrigens. Seinetwegen habe ich versucht, wieder auf die Füße zu kommen. Seine Zukunft, seine finanzielle Basis wollte ich retten. Ich bin sein Held, müssen Sie wissen. Sein großer Held. Wir sagen immer: ‹Ich bin sein Riese, und er ist mein kleiner König.›

Mir erschien es nur angemessen, dass Er bei der Aktion mitmacht, seinen Teil dazu beiträgt. Es sollte ja nicht lange dauern, höchstens ein paar Tage. Ich habe Dodos alte Kinderfrau ausfindig gemacht, ein kluges, toughes Mädchen. Ich habe ihr alles erklärt, ihr genau gesagt, was ich von ihr erwarte. Sie hatte diesen Typen an der Hand, einen Landsmann von ihr, der ihr helfen sollte. Ich habe ihr Geld versprochen, Flugtickets, Papiere, ein neues Leben. Wünschen wir uns nicht alle ein neues Leben? Wollen wir nicht alle noch mal von vorne anfangen? Vielleicht ist es das, was die Krise letztlich ausmacht: Veränderung. Der Wunsch und das Streben nach Veränderung.

Ich habe mit Dodo gesprochen. Ich habe ihm gesagt, dass er mit Lena mitgehen soll und dass ich ihn bei ihr abholen würde. Und dass er es niemandem verraten soll, weder vorher noch hinterher, sonst würde sein Papa Ärger bekommen. Mein Junge kann ein Geheimnis für sich behalten, wissen Sie. Er ist clever, mein Dodo. Ich habe ihm auch gesagt, dass ich ihn bald zu mir holen würde. Das war auch ein Aspekt bei der Sache. Niemand hätte uns mehr voneinander getrennt.

Ich war perfekt vorbereitet. Hatte alles recherchiert. Mir war klar, dass man die Konten einfrieren würde. Niemand hätte sich gewundert, dass ich das Lösegeld nicht bezahlen kann. Ich wusste auch, dass beim Einfrieren von Vermögen der Kontostand nicht überprüft wird; niemand hätte also gemerkt, dass weder mein eigenes Konto noch die Konten der Firmen gedeckt waren.

Dass die Lösegeldforderung an den Alten gehen würde, erschien mir ohne jedes Risiko. In dieser Scheißstadt ist Er immer noch bekannt wie ein bunter Hund, das Arschloch. Ich hatte alles recherchiert. War perfekt vorbereitet.

Ich habe Lena ein Handy und einen Zettel gegeben, mit

dem Text, der bei den Telefonanrufen gesagt werden sollte. Ich habe ihr geraten, nicht selbst anzurufen, weil die Gefahr bestand, dass jemand ihre Stimme erkennen könnte. Sie sollte so tun, als wäre sie gemeinsam mit Dodo entführt worden, dann würde er auch keine Angst haben. Ich sorge mich um meinen Sohn, wie Sie sehen. Ich bin sein Vater, das ist normal.

Wir haben genaue Zeiten ausgemacht, ich und dieser Kerl, der mit Lena zusammen ist. Ein Schrank von einem Mann, ziemlich tumb. Ich wollte ihn in bestimmten Abständen anrufen, um zu hören, ob alles in Ordnung ist.

Leider habe ich einen Riesenfehler gemacht: Das Handy, das ich Lena gegeben habe, um sie anrufen zu können, ist auf meine Firma zugelassen. Deshalb bin ich fast durchgedreht, als Sie das mit der Überwachung der Telefone erzählt haben.

Sehen Sie, ich bin kein Idiot. Ich weiß genau, dass Sie nichts gegen mich in der Hand haben. Nur ein paar Schecks, Indizien, die keine Beweiskraft haben, solange Sie Lena nicht finden. Es würde sonst keinen Sinn machen, dass ich Ihnen das alles erzähle. Ich bin kein Idiot.

Ich habe aber ein Problem. Ich bin sicher, Sie können mir helfen, es zu lösen.

Sie gehen nicht mehr ans Telefon. Ich bin einen Tag im Verzug mit den verabredeten Anrufen. Ich habe es eben noch mal probiert, als ich Sie kommen sah, von meinem Versteck hinter der Jalousie aus. In dem Moment ist mir klargeworden, dass ich mich nicht mehr vor der Telefonüberwachung in Acht nehmen muss. Ich wollte Lena und ihrem Typen sagen, dass sie abhauen und Dodo da lassen sollen, damit ich ihn holen kann. Das hatte ich ihm doch versprochen.

Aber sie gehen nicht ans Telefon, keine Ahnung, warum.

Und ich muss wissen, wo zum Teufel sie Dodo versteckt

haben. Ich habe es mir extra nicht sagen lassen, aus Sicherheitsgründen. Nachher hätte ich mich noch verplappert.

Deswegen, bitte: Können Sie mir helfen?

Können Sie mir mein Kind zurückbringen?»

60

Schnell, schnell.

Sie mussten sich beeilen. Und sie durften keinen Fehler machen.

Was für ein Irrsinn, dachte Palma. Tagelang hatte der Fall nur aus Warten bestanden – Warten auf einen Anruf oder eine Nachricht. Und jetzt war es ein Wettlauf gegen die Zeit.

Zunächst hatten sich die drei Polizisten Cerchias Beichte schweigend angehört, wie hypnotisiert von der ausdruckslosen Stimme des Mannes, den Schlafmangel, Alkohol und seine tiefen Schuldgefühle zu einem menschlichen Wrack hatten werden lassen. Was für ein seltsamer Zufall, war es dem Kommissar durch den Kopf geschossen, dass ausgerechnet sie drei, die sie alle keine eigenen Kinder hatten, dazu bestimmt waren, in den dunklen Abgrund zu schauen, in den sich die Seele dieses Vaters verwandelt hatte.

Dann hatten sie höchst unterschiedlich reagiert. Romano, aus seiner Starre erwacht, stürzte sich auf den Mann und ließ ihn seine stumme Wut spüren, indem er ihn wild schüttelte, ohne dass der andere sich auch nur ansatzweise wehrte. Stattdessen weinte er und wiederholte in einem fort, man möge ihm seinen Sohn zurückbringen. Aragona und Palma hatten ihre liebe Not, ihn aus Romanos Gewalt zu befreien.

Palma setzte sich telefonisch mit der Staatsanwältin in Verbindung. Er brauchte dringend das Gerät zur Ortung von Handys, das teuer war, oft kaputt und sich meist in den Händen des Geheimdienstes befand.

Die Piras, die im Kommissariat zusammen mit den anderen auf Nachrichten gewartet hatte, wurde sofort aktiv: Innerhalb einer knappen Viertelstunde war der Techniker samt Ortungsgerät, einer Art tragbarem Computer, zur Stelle.

Den vollkommen apathischen Alberto Cerchia im Schlepptau sprangen die drei Polizisten in den blauen Kleintransporter und baten den Fahrer, dem Streifenwagen zu folgen, der in dem Moment an ihnen vorbeiraste. In dürren Worten erklärte der Techniker, dass das Ortungsgerät nur Handys lokalisieren könne, die aktiviert waren, was bedeutete, dass man in Minutenabständen die fragliche Nummer anrufen und es klingeln lassen musste.

Mit versteinertem Gesicht wünschte Romano dem Vater des Jungen, dass die Entführer das Handy auch immer schön aufgeladen hätten.

Aragona übernahm die Aufgabe, die Wahlwiederholungstaste für das Ortungsgerät zu bedienen. Palma hielt konstant Laura Piras auf dem Laufenden, deren Nervosität sich auf die Kollegen im Gemeinschaftsbüro übertrug.

Der Kleintransporter raste bei eingeschaltetem Blaulicht durch die Stadt, verfolgt von den missgünstigen Blicken der anderen Verkehrsteilnehmer, die ihm ausweichen mussten.

Zentrum. Umland. Das erste Dorf. Noch ein Dorf.

«Wo sind sie denn, verdammte Scheiße?», knurrte Romano mit zusammengebissenen Zähnen.

Aragona schlug sich mit der flachen Hand gegen die Stirn.

«Natürlich, die Intrasit! Das ehemalige Lager der Intrasit. Das Arschloch hat doch da gearbeitet, oder nicht?»

Palma, der wieder einmal über den unerwarteten Scharfsinn des jungen Polizisten staunte, befahl dem Fahrer, an Tempo zuzulegen und das Industriegebiet anzusteuern. Der Techniker bestätigte, dass die Angaben des Ortungsgeräts mit dem Zielort übereinstimmten.

«Bitte, lieber Gott», betete Palma, der schon sehr lange nicht mehr an diesen Gott gedacht hatte, im Stillen, «bitte lass uns rechtzeitig da sein. Er ist noch so klein – erst zehn! Bitte, lass uns nicht zu spät kommen.»

Vor seinem inneren Auge sah der Kommissar Dodos Gesicht in Schwarzweiß, das zur Überwachungskamera des Museums hinaufschaute.

Aragona rief ununterbrochen weiter die Handynummer an, ohne dass jemand seinen Anruf entgegennahm.

Der Techniker am Computer sagte:

«Wir haben ihn. Er muss hier irgendwo sein. Im Umkreis von 400 Metern.»

Das Firmenschild, das von den Steinwürfen der ein Jahr zuvor entlassenen Arbeiter völlig zerbeult war, trug die Aufschrift «Intrasit».

61

Laura Piras hielt den Telefonhörer ans Ohr gepresst. Ihr Gesicht war kalkweiß, die schönen Züge vor Anspannung verhärtet, die Lippen zu einem schmalen Strich verzogen. In regelmäßigen Abständen fragte sie:

«Und? Und?»

Eine verzweifelte Stille hatte sich über das Gemeinschaftsbüro gelegt. Durch das halboffene Fenster drang der Lärm der Stadt. Hier ein Hupen, dort das schrille Signal eines Martinshorns. Und eine Melodie, lauthals gesungen von einer Stimme, die wer weiß wem gehörte.

Ottavia weinte, ohne Tränen zu vergießen. Sie trauerte über die verlorene Liebe, die verdammten Seelen, die Kinder, die keine Schuld auf sich geladen hatten. Sie weinte um Dodo, sie weinte um sich selbst.

Pisanelli bedeckte sein Gesicht mit den Händen, als wollte er nichts sehen müssen. Alex stand mit verschränkten Armen da, den Blick zum Fenster gewandt. Sie drehte der Welt den Rücken zu, nichts sollte sie mehr berühren.

Lojacono, dem das Herz bis zum Halse schlug, konnte die Augen nicht von Laura Piras' Gesicht lösen, in der Hoffnung, ein Lächeln würde sich dort zeigen. Er konnte sich nicht erinnern, jemals so sehr ein Lächeln herbeigewünscht zu haben.

Hinter ihm, im Flur, stand Guida vollkommen regungslos.

Selbst sein Lidschlag schien eingefroren. Nur seine Lippen murmelten ein uraltes Gebet.

«Mach, dass er gerettet wird! Hilf ihm!»

Sie stürmten die von Dieben geplünderte ehemalige Fabrik, die Waffen im Anschlag, schauten sich in alle Richtungen um. Stille.

Ein paar Katzen ließen aufgescheucht eine zerfledderte Plastiktüte mit Essensresten zurück.

Romano hielt Cerchia am Arm gepackt. Ein letztes Mal drückte Aragona die Wahlwiederholungstaste.

Ein Klingeln ertönte aus einem nicht näher zu lokalisierenden Raum in einem Flachbau auf dem Gelände.

Alle Vorsicht vergessend drängten sie vor in die Baracke. Palma spürte, wie sein Puls raste, mit jedem Schritt wuchs die Angst. Plötzlich standen er und Aragona in einem Raum, der mal ein Büro gewesen sein musste.

Ein Tisch, zwei Stühle. Ein elektrischer Heizofen, ein Gasherd. Eine Wolldecke, zwei schmutzige Teller, Besteck. Auf dem Tisch lag ein Handy, das vibrierte und ein schrilles Läuten von sich gab.

Mit herabbaumelnden Armen, die Pistole noch in der Hand, blieben sie stehen.

Von der anderen Seite der Baracke gellte ein Schrei. Noch lange sollte Palma sich später in schlaflosen Nächten daran erinnern, wie dieser Schrei sein Herz zerriss. Kein Leben war mehr nach diesem Schrei. Keine Hoffnung.

Hinter einer Tür befand sich ein Lagerraum aus Wellblechwänden, der vollkommen dunkel war. Ein tiefschwarzes Dunkel, ein Dunkel ohne jede Abstufung. Das Dunkel schlechthin.

Auf dem Boden des Lagerraums kauerte Cerchia. Einen

Meter von ihm entfernt, in der Finsternis kaum zu erkennen, stand Romano.

Laut schluchzend hielt Dodos Vater eine Decke an sich gepresst. Seine Hand umklammerte einen Gegenstand.

Palma trat einen Schritt vor, nur einen, denn er wusste, dass dahinter der Abgrund lauerte. Er wartete, bis seine Augen sich an die Dunkelheit gewöhnt hatten.

Endlich konnte er sehen, was Cerchia in der Hand hielt: eine Action-Figur.

Einen Superhelden, schmutzig und mit zerrissenem Umhang.

Nichts weiter als eine Action-Figur aus Plastik.

Batman, lieber Batman.

Es tut mir so leid. Ich habe dir schließlich versprochen, dass ich dich nie verlassen würde.

Dass nichts auf der Welt uns je voneinander trennen könnte.

Aber ich musste es tun, Batman. Denn erst in dem Moment, wenn mein Papa dich findet, wird er verstehen.

Dann wird er verstehen, dass ich auf ihn warte, und er wird kommen und mich finden.

Du wirst es ihm sagen, Batman, du wirst es ihm erklären.

Gib ihm einen Kuss von mir und sag ihm, dass ich ihn lieb habe und an ihn glaube. Dass ich weiß, er kommt, um mich zu holen, und dann werden wir für immer zusammen sein.

Denn er ist mein Riese.

Und ich bin sein kleiner König.

DANK

Die Gauner von Pizzofalcone, das wisst ihr, sind ein Team. Keiner von ihnen kommt zuerst, keiner zuletzt. So funktioniert ein Team, und so muss es funktionieren.

Und doch sind es drei Teams, denen die Gauner diese Geschichte zu verdanken haben.

Das erste Team kämpft in dieser seltsamen, verrückten und wunderschönen Stadt jeden Tag erneut gegen das Verbrechen an: Dottoressa Simona Di Monte, Staatsanwältin; der wunderbare Luigi Merolla, Polizeipräsident; und Fabiola Mancone, Valeria Moffa, Gigi Bonagura und Stefano Napolitano. Ob auf der Straße, im Büro oder im Labor: Sie alle kämpfen für uns, die wir ein anständiges Leben führen wollen.

Das zweite Team besteht aus Leuten, die sich mit ganzem Herzen und voller Leidenschaft den Geschichten, den Texten widmen: Severino Cesari, Francesco Colombo, Valentina Pattavina, Paolo Repetti, Paola Novarese – so unermesslich viel von ihnen steckt in meinen Worten und Figuren.

Das dritte Team ist mir das liebste von allen: die Corpi Freddi. Um diese Geschichte und weitere erfinden zu können, als wären sie wahr.

Noch wahrer als wahr.

Maurizio de Giovanni bei Kindler und rororo

Lojacono ermittelt in Neapel

Das Krokodil

Die Gauner von Pizzofalcone

Der dunkle Ritter

Das für dieses Buch verwendete Papier ist FSC®-zertifiziert.